Ellen Hunter

BLACK Dawn

Schatten des Wendigos

Du bist nur ein Geist, allein mit Mond und Nacht

Ein Dämon, ein Ungetüm, das sehr bald erwacht

Unter dem Gesicht der Bestie versteckt

Deine Augen rot, die Zähne gebleckt

Ein Schatten, niemals hier und niemals dort

Bleib stehen, spür dein Herz - sonst bist du für immer fort

Kapitel 1

Als ich an diesem Abend die letzten Bücher ins Regal schob, verursachte das leise Geräusch ein Echo in der Bibliothek. Der letzte Besucher war schon vor einiger Zeit verschwunden, um dem Schneetreiben zu entkommen, also störte nur noch ich die gemächliche Stille dieses Ortes.

Die frühe Dunkelheit des Januars tauchte die Gänge zwischen den Regalen in schummeriges Halbdunkel. Sie wurden einzig erleuchtet von schmalen Lampen an den Wänden, die schon ziemlich alt waren. Sie schafften es kaum, die gesamte Bibliothek zu erhellen. Meiner Chefin Suzanne war es bisher noch nicht gelungen, eine neue Beleuchtung aufzutreiben, die das Ambiente nicht veränderte. Sie legte viel Wert darauf, den Charme unserer kleinen Stadtbibliothek zu erhalten. Das sorgte dafür, dass es hier drinnen fast schon unheimlich werden konnte – zumindest, wenn man als Letzte ging. Mit etwas Fantasie verwandelten sich die Bücherregale in uralte Riesen, die sich die Köpfe an der Decke stießen, und die offene Tür des Lagerraumes in ein bedrohliches Maul. Die Ruhe tat ihr Übriges, denn sie vermochte jeden Laut tausendfach zu verstärken. Es konnte einen nervös machen, weil jedes Rascheln plötzlich eine Gefahr darstellte. Ich hatte ein paar Monate gebraucht, um mich daran zu gewöhnen. Mittlerweile machte es mir nicht mehr viel aus, weil ich meistens diejenige war, die abends abschließen musste. Vielleicht hatte ich aber auch nur gelernt, die Stille auszublenden.

Ich streckte den Rücken und rieb meinen Nacken. Für einen Donnerstag und so schlechtes Wetter waren heute ziemlich viele Leute hier gewesen. Kurz nach Silvester war Littlewood von einem heftigen Tief erfasst worden, das Unmengen von Schnee und arktische Minusgrade mitgebracht hatte. Draußen war es so bitterkalt, dass ich sorgfältig meinen Schal band und meine Jacke bis oben schloss, ehe ich einen letzten Blick über den Tresen warf. Vorerst war alles erledigt. Die Bibliothek durfte nun schlafen, bis ich morgen Vormittag die Tür öffnete.

Mein erster Atemzug auf dem Gehweg schmerzte in den Lungen. Mich begrüßte eine stockfinstere, einsame Winternacht, in der sich kaum noch jemand auf die Straße traute. Obwohl es erst 19 Uhr geschlagen hatte, hätte ich schwören können, es wäre nach Mitternacht. Es gab weit und breit keine Passanten und auch keine Autos, die über den Asphalt rauschten, weil der Feierabendverkehr sich schon gelegt hatte. Meine einzige Gesellschaft waren aberhunderte von Schneeflocken, die im Schein der Laternen fast unnatürlich weiß erschienen. Es hatte den ganzen Tag geschneit und wirkte nicht, als würde es bald aufhören. Ein Blick auf die dichten Wolken über meinem Kopf bezeugte es. In Kanada war das nicht unnormal, auch wenn ich zugeben musste, dass mir der Sommer besser gefiel. Allein schon, weil es nicht so früh dunkel wurde. Solange die Sonne am Himmel stand und die Menschen nach draußen lockte, fiel es mir leichter, nichts zu *sehen*.

Ich wanderte den Bürgersteig entlang, vergrub die Hände in meinen Jackentaschen und die Nase in meinem Schal. Mein Atem kondensierte zu blassem Nebel, der rasch in der Abendluft verschwand. Zu dieser Zeit fuhr kein Bus in die richtige Richtung, aber bis zu unserem Haus war es ein Fußmarsch von rund 15 Minuten. Das war der Vorteil daran, wenn man in einer Kleinstadt lebte. Die Wege waren nie allzu weit, denn Littlewoods Wohngebiet war ziemlich klein, genauso wie seine Innenstadt. Die Häuser im Außenring besaßen große Gärten und lagen dicht am Waldrand. Meine Freundin Phoebe behauptete immer, unsere Heimatstadt wäre die perfekte Kulisse für einen Horrorfilm – verschlafen, abgelegen und ein wenig altmodisch. An Tagen wie diesen musste ich ihr recht geben. Der einsame Weg nach Hause machte mir zu schaffen. Daran konnten auch die grellweißen Lichtkegel der Straßenlaternen nichts ändern.

Es wäre schön gewesen, wenn Dad mich abgeholt hätte. Seit Mums Tod rollierte er zwischen zwei Jobs und kam selten früh genug nach Hause, um Zeit mit mir zu verbringen. Wir sahen uns meist nur noch am Wochenende, deswegen hatte ihn schon tausend Mal darum gebeten, seine Arbeit wieder zu reduzieren. Immerhin verdiente ich mein eigenes Geld und konnte ihm mit der Miete helfen.

Mein Vater war leider niemand, der sich so einfach von seinen Überzeugungen abbringen ließ. Er hatte es sich in den Kopf gesetzt, dass ich für die Kunsthochschule sparte. Weil er mir nicht viel Mitspracherecht gab, sammelte sich mein Gehalt nun seit zehn Monaten auf meinem Konto. Ich wollte nicht studieren – nicht mehr – also blieb mir nur zu hoffen, dass es noch lange dauern würde, den Betrag zusammen zu bekommen.

Der Gedanke fühlte sich fast an wie ein dunkles Omen, denn er wurde von einem bitterkalten Windzug begleitet. Er pfiff wie eine schrille Stimme um die Hauswände und verleitete mich dazu, meine Kapuze aufzusetzen. Das war etwas, das ich normalerweise vermied. Nicht jeden Schritt neben mir zu hören und dabei meinen Augenwinkel zu verdecken, war eine schlechte Idee. Ich fühlte mich wie mit Scheuklappen und begann schneller zu laufen, ohne es wirklich zu bemerken. Meine Schritte hallten unrhythmisch durch die Gassen und ließen mich immer wieder nervös nach hinten sehen.

Seit Mum und ich vor einem Jahr verunglückt waren, schien jeder nächtliche Ort etwas Düsteres bereitzuhalten. Geschlossene Räume waren erträglich, aber sobald ich offenes Gelände betrat, wurde die Dunkelheit zu meinem Feind. Ich fürchtete mich vor den weiten Straßen und sogar davor, den Müll rauszubringen. Ich konnte nicht absehen, was in der Finsternis auf mich lauerte – und gleichzeitig wusste ich es viel zu gut. Mit dem Unfall hatte sich alles verändert. Die Welt war nicht mehr die, in der ich aufgewachsen war.

Oder besser gesagt, sie war nicht mehr die Einzige.

Dad verstand nicht, wieso ich so schreckhaft geworden war. Er hielt es vermutlich für eine Nachwirkung des Schocks, weil auch der Unfall abends passiert war. Mum hatte damals vorgeschlagen, noch einmal in den Supermarkt zu fahren, um Snacks fürs Wochenende zu besorgen. Weil Dad nach dem Schichtdienst geschlafen hatte, waren sie und ich allein losgefahren. Ich wusste noch, dass wir über irgendetwas gelacht hatten, bevor der fremde SUV uns gerammt hatte. Ein alkoholisierter Mann war direkt in die Fahrertür gerauscht. Ich hatte durch die Quetschung einen Herzstillstand erlitten und verdankte mein Leben zwei Passanten, die mich aus dem Fenster gezogen und wiederbelebt hatten. Nur für meine Mutter war jede Hilfe zu spät gekommen. Der Aufprall hatte sie sofort getötet.

Ich hatte lange gebraucht, um ihren Tod zu realisieren. Unsere gemeinsame Zeit war zerrissen wie ein Film – ohne Vorwarnung. Es hatte nicht einmal die Möglichkeit gegeben, mich von ihr zu verabschieden. Von der Zeit nach dem Unfall war nicht mehr übrig als eine Ansammlung von wirren Bildern, Gefühlen und vielen Tränen. Das Einzige, das ich noch klar vor mir sah, war mein erster Blick in das Gesicht meines Vaters. Ich hatte ihn noch nie zuvor weinen sehen, und auch danach niemals wieder. Seit dieser Nacht wirkte er ruhelos und ertränkte seinen Kummer in Arbeit. Ich wusste, es ging ihm genauso schlecht wie mir. Allein deshalb hätte ich ihn nie mit meinen Problemen belastet. Er wäre noch besorgter um mich gewesen als ohnehin schon, wenn ich ihm gesagt hätte, dass ich plötzlich Geister sah. Ich wollte ihm ersparen, auch noch um meinen Verstand zu fürchten. Ich glaubte es ja selbst kaum, seit es damals im Krankenhaus begonnen hatte. Da waren auf einmal Patienten über die Flure geirrt, die nur ich sehen konnte, vom Lärm in der Nacht ganz zu schweigen.

Anfangs hatte ich mich an die Hoffnung geklammert, dass es wieder vergehen würde und mit meinem Nahtod zusammenhing. Seither waren 12 Monate vergangen, in denen ich mich allmählich damit abgefunden hatte, für den Rest meines Lebens vorsichtig zu sein. Ich wog gut ab, ob ich im Dunkeln überhaupt noch das Haus verließ. Die Gestalten zeigten sich tagsüber viel seltener. Die meisten kamen mir vor wie normale Menschen – manche verwirrt, manche völlig klar. Ab und zu versuchten sie sogar, mit mir zu sprechen. Es gab aber auch die *anderen*. Die, die ich fürchtete. Ich hatte noch nie einen aus der Nähe gesehen und trotzdem fühlten sie sich an wie Dämonen, weil sie nichts Menschliches an sich hatten. Ich wusste, sie fraßen Seelen und waren ständig auf der Jagd. Aus diesem Grund flüchtete ich, wann immer ich einen finsteren Schatten erhaschte. Es gab nichts, was ich sonst tun konnte.

Nicht, solange ich nicht einmal verstand, was genau sie waren.

Der Hall meiner Schritte verstummte, als ich stehenblieb. Ich hatte mittlerweile die Kreuzung erreicht und musste abbiegen, um den kürzesten Weg nach Hause zu nehmen. Zuvor warf ich einen achtsamen Blick um die Ecke. Die Seitengasse war ebenso leer wie die Hauptstraße. Heute konnte mich das irgendwie nicht beruhigen, denn etwas war anders. Es fiel mir erst wirklich auf, als ich mich schon wieder in Bewegung gesetzt hatte. Ich passierte Mülltonnen und weggeworfene Kartons, ohne nach links und rechts zu sehen. Dabei konzentrierte ich mich auf den Horizont, um ruhig zu bleiben. Ich war beinahe überzeugt davon, gleich zu Tode erschreckt zu werden. Ich spürte es daran, wie sich meine Nackenhaare aufstellten. Da war eine Präsenz – irgendwo hier oder vielleicht auch weit entfernt – und so sehr ich es zu leugnen versuchte, ich fühlte mich beobachtet.

Mein Herz schlug mir bis zum Hals. Es gab keine Stimmen, keine Geräusche. Nicht einmal das körperlose Gemurmel von Geistern, das mich neuerdings so oft begleitete. Obwohl es düster und schrecklich kalt war, erschien mir die Umgebung viel zu *still*. So still, dass das Echo meiner Stiefel kilometerweit zu reichen schien. Es hallte durch die Leere und beschleunigte meinen Puls mit jeder Sekunde mehr. Mein Instinkt riet mir, lieber umzukehren. Ich zögerte jedoch, weil der Weg über die Hauptstraße viel länger war. Diese Sekunde wurde mein Verhängnis. Während ich darüber nachdachte, einfach geradeaus zu rennen, bemerkte ich etwas neben mir.

Ich fuhr sofort herum. Hier und jetzt hatte ich alles vergessen – die Eile, die Angst und sogar meine selbst auferlegte Regel, Geister niemals direkt anzusehen. So beobachtete ich aus nächster Nähe, wie eines der

Ungeheuer in der Gasse erschien. Es hatte nichts mit einem Menschen gemeinsam. Sein langer, schwarzer Körper überragte mich um mindestens zwei Köpfe und sah aus wie eine gewaltige Raupe. Ein riesiger Schatten auf unzähligen Beinen, der einfach aus der Wand kroch. Er steckte noch halb in der Mauer, als unsere Blicke sich trafen.

Ich brauchte viel zu lange, um seine ganze Gestalt zu erfassen. Die Augen des Wesens saßen in düsteren Höhlen, die keine Pupillen erkennen ließen. Viel mehr verängstigte mich aber sein Gesicht. Es gab keine Falten und keine Mimik, so als spähte ich auf eine Maske aus Porzellan. Ich hatte noch nie zuvor etwas Furchterregenderes gesehen. Der Kopf der Kreatur war viel zu klein für den massigen Körper und bog sich schwerfällig in meine Richtung. Ich musste ihn keinen Moment länger anstarren, um zu *wissen*, wem ich gegenüberstand.

Dies war eines der Monster, das Seelen fraß.

Ich hatte den Gedanken kaum zu Ende gedacht, da machte ich kehrt und rannte los. Es geschah von allein. Mein Körper gab mir kein Mitspracherecht. Die Angst war derart endgültig, dass ich sie mit jeder Faser spüren konnte. Sie triefte aus meinen Poren wie Öl, welches das Wesen hinter mir rasend machte. Für den Bruchteil eines Atemzugs hoffte ich, dass es mich nicht wahrgenommen hatte, aber es setzte sich längst in Bewegung. Ein ohrenbetäubendes Poltern zeigte, dass es mir auf den Fersen war. Kurz darauf erfasste mich ein so machtvoller Stoß, dass die Wucht mich von den Füßen riss. Ich spürte noch, wie ich ungebremst gegen eine der Straßenlaternen prallte – und dann nichts mehr.

Ich glaubte, eine Ewigkeit ohnmächtig zu sein. Als ich das nächste Mal die Lider hob, war das Biest jedoch noch da. Es konnte kaum ein Augenblick vergangen sein. Der Geist kroch durch die Seitengasse auf mich zu, sein puppenhaftes Gesicht so weiß wie der Schnee. Es war ein fast verstörender Kontrast zu seinem tiefschwarzen Körper. Je näher er kam, desto deutlicher nahm ich ihn wahr. Seinen rasselnden Atem. Sein Fauchen. Die Vibration seiner Schritte auf dem Asphalt. Ich lag auf dem Boden und blickte durch einen Schleier aus Blut, der von meiner Stirn tropfte. Ich war zu benommen, um mich aufzurichten, und realisierte nicht einmal die Gefahr. Ich lag nur da, sah dem Monster entgegen und verkrampfte vor Schmerz. Mein Brustkorb fühlte sich an, als stünde er in Flammen, genauso wie mein linkes Bein. Ich musste es mir beim Aufprall gebrochen haben. Während ich noch immer auf der Straße kauerte, bog sich meine gesamte Haltung in seine Richtung. Jede winzig kleine Regung jagte einen Stromstoß durch meinen Körper. Der Schmerz füllte mich völlig aus und ließ mich das Ungeheuer einfach vergessen.

Das Geräusch seiner schwerfälligen Bewegungen verstummte und verriet, dass es mich erreicht hatte. Es hielt direkt vor mir inne und fasste mich ins Auge – ein meterhohes Gebilde mit toten Augen und messerscharfen Zähnen. Es öffnete die Fänge und war im Begriff, sich zu mir hinab zu beugen, aber etwas hielt das Monster zurück. Sein Blick war nicht mehr auf mich gerichtet, sondern auf das Ende der Gasse. Ich war nicht in der Lage, ihm zu folgen. Ich bemerkte nur, wie der Geist reagierte. Eine Weile lang wirkte er erstarrt und hochkonzentriert, bis er auf einmal zurückwich. Auf eine groteske Art war es, als hätte er sich vor etwas erschreckt. Dabei setzten sich aberhunderte von Beinen in Bewegung und brachten das Ungetüm leise klappernd rückwärts. Ehe ich mich versah, machte es kehrt und verschwand. Es tauchte in dieselbe Mauer, aus der es gekommen war, und war wenige, rasselnde Atemzüge später verschwunden.

Ich blieb allein zurück. Mein Herz hämmerte wie ein Presslufthammer und ließ mein Blut rasen. Mir war schwindlig vom Adrenalin. Es trommelte zur Flucht, doch ich konnte ihm nicht Folge leisten. Anstatt mich aufzurappeln, sank ich in mir zusammen und umklammerte meine Wade. Ich hatte unerträgliche Schmerzen. Sie waren stärker als die Angst, stärker als mein Verstand und stärker als der kalte Schnee, der meine Jacke durchweichte.

Jede Spannung war verschwunden. Es schien unmöglich, mich aufzurichten. Ich konnte nicht mehr, als dazuliegen und mit den Zähnen zu klappern. Der Lichtkegel der Laterne traf mich wie der blasse Strahl eines künstlichen Mondes, während ich gegen meine Augenlider kämpfte. Ich durfte nicht wieder das Bewusstsein verlieren, wenn ich nicht erfrieren wollte. Wer sollte mir helfen? Ich war kaum weiter als einen halben Kilometer von meinem Haus entfernt und wusste trotzdem, dass Dad mich nie finden würde. Nicht, bevor er in fünf Stunden von der Arbeit kam und nach mir suchte. Die Vorstellung, ihn ganz allein zu lassen, machte mir fast mehr Angst als das schreckliche Ungetüm. Ich hatte keine Ahnung, ob es noch einmal zurückkommen würde, um mich zu fressen. Meine beste Chance war, den Krankenwagen zu rufen, also löste ich vorsichtig eine Hand von meiner Wade. Ich griff nach meinem Handy, doch die Tasche meiner Jeans war leer. Ich musste es verloren haben, als das Monster mich attackiert hatte.

Nein.

Ich begann zu weinen und zerwühlte mit letzter Kraft den Schnee, um mein Telefon wiederzufinden. Es dauerte nicht lange, bis ich meine Finger nicht mehr spürte, denn ich trug keine Handschuhe. Der Schmerz in meinem Bein wurde immer schlimmer. Er ließ mich wimmern, als ich versehentlich mein Knie belastete, und nahm jede Kraft aus meinen Gliedern. Ich war kurz davor, einmal mehr in mir zusammenzusinken, als ich schließlich ein Geräusch vernahm.

Schritte in der Dunkelheit.

Eine ganze Weile lang fürchtete ich, ich bildete sie mir ein. Ich konnte mir kaum vorstellen, wer in dieser verlassenen Gegend durch die Nacht wandern sollte. Ich glaubte es erst, als meine Augen einen Umriss fanden. Es war die Gestalt einer Person, die sich langsam auf mich zubewegte. Sie kam aus derselben Richtung wie ich und musste mich passieren, um die Gasse zu verlassen. Ihr Anblick flutete mich mit so großer Erleichterung, dass ich schluchzte und die Hand hob. Bevor ich jedoch etwas sagen konnte, erreichte der Fremde den Lichtkegel der Straßenlaterne.

Ich verstummte. Was auf den ersten Blick wie die Silhouette eines Mannes gewirkt hatte, war in Wahrheit ein Geist. Seine schlanke Gestalt hatte mich beinahe getäuscht, aber sein Kopf verriet ihn. Er sah aus wie der Schädel eines Hirsches, dessen dunkles Geweih in die Nachtluft ragte, und war mit leuchtend roten Augen besetzt. Ihr Anblick ließ mich wie Espenlaub zittern. Es war dasselbe wie eben – ein schwarzer Körper und eine weiße Maske. Ich war noch einem Ungeheuer begegnet, das Seelen fraß. Dem zweiten in einer Nacht.

Ich wusste nicht, was ich tun sollte. Die Verzweiflung saß wie eine Faust in meiner Brust und zwang mich, gegen die erstickten Schluchzer anzukämpfen. Ich hatte schreckliche Angst davor, was dieses Wesen mit mir tun würde. Ich hätte nicht sicherer sein können, getötet zu werden. Einzig die Tatsache, dass es mich nicht fixierte, schenkte mir einen Funken Hoffnung. Es kam mir vor, als wäre das Monster ein Schlafwandler oder in einer tiefen Trance. Es bewegte sich mit unrhythmischen, langsamen Schritten und wandelte eher, als dass es lief. Seine leuchtenden Pupillen blieben unverwandt auf die Straße gerichtet, die auch ich bis eben angesteuert hatte.

Das Wesen nahm keine Notiz von mir, während es an mir vorbeiwanderte. Nicht einmal, als ich ihm direkt entgegenspähte. Sein Körper war so pechschwarz, als säße ich einem fleischgewordenen Schatten gegenüber. Abgesehen davon sah das Wesen fast aus wie ein Mensch. Das Einzige, das den Geist überdeutlich von den anderen abhob, war sein knöcherner Schädel. Er war von langen, scharfen Zähnen besetzt, die mich mehr an einen Wolf erinnerten als an die eines Hirsches. Seine spitzen Krallen reflektierten das Licht wie ein Spiegel und mussten länger sein als meine Finger.

Das Wesen bewegte sich so leise, dass es kaum einen Laut von sich gab. Nur das raue Geräusch seines Atems verriet, dass es tatsächlich hier war. Es schenkte mir keinen Blick und keinen Funken seiner Aufmerksamkeit, bis es an mir vorbeigezogen war. Seine Füße sahen aus wie Hufe und hinterließen keine einzige Spur im Schnee.

Die schiere Panik zwang mich dazu, meinen Mund zu verdecken, um auf keinen Fall bemerkt zu werden. Ich wollte mir nicht einmal vorstellen, dass das Biest sich auf mich stürzen und mich fressen könnte. Ein rascher, unzusammenhängender Gedanke, mit dem ich den Blick vom Rücken des Geistes löste. Er fiel mehr zufällig in Richtung der Laterne und ließ mich erstarren. Dort hinten, halb vergraben im Schnee, lag mein Telefon. Es ragte aus dem kalten Weiß wie ein Grabstein und brachte meine Lippen zum Beben, denn ich erkannte sofort, was geschehen war. Der Aufprall hatte das Display in tausend Teile zerschmettert. Ich konnte die Elektroden sehen, wo die Splitter aus dem Bildschirm gefallen waren, und die Zeitanzeige des Bildschirmschoners war kaum mehr zur Hälfte erkennbar. Mein Verstand verschloss sich viel zu lang davor, was das bedeutete. Wenn ich niemanden anrufen konnte – wenn ich das Telefon nicht mehr *bedienen* konnte – dann war ich ganz allein.

Ich spürte, wie sich der frische Schnee auf meiner Jacke sammelte. Obwohl ich schrecklich fror, perlte mir vor Schmerz der Schweiß von der Stirn und trieb den Atem stoßweise über meine Lippen. Ich war noch nie zuvor so verzweifelt gewesen. Nicht, seit Mum mich verlassen hatte. Die Tränen strömten über meine Wangen, als meine Augen ein letztes Mal den fremden Geist fanden. Er hatte sich nur wenige Meter entfernt und war noch in Hörweite.

Ich wusste, es war Irrsinn. Ein Geist wie er würde mir niemals helfen, selbst, wenn er noch so friedlich erschien. Ihn anzusprechen, konnte mein Verderben sein. Es war aber auch meine einzige Chance. Ich wusste nicht, was ich sonst machen sollte. Mein Bein war so geschwollen, dass meine Jeans spannte. Ich würde damit keinen Schritt mehr tun können, also schloss ich die Augen und wappnete mich für alles, was gleich geschehen konnte.

Zumindest versuchte ich es.

„Warte."

Meine Stimme war heiser und ohne jeden Klang. Es erschreckte mich, wie entkräftet sie sich anhörte, aber der Geist bemerkte mich trotzdem. Er blieb plötzlich stehen – ein abrupter Stopp, der ihn einfach erstarren ließ. Dann wandte er sich langsam zu mir um. Das Glühen seiner roten Augen schickte einen eisigen Schauer über meinen Rücken. Sie leuchteten nicht so hell wie der Schein einer Taschenlampe, glommen jedoch deutlich genug, um meine Angst ungefiltert zurückzubringen. Sie starrten mir entgegen, ohne eine Emotion erkennen zu lassen. Zur selben Zeit setzte sich das Wesen in Bewegung. Es wanderte ohne Eile in meine Richtung, genauso wie zuvor. Dieses Mal war seine Aufmerksamkeit gänzlich auf mich gerichtet.

Ich hielt aus purem Reflex den Atem an. Das Wesen bewegte sich so achtsam und geschmeidig wie ein Raubtier. Ich hatte schon dutzende Dokumentationen über Pumas, Tiger und Wölfe auf der Jagd gesehen. Sie verschmolzen mit der Umgebung, absolut Herr ihrer Sinne, und keine ihrer Regungen geschah grundlos. Der Geist vor mir vermittelte dasselbe Gefühl. Es ließ mich an das raupenartige Monster denken und machte mir ganz plötzlich bewusst, dass ich einen schrecklichen Fehler gemacht haben könnte. Das Biest von vorhin war mir vorgekommen, als hätte es vor etwas die Flucht ergriffen. Oder vor *jemandem*. Wenn es vor diesem Geist Reißaus genommen hatte, war mein Schicksal besiegelt. Es wurde mir in dem Moment klar, in dem die gehörnte Gestalt mich erreichte. Sie kam vor mir zum Stehen und spähte auf mich herab, als wüsste sie nicht, was zu tun wäre. Kurz darauf sank sie auf die Knie und hob den Arm.

Ich fuhr zusammen und rechnete mit dem Schlimmsten, doch ich täuschte mich. Der Geist berührte mit den Krallen meine Wange, ohne mich zu verletzen, und neigte meinen Kopf. Es fühlte sich an, als prüfte er mein Genick. Dabei verließ ein Stoß bitterkalten Atems sein Maul und traf meine Stirn wie ein arktischer Wind.

„Bitte“, wisperte ich. Jede Faser meines Körpers flimmerte. „Hilf mir.“

Ich wagte es nicht, ihm in die Augen zu sehen. Stattdessen starrte ich an ihm vorbei und in den Nachthimmel, der noch immer tausende von Schneeflocken auf uns herabfallen ließ. Auf den schwarzen Schultern des Geistes wirkte es fast, als lösten sie ihn in Luft auf. Ich hatte keine Ahnung, ob wir überhaupt dieselbe Sprache verstanden. Ich fürchtete, er könnte mich nicht verstehen, weil er sich einfach nicht rührte. Er saß nur da, spähte mir entgegen und wirkte völlig konzentriert, bis er schließlich nickte. Es war die menschlichste Geste, die ich bisher von ihm gesehen hatte. Sie erleichterte mich so sehr, dass ich schluchzte.

„Heim“, sagte er. Das Wort war kaum mehr als ein belegtes Knurren und ließ mich zweifeln, es gehört zu haben. Ich hatte bisher selten mit Geistern gesprochen und noch nie einem wie ihm gegenübergestanden. Bedeutete das, er war kein böses Wesen?

„Wo?“, fügte er hinzu. Nun war ich völlig sicher, dass er mit mir sprach. Ich verstand sogar, was er wissen wollte. Er hatte sich bereit erklärt, mich nach Hause zu bringen, und griff bereits nach meiner Hüfte.

Es kostete mich alle Überwindung, mich nicht zu wehren. Der Geist hob mich vom Boden und ließ mich einfach über seine Schulter sinken. Danach stand er auf, als wöge ich nichts. Mein Bein hing lose herab und überspülte mich mit einer Welle aus Schmerz. In dieser Position war mein Brustkorb sogar noch schlimmer. Er brannte wie Feuer, wo sich mein Gewicht auf die Schulter des Geistes verlagerte. Ich konnte nicht anders, als sein Geweih zu packen und mich abzustützen. Er schien es mir nicht übel zu nehmen, auch wenn er sich nicht bewegte. Er wartete noch immer darauf, zu erfahren, wohin er mich bringen sollte. Ein Teil meines Verstandes war erschreckend klar geblieben und mahnte mich zur Vorsicht. Es war besser, ihm nicht zu sagen, wo mein Vater wohnte.

„Ins Krankenhaus“, flüsterte ich. „Wir müssen ...“

Ich versuchte, mich an die Richtung zu erinnern. Ich brauchte eine Ewigkeit, um mir überhaupt auszumalen, wo wir uns gerade befanden. Lange genug, damit der Geist mit dem Kopf schüttelte. Eine unbedachte Geste, die mich fast von seiner Schulter warf.

„Krankenhaus“, raunte er. „Ja.“

Er eilte los. So wie es aussah, kannte er den Weg. Auch der Rhythmus seiner Bewegungen hatte sich verändert, denn er war plötzlich hastig und kontrolliert. Seine Trance von zuvor schien völlig verschwunden. Jeder seiner Schritte tauchte mich in Agonie. Ich musste sein Geweih noch fester greifen, um den Schmerz zu ertragen. Auf die Straße zu blicken machte mich schwindlig, also konzentrierte ich mich auf den Rücken des Geistes. Ich hatte bisher nicht bemerkt, dass eine Art Fell seinen Kragen säumte. Es verlief über seine Schultern und bis zu seinem Nacken, wo es in seiner Haut verschwand. Dort gebar es eine Reihe von Knochen, die wie eine Wirbelsäule aussahen. Sie schien fest mit seinem Schädel verwachsen und saß an derselben Stelle wie bei einem Menschen. Nur mit dem Unterschied, dass sie sich außerhalb seines Körpers befand und sich erst an seinem Steiß verlor. Gemeinsam mit seinem Kopf war sie der einzige, weiße Farbklecks an seiner pechschwarzen Gestalt – und vermutlich der Grund, wieso er mich nicht Huckepack trug.

„Bist du ein Geist?"

Die Frage verließ wie von selbst meine Lippen. Während ich den rechten Teil seines Geweihs umklammerte, um möglichst wenig Gewicht auf meine Rippen zu verlagern, warf ich ihm einen vorsichtigen Blick zu. Ich sah fast nur seinen Hinterkopf, aber auch einen Teil seines Gesichts. So erhaschte ich ein Detail, das mir bisher verborgen geblieben war. Sein Auge wirkte nicht animalisch. Es mochte glühen und von Knochen bedeckt sein, doch seine Pupille war geformt wie die eines Menschen. Das faszinierte mich so sehr, dass ich meinen Schmerz kurz vergaß.

Bevor er antwortete, huschte seine Aufmerksamkeit auf mich.

„Ja", erwiderte er. „Du ... siehst mich."

Es war seltsam, was seine Feststellung in mir auslöste. Obwohl er das Offensichtliche aussprach, hörte es sich aus seinem Mund furchtbar endgültig an, so als wäre es in dieser Sekunde zur Realität geworden. Ja, ich konnte ihn sehen und ihn sogar berühren. Was ich seit 12 Monaten befürchtete, hatte sich heute bewahrheitet. Ich würde für den Rest meines Lebens Angst davor haben müssen, von einem Geist attackiert zu werden.

Meine Kehle war wie zugeschnürt.

„Ich hatte einen Unfall", murmelte ich. Meine Lider fühlten sich tonnenschwer und kochend heiß an. „Seitdem kann ich es nicht mehr abstellen."

Ich wusste nicht, was genau geschehen war, als Mum und ich verunglückt waren. Vielleicht hatte es mit meinem Herzstillstand zu tun. Ich war für einige Minuten tot gewesen und das hatte meine seltsame Fähigkeit vielleicht losgetreten. Mit dem Geist darüber zu sprechen, ließ die Hoffnung in mir erwachen, endlich eine Lösung zu finden. Ich wartete plötzlich mit bebenden Lippen auf seine Reaktion, erfasst von dem Wunsch, diesem Albtraum zu entkommen. Dass der Geist sich so viel Zeit zum Nachdenken nahm, verstärkte meine Verzweiflung.

„Verstehe."

Seine Antwort enttäuschte mich bitter. Nichts an seinem Ton ließ glauben, dass er mir helfen konnte. Wie sollte er auch? Es war dumm gewesen, überhaupt daran zu denken. Ich hatte schon mehr Glück als Verstand, ihm überhaupt begegnet zu sein. *Ihm* und keinem Ungeheuer, dass mich tatsächlich gefressen hätte.

„Hier ist es“, sagte der Geist.

Ich hob den Kopf und versuchte, einen Blick über meine Schulter zu werfen. Die Leuchttafel des Krankenhauses war in Sicht gekommen. Der Geist hatte mich tatsächlich hergebracht, aber es erstaunte mich beinahe mehr, einen vollständigen Satz von ihm zu hören. Je länger wir uns unterhielten, desto leichter schien ihm das Gespräch zu fallen. Auch seine Stimme wurde immer deutlicher. Anfangs hatte sie geklungen wie das verschleimte Husten eines gewaltigen Tieres. Jetzt – wenige Minuten später – ließ sich sein Ton kaum mehr von dem eines Mannes unterscheiden.

Er war bemüht darum, meine Schmerzen in Grenzen zu halten, denn er setzte mich vorsichtig nahe der Tür auf den Bürgersteig und erlaubte mir, das Tempo selbst zu bestimmen. Den leisen Aufschrei konnte ich trotzdem nicht vermeiden. Mein Bein fühlte sich an, als wäre es auf die doppelte Größe geschwollen. Es pochte wie ein zweiter Herzschlag mit meinem Puls.

Ich kämpfte meine Lider noch einmal in die Höhe. Ich wollte den Geist fragen, warum er mich ausgerechnet hier abgesetzt hatte. Es beantwortete sich von selbst, als sich hastige Schritte näherten. Eine dunkelhaarige Frau hatte mich entdeckt und kam herbeigeeilt. Da sie mein Gegenüber nicht sehen konnte, heftete sich ihr Blick auf mein Gesicht. Ich war bis auf die Knochen durchnässt von Schnee und Schweiß und musste schrecklich aussehen.

„Was ist passiert?“, keuchte die Frau erschrocken. „Geht es Ihnen gut?“

Sie lief einfach durch meinen Retter hindurch, der sich nicht daran störte. Der Rest geschah unglaublich schnell. Es dauerte nicht lange, bis jemand einen Rollstuhl brachte, und nur einen Augenblick später fuhr man mich hinein. Ich hatte mittlerweile ein Stadium an Erschöpfung erreicht, welches das Drumherum einfach ausblendete. Ich dachte nicht darüber nach, dass ich meinen Vater anrufen und mir eine Ausrede für meine Verletzungen ausdenken musste. Ich war auf den Eingang des Krankenhauses fixiert, durch dessen gläserne Schiebetüren ich den Geist noch immer sehen konnte. Er stand reglos da, sah mir nach und verschwamm in der Dunkelheit zu einem verheißungsvollen Schatten, bis die Nacht ihn verschluckte.

Kapitel 2

Es dauerte eine ganze Weile, bis man mir ein Zimmer zuwies. In dieser Zeit wurde ich untersucht, geröntgt und mit Fragen bombardiert, was geschehen und wie ich zum Krankenhaus gelangt war. Ein Teil meines Verstandes schien schon zu schlafen, aber er war trotzdem zu einer einfachen Lüge imstande. Ich erzählte dem Arzt, dass ein PKW mich angefahren und Fahrerflucht begangen hatte. Das erklärte nicht, wie ich hierhergekommen war, also hielt ich mich in dieser Hinsicht an die Wahrheit – ein netter Mann hatte mich getragen und sich dann rasch verabschiedet.

Meine Geschichte konnte niemand widerlegen, auch wenn sie mir ein paar irritierte Blicke einbrachte. Das war ich schon gewohnt, denn immerhin übte ich schon ein ganzes Jahr lang, meine seltsamen Reaktionen auf der Straße möglichst plausibel zu erklären. Der Schrecken tat sein Übriges und sorgte dafür, dass es mir egal war, ob meine Geschichte logisch klang. Ich würde die letzten Lücken stopfen müssen, wenn ich morgen mit der Polizei sprach. Nach meinem Telefonat mit Dad war klar, dass kein Weg daran vorbeiführte, Anzeige zu erstatten.

Es tat mir leid, ihm das anzutun. Der Gedanke an meinen Vater war das Einzige, das mich noch einmal aus dem Nebel der Müdigkeit befreite. Die Infusion mit Schmerzmitteln machte mich angenehm wattig, doch ich fürchtete die Ruhe. Im Krankenhaus war an Schlaf kaum zu denken. Dafür gab es hier einfach zu viele Geister. Der Blick auf den kahlen Flur war sogar noch schlimmer, denn er holte alles wieder hoch, gegen das ich schon so lange kämpfte. Den Schmerz über Mums Verlust. Die Sehnsucht. Meine Reue, als Einzige überlebt zu haben.

Ich erinnerte mich nicht mehr daran, wie lange ich nach dem Autounfall hier gewesen war. Ich wusste nur, dass ich nie schlimmere Momente erlebt hatte. Dieses Mal hatte ich zumindest Glück gehabt und durfte voraussichtlich morgen nach Hause. Mein Bein pochte gegen den Gips, weil es tatsächlich gebrochen war, und zwei meiner Rippen waren schwer geprellt. Ich konnte mir ausmalen, wie mein Vater sich fühlen musste, nachdem er mich fast schon wieder verloren hatte – ausgerechnet an ein Auto. Mir war einfach keine bessere Ausrede eingefallen. Es würde noch etwas dauern, bis er hier ankam. Bis dahin fürchtete ich den Blick in seine Augen und hoffte, dass er nicht genauso schlimm wäre wie damals.

In der stillen Einsamkeit des Krankenzimmers versuchte ich, nicht verrückt zu werden. Alles war zu viel. Was heute geschehen war, fühlte sich an wie das düsterste Kapitel meines Lebens. In all den Monaten war es mir immer gelungen, den gefährlichen Geistern auszuweichen. Ich hatte mich versteckt, sobald ich geglaubt hatte, sie wahrzunehmen. Dennoch wäre ich heute beinahe gestorben. Ich hätte mir fast einbilden können, der Tod hatte es auf mich abgesehen. Trotz des Unfalls war ich noch auf dieser Welt, im Gegensatz zu Mum, und nun floh ich vor Gestalten, die mich unweigerlich fressen wollten. Es war besser, nicht in diese Richtung zu denken. Die Traumatherapie hatte mir beigebracht, zu akzeptieren, anstatt mich zu wehren. Böse Geister waren damit allerdings wohl nicht gemeint gewesen.

Ich wusste nicht, was ich jetzt machen sollte. Wie sollte ich jemals wieder von der Arbeit nach Hause gehen, ohne einen Angriff zu erwarten? Ich konnte nicht damit aufhören, an den raupenartigen Geist zu denken. Wann immer ich die Augen schloss, sah ich seinen langen Körper und sein erstarrtes Gesicht, dessen leere Augenhöhlen mich fixierten. Ein lebendig gewordener Albtraum, dem ich heute Nacht gegenübergestanden hatte. Mir blieb nichts anderes übrig, als zu hoffen, dass meine Fähigkeit irgendwann verschwand. Oder, dass ich eines Tages lernte, den Geistern aus dem Weg zu gehen.

Während ich meinen Gedanken nachhing, döste ich ein. Der Gips verbot mir, auf der Seite zu liegen, also sank ich in die Kissen und mein Kopf auf meine Schulter. Ein kurzer Moment absoluter Ruhe, in dem sich alles friedlich anfühlte. Ich träumte davon, mit Dad zu reden und mit meiner Freundin Phoebe, die mich im Krankenhaus besuchten. Die gelöste Atmosphäre wandelte sich jedoch schnell, denn wir waren nicht allein. Das düstere Monster von vorhin lauerte direkt über uns. Es hing an der Decke, die winzigen Beine in die Mauer geschlagen, und reckte seinen übergroßen Hals langsam in meine Richtung.

Ich schlug sofort die Augen auf. Mein Erwachen wurde von einem so gewaltigen Schrecken begleitet, dass ich zuckte und daraufhin vor Schmerz zusammenfuhr. Mich erwartete dasselbe, leere Zimmer wie zuvor. Sein Anblick machte mich krank. Auch wenn mein Aufenthalt hier zur Vorsicht war, würde sich Dad sicher nicht überreden lassen, zu unterschreiben und mich sofort mitzunehmen. Ich wollte nach *Hause*. Nicht nur, weil jede Sekunde an diesem Ort ein schreckliches Déjà-vu lebendig machte, sondern auch, weil ich die Nacht fürchtete. Solange die Besuchszeit noch nicht vorüber war, ließ es sich aushalten. Die Schritte und Stimmen der vielen Menschen halfen mir, Geister auszublenden. Sobald es jedoch still wurde, würde ich nicht mehr aufhören können, sie zu sehen.

Ich beobachtete schon jetzt, wie einer von ihnen über den Flur wandelte. Es war eine Frau mit wirrem Haar und einer blutenden Wunde am Kopf, die immer wieder in dasselbe Zimmer spähte. Es kam mir vor, als suchte sie jemanden, aber sie wirkte auch gedankenverloren und abwesend. Als sich unsere Blicke begegneten, starrte sie einfach durch mich hindurch. Es brachte mich dazu, mich abzuwenden und das Fenster zu fixieren. Das Krankenhaus war der letzte Ort, an dem ich sein wollte. Die einzige Ausnahme war der Friedhof. Ich hatte ihn nur einmal betreten, seit Mum gestorben war, und es seitdem nicht mehr fertiggebracht. Ich wusste, dass ich Dad damit das Herz brach. Ich sah es ihm an, und mir ging es nicht anders. Ich hatte einfach zu große Angst davor, angegriffen zu werden, besonders in Begleitung meines Vaters. Dass er die Geister nicht bemerkte, bedeutete vielleicht nicht, dass sie ihn nicht verletzen konnten. Solange ich mir dessen nicht sicher war, durfte ich ihn nicht in Gefahr bringen.

Ich fand keine Ruhe. Meine Aufmerksamkeit war ständig auf die Umgebung konzentriert, denn jeder unachtsame Moment konnte bedeuten, gleich von jemandem erschreckt zu werden. Ich hoffte, Dad würde daran denken, mir ein Buch mitzubringen. Der Fernseher in der Ecke lief bereits, ohne mir Zerstreuung zu schenken. Ich versuchte trotzdem, mich auf das Programm zu konzentrieren, um mich abzulenken. Dabei bemerkte ich etwas vor dem Fenster. Es war eine rasche Bewegung – eine wie die, welche man oft im Augenwinkel sah – und sie wurde von zwei kleinen, roten Lichtern begleitet. Sie flackerten in der Dunkelheit auf und strahlten direkt in meine Richtung. Vor wenigen Stunden hätte mich der Anblick wahrscheinlich völlig verängstigt, doch nun ließ er mich nach den Krücken greifen und trieb mich aus dem Bett.

Der erste Schritt war übel. Ich stöhnte vor Schmerz, während ich zum Fenster humpelte und die Hand an die Scheibe legte. Obwohl die Sicherung mir nicht gestattete, es zu öffnen, erkannte ich den Geist von vorhin. Er hockte auf dem Vordach, eines seiner Knie auf den Boden gestützt. Das Licht der Straßenlaternen berührte ihn und ließ seinen knöchernen Schädel blassweiß leuchten. Als er mich entdeckte, verschwand er ganz plötzlich auf der Stelle. Ich hatte kaum einen Atemzug Zeit, mich zu wappnen, denn mit dem nächsten Blinzeln stand er bereits neben mir. Es ging so schnell, dass ich fast über die Krücken stolperte. Ich musste mich auf den Besucherstuhl sinken lassen, um meinen rasenden Herzschlag zu beruhigen.

Der Geist spähte mir entgegen, ohne eine offenkundige Miene zu zeigen. Sein Gesicht war nicht weniger erstarrt als das des Ungeheuers, das mich zu fressen versucht hatte.

„Du bist hier", flüsterte ich. Ich war bemüht, nicht zu laut zu sein, damit ich auf dem Flur nicht gehört wurde. Dabei fragte ich mich, was für ein Bild wir für einen Außenstehenden wohl abgegeben hätten. Mit seinem schwarzen Körper und dem Geweih wirkte der Geist wie der manifestierte Tod. Sein blanker Schädel unterstrich diesen Eindruck. Alles an ihm war derart unwirklich, dass meine Muskeln ununterbrochen zitterten. Er hatte mir das Leben gerettet, aber mein Körper hörte nicht damit auf, das Signal von Gefahr zu senden. Es wurde immer stärker, je länger mein Gegenüber still blieb. Bis der Geist die Stimme erhob, schien eine Ewigkeit zu vergehen.

„Ja“, sagte er. „Ich war ... in der Nähe.“

Seine Aufmerksamkeit wanderte kurz aus dem Fenster. Dorthin, wo die Straße sein musste. Danach neigte er seinen Kopf wieder in meine Richtung und suchte meinen Blick.

„Du wirst genesen“, stellte er fest. Es klang, als wollte er mich beruhigen, also warf ich ihm ein mattes Lächeln zu. Es geschah von ganz allein.

„Dank dir“, gestand ich. „Ohne dich hätte ich es nicht geschafft.“

Er hatte es offenbar nicht eilig, das Krankenhaus wieder zu verlassen. Das ließ den Gedanken in mir aufkommen, wo er wohl lebte – und, ob er extra gekommen war, um nach mir zu sehen. Es gab nur eines, das mich noch mehr interessierte.

„Warum trägst du eine Maske?“, fragte ich vorsichtig. „Bist du ein Mensch?“

Ich beobachtete ihn sehr genau. Es war unmöglich, seinem Gesicht irgendetwas zu entnehmen. Ich hoffte auf seine Körpersprache, doch bemerkte schnell, dass sie nicht viel mehr aussagte als seine Mimik. Ich hatte schon viele Geister gesehen, die wesentlich mehr gestikuliert hatten als er. Einzig die Tatsache, dass er nachdachte, war offensichtlich. Ich erkannte es daran, wie konzentriert er schwieg, bevor er mit dem Kopf schüttelte.

„Ich weiß nicht“, raunte er. „Ich erinnere mich nicht.“

Ich wölbte die Brauen. Ich wusste sehr wenig über Geister und konnte nicht beurteilen, ob es normal war, nach dem Tod sein Gedächtnis zu verlieren. Andererseits brauchte ich ihn nur ins Auge zu fassen, um zu realisieren, dass nichts an ihm *normal* war. Seine Statur erinnerte an die eines Mannes, und ich hatte nicht vergessen, wie menschlich seine Augen aus der Nähe wirkten. Von hier aus hätte ich daran zweifeln können, denn im schummerigen Licht raubte ihnen ihr roter Schein jedes Detail. Konnten sich tote Menschen in solch ein Wesen verwandeln? Die Ratlosigkeit musste mir ins Gesicht geschrieben stehen. Da war ein Abgrund, der nach mir packte. Wenn dieser Geist tatsächlich mal ein Mensch gewesen war, galt das dann auch für das Ungeheuer von vorhin? Ich musste meine ganze Kraft aufbringen, um die Vorstellung abzuschütteln. Ich wollte mir das nicht ausmalen. Nicht nach allem, was heute geschehen war.

„Wie heißt du?"

Die Worte hatten kaum meine Lippen verlassen, da gab mir sein neuerliches Kopfschütteln die Antwort. Er hatte offenbar auch seinen Namen vergessen. Ich stellte es mir schrecklich vor, durch die Nacht zu wandern nicht einmal zu wissen, wer man war. Wie konnte das passieren? Er ließ mir keine Gelegenheit, nachzubohren. Ehe ich es tun konnte, kam er mir zuvor und wechselte das Thema.

„Ich kam, um dich zu warnen."

Das plötzliche Unheil in seiner Stimme trieb einen Schauer über meinen Rücken. Es fesselte meine Aufmerksamkeit vollends an ihn – so sehr, dass ich alles um uns herum vergaß. Das Einzige, das noch immer klar zu mir durchdrang, war der dröhnende Schmerz. Er zog sich durch meine Wade, übers Knie und bis in den Oberschenkel. Ich musste den Gips hochlagern, um mein Bein wenigstens etwas zu beruhigen. Meine Rippen straften mich dafür. Das würde eine sehr lange Nacht werden.

„Wovor?", wisperte ich. Ich ahnte vage, dass es mit dem Monster in der Seitengasse zu tun hatte, und behielt recht.

„Wenn du Geister berühren kannst, gilt das auch für sie", erklärte der gehörnte Mann. Der dumpfe Schein seiner Iriden lag unverwandt auf meinen Zügen. „Gesellschaft ist Sicherheit. Menschen sind zu laut."

Darüber dachte ich lange nach. Nicht nur, weil es der längste Satz war, den er je gesagt hatte. Ich glaubte auch, seinen Sinn zu verstehen. Ich hatte heute schmerzhaft erfahren, dass mich Geister jederzeit attackieren konnten. Auch das mit der Gesellschaft klang logisch. Wenn ich mit Phoebe in der Stadt war, sah ich die fremden Gestalten eher selten. Je mehr Menschen und Lärm mich umgaben, desto sicherer fühlte ich mich. So wie es aussah, hatte ich es mir nicht eingebildet.

Der Geist nickte, als las er meine Gedanken.

„Bleib fort aus der Dunkelheit“, raunte er. „Und aus einsamen Straßen.“

Es war ein gutgemeinter Rat. Ein Hinweis, der mir helfen sollte, mich fortan hoffentlich aus den Angelegenheiten der anderen Welt herauszuhalten. Hier und jetzt hätte ich dem Geist dafür nicht dankbarer sein können. Die Tatsache, dass er mich noch einmal besucht hatte, um mir das mit auf den Weg zu geben, berührte mich. Was er auch sein mochte, hinter seiner unheimlichen Fassade verbarg sich offenbar ein gutes Herz.

Es wäre die beste Gelegenheit gewesen, die Wahrheit zu erfahren. Ich wollte ihn fragen, was genau das Biest von vorhin gewesen war und ob er wusste, wie sie sich vertreiben ließen. Letztendlich saß ich jedoch da, spähte in seine Augen und bekam nur ein einziges Wort heraus.

„Danke.“

Es war ehrlich gemeint. Ich wusste, was er für mich getan und wovor er mich bewahrt hatte. Wenn seine zufällige Anwesenheit wirklich für die Flucht meines Peinigers verantwortlich war, hatte er mir gleich zwei Mal das Leben gerettet. Es schien mehr gute Geister zu geben als gedacht, und das erleichterte mich sehr. Es fühlte sich an, als wurde mein Schicksal dadurch ein wenig leichter.

Der gehörnte Mann war im Begriff, etwas zu erwidern. Dabei öffneten sich seine massigen Kiefer und entließen einen Atemzug, der sich wie ein eisiger Schleier über den Raum legte. Ich konnte *spüren*, dass die Temperatur sank. Was der Geist sagen wollte, sollte ich allerdings nie erfahren. Das Klappen der Tür hielt ihn ab, denn jemand betrat den Raum.

Als mein Kopf herumruckte, sah ich den Geist im Augenwinkel verschwinden. Er löste sich auf wie dünner Rauch – oder wie ein Tagtraum, der nie wirklich dagewesen war. Es dauerte kaum ein Blinzeln, bis seine Gestalt fortgewischt wurde.

„Dawn!“

Ich war so perplex, dass ich Dad anfangs nicht erkannte. Mein Verstand war noch immer auf meine Gesellschaft von eben und ihre mahnenden Worte konzentriert, bis eine Berührung mich zurück ins Jetzt holte. Dad war zum Stuhl geeilt und hielt mich bei den Schultern, während sein Blick über meinen Körper huschte. Er besah all die Kratzer, den Gips und das dicke Pflaster auf meiner Schläfe. Sein Gesicht war erschüttert und kreidebleich.

„Sag mir, was passiert ist", verlangte er. Wenn er mich so konzentriert beobachtete, wirkten seine Iriden noch grüner als meine. Zudem fiel mir auf, wie stark sein Bart ergraut war. Er schien mit jedem Monat nach Mums Tod ein wenig mehr von seiner schwarzen Farbe eingebüßt zu haben. Es war seltsam, dass mir das ausgerechnet jetzt einen Stich versetzte.

Anstatt zu antworten, schlang ich die Arme um seinen Nacken und zog ihn an mich, so fest ich konnte. Ich war unendlich erleichtert, noch hier zu sein.

„Wie geht es dir?"

Seine Verzweiflung war offensichtlich. Er rieb so sanft meinen Rücken, als fürchtete er, mich zu zerbrechen. Mein Zittern musste ihm Angst machen, dabei lag es nur an der Kälte, die der Geist verbreitet hatte. Ich musste dringend wieder unter die Decke.

„Schon gut", seufzte ich. „Ich bin okay."

Es fühlte sich an wie Balsam, seine Stimme zu hören. Ich besaß keine Tanten, keine Onkel und auch keine erreichbaren Großeltern. Mein Vater war alles, was ich noch hatte. Es schmerzte mich, ihn so aufgelöst und müde zu sehen. Die tiefen Ringe unter seinen Augen waren unübersehbar, also entfernte ich mich und griff nach den Krücken. Dad verstand das als Aufforderung und hob mich kurzerhand zurück ins Bett. Danach deckte er mich zu, bis er sicher war, dass mich kein Luftzug mehr erreichte.

„Die Ärzte sagen, du wurdest angefahren", wisperte er. Aus seinem Mund klang es noch schlimmer, als ich befürchtet hatte. Mein Gespräch mit dem Geist hatte mich völlig davon abgelenkt, was ich eigentlich zu tun versucht hatte – mir eine Möglichkeit auszudenken, meinen Vater zu beschwichtigen. Ich musste ein paar ruhige Worte mit ihm wechseln, ohne ihm noch mehr Sorgen zu bereiten, und danach würde ich ihn rauswerfen. Er sollte wenigstens ein paar Stunden Schlaf bekommen, bevor um sechs sein Wecker klingelte. Zumindest, wenn er nach meiner erfundenen Geschichte überhaupt noch ein Auge zubekam.

Mein Gewissen plagte mich. Dad hatte einen der Stühle neben das Bett geschoben und saß schrecklich eingesunken da. Die Art, wie er sein Kinn mit der Hand stützte, sprach Bände. Jeder Blick in sein Gesicht ließ mich hautnahe miterleben, wie er sich fühlte. Wir hatten uns geschworen, zusammenzuhalten. Ihn alleinzulassen, war eine unerträgliche Vorstellung. Sie erinnerte mich daran, dass ich nicht nur für mich vorsichtig sein musste, sondern auch für *ihn*.

Ganz gleich, welchen Ungeheuern ich in meinem Leben noch begegnen würde – ich musste zu Dad zurückkehren. Ich hatte diesen Beschluss nie so deutlich gespürt wie an diesem Abend. Er schien mir die Kraft zu geben, geradeaus zu blicken. Ich hatte eine zweite Chance bekommen. Schon wieder. Von jetzt an musste ich selbst sicherstellen, mich nicht noch einmal in Gefahr zu bringen.

Ich rieb mir die Stirn. Ich würde Dad erzählen, dass ich dem Auto knapp ausgewichen war und mir dabei das Bein gebrochen hatte. Es klang nicht ganz so dramatisch wie die erste Version und bewahrte mich vielleicht davor, wirklich Anzeige erstatten zu müssen. Ich hasste es, ihm ins Gesicht zu lügen. Es machte mich aber auch froh, weil es das kleinere Übel war. Auf diese Weise musste ich meinem gepeinigten Vater nicht gestehen, dass ich fast gefressen und nur aus purem Glück von einem Geist gerettet worden war.

Einem Geist, der nicht einmal einen Namen besaß.

Kapitel 3

Der Anbruch der warmen Jahreszeit fühlte sich an wie ein Segen. Nachdem Littlewood Ende März von einem letzten Kälteeinbruch erhascht worden war, stiegen im April die Temperaturen und die Tage wurden länger. Ich hätte mir nichts mehr wünschen können als spätere Sonnenuntergänge. Von jetzt an brauchte ich mir keine Sorgen mehr um meinen Heimweg von der Bibliothek zu machen und musste auch am Wochenende nicht darauf achten, vor sechs Uhr zu Hause zu sein. Phoebe gefiel das, weil wir deswegen wieder mehr Zeit in der Stadt verbringen konnten. Seit meinem angeblichen Unfall im Januar hatte sie mich so oft es ging nach Hause eskortiert und ich war froh, ihr ein wenig Freiraum zurückgeben zu können. Sie machte eine Ausbildung zur Tierarzthelferin und hatte wirklich genug um die Ohren.

Als ich mich an diesem Abend an meinen Schreibtisch sinken ließ, warf ich einen nachdenklichen Blick hinaus. Mein Tisch stand direkt unter dem Fenster, also musste ich nur den Hals recken, um auf die Straße zu spähen. *Seitengasse* hätte es wohl besser getroffen, denn selbst für Littlewoods Stadtrand lag unser Haus ziemlich abgelegen. Hier fuhren nur selten Autos vorbei und auch Passanten verirrten sich kaum hierher.

Heute war das nicht anders. Meine Augen fanden nichts als düsteren Asphalt und die einsame Gestalt der Straßenlaterne, die ihren kalten Schein durch die Scheibe warf. Er berührte die Tischplatte und blendete mich ein wenig, weswegen ich nach der Gardine griff und sie vorzog.

Danach nahm ich einen der Ordner und durchsuchte ihn nach dem Bild, an dem ich zuletzt gearbeitet hatte.

Es war eine schnelle Skizze, aber ich hatte begonnen, sie zu mögen. Sie zeigte den seltsamen Geist, der mir vor fast fünf Monaten das Leben gerettet hatte. Ich hatte seinen knöchernen Schädel mit scharfen Linien gezeichnet und plante, den Rest seines Körpers mit dem Hintergrund zu verwischen. Wenn mein Vorhaben aufging, würde es aussehen, als verschmolz er mit der Dunkelheit, genauso wie in der Realität. Ich sah ihn noch ganz genau vor mir. Seine leuchtenden Augen, seine hervorstehende Wirbelsäule. Das Fell an seinen Schultern. Ich war ihm seit dieser Nacht nie wieder über den Weg gelaufen und erinnerte mich doch an jedes Detail, als wäre unsere Begegnung erst wenige Tage her. Er hatte mich sogar dazu gebracht, wieder einen Bleistift in die Hand zu nehmen.

Zeichnen war immer meine Leidenschaft gewesen, aber Mums Tod hatte das verändert. Der düstere Geist mit dem Geweih war das erste Bild überhaupt, an dem ich seit über einem Jahr arbeitete. Ich wusste nicht einmal wieso. Die Erinnerung an ihn ließ mich einfach nicht los, bevor ich ihn nicht gezeichnet hatte. Meine Hand bewegte sich von allein. Ich musste nur den Kopf ausschalten, um ihn immer mehr Gestalt annehmen zu lassen. Während die Mine über das Papier huschte, dachte ich an nichts und lauschte ihrem leisen Kratzen. Mir wurde erst jetzt bewusst, wie sehr mir dieses Gefühl gefehlt hatte. Es hatte eine Leichtigkeit – fast wie Fliegen – und war damals einfach verschwunden. Mum war immer mein größter Fan gewesen. Der bloße Gedanke daran, ihr meine Bilder nicht mehr zeigen zu können, hatte mir jede Inspiration geraubt.

„Was machst du?“

Dads Stimme erschreckte mich zu Tode. Ich fuhr so heftig zusammen, dass ich den Stift von mir warf. Es war pures Glück, dass ich meinen Vater nicht mit dem Bürostuhl anfuhr. Ich war schon im Begriff gewesen, aufzuspringen.

Dad war entsetzt. Sein Gesicht wirkte so reuevoll, dass mir meine eigene Reaktion leidtat. Er hatte die Hände erhoben, als wollte er sich ergeben.

„Dawn“, raunte er. „Ich wollte dich nicht erschrecken. Entschuldige.“

Ich seufzte lautlos und sank wieder gegen die Lehne. Das war definitiv Dads Superkraft. Er hatte die Angewohnheit, unwahrscheinlich leise zu sein. Leise genug, um ständig irgendjemanden zu erschrecken. Selbst seine Kollegen beschwerten sich darüber. Eine Weile lang hatte Dad deswegen versucht, mit einem Räuspern auf sich aufmerksam zu machen, aber der plötzliche Laut erschreckte die meisten Leute sogar noch mehr. Mum hatte regelmäßig wegen ihm aufgeschrien, besonders in der Küche.

„Es war so still." Dad zuckte mit den Schultern. „Da wollte ich sehen, ob alles in Ordnung ist."

Ich konnte nicht anders, als ihm ein betrübtes Lächeln zu schenken. Ich wusste genau, was in ihm vorging. Seit meinem Angriff versuchte er, besser auf mich aufzupassen. Er machte sich ständig Sorgen, dass es mir an irgendetwas fehlte. Jeder unüberlegte Gesichtsausdruck alarmierte ihn. Obwohl mein Bein und meine Rippen gut verheilt waren, behandelte er mich wie ein rohes Ei. Auf der einen Seite machte es mich glücklich, weil es zeigte, wie viel ihm an mir lag, doch mein schlechtes Gewissen überwog. Ich wollte nicht, dass er sich wegen mir noch gestresster fühlte. Die Doppelschichten verlangten ihm schon jetzt viel zu viel ab – und die Albträume taten den Rest. Er litt unter ihnen, seit Mum nicht mehr bei uns war, und die Sache im Januar hatte sie ganz sicher befeuert.

Ich spähte langsam über meine Schulter. Mein Vater folgte meiner Geste sofort, denn er musste das Bild längst gesehen haben. Er konnte die Freude in seinen Zügen kaum verbergen.

„Du zeichnest", stellte er fest. Seine Stimme war einfühlsam und sehr bedacht. „Das ist schön."

Ich sah, wie er den Hals reckte.

„Was ist das für ein Motiv?"

Einen Moment lang wusste ich nicht, was ich erwidern sollte. Wenn ich ihm das Bild einfach so zeigte, dachte er unter Garantie, ich hatte psychische Probleme. Aus diesem Grund rollte ich wieder zum Schreibtisch und fischte den Stift vom Boden, um etwas Zeit zu gewinnen. Dad trat derweil neben mich und runzelte beim Anblick der düsteren Gestalt die Stirn. Seine Reaktion war genau wie erwartet.

„Ich weiß nicht“, murmelte ich. „Ich glaube, ich habe ihn gesehen. Damals im Januar.“

Ich hatte schon oft darüber nachgedacht, ihm die Wahrheit zu sagen – über die Geister und mein vorsichtiges Verhalten. Es hätte mir eine große Last genommen, begründen zu können, wieso ich mich nicht zum Friedhof traute. Wann immer ich jedoch versuchte, das Thema anzuschlagen, ließ ich es wieder fallen. Ein einziger Blick in die müden Augen meines Vaters zwang mich auch heute dazu. Ich konnte ihm einfach nicht noch mehr aufbürden.

„Vielleicht war er mein Schutzengel“, fügte ich an. Ich hoffte, meine Bemerkung lenkte das Gespräch in eine andere Richtung. Es schien zu funktionieren. Ich erkannte es daran, wie sich Dads Miene glättete, während er mit einer Hand durch seinen Bart fuhr. Das tat er immer, wenn er nachdachte.

„Na ja …“, antwortete er gedehnt. „Nicht das Aussehen ist wichtig, sondern was sich dahinter verbirgt.“

Er sah mich wieder an. Da war eine Spur der Sorge in seinen Zügen gewesen, die nun verschwand. Als er sich zu mir beugte, wirkte er nur noch erleichtert. Seine Lippen fanden meine Stirn und hinterließen einen achtsamen Kuss auf meiner Haut.

„Er scheint seinen Job gut gemacht zu haben“, sagte er. „Das ist alles, was zählt.“

Er ließ wieder von mir ab und war im Begriff zu gehen, also hielt ich ihn zurück.

„Dad.“

Er blieb stehen. Sein Gesicht war erwartungsvoll und nahm mir den Wind aus den Segeln. Ich hätte mir nichts mehr wünschen können, als dass er endlich damit aufhörte, sich für mich aufzureiben. Er schob Doppelschichten, um mir eine Kunsthochschule zu ermöglichen, die ich gar nicht mehr besuchen wollte. Ich hatte zwar wieder mit dem Zeichnen angefangen, aber das änderte nichts an meiner Entscheidung. Ich wollte nicht mehr studieren. Schon lange nicht mehr. Wenn er endlich seinen Zweitjob kündigte, konnten meine Einnahmen aus der Bibliothek einen Teil der Miete bezahlen und alles wäre in Ordnung. Er hatte sich jedoch so sehr darüber gefreut, mich mit einem Stift in der Hand zu sehen, dass ich es nicht übers Herz brachte, etwas zu sagen. Ich würde mir dieses Gespräch für eine andere Gelegenheit aufheben.

„Mach dir keine Sorgen um mich", bat ich stattdessen und schenkte ihm ein mattes Lächeln. „Mir geht's gut."

Seine Antwort war ein stummes Nicken, mit dem er schließlich zur Tür wanderte. Mein Zimmer war der einzige Raum im Obergeschoss und lag direkt unter dem Dach, deswegen musste er die schmale Treppe nehmen. Er war immer sehr vorsichtig, weil die Stufen für Schuhgröße 47 ein wenig klein geraten waren. Ich hörte die Dielen knarren und hätte von meinem Stuhl aus beobachten können, wie sein Rücken mit jedem Schritt ein wenig mehr verschwand.

Meine Aufmerksamkeit war allerdings auf etwas anderes konzentriert. Neben der Tür, kaum zehn Zentimeter von meinem Bett entfernt, ragte etwas aus der Wand. Es sah aus wie eine gelockte Perücke und gehörte definitiv nicht dorthin. Ein winziges, zufälliges Detail, das mein Herz mit einem Schlag zum Rasen brachte. Zumindest solange, bis dem seltsamen Haarschopf ein Gesicht folgte. Es schälte sich aus der Tapete und blinzelte mir entgegen.

„Ist er weg?"

Ich verdrehte die Augen. Es war nur Becca – der erste, freundliche Geist, dem ich je begegnet war. Ich konnte mich nicht mehr daran erinnern, wie oft ich sie schon darum gebeten hatte, sich etwas mehr wie ein Mensch zu verhalten. Geister mussten keine Türen benutzen, aber das bedeutete nicht, dass sie mich jedes Mal zu Tode erschrecken durfte.

„Ja", antwortete ich mit dünner Stimme. „Er ist nach unten gegangen."

Becca ließ sich nicht zwei Mal bitten. Noch während ich sprach, schritt sie endgültig durch die Wand und in mein Zimmer. Dort hielt sie auf dem Teppich inne und grinste mir entgegen. Ihr kastanienbraunes Haar fiel ihr in wilden Locken über die Schultern und bildete einen Kontrast zu ihren blauen Augen. Hätte ich es nicht besser gewusst, hätte ich glauben können, sie wäre ein Mensch aus Fleisch und Blut. Es gab nichts, dass sie sichtlich von mir unterschied. Es wurde erst deutlich, als sie sich auf mein

Bett fallen ließ, denn die Matratze reagierte nicht auf ihr Gewicht. Nicht einmal das Kissen bewegte sich, obwohl sie es mit dem Ellenbogen traf.

„Gut", erwiderte sie zufrieden. „Ich bin nämlich schüchtern."

Ihre Worte brachten mich zum Kichern. Ich wusste, sie mochte meinen Vater. Sie hatte vermutlich draußen gewartet, um uns etwas Privatsphäre zu geben. In dieser Hinsicht war ich froh, dass Becca ein Mädchen war. Ich musste mich nicht davor fürchten, im BH von ihr überrascht zu werden.

„Warum bist du schon hier?", fragte ich. Ich saß noch immer auf meinem Bürostuhl und rollte etwas näher, damit Dad mich nicht hörte. „Ich dachte, du wolltest noch eine Weile suchen."

Becca zog einen Flunsch und machte eine dramatische Geste in Richtung der Balkontür. Sie war ganz aus Glas und führte auf den einzigen kleinen Balkon, den unser Haus besaß.

„Das hatte ich auch vor", brummte Becca. „Aber der Klagende ist heute so laut."

Sie presste die Lippen aufeinander.

„Ich hatte Angst, er lockt eins von diesen *Dingern* an."

Ihre Feststellung verbreitete Unheil im Raum. Es legte sich über uns wie ein Schleier und schien die lockere Atmosphäre beinahe zu ersticken.

Ich konnte nicht anders, als hinzuhören, und vernahm es sofort: ein leises Jammern, das dumpf an meine Ohren drang. Becca hatte recht. Es war selten, dass man den Klagenden bis hier hören konnte. Er war ein Geist wie sie – ein Mann mittleren Alters – und brachte die meiste Zeit damit zu, auf einem der Hinterhöfe zu stehen und zu klagen. Das hatte ihm auch seinen Namen eingebracht. Seine Worte waren kaum verständlich, aber ich vermutete, dass er jemanden vermisste. Becca hatte schon öfters versucht, mit ihm zu sprechen. Er reagierte leider auf niemanden.

„Da dachte ich, ich komme lieber nach Hause und leiste dir Gesellschaft."

Becca zuckte mit den Schultern und schlug die Beine übereinander. Sie trug ein sommerliches, schwarzes Top mit Leggings und konnte kaum älter gewesen sein als ich, als sie damals gestorben war. Ich hatte von ihr gelernt, dass Geister meist die Kleidung behielten, in der sie umgekommen waren. Es fiel ihnen sehr schwer, ihr Aussehen bewusst zu verändern. Das war wohl auch der Grund dafür, dass mir so häufig Geister in Krankenhaushemden begegneten. In Beccas Fall handelte es sich um das Outfit für eine Party, auf deren Rückweg sie tödlich verunglückt war. Ihr Freund hatte zu viel getrunken und die Kontrolle über den Wagen verloren.

Ich warf ihr einen Blick zu und lächelte matt. Ich hatte mich allmählich daran gewöhnt, einen Geist zur Freundin zu haben. Becca war eines Tages einfach in meinem Zimmer aufgetaucht und seitdem eine Art Mitbewohnerin, die mein Vater weder sah noch hörte. Unser ähnliches Schicksal hatte uns schnell verbunden. Außerdem war Becca hier sicher. Was die Gefahr durch andere Geister betraf, saßen wir beide im selben Boot. Nicht nur ich musste darauf achten, den Seelenfressern nicht über den Weg zu laufen, sondern auch Becca. Ein einfacher Geist konnte den seltsamen Wesen mit den weißen Masken kaum etwas entgegensetzen. Ich hatte es selbst erlebt und war froh, dass Becca auf sich aufpasste.

Ich musste sie eine Weile lang gedankenverloren angestarrt haben, denn Becca wölbte die Brauen. Das tat sie immer, wenn ihr etwas missfiel.

„Was ist los?", wollte sie wissen. „Du guckst so ernst. Ist was passiert?"

Ich schüttelte mit dem Kopf. „Nein. Ich hoffe, du findest deinen Bruder bald."

Becca war gut darin, ihre Gefühle nicht zu zeigen. Wenn sie etwas belastete, grinste sie für gewöhnlich und machte Witze, anstatt sich von mir trösten zu lassen. Damit war sie das genaue Gegenteil von mir, die ihre Gesichtszüge nur selten unter Kontrolle behielt. Ich hatte ein lausiges Pokerface.

Meine Worte entlockten Becca ein genervtes Stöhnen.

„Manchmal denke ich, ich bin zu blöd oder so", gestand sie. „Wie schwer kann es sein, einen kleinen Jungen zu finden? Ich habe schon zig Mal die Grundschule abgeklappert."

Während sie sprach, gesellte ich mich zu ihr aufs Bett und legte den Arm um sie. Sie sollte wissen, dass ich ihr beistand und ihr zu helfen versuchte, wo es ging. Schon seit ich Becca kannte, suchte sie nach ihrem kleinen Bruder, um wenigstens noch einmal nach ihm zu sehen. Obwohl wir in einer Kleinstadt lebten, schien das gar nicht so einfach. Becca erinnerte sich nicht mehr genau daran, wann sie gestorben war, also wussten wir auch nicht, wie alt ihr Bruder mittlerweile sein musste. Manche Menschen brauchten nach ihrem Tod eine Weile, um wieder richtig zu Bewusstsein zu kommen. Manche taten es nie – so wie der Klagende – und auch bei Becca hatte es länger gedauert. Ihr Elternhaus war in der Zwischenzeit verkauft worden und ihre Familie umgezogen.

„Ich weiß, es wird klappen", murmelte ich. „Irgendwann."

Das war ehrlich gemeint. Ich kannte den Schmerz, einen Menschen zu verlieren, genauso wie Beccas Hartnäckigkeit. Sie würde nicht aufgeben. Wenn ihr Bruder noch in Littlewood lebte, würde sie ihm irgendwann über den Weg laufen.

„Darauf kannst du wetten", knurrte sie. „Ich habe diesem Bengel die Windeln gewechselt. Wenn ich ihn endlich erwische, spuke ich in seinem Haus und werfe ihm die Putzmittel um."

Das brachte mich zum Lachen. Sie meinte es nicht wirklich ernst. Es war einfach Beccas Art, sich selbst Mut zuzusprechen. Manchmal bewunderte ich sie dafür.

„Ich halte auch die Augen offen", versprach ich und rieb ihre Schulter. „Wenn ich einen Jungen mit dunklen Locken sehe, sage ich Bescheid."

Becca spähte mir entgegen und warf mir ein Lächeln zu. Ihre großen Paillettenohrringe schlugen wie Pendel gegen ihre Wangen. „Danke, Süße. Ich weiß das zu schätzen."

Es war immer wieder faszinierend, neben einem Geist zu sitzen. Ich konnte Becca berühren und roch sogar das fruchtige Parfum, das sie vor ihrem plötzlichen Tod aufgelegt hatte. Ihr Gewicht senkte jedoch nicht einmal die Matratze, denn diese Welt ließ sich nicht mehr von ihr beeinflussen. Becca konnte auf meinem Bett sitzen, aber es war ein fast unmögliches Unterfangen für sie, die Decke anzuheben. Geistern blieb jeder Einfluss verwehrt – selbst, wenn es nur darum ging, einen Bleistift zu bewegen. Sie waren erstarrt und auf meiner Ebene bestenfalls zu Gast.

„Und?", fragte meine Freundin schließlich. Sie sprang bereits vom Bett, um sich ungeniert auf meiner Schreibtischplatte niederzulassen. Wenn man tot war, brauchte man wenigstens nicht zu fürchten, irgendetwas kaputtzumachen.

„Was steht heute Abend an?“, fügte sie hinzu. „Lust auf eine Pyjamaparty? Oder einen Gruselfilm?“

Ich zog eine Grimasse. Sie wusste ganz genau, dass ich den Horrorfilmen abgeschworen hatte, seit ich Geister sah. Das Letzte, das ich gebrauchen konnte, waren noch feinere Antennen aufgrund eines unheimlichen Films.

„Wie wär's mit einem Liebesdrama?“, schlug ich vor. „Danach muss ich aber leider ins Bett. Ich bin um neun mit Phoebe verabredet.“

Für den Bruchteil einer Sekunde sah es so aus, als schürzte Becca eifersüchtig die Lippen. Sie fand ihre Fröhlichkeit allerdings schnell wieder.

„Meinetwegen“, flötete sie. „Wirf die Glotze an.“

Ich beobachtete, wie sie nach der Fernbedienung langte. Ihre Finger gingen glatt hindurch und ließen sie kritisch die Stirn runzeln, also eilte ich ihr zu Hilfe. Der Streamingdienst hatte ganz sicher einen Film parat, den wir noch nicht kannten.

Während ich schnell in mein Nachthemd schlüpfte, bewegte sich Becca wieder zum Bett und rückte bis unter die Schräge, um genügend Platz zu lassen.

„Manchmal vermisse ich das Popcorn“, seufzte sie. „Und die Cola.“

Darüber dachte ich nach, bis ich mich zu ihr gesellte. Wann immer ihr Arm mich berührte, hatte er stets dieselbe Temperatur wie meine eigene Haut.

„Dafür wird man nicht dick“, kicherte ich. „Das ist doch auch ein Vorteil.“

Becca gluckste.

„Stimmt auch wieder.“

Ich schaltete eine Weile durch das Angebot, bis wir einen guten Film fanden. Es war eine historische Komödie, die eine große Portion Romantik versprach – genau das richtige Programm für uns. Ich würde wohl mal wieder mittendrin einschlafen und mich darauf verlassen müssen, dass Becca mir den Rest erzählte. In den acht Monaten, seit ich sie kannte, war sie so etwas wie eine Schwester für mich geworden. Sie kam zwar nicht oft vorbei, da sie abends meist nach ihrem Bruder suchte, aber ich freute mich über jeden ihrer Besuche. Kurz nach Mums Tod hatte ich nichts mehr gefürchtet als die Nächte. Immer dann, wenn Dad zu Bett gegangen war, hatten mich die Gedanken und die Trauer am schlimmsten heimgesucht. Das hatte sich erst nach meiner Begegnung mit Becca verändert. Ihre nächtliche Gesellschaft hatte mich auf andere Gedanken gebracht, bis ich gelernt hatte, wieder selbst zu stehen. Dafür würde ich ihr für immer dankbar sein.

Auch heute versprühte sie eine Normalität, die es mir leicht machte, alles zu vergessen. Hier und jetzt war es nicht wichtig, ob sie ein Geist oder ein Mensch war und was draußen auf uns lauerte. Mein Zimmer war eine sichere Bastion. Das leise Murmeln des Fernsehers übertönte die traurige Stimme des Klagenden, also schloss ich die Augen und konzentrierte mich auf den Frieden, bis meine Gedanken sich verloren.

„Wie findest du das?"

Als Phoebe mir am nächsten Tag einen dunklen Rollkragenpullover zeigte, musste ich mir ein leichtes Gähnen verkneifen. 11 Uhr war eine ziemlich harsche Zeit – zumindest an einem Wochenende – und der Milchkaffee von eben hatte meine Lebensgeister nur teilweise wiedererweckt. Phoebe hingegen war hellwach und absolut begeistert über die neue Kollektion unserer kleinen Stadtboutique. In Littlewood gab es wenige Orte, an denen man Modenschau spielen konnte. Auch deswegen fanden wir uns hier ein, so oft es ging. Es gab Umkleidekabinen mit großen Spiegeln, in denen man sich stundenlang betrachten konnte. Phoebe hatte eine ganze Sammlung von Selfies in Outfits, von denen die wenigsten tatsächlich in ihrem Schrank gelandet waren.

„Zu gewagt?"

Auf ihre Frage hin zuckte ich mit den Schultern. Phoebe zu beraten, war schwierig. Sie konnte fast alles tragen, weil sie sich traute, ihre Kurven zu zeigen. Sie scheute nicht vor enger Kleidung zurück, zu welcher der Pullover definitiv gehörte. Er war schmal geschnitten, besonders an den Schultern, und passte zu ihren dunkelbraunen Augen.

„Ich denke, er betont deine Taille", meinte ich verheißungsvoll. „Da hilft nur Anprobieren."

Sie schenkte mir ein verwegenes Grinsen. Ich konnte es kaum sehen, weil sie schon auf dem Absatz kehrtmachte und in einer der Kabinen verschwand. Ich hatte in der Zwischenzeit auch etwas gefunden – ein ärmelloses Oberteil mit Federn darauf. Es gefiel mir sehr, weil es mich an mein Tattoo erinnerte. Ich hatte es mir zum Andenken an Mum auf den Unterarm stechen lassen und als Motiv eine Engelsfeder gewählt, die ganz ähnlich gezeichnet war.

Phoebe bemerkte, wie ich den Bügel vom Haken nahm. Sie ließ den Vorhang offen und sah mir erwartungsvoll entgegen. Ich wusste, sie nahm mir mein Kopfschütteln nicht übel. Anstatt mir die Kabine mit ihr zu teilen, huschte ich in eine andere und zog den dunkelroten Vorhang zu. Erst dann streifte ich langsam mein Shirt ab.

Dank des großen Spiegels war es viel leichter, einen Blick auf meine Narbe zu werfen. Sie begann zwischen meinen Schulterblättern und reichte bis knapp zum Steiß, wodurch sie meinen gesamten Rücken entstellte. Die Stelle, auf welcher der BH-Träger scheuerte, hatte sich gerötet und betonte den wulstigen Umriss noch zusätzlich. Die Narbe war entstanden, als mich die Ersthelfer aus dem zersplitterten Autofenster gezerrt hatten, um mich wiederzubeleben. Sie war der Beweis dafür, dass ich überlebt hatte, und ich hasste sie. Seit mich dieser Schandfleck begleitete, erinnerte er mich an Schmerz und Verlust. Ein hässliches Echo des Unglücks, das für immer auf meiner Haut verewigt bleiben würde.

Ich wusste, es war unsinnig, sich wegen so etwas zu schämen. Ich konnte nur einfach nichts daran ändern. Solange ich den Anblick selbst kaum ertrug, wollte ich die Narbe vor aller Welt verstecken. Auch, wenn es bedeutete, mir keine Umkleidekabine mehr mit meinen Freunden zu teilen.

Ich seufzte. Obwohl das Shirt mit den Federn gut passte, war es am Kragen etwas zu tief geschnitten. Eine falsche Bewegung würde wohl reichen, um einen Teil der Narbe aufblitzen zu lassen, also streifte ich es wieder ab und befestigte es schweren Herzens am Bügel. Irgendwann würde ich lernen müssen, selbstbewusst damit umzugehen. Im Moment fiel es mir jedoch leichter, die Narbe so gut es ging zu verdrängen.

„Und? Passt es?“

Phoebes Stimme drang ins Innere der Kabine. Ich hatte gerade meine Jacke übergeworfen und brauchte noch einen Moment, um sie zurechtzurücken. Phoebe wartete derweil geduldig darauf, dass ich herauskam. Sie hatte mir damals im Krankenhaus beigestanden und wusste, was der Grund für mein Verhalten war. Ich konnte hören, wie sie zu einem Kleiderständer trat und die Bügel bewegte, während sie auf meine Antwort wartete.

„Nein.“

Ich nahm meine Tasche und warf noch einen letzten Blick in den Spiegel. Dort spähte mir eine junge Frau entgegen, deren Gesicht immer noch ziemlich müde wirkte. Als angehende Tierarzthelferin musste Phoebe heute Abend im Notdienst helfen und so hatten wir uns kurzerhand zum Frühstück verabredet. Nach meinem Nickerchen gestern Abend hätte ich mich wohl nicht dazu breitschlagen lassen sollen, noch einen zweiten Film mit Becca zu schauen. Mein Pferdeschwanz war heute etwas schief geraten.

„Der Nacken sitzt zu tief“, fügte ich hinzu. Ein Stichwort, das Phoebe sofort verstand. Als ich aus der Kabine trat, war sie plötzlich neben mir und griff nach dem Bügel, um das Oberteil zurück zu den anderen zu hängen. Fast so, als wollte sie nicht, dass ich noch länger darüber nachdachte. Es brachte mich dazu, ihr ein Lächeln zuzuwerfen. Ich kannte nur wenige Menschen, die so fürsorglich waren wie sie.

„Hast du noch Zeit?", fragte ich. „Wir könnten noch ein Eis essen gehen. Ich lade dich ein."

Auf meinen Vorschlag hin runzelte Phoebe kritisch die Stirn. Ich sah sofort, dass es gespielt war, weil ihre Mundwinkel zuckten.

„Eis direkt nach dem Frühstück?", erwiderte sie. „Und vor dem Mittagessen? Wie verantwortungslos. Ich bin dabei."

Ehe ich mich versah, machte sie auf dem Absatz kehrt und schritt zur Kasse. Offensichtlich würde der dunkle Rollkragenpullover tatsächlich in ihrem Schrank landen. Sie hatte mit ihm nicht einmal ein Selfie geschossen. Ihr kastanienbraunes Haar war zu einem Zopf geflochten, der locker auf ihren Schultern lag. Von hinten sah sie beinahe genauso aus wie ihre Mutter, denn sie hatte nicht nur ihre rundliche Figur, sondern auch ihre Haarfarbe geerbt. Bei Mum und mir war es dasselbe – ich war genauso blond wie sie und was die Körpergröße betraf, kam ich auch eher weniger nach meinem hochgewachsenen Vater. Mit meinen gerade mal 1,59 m wurde ich von den meisten Leuten mühelos überragt, Phoebe eingeschlossen. Mum war etwas größer, aber dafür sogar noch dünner gewesen als ich.

Weil Phoebe bezahlte, blieb ich im Eingangsbereich stehen und wartete. Die Eisdiele war gegenüber, also neigte ich den Kopf, um durchs Schaufenster zu spähen. Sie hatte gerade erst geöffnet und schien menschenleer. Die einzige Person, die ich auf den ersten Blick erkannte, war ein Mann, der Kaffee trank. So einen konnte ich jetzt auch gebrauchen, denn der Latte Macchiato von vorhin war eher als Süßigkeit durchgegangen.

Ich war schon im Begriff, mich wieder zu Phoebe umzudrehen, als ich noch etwas anderes bemerkte – eine Frau auf dem Bürgersteig. Sie stand am Schaufenster, legte die Handfläche an das Glas und spähte mir direkt entgegen. Als ich ihr hellblondes Haar und ihre blauen Augen erkannte, schien mit einem Mal die Zeit stehenzubleiben. Ich hörte auf zu atmen und konnte keinen Schritt mehr tun, obwohl mich jeder Impuls dazu antrieb. Mein Herz polterte wie ein Presslufthammer und ließ keinen Zweifel gelten.

Diese Frau war Mum.

Kapitel 4

Als diese Klarheit vollends zu mir durchdrang, rannte ich los. Ich vergaß den Laden, die Passanten und sogar Phoebe, ohne an der Erscheinung meiner Mutter zu zweifeln. Ich sah sie so deutlich wie einen lebenden Menschen. Mum befand sich noch immer auf dem Bürgersteig, hatte sich mittlerweile aber ebenfalls in Bewegung gesetzt. Ihre Schritte führten sie nach rechts, weg vom Schaufenster, und trieben mich in allergrößte Panik.

Ich hetzte so überstürzt auf die Straße, dass ich mit einem Passanten zusammenstieß. Mir blieb kaum Zeit für eine Entschuldigung, denn ich erhaschte im Augenwinkel, wie Mum in eine der Gassen bog. Während ich ihr folgte, rasten tausend Gedanken durch meinen Kopf – warum sie hier war und wieso sie mich bisher nicht besucht hatte. Ich zweifelte sogar an meinem Verstand, obwohl ich noch gestern neben einem Geist eingeschlafen war. Es *musste* Mum sein. Ich kannte ihr langes Haar, ihre schmalen Schultern und sogar ihr geblümtes Oberteil. Sie hatte es in der Nacht des Unglücks getragen. Mein Blick auf die helle Bluse war kaum mehr als ein vages Detail im Hintergrund und trieb doch einen unbarmherzigen Schmerz durch meine Brust. Es fühlte sich an, als erlebte ich ihren Verlust nochmal. Wenn ich sie nicht fand, würde ich es mir nie verzeihen.

Meine Sorge war unbegründet, denn sie wartete auf mich. Ich sah ihren Rücken, sobald ich in die Gasse bog, und von da an kam ich ihr stetig näher. Mum war auf einem kleinen Hinterhof zum Stehen gekommen, der offenbar zur Lagerung von Müllcontainern diente. Sie stand im Kreis der großen Gebilde, drehte sich um und beobachtete mich, bis ich sie erreichte.

Mein Puls raste. Ich war kaum mehr als 300 Meter gelaufen, aber ich bekam kein Wort heraus. In meiner Kehle saß ein Stein, der mit jeder Sekunde größer wurde. Das Einzige, das sich befreite, waren hastige Schluchzer.

„Mum."

Das Wort hatte kaum meine Lippen verlassen, da trat sie vor und nahm mich in den Arm. Ich spürte ihre zarten Hände an meiner Taille und roch den Duft ihres Haarsprays, so als wäre nie etwas geschehen. In diesem Moment – in dieser Sekunde – schien sie mich nie verlassen zu haben. Sie hielt mich so fest, dass es wehtat, und ihr langes Haar fiel federleicht auf meine Schultern. Ich wusste, dass sie ebenfalls weinte.

„Mum."

Ihre Nähe löschte jeden sinnvollen Gedanken aus meinem Kopf. Ich wollte sie so viel fragen. Meine Finger zitterten an ihren Schulterblättern und fanden keinen Halt. Ich musste immer wieder über ihren Rücken fahren, um wirklich zu verstehen, dass sie hier war. Ich hatte sie ein Jahr lang nicht gesehen, aber es fühlte sich an wie ein ganzes Leben.

„Dawn," flüsterte sie. Ihre Stimme klang glockenhell und kein bisschen anders als früher. „Mein Kind. Es tut mir *so* leid."

Ich wollte in ihren blauen Augen forschen, die eben so besorgt und traurig gewirkt hatten. Ich schaffte es nur einfach nicht, sie loszulassen. Stattdessen klammerte ich mich an meine Mutter wie ein Säugling und weinte in ihre Halsbeuge, während sie mich wog. Ihre zarte Geste verströmte Geborgenheit und ließ mich völlig vergessen, wo wir uns befanden. Es gab nur noch sie und mich.

„Du kannst nichts dafür", wisperte ich. Sie schien mich trotz der Schluchzer zu verstehen, denn sie richtete sich auf und schob mich auf Abstand, um meinen Blick zu fangen. Ihre Züge sahen genauso aus wie in meiner Erinnerung, und ich erkannte auch keine Wunden an ihrem Körper. Ich hatte schon oft tote Menschen gesehen, die ein entstelltes

Dasein fristeten. Dass Mum keiner davon zu sein schien, erleichterte mich tief.

„Dawn." Sie wölbte die Brauen. „Ich habe nicht viel Zeit."

Die Art, wie warnend sie meinen Namen aussprach, war seltsam. Es bildete einen unheimlichen Kontrast zu ihrem tränennassen Gesicht und ließ unser emotionales Wiedersehen wie einen Faden zerreißen.

Ich geriet in Panik. Nicht, weil ihre Worte Unheil ausstrahlten, sondern weil ich fürchtete, Mum wieder zu verlieren. Was bedeutete das, sie hatte nicht viel *Zeit*? Meine Mutter schien zu bemerken, wie abgelenkt ich war, also hob sie die Hände und packte meine Schultern. Ihr Ruck war wie ein Donnerschlag, der mich zurück in die Realität holte. Er erinnerte mich endlich daran, dass Geister sich am Tag nur selten zeigten. Es musste Mum unheimlich anstrengen, überhaupt mit mir zu sprechen.

Und es musste dringend sein.

„Mum." Meine Stimme war angstdurchtränkt. „Was ist los?"

Ich konnte sehen, wie viel in ihr vorging. Aus ihren blauen Iriden sprühten Reue, Zuneigung und großes Leid. Es warf die Frage in mir auf, ob sie uns in den letzten Monaten beobachtet hatte. Wenn ja, wusste sie, wie sehr wir sie vermissten. Ich hatte nie darüber nachgedacht, wie schwer es für Mum sein musste, von uns getrennt zu sein.

„Hör mir zu", verlangte sie. Ich hatte sie noch nie so ernst erlebt. „Sag deinem Vater, ihr müsst von hier weg. Packt eure Sachen und verlasst Littlewood so schnell wie möglich."

Ich war wie vor den Kopf gestoßen. Mein Gedankenkarussell stoppte einfach und hinterließ absolute Leere. Ich sah sie an, ohne ihr folgen zu können. „Wieso?"

Sie schüttelte mit dem Kopf. Eine gehetzte Bewegung, aus der Eile sprach. Ihre Nägel bohrten sich durch meine Jacke in meine Schultern.

„Ihr müsst wegziehen", wiederholte sie. „Du bist in Gefahr. Das Monster mit dem Geweih kann dich sehen."

Ihre Worte beschworen ein Bild in mir herauf. Ich dachte an den Geist mit dem blanken Schädel, der mir vor Monaten das Leben gerettet hatte, schaffte es aber nicht, Mums Warnung mit ihm zu verbinden. Es ging einfach zu schnell und machte keinen Sinn. Das Wesen hatte mich gerettet. Warum sollte es mir etwas tun wollen?

„Wenn du es sehen kannst, sieht es auch dich“, fügte Mum hinzu. Das Drängen in ihrem Ton erstarb und wich offenkundiger Verzweiflung. „Es wird dich *verschlingen*, Dawn.“

Sie erkannte den Protest in meinen Zügen. Es war offensichtlich, dass ich ihr widersprechen wollte, also schüttelte sie noch einmal mit dem Kopf. Dieses Mal war die Bewegung energisch und machte deutlich, dass sie an meine Vernunft appellierte. Ich sah, wie Tränen von ihren Wangen perlten, als sie noch einmal die Stimme erhob. Ehe sie jedoch etwas sagen konnte, starrte ich plötzlich ins Leere – und von Mum war keine Spur mehr.

Es dauerte eine Ewigkeit, bis ich realisierte, dass sie verschwunden war. Ihr Gesicht war fort, genauso wie ihre warmen Hände, die mich bis eben festgehalten hatten. Was blieb, war ein leerer Hinterhof, der mir nun unerträglich einsam vorkam.

„Mum. *Mum*!“

Ich rief ihren Namen ohne Erfolg. Wohin auch immer sie gegangen war, sie kam nicht wieder. Ich konnte nur vermuten, dass ihre Kräfte sie verlassen hatten, denn Geister zogen sich tagsüber zurück. Eine einfache Logik, die ich seit Monaten kannte. Heute tröstete sie mich allerdings kein bisschen. Anstatt den Hinterhof zu verlassen, sank ich auf die Knie und weinte bitterlich.

Es war lange her, dass ich zum letzten Mal so sehr um meine Mutter getrauert hatte. Unser unverhofftes Wiedersehen hatte meine Gefühle für sie unbarmherzig aufflammen lassen. Nicht zu wissen, wann sie sich mir wieder zeigen würde, fühlte sich an, als hätte man sie mir einmal mehr entrissen. Ich hockte auf dem Asphalt, ließ meiner Trauer freien Lauf und verfluchte alles. Den Unfall, den betrunkenen Fahrer und die verdammten Chips, für die wir damals überhaupt erst das Haus verlassen hatten. Ich verfluchte sogar die Tatsache, dass ich Geister sah, obwohl mir Mum nur deswegen noch einmal begegnet war. Warum war sie nach einem Jahr überhaupt noch hier? War sie gerade erst wieder zu sich gekommen? Was, wenn sie den Seelenfressern über den Weg lief?

Der Gedanke schoss wie Adrenalin durch meine Glieder. Ich erinnerte mich an das schreckliche Ungeheuer, das mich fast getötet hätte. Wenn Mum in die Fänge eines solchen Monsters geriet, war es aus.

Meine Angst um sie schob alles andere beiseite. Ohne es selbst zu bemerken, war ich wieder auf den Beinen und wanderte zurück zur Boutique. Phoebe stand auf dem Bürgersteig, die Arme verschränkt, und warf besorgte Blicke die Straße hinab. Ich stand so unter Schock, dass ich mein Äußeres nicht bedachte. An meinem tränenüberströmten Gesicht sah Phoebe sofort, dass irgendetwas passiert war.

„Dawn." Ihr Ton war ein Ausdruck des Entsetzens. „Was ist denn los?"

Ich hatte mir keine Zeit genommen, mir etwas auszudenken. Ich war zu konzentriert darauf, einen Weg zu finden, meine Mutter zu beschützen. Am Ende blieb mir nichts anderes übrig, als ehrlich zu sein.

„Ich dachte, ich hätte Mum gesehen."

Phoebes Züge entgleisten. Dann zog sie mich näher und umarmte mich. Sie hielt mich, als fürchtete sie, ich könnte ohne ihren Halt wie ein Kartenhaus zusammenfallen.

„Es tut mir so leid, Dawn", flüsterte sie.

Ich war ihr unendlich dankbar für ihren Trost, also drückte ich sie und entfernte mich wieder. Die Passanten warfen uns seltsame Blicke zu und ich wollte nicht noch mehr Aufsehen erregen als ohnehin schon. Selbst die Kassiererin der Boutique musste meinen Zustand bemerkt haben. Sie spähte mit gerunzelter Stirn durchs Schaufenster. Phoebe sah das ebenfalls, umgriff meinen Ellenbogen und führte mich sanft beiseite. Sie hatte die Eisdiele völlig vergessen – und ich auch.

„Soll ich mich krankmelden?", fragte sie leise. „Du kannst bei mir übernachten. Wir bleiben einfach wach und machen irgendwas, um uns abzulenken."

Es war einer dieser Momente, in denen ich begriff, was Phoebe für eine wundervolle Freundin war. Obwohl manch anderer nach einem Jahr wohl schon genervt von meinen Trauerphasen gewesen wäre, bot sie mir bereitwillig an, ihren Dienst zu schmeißen. Seit wir uns kannten, war Phoebe wie eine Schwester für mich. Egal, was geschah, wir hielten uns immer den Rücken frei.

Ich schenkte ihr ein vorsichtiges Lächeln.

„Mir geht's gut", versicherte ich und rieb ihren Arm. „Ich brauche einfach ein paar Stunden mit Dad, um mich zu beruhigen."

Sie forschte in meinem Blick, aber sie fand keine Zweifel darin. Ich wollte auf keinen Fall, dass Phoebe für mich ihren Ausbildungsplatz riskierte. Außerdem musste ich die Nacht tatsächlich zu Hause verbringen, um etwas sehr Wichtiges zu erledigen.

Ich musste dringend mit Becca sprechen.

Ich hatte Glück, denn Becca besuchte mich am selben Abend.

Eigentlich war sie gekommen, um mir den Teil des Films zu erzählen, den ich verschlafen hatte – zumindest war das ihre Ausrede. Ich ahnte jedoch schon, dass es noch einen anderen Grund geben musste, denn Becca unterbrach die Suche nach ihrem Bruder eher selten. Ich vermutete, dass sie einen Seelenfresser gesehen hatte und sich deswegen nicht mehr raus traute. Das war meistens der Grund, wenn sie die Nächte bei mir verbrachte. Normalerweise tat es mir leid, wenn Becca verängstigt Schutz in unserem Haus suchen musste, aber heute war ich dem Umstand dankbar. Sie war der einzige Geist, den ich wirklich kannte, und damit auch die Einzige, die mir helfen konnte.

„Du hast deinem Vater nichts gesagt, oder?"

Während Becca sich zurücklehnte, wölbte sie die Brauen. Ich konnte sehen, dass sie angestrengt nachdachte. Wenn sie das tat, bildete sich immer ein Grübchen an ihrem Kinn. Ihr Blick war konzentriert und wurde ein wenig besorgt, als ich die Schultern hob.

„Was hätte ich ihm erzählen sollen?", war meine Antwort. Ich hatte meine Miene sehr gut sortiert, bevor ich vorhin in die Küche getreten war, und so hatte sich Dad nichtsahnend mit einem Kollegen auf ein Bier getroffen. So musste ich wenigstens nicht die ganze Zeit flüstern.

„Wenn ich ihm sage, dass mir Mum erschienen ist, bringt er mich zum Arzt", fügte ich hinzu. „Oder zum Psychiater. Er glaubt kein bisschen an Geister."

Ich verstand allmählich, dass ich mich selbst in Schwierigkeiten gebracht hatte. Hätte ich Dad schon vor einem Jahr von meiner seltsamen Fähigkeit erzählt, wäre es leichter gewesen, ihm Mums Warnung zu überbringen. Das war zumindest mein erster Gedanke, auch wenn ich ihn schnell verwarf. Hätte ich es wirklich übers Herz gebracht, ihm das anzutun? Ihm von Mum zu erzählen, die offensichtlich nur ich sehen konnte, wäre grausam. Zudem war mir klar, wie sehr Dad an Littlewood hing. Er war hier geboren und aufgewachsen, genauso wie ich, und die vier Wände dieses Hauses erinnerten ihn an Mum. Es war ihr letztes Memento, weil wir hier schon so lange lebten. Ich hätte es nicht ertragen, ihn zum Umzug zu bewegen. Allein schon, weil seine Arbeitswege dadurch viel länger werden würden.

Ich seufzte lautlos. Die Situation war verfahren. Ich musste noch einmal mit Mum reden, um mehr rauszukriegen. Warum hielt sie den gehörnten Geist für so gefährlich? Er mochte wie ein Seelenfresser aussehen, doch er war offensichtlich keiner. Egal, wie oft ich darüber nachdachte, es machte keinen Sinn.

„Hast du eine Idee, wo ich meine Mutter finden kann?", fragte ich schließlich. Der hoffnungsvolle Ton in meiner Stimme war unüberhörbar. „Gibt es keinen Ort, an dem sich Geister treffen?"

Es fiel ihr schwer, mich zu enttäuschen. Ihre lange Stille bezeugte es.

„Dawn", antwortete Becca unglücklich. Dabei rutschte sie unruhig auf dem Teppich umher. „Ich habe keine Ahnung. Ich bin erst vor wenigen Monaten zu mir gekommen und weiß nicht viel mehr als du."

Sie sah frustriert aus.

„Deswegen verstecke ich mich ja hier", fügte sie an. „Sobald ich rausgehe, laufe ich Gefahr, aufgefressen zu werden. Ich kann mir kaum vorstellen, dass Geister große Gruppen bilden und die Biester freiwillig anlocken.“

Sie nagte an ihrer Unterlippe.

„Wenn überhaupt, sind das irgendwelche Untergrundtreffen, zu denen mich noch keiner eingeladen hat.“

Ich mochte die Art, wie Becca sich ausdrückte. Selbst, wenn es um ziemlich ernste Themen ging, schaffte es ihr flapsiger Ton meistens, die Stimmung zu lockern. Heute machten mich ihre Worte allerdings noch unruhiger als zuvor. Sie hatte ja recht. Geister mussten ständig darauf achten, nicht von den Seelenfressern verschlungen zu werden. Wenn Mum wirklich ganz neu erwacht war, konnte sie die Gefahr vielleicht noch nicht einschätzen. Was, wenn sie gefressen wurde? Sobald ich darüber nachdachte, wurde mir eiskalt. Das durfte einfach nicht passieren.

Mein Gesicht musste Bände sprechen, denn Beccas Miene war voller Mitgefühl.

„Ich halte die Augen nach ihr offen“, versprach sie mit sanfter Stimme. „Vielleicht läuft sie mir über den Weg.“

Wir wussten beide, dass das keine gute Lösung war. Becca hatte schon genug damit zu tun, ihren Bruder Jacob zu suchen. Aber wen sollte ich sonst fragen? Eine Weile lang sah ich ihr nur ratlos entgegen, bis mir schließlich eine Idee kam. Sie war unvernünftig und hätte Mum sicher wütend gemacht.

„Ich könnte *ihn* fragen.“ Der Satz kam von ganz allein über meine Lippen und ließ Becca verwirrt die Stirn runzeln, also drehte ich den Bürostuhl und klaubte ein Blatt Papier vom Schreibtisch. Es war das Bild des gehörnten Wesens, welches mir geholfen hatte – und vor dem Mum mich warnte. „Vielleicht weiß er mehr.“

Becca hob die Brauen. „Ich glaube nicht, dass er dir antwortet.“

Ihr Kommentar brachte mich dazu, einen nachdenklichen Blick auf die Zeichnung zu werfen, bevor ich sie wieder auf die Tischplatte sinken ließ.

„Kennst du ihn?“, meinte ich. Obwohl Becca wusste, was damals passiert war, hatte ich sie nie gefragt, ob sie den Geist näher kannte. Ich hatte sowieso nicht damit gerechnet, ihn je wiederzusehen.

Becca atmete hörbar aus. Ein Zeichen der Ratlosigkeit.

„*Kennen* wäre zu viel gesagt", gab sie zu. „Er hat mir mal geholfen, als mich einer von diesen verdammten Seelenfressern überrascht hat."

Sie zuckte mit den Schultern.

„Er redet aber nicht viel. Na ja, ich habe auch nicht wirklich mit ihm gesprochen."

Ich hörte ihr zu und nagte an meiner Unterlippe. Das war eine Angewohnheit, die ich von Mum übernommen hatte. Irgendetwas an Beccas Erzählung kam mir seltsam vor. Wenn sie über das gehörnte Wesen sprach, klang sie abwehrend. Eigentlich war sie ziemlich nett und kontaktfreudig, sonst hätten wir beide uns wohl nicht angefreundet. Zudem pflegte sie ein paar lose Freundschaften zu den Toten in Littlewood. Wieso hatte sie mir nie davon erzählt, dass der Geist ihr ebenfalls zu Hilfe geeilt war?

„Weißt du, wie er heißt?", hakte ich nach. „Oder wo man ihn finden kann?"

Sie lächelte matt. „Nein. Die Geister im Ort nennen ihn den Nachtwandler, weil er meistens durch die Straßen wandert. Ich glaube nicht, dass er sowas wie ein Zuhause hat. Das haben die wenigsten von uns."

Sie bemerkte, wie konzentriert ich ihr zuhörte, deswegen seufzte sie ergeben und lehnte sich zurück. Ihr Blick war kritisch und offenbarte, dass sie dem Geist misstraute.

„Ich habe mich ein bisschen umgehört, nachdem er dich aufgesammelt hat", meinte sie. „So wie es aussieht, hilft er den Geistern, die in Littlewood leben. Er beschützt sie vor den Seelenfressern, so gut er kann. Das heißt aber nicht, dass man ihm blind vertrauen sollte."

Anstatt etwas zu erwidern, sah ich sie an. Ich versuchte zu ergründen, wieso sie so zwiegespalten war. Wenn ihre Worte stimmten, schien der Nachtwandler es sich zur Aufgabe gemacht zu haben, die wehrlosen Geister vor Unheil zu bewahren – das klang ziemlich edel. Warum Becca und Mum ihm trotzdem so vorsichtig gegenüberstanden, wollte mir nicht in den Kopf.

„Warum hast du Angst vor ihm?“, bohrte ich. Ich wollte Becca nicht verurteilen, sondern nur verstehen, warum Mum ihn für so gefährlich hielt. Becca wusste das, aber ihre Miene wurde hilflos.

„Schau ihn dir an“, war ihre Antwort. „Ich kenne niemanden, der freiwillig mit ihm redet. Die meisten weichen ihm genauso aus wie einem echten Seelenfresser. Er sieht ihnen einfach zu ähnlich.“

Ich musste an die Nacht im Krankenhaus denken und an den unverhofften Besuch des Nachtwandlers. Er war noch einmal zurückgekommen, um mich vor den Seelenfressern zu warnen – und bisher hatte mir sein Ratschlag sehr geholfen. Seit ich wusste, dass menschliche Gesellschaft sie fernhielt, war mir keines der Monster mehr begegnet. Ich hatte mich bemüht, nicht allein im Dunkeln unterwegs zu sein, und war verlassenen Plätzen ausgewichen. Ich wusste zu schätzen, dass sich der Nachtwandler Gedanken über mich gemacht hatte. Wahrscheinlich war das naiv, weil ich von der Geisterwelt zu wenig Ahnung hatte, aber er tat mir irgendwie leid. Er schien freundlich und wurde trotzdem gemieden.

Ich hatte noch immer nichts gesagt. Das musste ich auch nicht. Becca kannte mich gut genug, um meinen Gedanken zu erahnen.

„Dawn“, appellierte sie. Ihr Ton klang einfühlsam und zugleich rigoros. „Er verbreitet Kälte, genauso wie alle bösen Geister. Hast du noch nie einen Horrorfilm gesehen?“

Sie zog einen Flunsch.

„Ich glaube nicht, dass er dich gleich auffressen wird, aber ich würde ihn trotzdem lieber in Ruhe lassen. Deine Mum sieht das bestimmt auch so.“

Damit setzte sie mich schachmatt. Sie hatte ja recht. Ich durfte nicht vergessen, in was für einer Position ich mich befand. Ich hatte dieselben Feinde wie ein normaler Geist, doch im Gegensatz zu ihnen konnte ich nicht einfach durch eine Hauswand flüchten, wenn man mich verfolgte. Wenn tatsächlich ein Seelenfresser auf mich aufmerksam wurde – egal, wie man ihn auch nannte – würde ich ihm wohl kaum entkommen.

Ich sank wieder gegen die Stuhllehne. Becca hatte gewonnen.

„Okay“, murmelte ich zerknirscht. Es machte Beccas Gesichtszüge nachgiebig. Sie verstand gut, was in mir vorging.

„Ich werde mal in der Stadt rumfragen.“ Sie hatte den Ellenbogen auf ihren Oberschenkel gestützt und spielte mit ihrem Paillettenohrring. „Vielleicht weiß jemand, wie wir deiner Mum helfen können, ins Licht zu gehen.“

Ihre Worte hinterließen gemischte Gefühle in mir. Becca hatte mir erklärt, dass Geister, die *ins Licht* gingen, die Ebene wechselten. Es schien so etwas wie der Himmel zu sein – der Ort, an dem wir alle für immer verweilten. Ich wusste, es wäre das Beste für Mum, diese Welt zu verlassen. Allein schon, damit die Seelenfresser keine Gefahr mehr für sie darstellten. Der Gedanke schmerzte dennoch, weil es bedeuten würde, sie nicht mehr wiederzusehen.

Zumindest nicht, solange ich lebte.

Ich seufzte lautlos. Mir blieb nichts anderes übrig, als auf Becca zu vertrauen, obwohl mir der Nachtwandler nicht aus dem Kopf ging. Wie schaffte er es, andere Geister vor den Seelenfressern zu beschützen? Der Gedanke schien so etwas wie einen Abgrund heraufzubeschwören – die Vorstellung, dass vielleicht viel mehr in ihm schlummerte, als sein freundliches Gemüt offenbarte. Wer mochte er wohl sein? Und wieso hatte er es sich zur Aufgabe gemacht, Menschen zu helfen, obwohl sie ihn fürchteten? Vielleicht war er ein Geist ohne Halt, der sich vergessen hatte, genauso wie der Klagende. Ich würde es wohl nie erfahren, denn Beccas Einwand machte Sinn. Es war besser, den Nachtwandler nicht wiederzusehen, um kein unnötiges Risiko einzugehen.

Mum zuliebe.

Kapitel 5

In dieser Nacht träumte ich, durch Littlewoods düstere Straßen zu wandern. Die Luft war lau und der Himmel voller Sterne, doch sie vermochten die verlassenen Bürgersteige nicht zu erleuchten. Der einzige Schein kam vom kalten Licht der Straßenlaternen, deren grellweiße Kegel mich geradeaus führten. Ich folgte ihnen ohne Plan und ohne Ziel, während ich immer wieder in die Fenster der umliegenden Häuser spähte. Sie waren leer und unerleuchtet, fast so, als wäre jedes Leben aus der Stadt verschwunden. Die Stille umhüllte die schmale Straße wie eine Kuppel und schien keinen Laut zu mir durchdringen zu lassen. Es gab keine Autos und keine menschlichen Stimmen. Nur der Hall meiner Schritte echote an den Hauswänden. Sein rhythmisches Pochen schwoll hinter meinem Rücken an wie ein unheilvoller Herzschlag und begleitete mich durch die Nacht, bis sich ein Umriss vor mir aufbaute.

Es war die vierbeinige Gestalt eines Hirsches, die auf mich zu warten schien. Er stand mitten auf dem Asphalt, den langen Hals nach oben gereckt, und sah mir entgegen. Die Schatten seines Geweihs streckten sich über die Straße wie dürre Äste und reichten beinahe bis zu mir.

Ich hatte keine Angst vor dem Schein seiner blutroten Augen. Erst, als ich im Licht der Laternen seinen ganzen Umriss erfassen konnte, hielt ich den Atem an. Der Hirsch war schrecklich entstellt. Von seinen Ohren waren kaum mehr Fetzen geblieben, genauso wie vom Rest seines Körpers. Ich fand überall tiefe Wunden, verklebtes Fell und nackte, blanke

Knochen. Sein bloßer Anblick ließ mich zur Salzsäule erstarren. Der Hirsch wirkte mehr tot als lebendig. Wie ein Körper, der längst von dieser Erde verschwand, obwohl ihn seine Seele nicht verlassen konnte. Ich war so perplex, dass ich nicht einmal bemerkte, wie der Hirsch auf mich zukam. Seine unsicheren Schritte spannten seine Muskulatur und pressten das Blut aus seinen Wunden. Als er mich erreichte, verschwand das Leuchten seiner Pupillen. Sie färbten sich mattweiß und blickten direkt durch mich hindurch, doch die Worte des Hirsches waren trotzdem an mich gerichtet.

„Er kommt."

Ich fuhr zusammen und schreckte aus dem Schlaf. Es dauerte eine Ewigkeit, bis ich realisierte, geträumt zu haben. In dieser Zeit starrte ich wie abwesend ins Nichts und versuchte, meine Gedanken zu ordnen. Mir war noch immer, als umgaben mich die warme Abendluft und der modrige Geruch des entstellten Tieres. Ich sah seine leuchtenden Augen lebendig vor mir. Sie strahlten wie die Lichtkegel zweier Taschenlampen – wie die Pupillen des Nachtwandlers – und ließen den Atem hastig über meine Lippen flattern. Mein Pyjamaoberteil klebte wie eine zweite Haut an meinem Rücken.

Er kommt.

Ich senkte den Kopf und rieb mir über die Stirn. Seit ich Geister sah, hatte ich mich an Albträume gewöhnt. Sie suchten mich öfters heim, besonders dann, wenn ich einen der Seelenfresser aus der Ferne gesehen hatte. So realistisch und unheimlich wie heute waren sie jedoch selten. Es hatte sich nicht wie ein Traum angefühlt, sondern, als wäre ich tatsächlich dort gewesen. Ich musste nur an den entstellten Hirsch zurückdenken, damit sich meine Nackenhaare aufstellten. Ihn hatte ein düsteres Omen umgeben. Ein Gefühl der Warnung, das wie Eis in meinen Gliedern saß.

Ich stand auf, um meinen Pyjama zu wechseln, und dachte an den Nachtwandler. War er es, den der Hirsch meinte? Er hatte dasselbe Geweih und die gleichen leuchtenden Augen. Konnte es sein, dass mich mein Unterbewusstsein vor ihm warnte? Oder hatte etwas in mir Mums und Beccas Worte verarbeitet?

Bevor ich zurück ins Bett kroch, wanderte mein Blick zum Bild des Nachtwandlers. Es hing über meinem Schreibtisch, seit ich es zu Ende gezeichnet hatte, und war im fahlen Licht der Straßenlaterne kaum erkennbar. Ich hatte vergessen, den Rollladen zu schließen und war heute froh darüber. Die Nacht fühlte sich nie dunkler an als nach einem Traum wie diesem. Ob er mir etwas sagen wollte oder ein Produkt meiner Fantasie gewesen war, würde ich wohl nie erfahren.

Ich seufzte und legte mich wieder hin. Die Decke schenkte mir Sicherheit und machte mich schläfrig, auch wenn ich wusste, dass ich wohl trotzdem kein Auge mehr zubekommen würde.

Am nächsten Morgen war ich schrecklich müde. Glücklicherweise hatte ich sonntags selten einen Grund, das Haus zu verlassen. Es war der einzige Tag, an dem Dad nicht zur Arbeit musste, aber er stand meist trotzdem früh auf, um Dinge im Haushalt zu erledigen. Ich tat mein Bestes, um ihn zu unterstützen – wenn auch deutlich langsamer als sonst.

Ich stand am Küchentresen und rührte übernächtigt in meinem Kaffee, als mein Vater den Kühlschrank öffnete. Das war unser Ritual. Wir tranken Kaffee und Orangensaft und aßen Brötchen, genauso wie früher mit Mum. Der Tisch war schon gedeckt. Ich musste nur noch die Kaffeekanne mitbringen.

„Du siehst müde aus“, stellte Dad fest. Er kam mir hinterher und trug einen Korb mit Brötchen, der viel zu voll war. Dad hatte nie damit aufgehört, Brötchen für drei Personen zuzubereiten. Es versetzte mir jedes Mal aufs Neue einen Stich.

„Du auch“, gab ich zurück. Wann immer ich in sein eingefallenes Gesicht sah, glaubte ich, die Arbeit saugte das Leben aus ihm. Mit nur einem freien Tag in der Woche blieb ihm einfach nicht genug Zeit, um sich zu regenerieren. Heute wirkte er besonders erschöpft, oder vielleicht war meine Toleranz auch geringer. Ich hatte dieses Gespräch schon zu lange aufgeschoben.

„Dad.“ Ich griff beiläufig nach einem Brötchen und der Erdnussbutter, denn ich wollte keinen Streit vom Zaun brechen. „Ich finde, du brauchst eine Pause.“

Er sah das Thema kommen und zuckte die Schultern.

„Im Moment ist viel los", erwiderte er. „Die Auftragslage ist eng. In ein paar Wochen wird es besser."

Ich wölbte die Brauen. Das sagte er immer, aber es stimmte nicht. Wenn er nicht tagsüber als Mechatroniker arbeitete, füllte er abends in der Nachbarstadt Regale auf. Er war keine 20 mehr und ich fürchtete, sein Körper könnte sich irgendwann für die Belastung rächen.

Dad beugte sich vor und legte seine Hand auf meine. Eine Geste, die mich beruhigen sollte, genauso wie sein milder Blick. Die Morgensonne schien ihm in den Rücken und sorgte dafür, dass seine Augenringe noch tiefer aussahen.

„Mach dir um mich keine Sorgen", sagte Dad. „Wichtig ist, an deine Zukunft zu denken. Du bist noch jung und solltest tun, was du dir wünschst."

Ich seufzte lautlos. Er sprach natürlich von der Kunsthochschule. Seine nächsten Worte bezeugten es.

„Sobald du genug gespart hast, kannst du dich anmelden", fügte Dad an. „Ich kümmere mich schon um die Miete und den Rest."

Ich wollte ihm widersprechen. Es wurde Zeit, ihm zu sagen, dass die Kunsthochschule ein für alle Mal vom Tisch war, auch wenn ich ihm damit das Herz brach. Mich auf diese dumme Schule zu schicken war Mums großer Wunsch gewesen. Es war kein Wunder, dass Dad nichts mehr davon abbrachte. Er musste glauben, es nicht nur für mich, sondern auch für sie zu tun – so als folgte er ihrem letzten Willen und machte ihn zur Realität. Er hatte sich derart darin verbissen, dass er sich völlig übernahm, um ihn zu verwirklichen.

„Dad." Ich rieb mir über die Augen. „Mir gefällt es in der Bibliothek. Ich weiß gar nicht, ob ich überhaupt noch studieren will."

Er stand auf, um einen anderen Aufschnitt zu holen. Ich wusste, er tat es, um seine Antwort aufzuschieben. Als er sich wieder setzte, war seine Miene ernst und konzentriert.

„Du wolltest immer Kunst studieren. Seit du ein Kind warst", meinte er. Der Schmerz in seiner Stimme war unerträglich. „Du bist wegen des Unfalls davon abgekommen."

Er hatte ja recht. Es hatte nie eine Zeit in meinem Leben gegeben, in der ich nicht gezeichnet hatte, außer nach Mums Tod. Dad konnte sich denken, dass ich nicht einfach so damit aufgehört hatte. Es erinnerte mich einfach zu sehr an Mum. Ich freute mich ehrlich darüber, mit dem Bild des Nachtwandlers zum ersten Mal wieder einen Stift in die Hand genommen zu haben. Nur leider überzeugte es meinen Vater davon, sein Vorhaben nicht aufzugeben. Was sollte ich ihm sagen? Dass ich nicht mehr studieren wollte, weil mich jeder Pinselstrich an meine Mutter erinnerte, die meine Bilder nie wieder ansehen würde? Dass ich Angst hatte, er arbeitete sich zu Tode? Ich wusste nicht einmal selbst, wie es weitergehen würde. Die Arbeit in der Bibliothek gefiel mir, weil sie einfach und friedlich war. Mit Suzanne hatte ich einen sehr netten Boss gefunden. Ein Studium bedeutete dagegen, sich den ganzen Tag zu konzentrieren – und es bedeutete Kurse am Abend, wenn es dunkel wurde. Für den Moment war ich nicht bereit dafür. Ich hatte keine Ahnung, ob meine kreative Pause nun vorbei war oder nicht. Das Einzige, worauf ich mich fokussieren wollte, war Mum zu helfen. Sie ging über alles.

„Aber …“ Ich wusste nichts zu sagen. Die Worte verschwanden einfach aus meinem Kopf, denn sie wären entweder gelogen oder verletzend. Ehe mir eine sinnvolle Antwort einfallen wollte, bemerkte ich Becca. Sie schritt durch die Wand des Wohnzimmers, als existierte sie nicht, und setzte sich uns gegenüber an den Tisch. Jedes Mal, wenn Becca dort Platz nahm und ich ihre Gestalt im Augenwinkel sah, spürte ich eine tröstende Zufriedenheit. Es war derselbe Stuhl, auf dem Mum immer gesessen hatte.

„Guten Morgen“, flötete Becca. Es war sehr selten, sie am Tag zu sehen. Wahrscheinlich lag es daran, dass es regnete. „Was gibt’s Neues?“

Sie wusste sehr genau, dass ich ihr nicht antworten konnte, aber das bezweckte sie auch nicht. Sie hatte mitbekommen, dass mein Vater und ich mal wieder diskutierten, und versuchte die Stimmung zu lockern. Mein unglückliches Gesicht war ihr sicher nicht entgangen.

„Dawn.“ Dad begann, den Tisch abzuräumen. Es war immer wieder faszinierend zu sehen, dass er Becca tatsächlich nicht bemerkte. „Ich weiß, dass du am liebsten alles hinschmeißen würdest, aber wenn du 40 bist, wirst du es bereuen. Das lasse ich nicht zu."

Er griff nach dem Brotkorb, ohne seinen Blick von mir zu nehmen.

„Ich will, dass du dein Leben genauso lebst, als wäre nichts passiert", endete er. Er gab mir keine Gelegenheit, ihm zu widersprechen, denn er machte kehrt und trat zum Kühlschrank. Ich konnte hören, wie er die Tür öffnete und wie das mechanische Brummen die Küche erfüllte. In der Zwischenzeit schloss ich die Augen und atmete durch, um nicht wütend zu werden. Er meinte es nur gut, und doch klangen seine Worte wie Heuchelei.

Als wäre nichts passiert, dachte ich verbittert. *Wieso bist du dann kaum noch zu Hause?*

Es war, als könnte Becca meine Gedanken lesen. Sie runzelte konzentriert die Stirn und steckte meinem Vater die Zunge raus. Dann begann sie, ihm hässliche Grimassen zu schneiden. Sie war bald so in Fahrt, dass sie sogar die Finger zu Hilfe nahm, um ihre Augen zu entstellen.

„Becca", brummte ich. „Hör auf, meinen Vater heimzusuchen."

Meine Freundin leistete mir Folge, wenn auch widerwillig. Dad wandte sich derweil um und warf mir einen irritierten Blick zu.

„Hast du etwas gesagt?"

Ich schüttelte mit dem Kopf. Irgendwie fühlte ich mich erschöpfter, je länger dieser Tag dauerte.

„Ja", erwiderte ich. „Lass wenigstens die Überstunden, okay?"

Eine Weile lang herrschte eine angespannte Stille. Sie erfüllte die Wohnung und wurde einzig unterbrochen vom Gezwitscher der Vögel, das gedämpft durch die Fensterfront drang. Letztlich schien meine Bitte Dad jedoch zu erweichen. Ich sah es daran, wie milde seine Züge wurden.

„Ich sehe, was ich machen kann", versprach er.

Am Montag war meine Schicht in der Bibliothek ziemlich hektisch – zumindest für Littlewoods Verhältnisse. Ich war den halben Tag damit beschäftigt, Listen abzustreichen, denn es wurden einige Bücher zurückgegeben. Die meisten waren übers Wochenende ausgeliehen worden und nun ausgelesen. Es kamen Grundschüler vorbei, aber auch zwei ehemalige Klassenkameraden von mir. Jeder wusste, was kurz vor dem Abschluss mit Mum geschehen war, also gestaltete sich Smalltalk immer etwas schwierig. Die meisten hatten Angst davor, ins Fettnäpfchen zu treten, und schwiegen nach ein paar Worten betreten.

Ich war froh, das Gespräch hinter mir zu haben, als Suzanne den Laden betrat. Ich trug gerade einen Stapel Bücher zu den Regalen und stieß beinahe mit ihr zusammen. Sie war vor dem aufkommenden Regen geflüchtet und schüttelte ihr dunkles Haar.

„Du meine Güte", murmelte sie. „Wie im Regenwald."

Ihre Bemerkung brachte mich dazu, einen raschen Blick aus dem Fenster zu werfen. Meine armen Klassenkameraden mussten genau in den Schauer geraten sein. Es regnete Bindfäden, genauso wie heute Morgen. Das Wasser war nicht übermäßig kalt, aber nasswerden wollte trotzdem niemand.

„Möchtest du einen Tee?", fragte ich meine Chefin. „Ich wollte mir sowieso einen machen."

Suzanne warf mir einen kritischen Blick zu. Sie hatte schon oft erwähnt, dass ich wohl der einzige Mensch auf der Welt sein musste, der bei 26 Grad Tee trank. Das hinderte mich nicht daran, auch im Hochsommer eine

Thermoskanne Schwarztee von Zuhause mitzubringen. Wenn Kaffee meine Starthilfe war, dann war Tee mein Benzin. Es gab nichts, das durch eine Tasse Tee nicht besser wurde.

„Warum nicht", erwiderte Suzanne. „Da ja offenbar der Herbst ausgebrochen ist, haben wir definitiv das richtige Wetter dafür."

Sie nahm mir den Stapel Bücher ab, ohne aus ihrer Sommerjacke zu schlüpfen, damit ich mich um die Getränke kümmern konnte. Das war etwas, das ich an Suzanne sehr mochte. Sie war nicht nur freundlich, sondern packte auch immer mit an. Obwohl die Bibliothek ihr gehörte, machte es ihr nichts aus, Kisten zu schleppen und sich schmutzig zu machen. Sie liebte ihren Job und das färbte auf mich ab. Je länger ich mit ihr zusammenarbeitete, desto mehr begann ich, die tausenden Bücher um uns herum zu schätzen. Ich hatte früher eher wenig gelesen, aber neuerdings ertappte ich mich immer öfter dabei, wie ich Romane mit nach Hause nahm.

Während Suzanne einräumte, eilte ich in den Lagerraum. Suzanne und ich waren derzeit die Einzigen in der Bibliothek – abgesehen von Alice. Die blonde junge Frau war eine unserer Stammkunden. Ich sah sie fast jeden Tag. Sie schlenderte zumeist an den Regalen vorbei, redete kaum ein Wort und schaute sich die Buchrücken an. Manchmal blieben ihre Augen eine Weile an Büchern hängen, die Besucher offen liegengelassen hatten. Ich hatte sie allerdings noch nie etwas ausleihen sehen und fragte mich manchmal, ob sie sich vielleicht keinen Ausweis leisten konnte. Sie zu fragen, kam mir unverschämt vor.

„Möchtest du Früchtetee? Oder Hagebutte? Oder lieber Kokos?"

Ich hatte mittlerweile einiges an Sorten angehäuft, die sich feinsäuberlich neben der Kaffeemaschine stapelten. Suzanne hatte nichts dagegen. Sie kaufte sogar manchmal selbst welche, damit ich Abwechslung hatte. Neben uns beiden gab es keine andere Mitarbeiterin, weil Suzanne und ich uns die Schichten teilten. Sie fühlte sich nicht wie ein Boss an, sondern wie eine Kollegin und Freundin. Nachdem ich vor vier Monaten *angefahren* worden war, hatte sie mich im Krankenhaus besucht und mir klargemacht, dass sie mich nie wieder allein im Dunkeln nach Hause gehen lassen würde. Seither übernahm sie die Abendschichten, sobald es früher dämmerte. Ich war immer wieder erstaunt über ihre Fürsorge. Eine Chefin wie sie war ein Lottogewinn. Es machte den Gedanken noch schwerer, irgendwann für ein Studium zu kündigen.

Ich konnte fast hören, wie Suzanne das Gesicht verzog. Sie trank normalerweise nur Kaffee, genauso wie mein Vater. „Früchtetee."

Ihre Antwort brachte mich zum Grinsen. Es dauerte nicht lange, das heiße Wasser aufzugießen und die Tassen zu nehmen. Als ich den Lagerraum wieder verließ, war Alice fort, also blieben Suzanne und ich allein zurück. Wir nutzten die Zeit, um es uns auf dem alten Sofa bequem zu machen. Es stand an der Südwand der Bibliothek, direkt unter dem Fenster, und war der Lieblingsplatz der meisten Kunden. Sie mochten ihn so sehr, dass Suzanne vor zwei Monaten noch einen Ohrensessel gekauft hatte.

„Und?", fragte Suzanne. Sie stellte die Teetasse auf ihrem Bauch ab und wirkte ein wenig müde. Ich wusste, dass sie früh aufgestanden war, um ihre Mutter zum Arzt zu bringen. „Wie läuft es bei dir?"

Darüber dachte ich eine Weile nach. Ich hatte Mum gesehen und suchte noch immer nach einer Möglichkeit, noch einmal mit ihr zu sprechen. Becca hatte sie bisher leider nirgendwo entdecken können. Das war allerdings nichts, das ich Suzanne erzählen durfte, also zuckte ich mit den Schultern.

„Es ist alles okay", meinte ich. „Phoebe holt mich nachher ab. Wir gehen Pizza essen."

Suzannes Gesicht wirkte zufrieden. Nach der Sache im Januar hatte sie offenbar befürchtet, ich könnte ein Trauma zurückbehalten. Jedes Mal, wenn sie hörte, was ich unternahm, sah sie irgendwie erleichtert aus.

„Dann sind wir ja schon zwei", meinte sie verheißungsvoll. „Ich habe heute Abend ein Date."

Ich machte große Augen. Das war viel interessanter als meine Pizza.

„Mit wem?", wollte ich wissen. „Kommt er aus Littlewood?"

Sie schüttelte mit dem Kopf. Es machte ihr überhaupt nichts aus, mit mir über Privates zu sprechen. Ein weiterer Grund, warum Suzanne eher eine Freundin für mich war als mein Boss.

„Er kommt aus New Creek. Ich glaube, das müssten 20 Kilometer von hier sein."

Ich nippte an meinem Tee. Er schmeckte nach Waldbeeren und Vanille – eine meiner Lieblingssorten.

„Ich kenne New Creek. Da hat Phoebes Mutter mal gearbeitet", fiel mir auf. „Wie hast du ihn kennengelernt?"

Sie grinste vielsagend. „Ich habe mir diese Dating App aufs Handy geladen. Du weißt schon. Die aus der Werbung. Wir haben ein wenig miteinander geschrieben und gehen heute Abend was essen."

Ich freute mich sehr für Suzanne. Sie hatte eine hässliche Scheidung hinter sich und war seitdem Single, also hoffte ich, dass ihre neue Bekanntschaft gut zu ihr passte.

„Aber Dawn." Suzannes Blick wurde ernst. „Wenn du mal so eine App benutzt, dann sei nicht unvorsichtig."

Sie nahm ihre Tasse in die andere Hand und berührte umsichtig meinen Arm.

„Wenn du dich mit Fremden triffst, dann nur an einem belebten Ort", fügte sie an. Ihr Ton war warnend, genauso wie der Blick aus ihren braunen Augen. „Nimm ihn bloß nicht gleich mit nach Hause. Man weiß nie, was für gruselige Leute am anderen Ende des Telefons sitzen."

Ihre Worte brachten mich zum Lächeln. Anstatt sich auf ihr Date zu freuen, war sie besorgt darum, ein schlechtes Vorbild zu sein.

„Versprochen", sagte ich und nickte. „Ich drücke die Daumen, dass du dir keinen Dämon geangelt hast."

Darüber lachte sie. Wann immer sie das tat, wurde ihre Stimme glockenhell. Sie hallte durch die Bibliothek und schien die Stimmung augenblicklich zu heben.

„Er ist Buchhalter", antwortete sie. „In erster Linie hoffe ich, dass er nicht so langweilig ist, wie man Buchhaltern immer nachsagt."

Sie trank ihren Tee aus, während ein Kunde die Bibliothek betrat. Ein älterer Mann mit Brille, der öfters auf der Suche nach Fachliteratur war. Vom Sofa aus hatten wir einen guten Blick auf die Eingangstür und konnten ihn nicht übersehen. Uns entging nichts, obwohl wir tratschten.

„Darf ich dir die Tasse in die Hand drücken?“, murmelte Suzanne. Sie stand auf, um ihren Platz am Tresen einzunehmen, und wusste nicht wohin mit ihrer Tasse. Der Beistelltisch stand an meiner Seite, also nahm ich sie bereitwillig ab.

„Geh nur“, meinte ich. „Ich kümmere mich um Nachschub.“

Kapitel 6

Es war schon dunkel, als ich abends mit Phoebe den Heimweg antrat. Wir hatten uns etwas länger in der Pizzeria aufgehalten und danach spontan entschieden, noch einen Film zu schauen – eine romantische Geschichte über eine junge Frau, die sich in einen Engel verliebte. Phoebe war eigentlich keine Liebhaberin von Liebesfilmen, aber dieser schien ihr gefallen zu haben.

Es war normal geworden, dass sie mich bis nach Hause begleitete. Besonders, wenn die Nacht hereingebrochen war. Man merkte ihr an, dass auch sie mein Unfall im Winter erschreckt hatte, obwohl sie es nie offen sagte. Ich war ihr dankbar für ihre Sorge und entschlossen, mich irgendwann dafür zu revanchieren.

Während wir nebeneinander über den Bürgersteig wanderten, atmete Phoebe tief durch. Ihr dunkles Haar hing gelockt über ihre Schultern und sah sehr elegant aus. Sie musste gar nichts dafür tun. Sie kräuselten sich einfach von Natur aus. Wenn ich mal Wellen in meinem Haar wollte, musste ich es ewig mit dem Lockenstab bearbeiten.

„Es tut so gut, mal wieder frische Luft zu atmen“, sagte Phoebe. Ihre ausschweifende Handbewegung untermalte ihren theatralischen Ton. „Nach so vielen Schichten in der Tierklinik habe ich das Gefühl, ich rieche nur noch Desinfektionsmittel.“

Ihr Kommentar brachte mich zum Glucksen. Ich wusste, wie sehr sie Tiere und ihren neuen Job liebte.

„Nein, ehrlich“, fügte Phoebe hinzu. Sie hatte mein Lachen gehört und wölbte die Brauen. „Man muss dringend Desinfektionsmittel erfinden, das geruchlos ist.“

„Du kannst eines entwickeln und damit reich werden“, gab ich mit einem Grinsen zurück. „Generationen von tierlieben Menschen würden es dir bestimmt danken.“

Phoebe spitzte die Lippen. Das tat sie immer, wenn sie unzufrieden war.

„Manchmal beneide ich dich irgendwie“, gestand sie dann. „Der Geruch von alten Büchern ist auf jeden Fall angenehmer.“

Das war etwas, das ich an Phoebe liebte: sie akzeptierte jeden so, wie er war. Phoebe hatte als Einzige in meinem Freundeskreis nie danach gefragt, was ich mit meinem Leben anfangen wollte. Die meisten meiner Klassenkameraden hatten sich nach dem Unfall von mir distanziert. Entweder, weil ich so lange im Krankenhaus gelegen hatte, oder, weil sie einfach nicht gewusst hatten, wie sie mich behandeln sollten. Ich konnte es irgendwie verstehen, denn ich hatte am Anfang ja selbst nicht gewusst, wie ich mit mir umgehen sollte. Jeder Blick in den Spiegel, jedes Hobby und jedes Detail meines Lebens hatten mich getriggert. Unzählige Tage lang hatte ich mich zu Hause verbarrikadiert, ohne einen Schritt vor die Tür zu machen. Nur Phoebe war immer bei mir geblieben. Es war okay für sie, dass ich nicht mehr zur Kunsthochschule wollte. Wie ich sie kannte, wäre es für sie sogar in Ordnung gewesen, hätte ich plötzlich im Straußenbau angefangen. Ihre Anwesenheit war entspannend, weil sie mich nie an Dinge erinnerte, über die ich nicht nachdenken wollte. Sie freute sich einfach über unser unbeschwertes Zusammensein, genauso wie ich.

„Ich könnte Suzanne fragen, ob sie einen Platz für dich freimacht“, meinte ich gespielt nachdenklich. „Dich als Kollegin zu haben, wäre super.“

Phoebe schüttelte mit dem Kopf. Nun wirkte ihr Gesicht ernster als vorher. „Wir wären sowieso nie gleichzeitig da, oder? Und außerdem werde ich gebraucht.“

Ich beobachtete das Funkeln in ihren Augen. Es war immer dasselbe. Sobald Phoebe von Tieren sprach, hellte sich ihr Blick auf. Es war sogar im schummerigen Licht der Straßenlaternen deutlich erkennbar.

„Wir hatten neulich eine ganze Box voller Kitten zur Erstuntersuchung", säuselte sie. „Die waren *so* niedlich. Ich hätte am liebsten eins mitgenommen."

Ich lächelte matt. „Das hätte Casper aber gar nicht gefallen."

Meine Bemerkung ließ Phoebes Blick entgleisen. Casper war Phoebes Kater – ein rotgetigerter Kaiser auf vier Beinen, der sein Sofakissen mit niemandem teilen wollte. Er lebte schon bei Phoebes Familie, seit sie ein Kind war, und musste mittlerweile uralt sein. Das hinderte ihn zumindest nicht daran, anderen Tieren gegenüber ein absolutes Ekel zu sein. Der Nachbarshund tat mir manchmal richtig leid. Ich würde nie vergessen, wie Casper mein Plüschtier attackiert hatte, das ich mal zum Übernachten mitgebracht hatte.

Phoebe erschauderte, als hätte sie an dasselbe gedacht.

„Erinnere mich doch nicht daran", murmelte sie. „Niedliche Kitten werden wohl warten müssen, bis Caspers Ära beendet ist. Ich hoffe aber trotzdem, dass das noch eine Weile dauert. Ich mag diesen alten Griesgram einfach."

Ich kam nicht dazu, Phoebe zuzustimmen. Mir war, als hörte ich ein Motorengeräusch, also warf ich einen raschen Blick über meine Schulter. Man hätte kaum glauben können, wie rasant manche Anlieger durch Littlewoods enge Straßen rauschten. Das war auch der Grund, wieso ich einen Autofahrer als Verantwortlichen für meine Verletzungen im Januar genannt hatte – es war einfach naheliegend gewesen. Als ich herumfuhr, entdeckte ich allerdings niemanden. Das dumpfe Brummen musste von der Hauptstraße kommen. Wir waren ganz allein, nur begleitet vom leisen Stöhnen eines sommerlichen Windes. Zumindest glaubte ich das, denn als ich wieder nach vorne spähte, stoppten meine Schritte. Es geschah von ganz allein und sorgte dafür, dass Phoebe einfach an mir vorbeilief. Ich hatte etwas gesehen.

Da war eine Gestalt, die kaum zehn Meter vor uns in eine der Gassen bog. Ihr pechschwarzer Körper verschmolz mit der Nacht und schien selbst im fahlen Licht unnatürlich groß. Ich wusste sofort, dass es ein Geist sein musste, weil er sich so seltsam bewegte. Er hatte lange, muskulöse Beine, die ihn mit großen Schritten voranbrachten. Mein Blick huschte über seinen gekrümmten Rücken und sein breites Geweih, ehe er in der Seitengasse verschwand.

Der Nachtwandler, dachte ich. Mit einem Mal schien die Zeit stehenzubleiben. Ich wuchs am Boden fest, starrte geradeaus und versuchte, einen klaren Gedanken zu fassen. Ein Teil von mir wollte Phoebe nehmen und die Flucht ergreifen, weil ich mich noch deutlich an Mums und Beccas Warnungen erinnerte. Ein anderer Teil verlangte, dem Nachtwandler nachzulaufen und ihn darum zu bitten, meiner Mutter zu helfen. Sein bloßer Anblick holte all das hoch, was ich in den letzten Monaten so mühsam verdrängt hatte. Die Angst, die Machtlosigkeit und das Bild des scheußlichen Ungeheuers, das mich beinahe verschlungen hätte. Ich war so konzentriert auf das Chaos in meinem Kopf, dass Phoebe mich antippte. Sie war ebenfalls zum Stillstand gekommen und sah mir irritiert entgegen. Ich musste kreidebleich geworden sein.

„Dawn“, sagte sie entsetzt. „Was ist los?“

Ich brauchte all meine Beherrschung, um meine Aufmerksamkeit auf Phoebe zu richten. Sie fürchtete wohl, dass ich mir wieder einbildete, Mum zu sehen. Ihr Gesicht sprach Bände.

„Ich …“

Mein Verstand ließ keinen sinnvollen Gedanken zu. Ich wollte weglaufen und war gleichzeitig schrecklich in Eile, weil ich befürchtete, meine Chance für ein Gespräch zu verpassen. Wenn der Nachtwandler in irgendeiner Hauswand verschwand, würde ich heute wieder keine Lösung für Mum finden. Der Nachtwandler war ein Wesen, das Geistern half – und meine einzige, reelle Chance, meine Mutter ins Licht zu bringen. Das wurde mir in diesem Moment so übermächtig klar, dass ich den Kopf schüttelte und weiterging.

„Nichts“, sagte ich.

Wir passierten die Gasse, in welcher der Nachtwandler verschwunden war. Mein Herz polterte und jagte den Atem stoßweise über meine Lippen. Er war nirgends zu sehen, aber ich konnte ihn noch immer fühlen.

Über der leeren Straße lag ein eisiger Schleier, der die Temperatur um mehrere Grad zu senken schien. Es konnte keinen Zweifel geben. Was ich eben gesehen hatte, war in jedem Fall der Nachtwandler.

„Dawn." Phoebe musste schneller laufen, weil ich mich so sehr beeilte. Ich hatte meine Entscheidung längst getroffen. Ich würde dem Nachtwandler folgen. Dafür musste mich Phoebe nach Hause bringen, damit sie sich selbst auf den Weg machte.

„Würdest du mir bitte sagen, was passiert ist?", verlangte meine Freundin. „Du siehst aus, als hättest du einen Geist gesehen."

Ich zuckte zusammen. Sie hatte ja keine Ahnung, wie recht sie hatte. Ich hatte es selten mehr gehasst, ihr nicht einfach die Wahrheit sagen zu können. Wie ich sie kannte, hätte Phoebe mir sogar geglaubt. Ich hatte nur einfach zu große Angst, sie versehentlich in Gefahr zu bringen.

„Ich dachte, ich hätte ein Auto gehört." Es war die beste Geschichte, die mir einfiel. „Manchmal befürchte ich, dass ich eines nicht rechtzeitig bemerke und angefahren werde."

Ich bemühte mich, ihr nicht in die Augen zu sehen. Ich wusste auch so, was meine Lüge anrichtete. Phoebe war am Boden zerstört und traute sich nicht, weitere Fragen zu stellen. Stattdessen ging sie schweigend, aber eilig neben mir her. Es tat mir schrecklich leid. Ich wollte ihr das nicht antun.

„Dawn ...", flüsterte sie irgendwann. „Du ..."

Ich lächelte sie an, damit sie aufhörte. Was sie auch sagen wollte, es würde mein schlechtes Gewissen noch größer machen.

„Alles okay", meinte ich beschwichtigend. „Ich bin nachts einfach noch nicht gern auf der Straße. In einem halben Jahr ist das vergessen."

Ich wusste nicht, woher ich meine Überzeugungskraft nahm. Vielleicht war sie von all den fürchterlichen Lügen antrainiert, die ich erzählen musste, seit ich Geister sah. Vielleicht war sie aber auch nur aus dem Bestreben heraus geboren, es Phoebe nicht noch schwerer zu machen. In jedem Fall schien sie auf meine Freundin abzufärben. Sie nickte und entspannte sichtlich ihre Schultern.

„Okay", meinte sie. „Ich bringe dich bis zur Haustür."

Es fühlte sich an wie eine Ewigkeit, bis Phoebe sich verabschiedete. Wir standen noch für ein paar Minuten vor meiner Haustür, um uns zu unterhalten, und sie brachten mich um den Verstand. Ich zählte innerlich die Sekunden. Was, wenn ich den Nachtwandler nicht wiederfand? Bis er mir das nächste Mal zufällig über den Weg lief, konnten Monate vergehen. Trotzdem war ich bemüht, Phoebe nicht das Gefühl zu geben, sie loswerden zu wollen. Als sie mich schließlich umarmte und sich auf den Weg machte, sah ich ihr nach und ging sicher, dass sie um die Ecke bog und ihre Schritte in der Nacht verstummten. Wir wohnten rund zehn Minuten voneinander entfernt, deswegen ging sie meistens zu Fuß.

Nachdem es völlig still geworden war, atmete ich tief durch. Mein rasender Herzschlag hatte sich noch immer nicht beruhigt. Ich hätte fast glauben können, dass mein Unterbewusstsein mich vor einer Dummheit bewahren wollte. Jeder Muskel meines Körpers flimmerte. Aus irgendeinem Grund erinnerte mich das Gefühl an meinen seltsamen Albtraum von neulich, doch hier und jetzt ließ ich keine Angst mehr gelten. Ich hätte alles dafür riskiert, um Mum zu helfen.

Ich vermied es, einen Blick durch meine Balkontür zu werfen. Es spielte keine Rolle, ob Becca auf mich wartete. Ich hätte sie sowieso nicht in diese Sache hineinziehen wollen. Mein Vater hatte bereits seine Nachtschicht angetreten und würde in den nächsten Stunden nicht zurück sein – eine gute Gelegenheit, Antworten zu finden.

Einen Moment noch haderte ich mit meiner Idee, dann straffte ich meine Schultern und eilte die Straße hinab. Ganz gleich, ob der Nachtwandler gefährlich war, ich musste mit ihm sprechen.

Es dauerte nicht lange, zu der einsamen Gasse zurückzukehren. Ich konzentrierte mich nur auf mein Ziel und achtete nicht auf das Drumherum. Im Gegenteil – zum ersten Mal überhaupt versuchte ich, meine Wahrnehmung so gut es ging zu stärken. Ich wollte diese eigenartige Kälte aufschnappen, die der Nachtwandler versprühte. Ein Gefühl von Leere und Einsamkeit, das ihn wie ein zäher Schleier umgab. Ich wusste, er würde mir die Richtung weisen, selbst wenn der Nachtwandler die Gasse längst verlassen hatte.

Sobald ich die Seitenstraße betrat, konnte ich es spüren. Es war, als trat ich durch ein Tor in eine andere Welt. In dieser kleinen Gasse, verborgen zwischen den Wänden hoher Häuser, schien der Sommer abrupt zu enden. Die würzige Note blühender Blumen und Bäume wich einer glasklaren Kälte, die einen Schauer über meine Arme trieb. Ich bildete mir tatsächlich ein, den Winter zu riechen. Es gab nichts mehr als den Duft von Regen und Feuchtigkeit, untermalt von der Totenstille einer eisigen Nacht. Es versetzte mich einmal mehr zu dem Tag zurück, an dem ich von dem Seelenfresser attackiert worden war. Mich umgab dieselbe, belegte Ruhe und das gleiche Gefühl des Unheils. Der Nachtwandler war fort, doch seine Ausstrahlung blieb deutlich spürbar. Sie verwandelte den dunklen Horizont der Gasse in einen Schlund des Verderbens und machte meine Schritte langsamer, je näher ich ihm kam.

Spätestens jetzt begann ich, an meinem Vorhaben zu zweifeln. Ich war dem Nachtwandler bereits zwei Mal begegnet, doch er hatte sich nie so furchterregend angefühlt wie das, was nun vor mir lag. Ich bildete mir ein, die scharfen Zähne seines knöchernen Schädels an jeder Ecke auf mich lauern zu sehen. Wie konnte es sein, dass er mir plötzlich solche Angst machte? Seine Finsternis stieß mich derart ab, dass ich tatsächlich darüber nachdachte, kehrtzumachen. Am Ende war es der Gedanke an Mum, der mich vorantrieb. Ich konnte sie nicht im Stich lassen. Wenn es irgendeine Chance gab, dass der Nachtwandler ihr helfen würde, dann musste ich sie ergreifen.

Ich ging weiter, ohne auf meinen Fluchtinstinkt zu hören. Mittlerweile kam es mir vor, als wurde die Nacht immer düsterer. Selbst der Schein der Straßenlaternen konnte nichts dagegen tun. Ich wanderte unter ihren blassen Lichtkegeln hindurch, den Blick immer geradeaus gerichtet, und ließ zwei weitere Straßen hinter mir. Ich glaubte schon, den Nachtwandler verloren zu haben – dann entdeckte ich ihn in einer der Seitengassen. Seine düsteren Geweihenden ragten in die Nacht wie die knorrigen Äste eines Baumes, während er sich mit langsamen Schritten von mir entfernte. Er schien mich nicht bemerkt zu haben. Stattdessen konzentrierte er sich auf den Weg, der an zwei Hinterhöfen vorbei und zum Ende des Wohngebietes führte. Dahinter wartete nur die Wildnis, denn Littlewood war fast ringsum vom Wald umgeben.

„Warte!"

Ich musste ihn aufhalten. Wenn er in den Wald verschwand, konnte ich ihm nicht mehr folgen. Es war einfach zu gefährlich, mitten in der Nacht durchs Dickicht zu stolpern.

Er schien meinen Ruf nicht zu hören. Er wandte sich nicht um und blieb nicht stehen. Dafür verschwand er plötzlich aus meinem Sichtfeld, als hätte die Finsternis ihn verschluckt. Er war so schnell fort, dass ich daran zweifelte, ihn gesehen zu haben. Wich er mir aus? Oder hatte ich doch einen anderen Geist mit ihm verwechselt? Ich war so auf meinen Gedanken konzentriert, dass mir das seltsame Flüstern erst jetzt auffiel. Es kam aus dem Nichts – ein Wirrwarr dutzender unterschiedlicher Stimmen, die wild durcheinandersprachen. Sie erinnerten mich an das Gemurmel von Geistern, das ich manchmal im Halbschlaf hörte. Es kam mir vor, als sprachen sie nicht miteinander, sondern gleichzeitig. Ich konnte kein einziges, klares Wort erkennen.

„Hallo?"

In meiner Magengrube bildete sich ein Stein. Ich hatte keine Ahnung, ob das Flüstern mit dem Nachtwandler zu tun hatte. Ich wusste nur, dass es Unheil versprach. Ich hätte es nicht deutlicher spüren können. Je länger ich auf der einsamen Straße verweilte, desto größer wurde meine Angst. Ich war drauf und dran, endgültig umzudrehen, aber der Nachtwandler hielt mich erneut davon ab. Er tauchte wieder auf, dieses Mal direkt am Ende der Seitengasse, und wanderte in die Dunkelheit.

„Hey! Warte!", rief ich ihm zu. „Ich will mit dir reden!"

Seine Bewegungen stoppten kurz. Anstatt sich zu mir umzudrehen, ging er jedoch weiter und trat voran, bis er den Waldrand erreichte. Zwischen den Bäumen blieb er endlich stehen und schien auf mich zu warten, also setzte ich mich in Bewegung und hastete ihm nach. Jeder Schritt, der mich dichter zu ihm brachte, machte das körperlose Flüstern lauter. Jeder Schritt schien die Nacht noch zu vertiefen. Wohin ich auch sah, wartete nur Schwärze, allem voran der tiefdunkle Rücken meines Gegenübers. Ich konnte mich nicht daran erinnern, dass der

Nachtwandler so groß war. Während er mich beim letzten Mal um gerade mal einen Kopf überragt hatte, kam er mir heute fast doppelt so groß vor wie ich. Seine schiere Höhe und der gewaltige Fellkragen an seinen Schultern sorgten schließlich dafür, dass ich stehenblieb.

Etwas stimmte nicht. Ganz gleich, welches Detail des Nachtwandlers ich mit meiner Erinnerung verglich, keines stimmte überein. Sein Rücken war breiter und seine Gestalt viel animalischer als vor vier Monaten. Selbst seine Krallen stellten alles in den Schatten, wovor ich mich damals so gefürchtet hatte. Ein rascher, pfeilschnell vorüberziehender Gedanke, mit dem sich der Nachtwandler bereits zu mir umdrehte. Seine Bewegungen waren drohend langsam, so als hatte er Mühe, seinen großen Körper zu rühren. Als ich sein Gesicht sah, gefror mir das Blut in den Adern.

Das war nicht der Nachtwandler. Dieses Wesen war etwas *anderes*.

Der Schein seiner rotleuchtenden Augen löschte jeden logischen Gedanken aus meinem Kopf. Ich stand bewegungslos da und konnte nicht aufhören, das Wesen anzustarren. Es musste sich um einen Seelenfresser handeln, denn die weiße Maske und die tiefsitzenden Augen verrieten es. Sein Kopf sah aus wie der Schädel eines Hirsches, besetzt von leuchtend roten Pupillen. Er ähnelte dem Nachtwandler fast zum Verwechseln, und sah gleichzeitig doch ganz anders aus. Er war viel kräftiger, und nichts an ihm wirkte menschlich. Ich spähte auf seinen gekrümmten Rücken und auf lange, muskulöse Beine, bis das Wesen einen Schritt in meine Richtung trat. Seine krallenbesetzten Pranken fanden den Asphalt, weil es sich über mich beugte. Ich konnte seinen Atem spüren. Er strich glühend heiß über mein Gesicht, gefolgt vom dumpfen Bass seiner mächtigen Lungen.

Das Ungeheuer gab keinen Ton von sich. Es kam nur näher, öffnete sein gewaltiges Maul und zeigte mir einen tiefschwarzen Rachen. Ich sah, wie zähflüssig sein Geifer zu Boden tropfte – dann machte ich kehrt und rannte.

Ich wusste nicht, wohin.

Vom ersten Schritt an wurde alles nebensächlich. Ich beachtete das markerschütternde Scheppern nicht, mit dem die machtvollen Kiefer des

Ungeheuers hinter mir zuschlugen, und auch nicht das hysterische Flüstern um uns herum. Alles, was ich sah, war das Ende der Gasse. Ein Ausweg, der mich nicht retten würde, denn das Biest war mir dicht auf den Fersen. Es jagte mir hinterher wie ein Wolf, ein vierbeiniges Raubtier aus Nacht und Finsternis. Ich hörte seine Klauen über den Boden trommeln und sein grollendes Knurren, aber ich wagte es nicht, auch nur einen Blick nach hinten zu werfen. Zu groß war meine Angst, langsamer zu werden. Zu groß war meine Furcht, seinen leuchtenden Augen zu begegnen.

Das Ungeheuer holte mich so schnell ein, als wäre mein Sprint keine Herausforderung für seine schiere Geschwindigkeit. Die Straße vibrierte unter seinen machtvollen Sprüngen und brachte mich fast zu Fall, während die Straßenlaternen seinen Schatten wieder und wieder über mich warfen. Ich wusste, mir blieb kaum noch eine Sekunde, und doch war ich völlig machtlos. Es gab keinen Ort sicheren Ort auf dieser Welt. Keinen, der einem Geist standhielt. Das Monster zog bereits an mir vorbei und öffnete sein gewaltiges Maul, um mich zu packen. Mir blieb nichts anderes übrig, als die Augen zu schließen und zu beten.

Dad.

Der Aufprall war mächtig. Er trieb meinen Kopf zurück wie bei meinem Unfall mit Mum, aber der Schmerz messerscharfer Zähne blieb aus. Anstatt gebissen zu werden, spürte ich einen kräftigen Stoß und verlor das Gleichgewicht. Ich schlug auf den Asphalt, benommen von der Wucht. Dort wartete ich auf mein Ende, doch nichts geschah. Ich hörte nur das ohrenbetäubende Kreischen des Monsters, das auf einmal weit entfernt klang.

Mein panischer Blick flog geradeaus und machte mir klar, dass ich nicht gefressen wurde. Jemand hatte mich zu Boden geworfen.

Der Nachtwandler war gekommen, um mich zu retten.

Kapitel 7

Für den Bruchteil eines Atemzugs glaubte ich, das Wesen hätte sich verdoppelt. Bis eben noch hatte ich seinen gierigen Blick auf meinem Körper gespürt. Nun entdeckte ich ein zweites Geweih, das deutlich kleiner war als das des Monsters. Der Nachtwandler hatte sich zwischen uns geworfen und das Biest im vollen Lauf gestoppt. Ich sah, wie er die Krallen ins Fleisch des Seelenfressers grub und ihn auf Abstand brachte, obwohl ihn der bloße Gegendruck über den Boden schob. Die blanken Schädel der beiden verwandelten sich in zwei fahlweise Gebilde, die das Licht unnatürlich grell reflektierten. Das Einzige, das noch grotesker aussah, waren ihre Augen – glühende Flammen in der Dunkelheit, die einander unverwandt anstarrten. Der Nachtwandler war bedeutend zierlicher als das Ungeheuer und wirkte ihm gegenüber derart menschlich, dass ich vor Angst den Atem anhielt. Ich konnte mir nicht vorstellen, wie er gegen es bestehen wollte.

Es fühlte sich an wie eine Ewigkeit, in der ich ihren Zweikampf beobachtete. Das Monster war genauso überrascht worden wie ich, auch wenn es seinen Fokus schnell wiederfand. Bevor der Nachtwandler auch nur sein Gewicht verlagern konnte, richtete sich das Biest wieder auf und öffnete seine massigen Kiefer. Mit einem Mal war von seinen schwerfälligen Bewegungen keine Spur mehr. Das Ungeheuer wand sich im Griff des Nachtwandlers wie eine Schlange und verdrehte seinen dunklen Körper, wie es ihm beliebte. Der Nachtwandler reagierte darauf, indem er den Schädel seines Gegners packte, aber es war schon zu spät. Der Seelenfresser schüttelte sich frei, holte aus und versenkte die Zähne in seiner Schulter.

Es war das erste Mal überhaupt, dass ich einen Kampf unter Geistern sah. Die Szene traf mich bis ins Mark und ließ mich meine Flucht völlig vergessen. Ich hatte schreckliche Angst davor, dass der Nachtwandler verschlungen wurde. Er gab keinen Laut von sich, als sich die Kiefer des Monsters in seine Haut gruben. Er senkte den Kopf, als wollte er den Schmerz unterdrücken, und umgriff den Hals der Bestie mit den Klauen. Es sah aus, als kämpfte er gegen einen Drachen. Der Seelenfresser brüllte vor Wut und stemmte alle Gliedmaßen gegen den Asphalt, während er wieder und wieder in die Luft schnappte. Jede Bewegung des gehörnten Monsters erschütterte die Gasse mit solcher Wucht, dass ich es nicht einmal schaffte, mich auf die Füße zu kämpfen. Es war offensichtlich, dass der Nachtwandler ihm nicht lange standhalten würde – dafür war der Seelenfresser einfach zu groß.

Einen Moment lang suchte ich nach einem Weg, ihm irgendwie zu helfen. Der Nachtwandler ließ mir jedoch keine Gelegenheit, denn sein Kopf ruckte herum und fasste mich ins Auge. Hier und jetzt fühlte er sich fast genauso furchterregend an wie das Ungeheuer.

„Lauf!", schnarrte er. Das Wort hallte als grauenerweckendes Knurren durch seinen Schädel. „Schnell!"

Er sprach mit mir, ohne das Biest loszulassen. Ich konnte hören, wie seine Klauen brachen, weil sich der Seelenfresser mit ganzer Kraft dagegen warf. Das Geräusch überlief mich mit einem eisigen Schauer und trieb mich endlich auf die Beine. In dieser Zeit hatte sich der Nachtwandler wieder umgewandt und grub seinerseits die Fänge in das Monster. Seine Zähne schickten einen Schwall aus Blut in die Luft, der zu Boden klatschte wie dickflüssiges Öl. Es war derselbe Moment, in dem ich mich von dem Anblick der kämpfenden Wesen löste und dem Befehl des Nachtwandlers folgte.

Ich rannte so schnell ich konnte davon.

Mein Weg führte mich irgendwohin – Hauptsache weg von der Gasse.

Erst, als ich sie verließ, wurde mir klar, dass ich in die falsche Richtung eilte. Sie führte mich nicht nach Hause, sondern in Littlewoods kleines Industriegebiet, in dem mich nichts als unerleuchtete Fenster erwarteten. Die verlassenen Gebäude flankierten mich wie düstere Türme, während ich stehen blieb und den Rücken krümmte.

Ich war zwei Blocks weit gelaufen und meine Lungen fühlten sich an, als würden sie zerbersten. Der Schmerz zog sich bis in meinen Hals und pochte wie ein zweiter Herzschlag in meiner Kehle. Das Adrenalin tat sein Übriges und brachte jeden Muskel meines Körpers zum Zittern. Meine Beine wollten mich kaum mehr tragen, also gab ich auf und suchte nach einem Versteck. Mir blieb nur zu hoffen, dass das Monster mich hier nicht mehr finden würde.

Nach einer kurzen Suche entdeckte ich ein kleines Lagerhaus, dessen Türschloss aufgebrochen am Boden lag. Ein vorsichtiger Blick hinein offenbarte, dass niemand darin war, und so trat ich ein.

Eine ganze Weile lang tat ich nichts. Ich presste den Rücken gegen die kalte Wand und atmete in rasselnden, hastigen Zügen gegen meine Angst. Mein Herz hämmerte wie ein Presslufthammer. Er dröhnte so laut in meinen Ohren, dass ich mir einbildete, die Umgebung nicht mehr zu hören. Meine Aufmerksamkeit blieb unverwandt auf die Außenwelt fokussiert. Ich erwartete die ganze Zeit, den Seelenfresser durch die Seitenstraße wandeln zu sehen – mit leuchtenden Augen und blutverschmierten Kiefern. Die Vorstellung ließ mich auf die Knie sinken und schluchzen. Ich hatte einen gewaltigen Fehler gemacht. Obwohl ich *wusste*, wie gefährlich Geister waren, hatte ich meine Vorsicht über Bord geworfen. Am Ende hatte das nicht nur mich, sondern auch den Nachtwandler in große Gefahr gebracht. Was sollte ich tun, wenn er nicht zurückkehrte? Wenn dieses Biest ihn auffraß, weil er mir das Leben gerettet hatte? Der Gedanke wurde schlimmer, je öfter er sich in meinem Kopf abspulte. Ich war so verzweifelt, dass ich sitzen blieb und immer wieder nach draußen spähte.

So lange, bis eine dunkle Gestalt am Horizont erschien.

Ich erblickte zuerst das Geweih und zuckte fürchterlich zusammen. Die Panik schoss durch meine Glieder und setzte sie lichterloh in Flammen.

Ehe ich losrennen konnte, erkannte ich jedoch den Nachtwandler. Er schien das Ungeheuer abgeschüttelt zu haben und eilte mir entgegen. Als er im Begriff war, die Lagerhalle zu passieren, stand ich auf und spähte nach draußen.

„Hey.“ Meine Stimme klang, als gehörte sie nicht mir selbst. Die Furcht tanzte auf meiner Zunge. „Ist er weg?“

Er brauchte nur den Bruchteil eines Wimpernschlags, um mich zu erkennen. Dann schoss er plötzlich vor, packte meine Taille und riss mich mit sich. Ich schlug aus purem Reflex nach seinem Schädel, aber da hatte er mich schon zum anderen Ende des Raumes gezerrt. Er huschte hinter einen alten Container und zwang mich zu Boden.

„Still“, raunte er. Seine Worte trieben klirrend kalten Atem aus seinem Maul und ließen mich erschaudern. „Er ist noch hier.“

Meine Gegenwehr erstarb. Mir blieb nicht einmal die Zeit, nachzufragen. Ich konnte sie bereits hören – schwerfällige, langsame Schritte. Sie ertönten direkt vor dem Lagerhaus und schienen für eine Sekunde jeden Raum in meinem Kopf einzunehmen.

Der Seelenfresser, dachte ich. *Er sucht uns.*

Ich behielt recht. Der Nachtwandler blieb neben mir und hielt meine Schulter, um mich am Aufstehen zu hindern. Als er einen vorsichtigen Blick über den Container warf, tat ich es ihm gleich und bemerkte den Seelenfresser sofort. Seine düstere Silhouette wanderte am Fenster vorbei und warf den roten Schein seiner Iriden ins Innere.

Der Anblick verängstigte mich so sehr, dass ich bebend vor Angst wieder in die Knie ging. Ich musste die Kiefer aufeinanderpressen, um nicht mit den Zähnen zu klappern. Meine Finger zitterten wie Espenlaub.

Es verging eine Zeit, die sich anfühlte wie Stunden. Der Nachtwandler rührte sich genauso wenig wie ich, nur mit dem Unterschied, dass er die Fensterscheibe unverwandt im Auge behielt. Es gab mir die Gelegenheit, ihn von der Seite zu beobachten. Sein dunkler Körper von Wunden übersäht. Ich sah tiefe Bissspuren, wohin ich auch blickte. Am schlimmsten war die auf seiner Schulter. Obwohl sich der Nachtwandler ein paar Zentimeter von mir entfernt hatte, erkannte ich jede einzelne Vertiefung der mächtigen Zähne, die ihn verletzt hatten. Selbst sein

Schädel hatte Schaden genommen, denn ihm fehlten ein Stück vom Kiefer und ein Teil seines Geweihs. Der Anblick ließ mich den Seelenfresser kurz vergessen.

„Geht es dir gut?", flüsterte ich. „Du bist verletzt!"

Meine Feststellung brachte den Nachtwandler dazu, mich anzusehen. Sein starres Gesicht war unergründlich – eine Maske des Todes, die keine Emotion nach außen ließ. Einzig seine Augen wanderten über meine Gestalt, als versuchte er, meine Beweggründe zu verstehen. Der Eindruck hielt allerdings nur für die Dauer eines Atemzugs. Anstatt zu antworten, huschte sein Kopf wieder in Richtung des Fensters, ehe er sich abstieß und neben mir zu Boden sank.

Nun knieten wir direkt voreinander. Ich war ihm so nahe, dass ich seine menschlichen Augen erkannte. Auch wenn der Schein seiner Pupillen aus der Ferne über sie hinwegtäuschte, waren sie von hier aus deutlich zu sehen.

„Was?", flüsterte ich. Seine unvermittelte Bewegung beschleunigte meinen Puls noch mehr und ließ mir schwindlig werden. „Kommt er zurück?"

Sein Schweigen war Antwort genug. Er schenkte mir ein langsames Nicken, mit dem das gebrochene Geweihende meinen Haarschopf berührte. Der Seelenfresser hatte noch nicht aufgegeben. Wenn ich mich konzentrierte, konnte ich seine Schritte einmal mehr vor dem Lagerhaus vernehmen. Sie bewegten sich in die entgegengesetzte Richtung von zuvor – so als ob er alles nach uns absuchte – und wurden von seinem Knurren übertönt. Ein unbewusstes, leises Grollen, das als gewaltiger Bass seinen Brustkorb verließ. Ich konnte mich nicht daran erinnern, jemals zuvor solche Angst gehabt zu haben. Ich musste die Augen geschlossen halten, sonst verlor ich den Verstand. Ich wollte nicht *sehen*, ob das Monster uns fand. Ob es gleich durch die Scheibe brach und sein Maul aufriss, um uns zu zerreißen. Meine Panik ließ sich nicht mehr kontrollieren, genauso wenig wie mein Atem. Er rasselte so laut über meine Lippen, dass der Nachtwandler die Pranke hob und mir den Mund zuhielt. Dabei zog er mich zu sich, bis mein Hinterkopf gegen seine Schulter sank. Ich spürte seinen dünnen Fellkragen an meinem Nacken und wie seine Krallen meine Wange berührten. Er hielt mich wie ein Schraubstock, ohne mich zu verletzen.

„Sh", machte er. Der Laut ertönte direkt an meinem Ohr und wies mich an, ganz still zu sein. Das war mehr, als ich ertrug. Ich hielt die Lider geschlossen, legte mein Leben in seine Hände und verharrte an seiner Seite.

Der Seelenfresser blieb noch einmal stehen und verstummte. Ich glaubte fast, er spähte direkt über uns ins Fenster. Der Container schien ihm keinen Blick auf uns zu gestatten, denn kurz darauf setzte er sich endlich in Bewegung. Seine Schritte brachten ihn dorthin zurück, von wo er gekommen war. Wenige Minuten später hatte die Stille der Nacht ihn endgültig verschluckt.

Der Nachtwandler war der Erste, der sich wieder rührte. Er ließ mich los und richtete sich auf, um einen Blick aus dem Fenster zu werfen. Weil er nichts entdeckte, streckte er den Kopf durch die Wand und spähte in die Gasse. Danach beugte er sich zurück und sah mir entgegen.

„Er ist fort", sagte er. „Er kommt nicht zurück."

Es gab mit Sicherheit einen Grund, wieso er sich dessen so sicher war. Mir fehlte nur die Kraft, ihn zu fragen. Ich war völlig überwältigt und immer noch darauf konzentriert, gleichmäßig zu atmen. Mir war furchtbar schwindlig, aber ich war auch besorgt um den Nachtwandler. Unser Körperkontakt hatte mein Oberteil mit Blut verschmiert. Bis heute war mir nicht einmal klargewesen, dass Geister überhaupt bluten konnten.

„Ist er wirklich weg?", wisperte ich. „Ganz sicher?"

Er nickte noch einmal. Dieses Mal wirkte er ein wenig zuversichtlicher. „Du kannst nach Hause zurückkehren. Nimm aber nicht denselben Weg wie er."

Ich beobachtete ihn. So wie er dort stand – vor dem Fenster der alten Lagerhalle, durch das ihn das Licht der Laternen traf – sah er aus wie der untote Hirsch aus meinem Traum. Seine Verletzungen und sein gebrochener Schädel verstärkten diesen Eindruck und verschlugen mir die Sprache. Es fühlte sich an, als wäre mein Albtraum wahrgeworden.

„Was ist mit dir?", wollte ich wissen. „Du bist verletzt. Draußen ist es gefährlich, oder?"

Er schien über meine Worte nachzudenken.

„Ja“, antwortete er dann. Ein gedehntes Wort, mit dem sein Atem Wolken in die Luft malte. „Ich bleibe hier.“

Ich wölbte die Brauen. Der Nachtwandler war nicht ganz einfach zu verstehen. Wollte er sich in der Lagerhalle verstecken? Oder lebte er hier? Er musste meinen fragenden Gesichtsausdruck bemerken, denn er trat einen Schritt zur Seite. Er machte mir offenbar Platz, damit ich mich an ihm vorbei traute.

„Bis es besser ist“, fügte er hinzu. „Ich heile.“

Nun schaffte ich es, mich aufrichten. Ich stand noch immer wackelig und musste mich an dem Container abstützen, dem wir unser Leben verdankten.

„Wo wohnst du?“, hakte ich nach. „Soll ich dich nach Hause bringen?“

Mir war durchaus klar, dass ich keine große Hilfe wäre, wenn wir noch einmal angegriffen wurden. Ich konnte ihn aber auch nicht einfach zurücklassen. Nicht, nachdem er so viel für mich riskiert hatte.

Für den Nachtwandler schien mein Gedankengang wenig nachvollziehbar. Er legte den Kopf schräg und sah sehr fragend aus.

„Heim?“, erwiderte er. „Nein. Mein Zuhause ist die Stadt.“

Mit einem Mal tat er mir schrecklich leid. Ganz Littlewood als seine Heimat zu betrachten, klang romantisch. Es bedeutete aber auch, dass er nirgends wirklich zu Hause und sicher war.

Ich antwortete, ohne nachzudenken. „Dann komm mit zu mir.“

Er zweifelte. Zumindest, soweit ich seinen Blick interpretieren konnte, denn seine Iriden wurden wieder vom Schein seiner Augen verborgen. Er stand zu weit entfernt, um in ihnen zu lesen.

Letztendlich trat der Nachtwandler noch ein Stück zur Seite, um den Ausgang der Lagerhalle freizugeben. Sein Blick ruhte unverwandt auf mir.

„Wenn ich nicht störe“, warf er ein. „Ich brauche nur ein paar Stunden.“

Ich kam nicht umhin, ihm ein Lächeln zu schenken. Es geschah von ganz allein, als ich die Lagerhalle verließ.

„Nein“, versicherte ich. „Es ist das Mindeste, was ich für dich tun kann.“

Anstatt mich zu begleiten, blieb er stehen wie eine Statue. Er kam erst mit, als ich mich noch einmal zu ihm umdrehte und ihn dazu aufforderte. Man merkte seinem Tempo nicht an, wie verletzt er war. Er hielt problemlos mit mir Schritt und humpelte nicht einmal.

„Gut." Seine dumpfe Stimme schlug Bässe in der finsteren Gasse, die nur ich hören konnte. „Ich beschütze dich."

Sein Versprechen brachte mich noch einmal zum Lächeln, obwohl mir flau im Magen war. Man hatte mich davor gewarnt, mich mit dem Nachtwandler einzulassen. Ich hingegen schlug all die Ratschläge in den Wind und zeigte ihm, wo ich wohnte. Ich wusste sehr genau, dass ich damit ein Risiko einging, dass ich vielleicht eines Tages bereute.

Und, dass Becca mich umbringen würde.

Ich führte ihn durch die verlassenen Straßen Littlewoods, bis wir mein Zuhause erreichten.

Dad war noch auf der Arbeit – so wie immer – also lag ein dunkles Gebäude vor uns, dessen unerleuchtete Fenster Melancholie versprühten. Als ich den Schlüssel in die Haustür steckte, schien ich einen schlafenden Riesen zu wecken. Der Bewegungsmelder warf seinen gelblichen Schein in meine Augen und blendete mich, bis ich in die Küche ging und das Licht anknipste. Die alte Neonröhre flackerte immer für ein paar Sekunden und ließ unheimliche Schatten über den Schädel des Nachtwandlers tanzen. Obwohl er nur in etwa so groß war wie mein Vater, überragte sein Geweih den Türrahmen. Das konnte allerdings nicht der Grund dafür sein, wieso er nicht eintrat. Ich wusste, dass eine Wand kein Hindernis für einen Geist war. Ich bewegte mich bereits zur Treppe, doch als ich mich umwandte, harrte er noch immer unter der Überdachung der Haustür.

„Was ist los?“, meinte ich. Ich wollte ihn ermutigen. „Mein Zimmer ist oben.“

Er steckte nicht einmal den Kopf in den Raum, so als hielt ihn eine unsichtbare Grenze davon ab.

„Du musst mich hereinbitten“, raunte er. „Sonst kann ich deine Schwelle nicht übertreten.“

Ich wölbte die Brauen. Davon hatte ich noch nie gehört. Soweit ich mich erinnerte, hatte ich auch Becca nie offiziell in mein Haus bitten müssen. Im Gegenteil. Sie war eines Tages einfach durch die Balkontür gekommen und hatte mich zu Tode erschreckt. Die Worte des Nachtwandlers ließen mich hadern, weil sie bezeugten, dass er wirklich kein normaler Geist sein konnte.

„Bitte komm herein“, sagte ich. „Ist es so besser?“

Es war, als verspielte ich damit meine allerletzte Chance, Beccas Ratschlag zu befolgen. Als der Nachtwandler den ersten Schritt über unsere Türschwelle tat, bildete ich mir ein, etwas zerbrechen zu spüren. Wie eine Scheibe oder ein Stück Glas, das unser Haus bis eben noch umgeben hatte. Ich hatte keine Ahnung, woher diese seltsame Empfindung kam. Ich war völlig auf sie konzentriert, bis ich die Veränderung des Nachtwandlers bemerkte. Kaum, dass er die Küche betrat, schien er zu schrumpfen. Seine gekrümmte Gestalt rückte sich gerade und wurde viel schmaler, während sich sein Körper plötzlich aufhellte. Die dunkle Schwärze, die ihn umgab, zerstob zu aschfarbenen Funken. Sie gaben den Nachtwandler frei wie ein Film aus Teer, schwebten zur Decke und waren kurz darauf verschwunden.

Zurück blieb ein Wesen, dass sich mit dem Nachtwandler kaum mehr in Einklang bringen ließ. Ich sah Jeans, ein olivgrünes Shirt und menschliche Augen, die mir aus den leeren Höhlen des Hirschschädels entgegenblickten. Der Unterkiefer des Schädels war gemeinsam mit der Schwärze verschwunden und entblößte das Kinn eines jungen Mannes, dessen blasse Lippen eine schmale Linie bildeten. Er war einen guten Kopf größer als ich und definitiv ein Mensch.

Ich war wie vor den Kopf gestoßen. So wie es aussah, hatte ich mich nicht getäuscht. Was auch immer mit dem Nachtwandler geschehen war, er musste einst ein normaler Geist gewesen sein. Einzig seine Maske erinnerte noch daran, dass bis eben ein Seelenfresser vor mir gestanden hatte. Sie bedeckte die obere Hälfte seines Gesichts und machte es unmöglich, seine Miene zu lesen.

Ich fand keine Worte. Dem Nachtwandler schien es nicht anders zu gehen, denn er beäugte seine Haut und sah genauso verwirrt aus wie ich.

„Du ...", flüsterte ich. „Du bist ein Mensch."

Unsere Blicke trafen sich. Ich spähte in dunkelrote Iriden, deren Farbe mich an getrocknetes Blut erinnerte. Der unheimliche Schein seiner Pupillen war erloschen.

„Mensch ...", gab er zurück. Seine Stimme hatte sich kaum verändert. Sie klang weniger verzerrt, aber noch immer so tief wie zuvor.

„Vielleicht", fügte er hinzu, gefolgt von einem neuerlichen Blick auf seine Gestalt. „Ich habe diese Form schon lange nicht mehr angenommen."

Es war fast befremdlich, dass sich seine Lippen bewegten, nachdem ich so lange auf den reglosen Schädel geblickt hatte. Der Gedanke machte mir bewusst, wie verrückt die Situation war. Ich hatte kaum gezögert, einen Seelenfresser in mein Haus einzuladen – und jetzt, da ich wusste, dass er ein Mann war, fühlte ich mich auf einmal befangen. Ich erwachte nur deshalb aus meiner Starre, weil ich das Blut bemerkte. Es sickerte aus den tiefen Wunden, die das gehörnte Ungeheuer dem Nachtwandler zugefügt hatte. Auf seinen menschlichen Armen und Beinen wirkten sie tief und schrecklich schmerzhaft. Ich sah überall Krallen- und Bissspuren, die sich durch den Stoff seiner Kleidung bohrten. Sein armeegrünes T-Shirt hatte mittlerweile die Farbe von Schlamm angenommen, also setzte ich mich endlich in Bewegung und verließ die Treppe.

„Geh am besten nach oben", schlug ich vor. „Dort kannst du dich ausruhen."

Ich glaubte fast, er wollte protestieren, doch der Nachtwandler trat voran. Weil ich ihm folgte, erhaschte ich einen Blick auf seinen Rücken. Das schwarze Fell bedeckte noch immer einen Teil seines Oberkörpers, aber die knöcherne Wirbelsäule war fort. Stattdessen konnte ich sein kurzes, dunkelblondes Haar sehen, das aus dem hinteren Ende des Schädels ragte. Er wirkte so *normal*. Selbst seine Füße, die bis eben wie Hufe ausgesehen hatten, steckten nun in gewöhnlichen Stiefeln. Nur das Fell, die Maske und seine Krallen waren geblieben. Sie hatten sich nicht zurückgebildet und waren halb so lang wie seine Finger.

Ich blieb noch einmal stehen, machte kehrt und eilte zurück in die untere Etage. Mein Zimmer hatte einen elfenbeinfarbenen Teppich. Ich wusste nicht, ob das Blut das Nachtwandler darauf haften würde, und wollte nichts riskieren. Es war besser, eine Decke und ein Handtuch zu holen, um das Schlimmste zu verhindern. Außerdem gab mir die kurze Unterbrechung die Möglichkeit, mich zu sammeln. Diese ganze Nacht fühlte sich an wie ein grotesker Traum, denn nichts schien mehr Sinn zu ergeben.

Anstatt Antworten zu finden, war mein Berg von Fragen noch gewachsen.

Kapitel 8

Als ich mein Zimmer betrat, hatte sich der Nachtwandler in die Ecke zurückgezogen. Es kam mir vor, als wollte er möglichst wenig Raum einnehmen. Er glaubte wohl immer noch, dass er störte. Ich ließ mich nicht beirren, schlug die Decke aus und faltete sie zu einem Viereck, das hoffentlich den Teppich schützte.

„Setz dich“, sagte ich dann. Meine Stimme klang so einladend wie möglich, wenn auch heiser und erschöpft. Meine Beine wollten mich kaum mehr tragen. Die Flucht und die Todesangst von vorhin hatten mir alles abverlangt. Ich konnte einfach nicht damit aufhören, vor Aufregung zu zittern. Obwohl ich todmüde war, würde ich heute Nacht wahrscheinlich kein Auge zubekommen. Ich konnte kaum glauben, wie knapp ich dem Tod entkommen war – schon wieder.

Der Nachtwandler hörte mir sehr genau zu. Sein Blick traf die Decke am Boden und wirkte sehr nachdenklich, ehe er näherkam und sich darauf sinken ließ. Es war derselbe Moment, in dem ich ihm das Handtuch reichte. Seine Antwort war ein erstaunter Blick, in dem Abwehr stand, denn Geister konnten keine Gegenstände berühren oder benutzen. Eigentlich wusste ich das. Mein Verstand war nur einfach zu müde. Ich ließ das Handtuch in seinen Schoß fallen, ohne nachzudenken. Anstatt einfach durch den Nachtwandler hindurchzufallen, landete das dunkle Stück Stoff jedoch auf seinem Bein. Ich konnte deutlich sehen, wie es sein angewinkeltes Knie verdeckte.

Eine Sekunde lang herrschte eine erstaunte Stille zwischen uns. Zuerst glaubte ich, dass für den Nachtwandler einfach andere Regeln galten, aber die Decke strafte mich Lügen. Sie beulte sich nicht aus und schlug keine Falte, obwohl er auf ihr saß. Das machte die Sache mit dem Handtuch noch seltsamer.

Der Nachtwandler war genauso perplex wie ich. Er hob die Hand und war tatsächlich in der Lage, den Stoff zu berühren. Dabei sah er mich an und wölbte die Brauen. Ich erkannte es durch die Augenhöhlen seiner Maske.

„Erstaunlich“, sagte er. Das Wort hallte in der langgestreckten Schnauze des Hirschschädels wider. „Du kannst Dinge weitergeben.“

Ich ließ mich auf die Knie sinken. Nun waren wir fast auf Augenhöhe, weil ich ihm gegenübersaß.

„Was meinst du damit?“, fragte ich vorsichtig.

Der Nachtwandler nahm noch einmal das Handtuch und zerknüllte es mit den Fingern. Er musste sehr vorsichtig sein, um mit seinen Krallen keine Fäden zu lösen.

„Geister können nichts berühren“, meinte er. „Nichts, das zur Welt der Lebenden gehört.“

Seine andere Hand griff nach dem Teppich – ohne Erfolg. Sie ging glatt hindurch, genauso, wie ich es von Becca kannte.

Ich war wirklich dumm. Sein Blut konnte natürlich *nicht* auf meinen Teppich tropfen.

„Du baust eine Brücke“, fuhr der Nachtwandler fort. „Einen Übergang in die andere Welt.“

Ich hielt vor Anspannung den Atem an. Hier und jetzt geschah etwas, auf das ich seit Monaten hoffte. Zum allerersten Mal, seit ich Geister sehen konnte, schien jemand etwas darüber zu wissen. Ich wagte es nicht, zu antworten oder auch nur zu nicken, um den Nachtwandler nicht zu unterbrechen.

„Was ist passiert?“, fragte er.

Ich fühlte mich beklommen. Es gab kaum einen Tag, an dem ich nicht an meinen Unfall mit Mum zurückdachte. Darüber zu sprechen, schien die schrecklichen Szenen immer wieder von Neuem lebendig werden zu lassen. Dass Mum ein Geist und damit wohlauf war, linderte den Schmerz zumindest ein wenig.

„Ich war tot", gab ich schließlich zu. „Meine Mutter und ich hatten einen Autounfall. Ich hatte einen Herzstillstand und musste wiederbelebt werden."

Ich glaubte nicht wirklich daran, dass meine Geschichte eine Erklärung lieferte, aber der Nachtwandler nickte langsam. Für ihn schien alles Sinn zu ergeben.

„Verstehe", antwortete er. „Du steckst fest."

Weil ich ihn unverwandt ansah, fasste er mich ins Auge.

„Dein Tod hat dir etwas genommen", erklärte er. „Ein Teil von dir ist im Nexus geblieben. Deswegen bist du mit der Ebene der Toten verbunden."

Ich wölbte die Brauen. Ich konnte mir schon denken, was er mit Nexus meinte, aber ich musste es genau wissen. Ich wollte es aus seinem Mund hören.

„Was meinst du damit?", fragte ich leise. Das Thema war derart unbehaglich, dass ich zu frieren begann. Dabei fiel mir auf, dass der Nachtwandler heute viel weniger Kälte versprühte als bei unserer letzten Begegnung. Ich fragte mich, ob das mit seiner seltsamen Verwandlung zu tun hatte. Seit er so menschlich aussah, fühlte er sich viel weniger düster an. Bisher hatte ihn eine sinistre Finsternis umgeben, vor der ich instinktiv zurückgeschreckt war. Hier und jetzt hätte ich fast glauben können, einem normalen Geist gegenüberzusitzen – abgesehen von seinen Krallen und der Schädelmaske.

Der Nachtwandler schien sich seine Worte gut zurechtzulegen, denn er blieb eine ganze Weile lang still.

„Wenn ein Mensch stirbt, wechselt er die Ebene", sagte er. „Dorthin, wo alle Seelen verbleiben."

Ich nickte ebenfalls. So viel hatte mir Becca bereits erklärt.

„Eigentlich gehören die Toten nicht hierher“, fügte der Nachtwandler an. „Sie sind nur noch ein Echo. Hier ist es gefährlich für sie.“

Ich nagte an meiner Unterlippe. Seine Worte beschworen ein Bild vor meinem geistigen Auge herauf – das gehörnte Ungeheuer von vorhin, das den Nachtwandler so schwer verletzt hatte.

„Du meinst wegen der Seelenfresser“, murmelte ich, aber er schüttelte mit dem Kopf. Eine angedeutete Geste, weil seine Maske so schwer war.

„Nicht nur“, erwiderte er. „Seelen gehören in den Nexus. Dort sind sie zu Hause, und dort verbringen sie die Ewigkeit.“

Ich erinnerte mich daran, worüber ich mit Becca gesprochen hatte. Was sie *ins Licht gehen* nannte, bezeichnete offenbar den Nexus. Hatte ihn der Nachtwandler schon einmal gesehen? Und wenn ja, traf man dort jeden Menschen wieder, den man im Laufe seines Lebens verloren hatte? Die Vorstellung ließ mich an Mum denken, an meine Großeltern und sogar an den Hund, den Mum als Kind so geliebt hatte. Konnte es wirklich einen Ort geben, an dem sie alle verblieben?

Der Nachtwandler musste mir die Überlegung ansehen. Sein Ton wurde milde und klang entschuldigend.

„Ich weiß nicht viel über den Nexus“, gab er zu. „Ich habe schon viele Seelen an seine Pforte zurückbegleitet, kann ihn aber nicht betreten.“

Mein Blick traf sein Gesicht. „Wieso zurück?“

Ich war ihm ehrlich dankbar dafür, dass er sich solche Mühe gab, mir die Zusammenhänge zu erklären. Je länger wir miteinander sprachen, desto leichter schien es ihm zu fallen, ganze Sätze zu bilden.

„Nach ihrem Tod kehren alle Seelen in den Nexus ein“, fuhr der Nachtwandler fort. „Manche kommen aber noch einmal zur Erde zurück.“

Wie Mum und Becca, dachte ich.

„Ich helfe ihnen, wenn sie den Weg in den Nexus nicht wiederfinden“, endete er. „Ich bringe sie dorthin, damit sie diese Welt verlassen können.“

Es war, als verstand ich in diesem Moment, was genau der Nachtwandler war. Becca hatte recht. Er half den Toten tatsächlich – und zwar auf mehr als eine Art. Er beschützte sie nicht nur vor den Seelenfressern, sondern brachte sie sogar ins Licht. Das beeindruckte mich tief, denn sein Verhalten war selbstlos. Becca hatte mir gesagt, dass

Littlewoods Geister ihn mieden. Obwohl sie ihn fürchteten, schien ihn das nicht davon abzuhalten, für sie einzustehen.

Ich lehnte mich an den Nachttisch, ohne den Blick von ihm zu nehmen. Ich wollte ihn verstehen. Wer er war und wieso er sich einer so schweren Aufgabe angenommen hatte. Ehe ich fragen konnte, wölbte der Nachtwandler jedoch die Brauen.

„Du warst tot", stellte er fest. „Deine Seele war im Nexus."

Mein Herz begann zu pochen. Im Gegensatz zu vielen anderen Menschen konnte ich mich an keine Nahtoderfahrung oder so etwas erinnern, doch er hatte recht. Ich war in dieser Nacht definitiv gestorben. Es hatte mehrere Minuten gedauert, mich zu reanimieren.

„Du wurdest zurückgeholt", fügte der Nachtwandler an. Seine Stimme machte deutlich, dass er keinen Zweifel an seiner Feststellung hegte. „Deine Seele wurde aus dem Nexus gerissen und hat einen Teil dort zurückgelassen. Deshalb siehst du die Toten."

Er senkte den Kopf.

„Du bist nie vollständig zurückgekehrt."

Es war verrückt. Ich hatte mir vorher nie Gedanken gemacht, wie ich reagieren würde, falls ich eines Tages die Wahrheit erfuhr. Hier zu sitzen und dem Nachtwandler zuzuhören, öffnete eine Tür, die mir viel zu lange verschlossen geblieben war. Ich glaubte ihm – und wusste nun, wieso sich seit dem Unfall so viel verändert hatte.

Meine Lippen bebten. „Was kann ich tun?"

Ich kannte seine Antwort, bevor der Nachtwandler sie aussprach. Sie stand in seinem Blick geschrieben, der mich so nachdenklich und menschlich fixierte.

„Nichts", erwiderte er betroffen. „Ich könnte deinen Teil suchen, aber nicht berühren. Du musst ihn selbst an dich nehmen, wenn du wieder dort bist."

Ich spürte, wie jede Farbe aus meinem Gesicht wich. Die Wahrheit war so schrecklich, dass ich sie einen Moment lang nicht einmal realisierte.

„Das heißt …", flüsterte ich, „ich bekomme ihn erst zurück, wenn ich sterbe?"

Als der Nachtwandler nickte, brachen meine Dämme. Ich musste die Hand vor den Mund schlagen, um nicht laut zu schluchzen. Das Geräusch war trotzdem deutlich hörbar. Meine Tränen ließen die Gestalt meines Gegenübers verschwimmen und zwangen mich dazu, die Augen zu schließen. Wenn der Nachtwandler recht hatte – wenn ich tatsächlich in den Nexus musste, um wieder *komplett* zu werden – dann war mein Schicksal besiegelt. Es bedeutete, dass ich für immer und ewig Geister sehen würde. Bis zum Tag meines Todes. Bis zu dem Tag, an dem ich an Altersschwäche starb, oder bis zu dem Tag, an dem ich es nicht mehr schaffte, einem Seelenfresser zu entkommen.

Ich atmete tief durch. Auch wenn ich es nicht offen zugegeben hätte, so hatte ein Teil in mir doch immer gehofft, dass es eine Lösung gab. Eine Möglichkeit, meine Fähigkeit zu deaktivieren und in Frieden weiterzuleben. So wie es aussah, existierte sie nicht.

„Es tut mir leid." Der Nachtwandler wirkte hilflos. „Ich kann den Lebenden nicht helfen. Nur den Toten. Es tut mir leid, dass ich nichts tun kann."

Mein Blick traf seinen. Er saß noch immer auf der gefalteten Decke, ohne sich zu rühren. Der Ausdruck in seinen Augen wirkte mitfühlend, obwohl er nicht blinzelte und auch kein Muskelzucken erkennen ließ. Ich kannte das schon von Becca. Je länger Geister tot waren, desto mehr ihrer natürlichen Reflexe und Bewegungen verschwanden. Ich hatte schon Geister gesehen, die wie Puppen in der Gegend standen und ins Nichts starrten. Der Klagende war einer davon.

Ich brauchte noch etwas, um mich zu fangen, und schüttelte mit dem Kopf. „Schon gut. Du kannst nichts dafür."

Ich musste die ganze Zeit darüber nachdenken, wie mein Leben von jetzt an verlaufen würde. Ich würde mich für immer von den Schatten fernhalten, die Dunkelheit meiden und versuchen, vor der Dämmerung zu Hause zu sein. Konnte ich das überhaupt durchhalten? Wie sollte ich jemals heiraten oder sogar Kinder haben, wenn ich dieses Geheimnis mit mir herumtrug? Es fühlte sich an, als hätte man soeben mein Urteil verkündet. Lebenslänglich.

„Ich glaube, deswegen kannst du die Toten sehen und berühren", sagte der Nachtwandler irgendwann. Es war offensichtlich, dass er versuchte, das Thema zu wechseln. „Du wandelst auf beiden Ebenen."

Es machte Sinn. So schrecklich die Realität auch war, ich war erleichtert, endlich Bescheid zu wissen. Die Zeit der Rätsel und Vermutungen war vorüber. Nun blieb nur noch, die Sache irgendwie zu akzeptieren.

Ich wischte mir über die Augen. Es war nicht fair, dem Nachtwandler ein schlechtes Gewissen zu machen. Er hatte mir geholfen.

„Danke", murmelte ich. „Dass du es mir gesagt hast."

Er nickte langsam. Das Deckenlicht warf die Schatten seines Geweihs auf den Teppich.

„Das geschieht manchmal", gestand er. Ich wusste, er sprach von meinem Zustand. „Aber etwas an dir ist anders."

Sein Blick traf noch einmal das Handtuch. Es lag noch immer auf seinem Bein, weil er scheinbar nicht verstand, wofür es gedacht war. Die Tatsache, dass er es anfassen konnte, war erstaunlich genug.

„Du kannst Dinge weitergeben. Das habe ich noch nie gesehen."

Ich biss mir noch einmal auf die Unterlippe. Laut seiner These war ich weder das eine noch das andere. Ich war noch am Leben, weil mein Herz wieder schlug, aber die Wiederbelebung hatte einen Teil von mir im Nexus zurückgelassen. Es war also durchaus logisch, dass ich Geister berühren und von ihnen berührt werden konnte – was leider auch die Seelenfresser einschloss. Ich hatte allerdings noch nie versucht, Becca einen Gegenstand zu reichen.

Mein Blick wanderte zum Nachttisch. Dort lag eine kleine Tube mit Ringelblumensalbe, die mir half, wenn mir die Bücher der Bibliothek raue Hände bescherten. Nun griff ich nach ihr, um sie dem Nachtwandler entgegenzustrecken. Ich wollte ausprobieren, ob es funktionierte.

Er nahm die Tube entgegen, als wäre es das Normalste der Welt. Er musste gar nichts dafür tun. Solange ich sie in der Hand hielt, ließ sie sich von ihm berühren.

„Wahnsinn." Ich konnte es kaum glauben. „Ich kann sie dir einfach geben."

Er klang nicht weniger überrascht. „Ich verstehe es nicht genau. Aber du solltest es niemanden wissen lassen."

Das offensichtliche Unheil in seiner Stimme machte mir Sorgen, denn es mahnte mich zur Vorsicht. Was war schlimm daran, Geistern etwas überreichen zu können? Ich wollte ihn fragen, während mein Blick mehr zufällig auf die Wunden des Nachtwandlers fiel. Da war ein Impuls in mir, sie irgendwie zu verarzten, auch wenn es unsinnig war. Wurden Geister verletzt, heilten sie nach einer Weile von allein. Sie besaßen keinen physischen Körper mehr, der Narben und bleibende Schäden davontrug. Das Einzige, das ich nicht ignorieren konnte, war sein Geweih. Eines der Enden war abgebrochen und nur noch halb so lang wie das andere. Es weinte immer wieder kleine Tränen aus Blut, die an den schmalen Verästelungen entlangrollten und zu Boden tropften.

Ich öffnete die Ringelblumensalbe, um etwas Salbe auf meinen Finger zu geben. Dann richtete ich mich auf und deutete auf sein Geweih. „Darf ich?"

Er wirkte irritiert, aber nicht abweisend, also hob ich den Arm und schmierte die Salbe auf die Bruchstelle. Dabei streifte mein Ellenbogen zufällig seinen Schädel. Als ich mich wieder setzte, fiel mir auf, dass er einen Riss in der Maske hinterlassen hatte. Er war nicht sehr tief und sah aus wie ein Sprung in einem Spiegel, machte mir jedoch trotzdem Sorgen. So wie es aussah, hatte der Nachtwandler größeren Schaden im Kampf genommen, als er zugab.

Ich runzelte die Stirn. „Geht es dir gut?"

Er nickte, als wüsste er nicht, was ich meinte.

„Keine Sorge", sagte er nur. „Ich heile. Schau."

Ein Fingerzeig auf seine Brust lenkte meine Aufmerksamkeit auf eine seiner Verletzungen. Es war ein tiefer Abdruck von Krallen, der zweifelsohne von dem Seelenfresser stammte. Bis vorhin hatte er noch unaufhörlich geblutet. Nun wirkte er verschorft und mehrere Tage alt.

„Okay." Ich forschte in seinen Augen. So wie sie mich aus den Höhlen seines Schädels beobachteten, ließen sich seine Gedanken schon weitaus besser erahnen als zuvor, auch wenn mir seine Miene immer noch verborgen blieb. Aus irgendeinem Grund fiel mir plötzlich der eindringliche Ratschlag meiner Chefin wieder ein.

Nimm ihn bloß nicht gleich mit nach Hause. Man weiß nie, was für gruselige Leute am anderen Ende des Telefons sitzen.

Suzanne hätte mich vermutlich für komplett verrückt erklärt – von Becca ganz zu schweigen.

„Also ...“, fügte ich irgendwann an. „Wieso hast du gesagt, ich soll meine Fähigkeit geheim halten?“

Er sah aus, als hätte er diese Frage kommen sehen.

„Als Lebende bist du ein Ziel für böse Geister“, sagte der Nachtwandler ernst. „Es gibt viele, die dich fressen würden. Allein schon, weil sie dich erreichen können. Wenn sie erfahren, dass du besonders bist, werden sie dich jagen.“

Sein Blick verfinsterte sich. „Sie werden glauben, deine Fähigkeit zu erlangen, wenn sie dich verschlingen. Deswegen solltest du niemandem davon erzählen.“

Ich schluckte schwer. Daran hatte ich noch gar nicht gedacht.

„Und noch etwas ...“, sagte der Nachtwandler. „Der Wendigo hat dich bemerkt.“

Es war das allererste Mal, dass ich diesen Namen hörte – und ich wusste doch, wen er meinte. Er sprach von dem gehörnten Ungeheuer, das mich vorhin attackiert hatte.

„Wendigo“, wiederholte ich. „Ist das sein Name?“

Der Nachtwandler nickte erneut. Dieses Mal trug seine knappe Geste eine solche Schwere, dass ich den Atem anhielt. Die Luft wurde dick und meine Anspannung unerträglich. Hätte ich es nicht besser gewusst, hätte ich geglaubt, der Wendigo wäre irgendwo in diesem Haus und lauschte unseren Worten. Ich konnte mich nicht daran erinnern, jemals solche Angst gehabt zu haben wie vorhin. Nicht einmal damals im Januar. Das lag auch daran, wie das fremde Ungeheuer den Nachtwandler zugerichtet hatte.

„Ja.“ Sein einzelnes Wort jagte einen Schauer über meinen Rücken. „Er ist gefährlich. Wenn er dich noch einmal entdeckt, wird er dich fressen.“

Ich verschränkte meine Finger, damit meine Hände nicht zitterten. „Wer ist er?“

Darüber dachte er eine Weile nach.

„Der Wendigo ist ein Ungeheuer, das Seelen frisst“, sagte er dann. „Er ist stärker und schlauer als jeder böse Geist, der in der Stadt sein Unwesen treibt. Er weiß nun, dass er dich erreichen kann. Er wird es versuchen, wenn er die Gelegenheit findet.“

In diesem Moment hatte ich das Gefühl, die Zeit zu vergessen. Ich saß nur da, spähte dem Nachtwandler entgegen und versuchte zu verstehen, wie es so weit gekommen war. Noch vor einem Jahr war mein Leben völlig normal und stabil verlaufen. Hier und heute fürchtete ich ein Ungeheuer, das ich bis eben nicht einmal gekannt hatte. Der Gedanke an das rotäugige Wesen mit dem knöchernen Schädel ließ mich an Mum denken und daran, wie sehr sie um meine Sicherheit besorgt gewesen war. Kurz darauf fiel es mir wie Schuppen von den Augen. Plötzlich wusste ich, dass ich mich schrecklich getäuscht hatte. Das Monster mit dem Geweih, vor dem meine Mutter solche Angst gehabt hatte, war gar nicht der Nachtwandler.

Es war der Wendigo.

Kapitel 9

Ich wusste nichts zu sagen. Mir fehlten die Worte, und das sah der Nachtwandler mir an. Mir war soeben klargeworden, dass ich mich die ganze Zeit vor dem falschen Wesen gehütet hatte. Es mochte stimmen, dass Becca und die anderen Geister aus Littlewood den Nachtwandler mieden, weil er einem Seelenfresser so ähnlich sah. Er war aber ganz sicher nicht das Ungetüm, vor dem mich Mum so vehement gewarnt hatte.

Meine Kehle war staubtrocken.

„Ist er schon länger in der Stadt?“, fragte ich vorsichtig. „Ich glaube, mir wird gerade einiges klar.“

Er konnte nicht wissen, was ich meinte, aber er störte sich nicht daran.

„Ich versuche schon seit langer Zeit, ihn zu töten“, sagte er. „Ich weiß nicht mehr, wie lange schon. Er bleibt in den Wäldern und kommt in die Stadt, wenn der Hunger ihn treibt.“

Mir wurde kalt. Ich musste daran denken, wie der Wendigo mich verfolgt hatte. Wie ein schreckliches Raubtier, dem nichts und niemand entkommen würde. Wenn er mich noch einmal erwischte – wenn ich es einmal nicht schaffen würde, rechtzeitig zu fliehen – dann wäre es aus. Ich war so dumm gewesen, die Bestie auf mich aufmerksam zu machen, und musste mich nun für den Rest meines Lebens vor ihr in Acht nehmen. Viel schrecklicher war aber die Vorstellung, dass meine Freundin Becca gefressen werden könnte.

Oder Mum.

Es war fast, als hätte ich bis zu diesem Abend nicht vollständig realisiert, in welcher Gefahr meine Mutter schwebte. Es gab nicht nur unzählige Seelenfresser da draußen, die sie jederzeit verschlingen konnten, sondern auch den Wendigo. Ein Wesen, dessen messerscharfe Zähne selbst dem Nachtwandler tiefe Wunden zugefügt hatten.

Ich schüttelte den Kopf. Meine Tränen tropften auf den Teppich.

„Meine Mutter ist da draußen", wisperte ich. Es war das Schlimmste von allem. Ich konnte sie nicht warnen. Sobald Becca in mein Zimmer zurückkehrte, konnte ich sie darum bitten, die Suche nach ihrem Bruder abzubrechen oder zumindest vorsichtig zu sein. Was Mum betraf, waren mir jedoch die Hände gebunden. Ich wusste nicht, wo sie gerade war und ob sie ein Versteck gefunden hatte. Ich verstand nicht einmal, wieso sie nicht nach Hause zurückkehrte. Sie wusste doch, wo wir wohnten. Wieso kam sie nicht her? Ich hätte alles dafür getan, mit ihr zu sprechen. Wenigstens ein einziges Mal.

„Deine Mutter", wiederholte der Nachtwandler. Es klang, als müsste er sich erst daran erinnern, was dieses Wort bedeutete. „Sie ist gestorben?"

Ich nickte und wischte mir über die Augen. Es hatte keinen Zweck. „Vor einem Jahr. Ich konnte damals wiederbelebt werden. Sie nicht."

Er schwieg, also sah ich ihn an. Mir war gerade eingefallen, warum ich dem Wendigo überhaupt gefolgt war. Ich hatte ihn mit dem Nachtwandler verwechselt.

„Ich brauche deine Hilfe", fuhr ich fort. „Mum hat Angst und ich kann sie nicht erreichen. Sie ist vielleicht in Gefahr."

Mein Blick wurde bittend.

„Becca sagt, du hilfst den Geistern der Stadt", endete ich. „Bitte hilf auch Mum."

Ich konnte nicht erahnen, was hinter seiner Stirn vorging. Er sagte nichts, rührte sich nicht, und spähte unverwandt in meine Richtung.

„Wie oft bist du ihr begegnet?", wollte er wissen. „Und wo?"

Für den Bruchteil einer Sekunde fürchtete ich, mich nicht zu erinnern. Ich war so nervös, dass mein Herz wie ein Presslufthammer polterte.

„Einmal in der Innenstadt. Hinten bei der Boutique und der Eisdiele“, sagte ich. „Sie hatte große Angst und meinte, ich soll die Stadt verlassen, weil das gehörnte Monster mich fressen wird.“

Ich lächelte schief.

„Am Anfang dachte ich, sie meint dich“, gab ich zu. „Aber ich glaube, sie hat von dem Wendigo gesprochen.“

Er wirkte betroffen. „Verstehe.“

„Wirst du ihr helfen?“, murmelte ich. „Kannst du das überhaupt?“

Er sah sich um, als hielt er nach etwas Ausschau. Ich wusste nicht, wonach.

„Ich werde sie suchen“, meinte der Nachtwandler dann. „Wenn du mir sagst, wie sie aussieht.“

Seine Bitte brachte mich sofort auf die Beine. Ich musste nur die Schublade des Nachttischs aufziehen, um einen Stapel Fotos zu finden. Ich hatte sie nach dem Unfall aus einem unserer Alben gelöst, weil sie meine Mutter zeigten. Obwohl es leblose Bilder waren, fühlte ich mich ihr näher, solange sie in meinem Nachttisch lagen. Im letzten Jahr hatte ich unzählige Nächte lang wachgelegen und durch den Stapel geblättert. Die meisten zeigten Mum, Dad und mich, aber auf einem war meine Mutter allein zu sehen. Sie stand in der Küche, noch deutlich jünger, und hielt einen Schokoladenkuchen hoch, der mit einer großen Zehn geschmückt war. Sie hatte ihn an meinem Geburtstag gebacken.

„Reicht das?“

Ich gab ihm das Foto. Es war immer noch erstaunlich zu sehen, dass ein Geist plötzlich Gegenstände berührte. Becca wäre bestimmt hellauf begeistert, wenn ich ihr diesen neuen Trick zeigte. Ein tröstender Gedanke, der unterbrochen wurde, als der Nachtwandler nickte. Seine Geste fesselte meine Aufmerksamkeit wieder an ihn.

„Ich suche sie“, versprach er. „Und komme zu dir zurück.“

Ich konnte kaum glauben, dass er zustimmte. Ich hätte erwartet, er verlangte eine Gegenleistung. Irgendetwas, das Geister vielleicht gebrauchen konnten. Dass er einfach so einwilligte, nachdem er mir heute schon das Leben gerettet hatte, berührte mich.

„Danke." Ich ließ mich zu Boden sinken, bis ich wieder vor ihm saß. „Das bedeutet mir sehr viel."

Es sah aus, als war er im Begriff zu gehen, denn er richtete sich wortlos auf. Nun stand er vor mir wie ein fleischgewordener Schatten, dessen blassweißer Schädel das Deckenlicht auffing. Es tauchte den kahlen Knochen in diffuses Weiß und ließ ihn ganz und gar überweltlich wirken.

Ich konnte nicht aufhören, den Nachtwandler zu beobachten. Ich fragte mich, wer er war. Er hatte mir schon mehrmals geholfen und doch wusste ich absolut nichts über ihn.

„Ich werde jetzt gehen", ließ der Nachtwandler verlauten. „Ich bin fast geheilt."

Ich nahm mir nicht die Zeit, seine Wunden zu prüfen. „Warte. Darf ich dich was fragen?"

Weil er innehielt, sprach ich weiter.

„Wer bist du?", sagte ich. „Und warum siehst du aus wie der Wendigo?"

Die Ähnlichkeit der beiden ließ sich nicht leugnen. Der Nachtwandler hatte denselben Schädel, dieselben scharfen Krallen und sogar die gleichen, rotleuchtenden Augen. Auch das Fell auf seinen Schultern erinnerte mich an den dichten Kragen des Wendigos, obwohl seine neue Gestalt so viel menschlicher wirkte als der düstere Schatten, als der er sich mir zuvor gezeigt hatte.

Der Nachtwandler hob den Arm und spähte auf seine Haut. Sie sah nun aus wie die eines normalen Menschen – blass und nur ein wenig gebräunt.

„Ich weiß es nicht", gab er zu. „Ich habe es vergessen. Ich weiß nur, dass ich ihn töten muss, um den Seelen dieser Stadt zu helfen."

Er sah mich an.

„Vielleicht habe ich mich ihm angepasst. Ich kann mich nicht erinnern."

Ich konnte mir denken, was er damit meinte. Seelenfresser besaßen normalerweise eine Form, so viel hatte ich bereits gelernt. Sie sahen aus wie Tiere oder wie fürchterliche Ungeheuer. Becca vermutete, dass ihr Unterbewusstsein ihrer Energie eine Gestalt gab, damit sie in der Lage waren, zu jagen. Wenn der Nachtwandler den Wendigo schon seit so langer Zeit bekämpfte, hatte er möglicherweise deswegen so viel

Ähnlichkeit mit ihm. Wie sollte ein Mensch ein solches Monster zur Strecke bringen? Um kämpfen zu können, brauchten wir Waffen – zum Beispiel Krallen und Zähne. Es machte Sinn, dass der Nachtwandler den einfachsten Weg gewählt hatte, in dem er seinen Feind imitierte.

Feuer mit Feuer, dachte ich. Es war derselbe Moment, in dem der Nachtwandler zur Balkontür wanderte. Er hätte mein Zimmer durch die Wand verlassen können, aber die meisten Geister zogen es vor, Türen zu benutzen. Ehe er ging, blieb er stehen und warf mir einen letzten Blick zu. Er erreichte mich aus blutroten, matten Iriden.

„Wenn du Hilfe brauchst, ruf nach mir", sagte er. „Ich werde deine Stimme hören."

Ich wollte wissen, was er damit meinte. Wie er mich hören wollte, wenn er am anderen Ende der Stadt war. Er gab mir jedoch keine Gelegenheit, etwas zu sagen. Ehe ich es tun konnte, verschwand er durch die Scheibe und hinterließ mein Zimmer so leer, als wäre er niemals dagewesen.

Er löste sich auf wie ein Schatten, der wieder mit der Nacht verschmolz.

In den nächsten Tagen blieb mir nichts anderes übrig, als Geduld zu haben. Ich machte mir immer noch große Sorgen um meine Mutter, doch ich wollte versuchen, dem Nachtwandler zu vertrauen. Er hatte schon vielen Geistern wie Mum geholfen, und ganz sicher konnte er mir mehr sagen, wenn er zurückkehrte.

Wie ich das Becca erklären sollte, war eine andere Geschichte. Sie war nicht begeistert, als sie von seinem nächtlichen Besuch erfuhr. Sie schien trotz allem zu glauben, dass der Nachtwandler irgendwann zu einer

Gefahr für uns werden würde. Die Tatsache, dass er plötzlich wie ein Mensch aussah, beeindruckte sie wenig. Ich nahm es ihr nicht übel. Ich hatte selbst gesehen, wie gefährlich es da draußen für sie sein konnte. Dass Becca jeden mied, der ihr verdächtig vorkam, blieb ihre einzige Lebensversicherung.

Das Warten war hart. Ich versuchte mich abzulenken, in dem ich Phoebe und ihren grimmigen Kater besuchte oder meine Chefin in der Bibliothek über ihr Date ausfragte. So wie es aussah, hatte Suzanne Gefallen an dem Buchhalter namens James gefunden. Es war das erste Mal, dass ich sie mit diesem verliebten Blick sah. Das freute mich ehrlich für sie, denn sie war mir seit ihrer Scheidung oft unglücklich vorgekommen. Es wurde Zeit, dass sich das änderte – und eigentlich hätte ich mir daran ein Beispiel nehmen sollen. Eigentlich.

Meine Mutter wiedergetroffen zu haben, fühlte sich heilend an und schien ein furchtbares Kapitel abzuschließen. Ich wusste nun, dass es ihr gut ging und sie tatsächlich noch irgendwo in dieser Welt existierte. Anstatt meine Trauer loszulassen, machte ich mir jedoch noch mehr Sorgen als zuvor. Nun verfolgte mich die Angst, dass der Nachtwandler zu spät käme und Mum von einem Seelenfresser verschlungen wurde. Außerdem kam mir auch meine eigene Zukunft schrecklich ungewiss vor. Es fiel mir schwer zu akzeptieren, dass ich für immer und ewig Geister sehen würde. Es ein Jahr lang geheim zu halten, war eine Herausforderung gewesen, aber ein ganzes Leben lang? Sobald ich darüber nachdachte, wollte etwas in mir verzweifelt mit dem Kopf schütteln. Ich hatte keine Vorstellung davon, wie es weitergehen würde. Meine einzige Hoffnung war, dass dem Nachtwandler doch noch etwas einfiel. Irgendetwas, mit dem ich meine Sinne zumindest betäuben und dadurch kein Ziel mehr für die Seelenfresser werden konnte. Das war mein bester Plan, also hoffte ich, den Nachtwandler bald fragen zu können.

Und, dass er Mum möglichst schnell finden würde.

Es war ein Donnerstag, an dem der Nachtwandler mich erneut besuchte.

Nachdem ich mit meinem müden Dad Pizza gegessen und ihn zur Nachtschicht verabschiedet hatte, verbrachte ich den Abend damit, Geschirr zu spülen. Danach stieg ich die Stufen zu meinem Zimmer hinauf. Der Fernseher gab heute nichts her, also wollte ich mich dem Buch zuwenden, das ich aus der Bibliothek mitgebracht hatte – einen dramatischen Liebesroman. Suzanne hatte mir ein Happy End versprochen. Wir waren beide ziemlich frustriert, wenn wir eine Romanze erwischten, in dem das Paar am Ende nicht zusammenblieb, und so tauschten wir gern Tipps aus. Es gab nichts Besseres als eine Chefin, die einem gute Bücher empfahl. Besonders, wenn sie denselben Geschmack hatte.

Ich lag auf meinem Bett, streckte die Beine aus und hatte gerade das dritte Kapitel begonnen, als mir beim Umblättern eine Gestalt auffiel. Sie stand auf dem Balkon, direkt vor der Scheibe, und beobachtete mich. Mein erster Blick in ihre Richtung ließ mich sofort an den Wendigo denken, denn ich begegnete leuchtend roten Augen und dem Umriss eines Geweihs. Der Schrecken war so groß, dass ich aufsprang und das Buch fallen ließ. Dann erkannte ich den Nachtwandler. Er hatte sich wieder in jene dunkle Schattengestalt verwandelt, die mir damals in der Gasse geholfen hatte. Nur seine schlanke Form verriet, dass er kein Monster war.

Mein Herz hämmerte, während ich auf ihn zutrat. Der Schock saß mir noch in den Knochen. Zudem war mir eingefallen, warum er mich besuchte. *Mum*.

„Hey", murmelte ich. Er wartete geduldig, dass ich die Balkontür öffnete, und rührte sich nicht. „Muss ich dich wieder hereinbitten?"

Seine Antwort war ein angedeutetes Kopfschütteln, das den Schein seiner Iriden in meine Augen warf. Nachdem ich neulich so lange mit ihm gesprochen hatte, fühlte es sich ungewohnt an, seine Lippen nicht zu sehen. Sie hatten mir dabei geholfen, seine Stimmung zumindest ansatzweise auszumachen. Heute sah ich nur den nackten Schädel mit den scharfen Zähnen, der dem Wendigo so ähnelte.

„Nein", antwortete er schließlich. Er verstand meine Frage als Aufforderung und wanderte an mir vorbei, bis er in der Mitte des Zimmers stand. Von seinen Verletzungen zeigte sich keine Spur mehr, und auch sein Geweih war nachgewachsen. Es war so hoch, dass es beinahe bis zur Decke reichte.

„Du hast mir gestattet, einzutreten", fügte er leise hinzu. „Bis du mich fortschickst, kann ich immer über deine Schwelle treten."

Während ich die Balkontür zuschob, wölbte ich die Brauen. „Wieso musst du fragen? Andere Geister können einfach durch Wände gehen."

Ich hatte mich schon letztes Mal darüber gewundert, wieso für den Nachtwandler besondere Regeln galten. Die Begründung lag vermutlich in seiner Erscheinung. Ein rascher Gedanke, der sich bestätigen sollte.

„Ich bin kein normaler Geist." Seine Stimme klang sehr neutral. Fast so, als meinte er nicht sich selbst, sondern jemand anderen. „Man fürchtet mich, also darf ich das Heim eines Sterblichen nicht ohne Erlaubnis betreten. Das gilt für alle Wesen, die Seelen fressen."

Seine Erklärung weckte gemischte Gefühle in mir. Auf der einen Seite dachte ich darüber nach, ob für Seelenfresser tatsächlich diese natürliche Grenze galt. Ich hatte sie zumindest noch nie durch bewohnte Häuser jagen sehen – nur durch Mauern und verlassene Gebäude. Deswegen versteckte sich Becca wohl instinktiv hier, wenn es draußen zu gefährlich wurde. Ich freute mich ehrlich darüber, dass ich ihr damit helfen und ihr

Schutz bieten konnte. Im selben Moment verstand ich allerdings komplett, was der Nachtwandler gesagt hatte.

Alle Wesen, die Seelen fressen.

Ich schluckte schwer. Es hätte mich nicht wundern dürfen, weil der Nachtwandler den Monstern so ähnlich war, die sich draußen herumtrieben. War es ein Fehler gewesen, sich mit ihm einzulassen? Ich wusste, ich trug nicht nur die Verantwortung für mich. Im Zweifelsfall brachte meine Leichtsinnigkeit auch Becca, Mum und meinen Vater in Gefahr.

Anstatt auf ihn zuzugehen, stand ich wie angewurzelt an der Balkontür. Mir fiel auf, dass der Nachtwandler nicht mehr auf mich achtete. Er blickte zu Boden und schien etwas zu suchen, ohne es zu finden.

„Soll ich auf einer Decke sitzen?“, fragte er.

Seine Worte brachten mich zum Lächeln. Ich wusste nicht wieso, aber seine Art war vertrauenswürdig. Er erschien mir überhaupt nicht böse, sondern eher etwas unbeholfen. Dass er automatisch davon ausging, ab jetzt bei jedem seiner Besuche auf einer Decke sitzen zu müssen, machte ihn seltsam harmlos.

„Nein“, sagte ich milde. „Das musst du nicht.“

Ehe ich mich vor ihm niederließ, beäugte ich seinen düsteren Körper. Er sah genauso aus wie bei unserer ersten Begegnung – tiefschwarz und mit langen Zähnen, Krallen und einer deutlich sichtbaren Wirbelsäule an seinem Rücken. Zudem fiel mir auf, dass eine seiner Verletzungen geblieben war. Der Riss in seiner Maske klaffte an derselben Stelle wie neulich und war kein bisschen geschrumpft.

„Du ... sahst beim letzten Mal anders aus“, fügte ich vorsichtig hinzu. „Warum?“

Sein Blick traf meinen, aber er antwortete nicht. Stattdessen schloss er kurz die Augen – eine winzige Sekunde, in welcher der rote Schein seiner Pupillen erlosch – und begann sich zu verändern. Dieses Mal beobachtete ich seine Verwandlung aus nächster Nähe. Die Finsternis zerstob in Partikel und gab den jungen Mann frei, dem ich schon neulich gegenübergestanden hatte. Das olivgrüne Shirt kehrte zurück, gemeinsam mit Jeans, schmalen Lippen und menschlicher Haut. Bis eben schien ich ein Ungeheuer in mein Heim eingeladen zu haben. Jetzt wirkte mein Gegenüber kaum mehr anders als Becca oder ich. Er hatte seine Gestalt abgelegt wie ein zu groß gewordenes Fell.

Ich sah ihn an, ohne etwas zu sagen. Ich verstand nicht, was vor sich ging. Es brachte den Nachtwandler dazu, seine Lippen zu einem Lächeln zu heben. Der Unterkiefer des Schädels war gemeinsam mit der Dunkelheit verschwunden und gestattete es mir, wieder einen Teil seiner Miene zu erkennen. Ich konnte mich nicht daran erinnern, ihn zuvor schon einmal lächeln gesehen zu haben. Es hätte keine menschlichere Geste geben können.

„Ich habe meine Gestalt verändert", sagte er. „Hier muss ich nicht kämpfen."

Meine Brauen wölbten sich. Ich hatte Mitgefühl mit ihm. Er hatte mir beim letzten Mal gesagt, dass er seine menschliche Form schon lange nicht mehr angenommen hatte. Das bedeutete wohl zwangsweise, dass er sich nirgendwo wirklich sicher fühlte.

Mein Blick wanderte über die scharfen Reißzähne des Schädels, den er als Maske trug. Sie ragten wie Stalagmiten aus dem Oberkiefer und wirkten noch immer messerscharf. Wenn ich mich nicht täuschte, war die dunkle Erscheinung des Nachtwandlers eine Art schützende Hülle. Eine Kampfform, die es ihm erlaubte, immer und jederzeit bereit zu sein.

Ich deutete auf den Fußboden, weil der Nachtwandler noch immer im Raum stand. „Willst du dich setzen?"

Er ließ sich auf die Knie sinken, ohne den Blick von mir zu nehmen. Sobald er diese Form annahm, hörten seine Iriden auf zu leuchten. So war es auch heute. Bis auf ihre dunkelrote Farbe fixierten mich seine Augen wie die jedes anderen Menschen.

„Deine Mutter …", ließ der Nachtwandler verlauten. „Ich habe sie gefunden."

Ich schlug die Hand vor den Mund und schnappte nach Luft. Mit einem Mal war alles andere unwichtig.

„Wie geht es ihr?", keuchte ich. „Was hat sie gesagt?"

Er wirkte betroffen. Eine schlichte, unbewusste Gefühlsregung auf seinen Zügen, die mich vor Angst um den Verstand brachte. Bis er endlich antwortete, fürchtete ich das Schlimmste.

„Sie ist geflohen", meinte er schließlich. „Sie fürchtet sich vor mir. Ich konnte sie nicht ansprechen."

Es war deutlich spürbar, wie leid ihm das tat.

„Seither konnte ich sie nicht finden. Sie ist schwach und erscheint nur sehr selten", fügte der Nachtwandler hinzu.

Ich hatte keine Ahnung, was ich mit dieser Information anfangen sollte.

„Das ist am Anfang normal", erklärte er. Mein Gesicht musste Bände sprechen. „Sie ist frisch erwacht. Es dauert lange, bis Seelen ihre Gestalt auf Dauer halten können."

Ich hörte ihm zu, ohne zu antworten. Ich war schrecklich unglücklich. Der Nachtwandler war vermutlich meine einzige Chance gewesen, Mum zu finden und ihr zu helfen. Selbst wenn er es schaffte, sie noch einmal zu treffen, konnte er sie nicht ins Licht bringen – nicht, wenn sie vor ihm flüchtete. Sie verwechselte ihn vermutlich mit einem Seelenfresser. Oder mit dem Wendigo.

Ich biss mir auf die Lippe, damit sie nicht zitterte. Meine Verzweiflung hätte nicht größer sein können.

„Was soll ich tun?", flüsterte ich. „Hast du eine Idee? Wo hast du sie gesehen?"

Sein Blick wurde ernst.

„Am alten Bahnhof. Aber du solltest nicht dorthin gehen", warnte er. „Wenn du sie suchst, wirst du auch andere Geister finden. Nicht alle sind dir wohlgesonnen."

Mein Protest blieb mir im Hals stecken. Er hatte ja recht. Ein Geist wie Mum konnte sich am ehesten nachts materealisieren, und das galt auch für die Seelenfresser. Ich hatte beim letzten Mal gesehen, was geschah, wenn ich im Dunkeln durch die Stadt wanderte. Es war aber auch keine Option, meine Mutter im Stich zu lassen.

Der Nachtwandler dachte einen Moment nach. Er neigte den Kopf und fixierte das Fenster über dem Schreibtisch.

„Du kannst eine Kerze in dein Fenster stellen“, fiel ihm ein. „Das Licht einer Flamme ist für Seelen leicht zu finden. Wenn deine Mutter es sieht, wird sie fühlen, dass du es für sie angezündet hast.“

Ich sah ihm überrascht entgegen. Davon hatte ich noch nie gehört. „Meinst du ein Teelicht?“

Er nickte langsam. „Eine Kerze jeder Art. Mit etwas Glück entdeckt deine Mutter zufällig das Licht und es weist ihr den Weg.“

Es war erstaunlich, wie viel er wusste. Bei unserer ersten Begegnung war mir der Nachtwandler vorgekommen wie in einer Trance oder im Halbschlaf. Ich hatte das Gefühl gehabt, dass er weder sich selbst noch seine Umgebung wirklich wahrnahm. Heute hingegen schien er mehr über die Welt der Geister zu wissen als Becca. Das faszinierte mich sehr.

„Danke“, sagte ich leise. „Ich werde nachher eine anzünden und sie immer brennen lassen.“

Der Nachtwandler nickte.

„Achte darauf, zuvor eine Linie aus Salz zu streuen“, meinte er. „Sie muss vor dem Fenster und vor der Balkontür verlaufen. Du darfst es nicht vergessen. Sonst könntest du das Böse anlocken.“

Mir wurde mulmig zumute. „Das Böse?“

Aus irgendeinem Grund musste ich plötzlich an die seltsamen Rituale denken, die sich früher manchmal wie ein Lauffeuer an Schulen verbreitet hatten. Ein paar meiner Klassenkameraden hatten versucht, mit Kerzen und einem Spiegel die Bloody Mary zu rufen. Ich hatte mich aus solchen Dingen immer lieber rausgehalten. Phoebe hatte allerdings weniger Respekt gezeigt und meinte immer, Bloody Mary tauge nur als Cocktail etwas. Es war ironisch, dass ausgerechnet *ich* diejenige von uns beiden war, die nun Geister sehen konnte.

„Eine Flamme vergeht, während sie brennt.“ Die Stimme des Nachtwandlers riss mich aus den Gedanken. „Auf unserer Ebene strahlt sie deswegen viel stärker als in deiner.“

Das war wieder etwas, wovon ich bisher noch nichts gewusst hatte. Offenbar war ich zwar dazu in der Lage, in die fremde Welt der Toten zu blicken, konnte sie jedoch nicht aus deren Augen wahrnehmen. Für mich sah eine Flamme nicht anders aus als vor dem Unfall.

„Zündest du sie an, ist sie für jede Seele im Umkreis zu sehen", ergänzte der Nachtwandler. „Nicht jeder Tote ist freundlich. Eine Linie aus Salz hält böse Geister fern. Eine Seele mit schlechten Intentionen kann sie nicht überqueren."

Ich stand auf und wanderte zum Schreibtisch. Ich musste mir Notizen auf meinem Zeichenblock machen, um nichts zu vergessen.

„Quasi ein Fliegengitter gegen ungemütliche Gesellen", murmelte ich.

Meine Schlussfolgerung brachte den Nachtwandler zum Glucksen. Das Geräusch überraschte mich sehr, weil ich ihn noch nie lachen gehört hatte. Es war ein angenehm heller Ton, der mich mit Ruhe erfüllte. Je mehr Zeit ich mit ihm verbrachte, desto sicherer war ich, dass der Nachtwandler keine Gefahr darstellte – für niemanden. Er war noch immer menschlich und konnte nichts dafür, dass er zu einem Seelenfresser geworden war.

Zumindest glaubte ich das.

„So kann man es ausdrücken."

Ich sah im Augenwinkel, dass er mich beobachtete. Sein Blick ruhte auf mir, bis er über den Schreibtisch und nach links wanderte. Ich musste ihm nicht folgen, um zu wissen, wieso. Der Nachtwandler hatte das Bild entdeckt, das ich von ihm gezeichnet hatte. Es hing noch immer an der Wand direkt neben meinem Bürostuhl.

Er schwieg so lange, das ich glaubte, er würde es nicht erwähnen. Er tat es erst, als ich mit dem Schreiben fertig war und zu ihm zurückkehrte. Dabei spähte er noch immer unverwandt auf meine Zeichnung.

„Du hast dich nicht vor mir gefürchtet", stellte er fest. „Nie."

Meine Antwort darauf musste ich mir zurechtlegen. Im Grunde genommen war das nicht ganz richtig. Bevor ich ihn in der Gasse angesprochen hatte, war ich starr vor Angst gewesen. Das war allerdings ein Detail, mit dem ich ihn nicht quälen wollte. Ich konnte mir schon denken, dass es schwer sein musste, von jedem gefürchtet zu werden.

„Nein", erwiderte ich stattdessen. „Du hast mir geholfen."

Mir fiel auf, dass ich das nach dem Angriff des Wendigos nicht erwähnt hatte.

„Du hast mir schon zwei Mal das Leben gerettet", ergänzte ich. „Danke."

Ich hätte schwören können, dass er verlegen war. Ich erkannte es an der Art, wie er die Lippen aufeinanderpresste und es mied, mich anzusehen. Seine Aufmerksamkeit heftete sich weg vom Bild und auf den Teppich.

„Warum hilfst du eigentlich den Geistern?", wollte ich wissen. „Und wieso jagst du den Wendigo?"

Ich konnte nur Vermutungen anstellen. Als der Nachtwandler gegen den Wendigo gekämpft hatte, war er ziemlich schwer verletzt worden, hatte jedoch nicht übermäßig besorgt gewirkt. Becca sagte, dass er mit Seelenfressern kämpfte, um den Geistern Littlewoods zu helfen. In jedem Fall schien er sich nicht davor zu fürchten, dem Wendigo noch einmal gegenüberzutreten. Das war sehr selbstlos. Auch, wenn er tot war, konnte das Monster ihn trotzdem verschlingen. Im Gegensatz zu dem irdischen Tod eines Menschen bedeutete dies wahrscheinlich wirklich das Ende. Ich durfte nicht darüber nachdenken, dass das meiner Mutter passieren könnte.

„Wer soll es sonst tun?" sagte mein Gegenüber leise. „Für mich gibt es keinen anderen Sinn, als die zu beschützen, die sich nicht verteidigen können."

Ich wusste nichts zu sagen. Seine Worte waren weitaus schwerer als alles, was ich erwartet hatte.

„Solange der Wendigo existiert, ist es in Littlewood gefährlich", fügte der Nachtwandler hinzu. „Außerdem habe ich eine Rechnung mit ihm offen."

Kapitel 10

Ich wurde hellhörig. „Was hat er dir angetan?“

Mir war bereits aufgefallen, dass es ihm schwer fiel, sich an Dinge zu erinnern. Er sah sehr angestrengt aus, wann immer er es versuchte.

„Ich weiß es nicht mehr.“ Seine Krallen fuhren über die Schädelmaske, als wäre sein Verstand unter ihr gefangen. „Ich bin nur sicher, dass er mich nach meinem Tod attackiert hat. Ich erinnere mich an seine schreckliche Dunkelheit. Und an Angst.“

Sein Blick begegnete meinem.

„Ich will den Seelen dieser Stadt ersparen, verschlungen zu werden. Deswegen bekämpfe ich den Wendigo und alle Jäger, die andere fressen.“

Ich kam nicht umhin, den Kopf zu senken, denn ich fühlte mich sehr betroffen. „Hast du damals deswegen so wenig mit mir geredet? Weil du dachtest, ich fürchte mich vor dir?“

Er wölbte die Brauen.

„Ich brauchte etwas Zeit, um mich an Worte zu erinnern“, gab er zu. „Ich habe einfach zu lange mit niemandem gesprochen.“

So wie es aussah, hatte sich meine Ahnung bestätigt. Der Nachtwandler war ein einsamer Geist – ein Krieger, der durch die dunklen Nächte streifte und anderen half, obwohl sie ihn fürchteten. Es schien ihn nicht einmal zu kümmern. Er rettete sie, weil er es konnte, und erwartete keine Gegenleistung. Er war ein Held, der von allen gemieden wurde. Der Gedanke war so schrecklich traurig, dass ich ihn nur ansah und nichts zu sagen wusste. Sein Schicksal ging mir nahe. Wie musste es sich anfühlen, jahrelang allein in der Finsternis zu leben? Er war so einsam gewesen, dass er beinahe seine Sprache verloren hatte. Eine furchtbare Vorstellung.

„Das tut mir leid", murmelte ich. „Ehrlich."

Es war das zweite Mal an diesem Abend, dass ich ihn lächeln sah. Es wirkte vorsichtig, aber auch ehrlich.

„Muss es nicht", gab er zurück. „Ich muss dir danken."

Ich hatte keine Ahnung, was er damit meinte, also fuhr er fort.

„Als du mich angesprochen hast, war ich kurz davor, eine Hülle zu werden." Sein Blick suchte nach seiner offenen Hand, die trotz seiner Krallen absolut menschlich aussah. „Ich hatte mich fast vergessen. Dir zu helfen, hat mich aufgeweckt."

Hülle. Ich musste all die Geister denken, von denen Becca mir erzählt hatte. Echos vergangener Leben, die keinen eigenen Verstand mehr besaßen – so wie der Klagende. Sie folgten nur noch einem Gefühl oder einem Vorhaben, an das sie sich bis zuletzt geklammert hatten. Wenn ich es so betrachtete, dann hatte mich der Nachtwandler anfangs tatsächlich an eine Hülle erinnert. Unser erstes, wortkarges Gespräch war mir gut im Gedächtnis geblieben. Es unterstrich, wie knapp er seinem endgültigen Tod entgangen war. Ich wusste von Becca, dass es für eine Hülle keine Rettung mehr gab. Der Klagende war der Beweis dafür.

„Verstehe." Ich kam nicht umhin, mir die schrecklichen Szenen von damals noch einmal in Erinnerung zu rufen. Die verschneite Gasse, das raupenartige Ungeheuer und *ihn*. Bis eben hätte ich es kaum für möglich gehalten, dass unsere Begegnung nicht nur mir geholfen hatte. Der Gedanke gab mir ein seltsam beruhigendes Gefühl. Obwohl ich meine Fähigkeit so sehr verfluchte, hatte sie etwas Gutes bewirkt – abgesehen von der Freundschaft zu Becca und meiner Begegnung mit Mum. Es machte die Aussicht, für immer unter ihr zu leiden, wenigstens ein bisschen erträglicher.

Ich lächelte ebenfalls, während ich den Nachtwandler musterte. Die blutrote Farbe seiner Pupillen war faszinierend und nichts, das man in der Welt der Lebenden jemals sah. Mir begegneten aber auch echte Gefühle in seinem Blick. Allem voran eine Dankbarkeit, die mich verlegen machte.

In diesem Moment spürte ich so deutlich wie nie zuvor, einem Menschen gegenüberzusitzen.

Eine Weile lang herrschte Stille zwischen uns. Sie fühlte sich nicht unangenehm an, sondern eher, als verstanden wir uns ohne Worte. Das machte mich nervös, also wollte ich das Thema wechseln. Es gab etwas, das mir auf der Seele lag.

„Darf ich dich was fragen?“, sagte ich. Sein Nicken lud mich dazu ein, weiterzusprechen. „Wenn die Geister in Littlewood den Wendigo fürchten ... wieso gehen sie dann nicht ins Licht?“

Das war etwas, worüber ich mich schon immer wunderte. Becca hatte einen Grund, wieso sie diese Welt nicht verließ – sie suchte ihren Bruder. Wer Becca kannte, wusste, dass kein Wendigo der Welt sie von einem Vorhaben abbringen konnte. Es gab jedoch noch unzählige weitere Geister in Littlewood, und mindestens ein Teil von ihnen musste schon einmal von einem Seelenfresser attackiert worden sein. Wieso blieben sie hier, wenn es so gefährlich war?

Der Nachtwandler sah aus, als hätte er meine Frage kommen sehen, denn er lehnte sich zurück. Es war die erste Regung, die er tat, seit er sich auf meinem Teppich niedergelassen hatte. Wenn ich mit Geistern zusammen war, musste ich oft darauf achten, nicht genauso zu erstarren wie sie. Im Gegensatz zu ihnen tat mir hinterher sonst alles weh.

„Einige Geister fürchten sich davor, ins Licht zu gehen“, sagte er und fasste mich ins Auge. „Andere wollen ihre Familien nicht im Stich lassen.“

Sein letzter Satz traf mich wie ein Schwall kaltes Wasser. War das der Grund, wieso Mum nach einem Jahr noch immer hier war? Wenn sie den Wendigo nicht schon direkt nach ihrem Tod entdeckt hatte oder gerade erst erwacht war, dann war das die einzig logische Erklärung. Sie musste mitbekommen haben, wie sehr wir litten. Konnte sie deswegen nicht gehen?

Mir wurde mulmig zumute. Ich hatte immer geglaubt, meine Trauer wäre etwas Natürliches. Aus dieser Perspektive kam es mir eher grausam vor – so als hielt ich sie gegen ihren Willen fest.

„Das ist aber nicht alles", ergänzte der Nachtwandler. „In letzter Zeit wird es immer schwerer für die Seelen, ins Licht zu gehen. So als würde es seine Anziehungskraft verlieren."

Ich fühlte mich schrecklich wegen Mum und brauchte etwas, um seinen Worten folgen zu können.

„Was meinst du mit Anziehungskraft?", hakte ich nach. „Wollen die Geister nicht mehr gehen?"

Er nickte noch einmal. „Es kommt mir vor, als reichen immer kleinere Gründe, wieso sie diese Welt nicht verlassen."

Ich runzelte die Stirn. Auf eine gewisse Weise konnte ich es verstehen, nicht ins Licht zu wollen. Wäre ich bei dem Autounfall damals gestorben, hätte ich Dad auch nicht einfach sich selbst überlassen.

„Ist es nicht egal, wo sie bleiben?", hakte ich nach. „Wenn es den Wendigo nicht geben würde, dann wäre das doch kein Problem, oder?"

Der Nachtwandler schüttelte mit dem Kopf.

„Sie gehören nicht hierher", widersprach er. „Auf Dauer können sie nicht bleiben, sonst lösen sie sich auf."

Ich schnappte nach Luft. „Das heißt, sie sterben endgültig?"

Darüber dachte er kurz nach. Es kam mir vor wie eine Ewigkeit, denn ich hatte Angst um Becca und Mum. Würden die beiden es spüren, wenn sie kurz davor waren, zu verschwinden? Ich hatte keine Ahnung. Noch heute Morgen hatte ich mich in gewisser Weise darüber gefreut, dass meine Mutter noch hier war. Jetzt wünschte ich, sie ins Licht bringen zu können, um sie sicher zu wissen.

„Sie würden irgendwann verschwinden", bestätigte der Nachtwandler. „Die Zeit macht sie zu Hüllen, und irgendwann dünnt sich ihre Gestalt aus, bis nichts mehr von ihnen übrig ist. Im schlimmsten Fall verwandeln sie sich vorher in die Wesen, die du Seelenfresser nennst."

Seine Stimme klang belegt.

„Das passiert, wenn sie zu viel Wut oder Leid mit sich herumtragen. In dem Moment, in dem ihre Seele verschwindet, bleiben nur der Hunger und die Dunkelheit. So entstehen Seelenfresser."

Da war er – der Abgrund, dem ich schon einmal gegenübergestanden habe. Damals im Krankenhaus war es leicht gewesen, ihn zu verdrängen und mich nicht weiter mit ihm zu beschäftigen. Nun wusste ich es jedoch ganz genau. Seelenfresser waren tatsächlich einmal normale Geister gewesen.

Sie alle.

Die Vorstellung war furchtbar. Wie viel Leid und Trauer musste eine Seele erleben, um sich in ein solches Monster zu verwandeln? Die Vorstellung veränderte meinen Blick auf sie. Ich war es gewöhnt, mich von ihnen fernzuhalten und sie zu fürchten, doch nun taten sie mir auch schrecklich leid. Jedes gefährliche Biest, das durch die Gassen Littlewoods streifte, war aus einem gebrochenen Herzen geboren. Ich wollte mir nicht ausmalen, wie viele in der Stadt umgingen. Jedes einzelne war eins zu viel.

„Kann man nichts tun, um ihnen zu helfen?“, flüsterte ich. Ich hatte mich vorgebeugt, um den Nachtwandler besser verstehen zu können, denn die Schädelmaske fing seine Stimme und dämpfte sie.

„Nein“, erwiderte er langsam. „Sind sie zu Seelenfressern geworden, kommt jede Hilfe zu spät. Die einzige Gnade ist, sie zu vernichten. Den anderen Seelen zuliebe.“

Ich spürte, wie meine Finger zitterten. Ich konnte kaum stillsitzen, weil mich der Gedanke an Mum so quälte. Ich hätte am liebsten alle Vorsicht in den Wind geschlagen und nach ihr gesucht. Sie war ganz allein dort draußen. Ohne einen Ort um sich zurückzuziehen und ohne jemanden wie Becca, der ihr wenigstens ein paar Dinge erklärte. Ich konnte nur darum beten, dass sie Gesellschaft fand.

Je mehr ich über die Welt der Geister hörte, desto machtloser fühlte ich mich. Einzig die Vernunft überzeugte mich davon, nicht eigenhändig nach meiner Mutter zu suchen. Die Chance, einen Seelenfresser statt Mum zu treffen, war einfach zu hoch. Im schlimmsten Fall erregte ich die Aufmerksamkeit meiner Mutter *und* des Wendigos und brachte sie in Gefahr.

„Glaubst du, meine Mutter wird eine Hülle?“

Ich musste völlig aufgelöst aussehen, denn der Nachtwandler versuchte mich zu trösten. Er saß noch immer da, ohne sich zu rühren, warf mir aber einen beschwichtigenden Blick zu. Es war erstaunlich, wie leicht er es schaffte, meine Schultern zu entspannen. Er hatte eine erwachsene Ruhe an sich, die mich in Sicherheit wog.

„Bis Seelen zu Hüllen werden, dauert es eine Weile“, versicherte er. „Manche lösen sich nach fünf Jahren auf, andere streifen 100 Jahre und länger umher.“

Ich spürte seine Entschlossenheit. Sie loderte in seinen roten Iriden, als stünden sie lichterloh in Flammen.

„Ich werde sie finden, bevor das passiert“, sagte er. „Das ist ein Versprechen.“

Ich wusste nicht, wie ich darauf reagieren sollte. Meine Lippen bebten und erlaubten mir kaum ein dankbares Nicken, obwohl es so viel mehr gab, das ich ihm sagen musste. Was hätte ich nur ohne ihn getan? Es machte mich sprachlos, wie selbstverständlich er mir zu helfen versuchte – und meiner Mutter. Ich wollte nicht, dass er sich für uns in Gefahr brachte, doch ich kam auch nicht umhin, ihm zu vertrauen. Er überlebte schon seit so langer Zeit dort draußen. Wie ein Krieger, der sich in meinem Haus zum ersten Mal seit Jahren eine Sekunde der Ruhe gönnte.

Der Nachtwandler stand auf. Er schien genauso wenig zu wissen wie ich, was er sagen sollte, und so wanderte sein Blick in Richtung der Balkontür.

„Ich werde nun gehen“, meinte er. „Mach dir keine Sorgen.“

Während ich auf die Füße sprang, suchte ich noch immer nach Worten oder einer Geste. Irgendetwas, um mich erkenntlich zu zeigen und ihm deutlich zu machen, wie viel mir seine Hilfe bedeutete.

Ein neuerlicher Blick in seine Augen machte mich so befangen, dass jeder logische Satz aus meinem Kopf verschwand. Dabei fiel mir auf, dass etwas den Schädel des Nachtwandlers berührte – mein Traumfänger. Er hing neben dem Bett, seit ich ihn vor einem halben Jahr mit Phoebe auf einem Markt gekauft hatte, und war wunderschön. Er bestand aus einem weißen Ring, hellem Garn und durchsichtigen Perlen, die im Sonnenlicht funkelten. Am unteren Ende waren weißbraune Falkenfedern an dunklen Schnüren befestigt. Die Verkäuferin hatte mir gesagt, Falkenfedern halfen einem, das Leben aus einer anderen Perspektive zu sehen. Das war mir damals sehr erstrebenswert vorgekommen. Als Geist konnte der

Nachtwandler den Traumfänger nicht berühren, weswegen es aussah, als ergossen sich die hängenden Federn wie ein Regen über seine Maske. Sein Geweih hatte fast dieselbe Farbe wie die dunklen Bänder.

„Was ist?“, fragte er.

Ich wusste es selbst nicht. In diesem Moment – mit diesem Bild vor Augen – fühlte ich mich plötzlich seltsam. So als hätte alles seine Richtigkeit. Meine Begegnung mit dem Nachtwandler schien Schicksal, und trotz der grotesken Situation war ich zufrieden. Der Traumfänger und er hatten zusammen etwas Magisches. Der Anblick weckte eine Sehnsucht in mir, die ich nicht verstand, also schüttelte ich rasch den Kopf.

„Nichts. Ich habe nur beobachtet, wie die Federn über dein Geweih fallen.“

Er spähte nach oben. Wahrscheinlich hatte er den Traumfänger bis eben gar nicht bemerkt, weil er ihn nicht fühlte. Seine Iriden folgten den Falkenfedern, die sich kein bisschen bewegten, und wanderten dann wieder über mein Gesicht. Sein Blick wirkte konzentriert und einfühlsam, so als versuchte er zu ergründen, worüber ich nachdachte.

„Hilft er dir?“, fragte er dann. Ich brauchte etwas, um zu verstehen, dass er den Traumfänger meinte.

„Ich glaube nicht.“ Ich hob vorsichtig die Schultern, um meinen Worten die Schwere zu nehmen. Der Nachtwandler sah jedoch aus, als hätte er meine Antwort kommen sehen.

„Das dachte ich mir“, raunte er. „Traumfänger müssen geweiht werden, damit sie Albträume fangen.“

Er ließ mir einen Moment Zeit, um ihm zu folgen.

„Es gibt eine Ureinwohnerin in Littlewood, die das Ritual beherrscht“, fügte er dann hinzu. Es war unbestreitbar klar, dass er einen Geist meinte. „Wenn ich sie sehe, bitte ich sie darum, ihn zu weihen.“

Anstatt etwas zu sagen, warf ich ihm ein Lächeln zu. Es geschah von ganz allein.

„Danke. Für alles“, meinte ich und wölbte die Brauen. „Wohin gehst du jetzt?“

Sein Schweigen gefiel mir nicht. Er musste zu lange darüber nachdenken, wohin es ihn verschlagen würde.

„Ich wandere durch die Stadt", sagte er. „Manchmal bleibe ich auf einem der Dächer und halte mich bereit, falls jemand um Hilfe ruft."

Ich seufzte lautlos. Er hatte also tatsächlich keinen Ort, den er ein Zuhause nannte.

„Wenn du die Nase voll von den dunklen Straßen hast, dann komm hierher", bot ich an. Es war das Mindeste, das ich für ihn tun konnte. „Wir können uns unterhalten. Oder ich lasse dich in Ruhe. Ganz wie du willst."

Ich hatte oft Besuch von Becca. Es machte mir nichts aus, dann und wann auch in der Gesellschaft des Nachtwandlers einzuschlafen. Seit unserem Gespräch von heute wusste ich endgültig, dass er ein gutes Herz hatte und keine Gefahr darstellte. Seine Gesellschaft war angenehm – und ich sorgte mich weniger um ihn, wenn er sich in mein Haus zurückziehen konnte.

Er blieb eine ganze Weile lang still. Er sah mich an, ohne etwas zu erwidern, und wirkte sehr nachdenklich. Seine schmalen Lippen offenbarten keine Gefühlsregung, bis er mit einem Mal den Kopf senkte. Eine fast demütige Geste.

„Vielleicht werde ich das tun", sagte er leise. „Danke."

Ich beobachtete, wie er zur Balkontür trat. Er hätte sich einfach in Luft auflösen können, aber er schien bemüht darum, sich so menschlich zu verhalten wie möglich. Mein Blick huschte über seinen Rücken, das Fell an seinen Schultern und blieb dann an seinem Nacken hängen. Aus dem hinteren Teil der Maske ragte blondes Haar, das an den Seiten sehr kurzgeschnitten war. Es warf den Gedanken in mir auf, wie der Nachtwandler wohl aussah. Der Schädel verbarg sein Gesicht. Nur seine Statur und sein Unterkiefer ließen darauf schließen, dass er nicht viel älter sein konnte als ich. Es war das erste Mal, dass ich es bereute, ihn nicht als normalen Geist getroffen zu haben.

Als der Nachtwandler schließlich verschwand, blieb ich allein zurück, lauschte der Stille und versuchte das Chaos in meinem Kopf zu ordnen. Ich hatte heute etwas gelernt, das mich noch lange beschäftigen würde. Seelenfresser waren tatsächlich einmal Menschen gewesen, und theoretisch konnten auch Becca und meine Mutter irgendwann zu einem werden, wenn sie nicht ins Licht gingen. Die Vorstellung schien die Nacht viel dunkler zu machen. Sie änderte meine Sicht auf die schrecklichen Ungeheuer mit den weißen Masken. Es war tragisch, ihnen nicht helfen zu können. Zwischen all diesen schlimmen Dingen hatte ich jedoch auch etwas gefunden, mit dem ich nie gerechnet hätte: Hoffnung. Die Art, wie selbstverständlich der Nachtwandler dort draußen sein Leben riskierte, faszinierte mich. Er war wie ein Silberstreif am Horizont – ein starkes Licht inmitten der Dunkelheit, das sich nicht ersticken ließ.

Er gab mir das Gefühl, dass die Welt der Geister aus mehr bestand als aus verlorenen Träumen.

Ich lag eine Ewigkeit wach. Anstatt die Augen zu schließen oder noch etwas in meinem Buch zu lesen, wälzte ich mich umher und versuchte mir nicht zu große Sorgen zu machen. Ich musste dem Nachtwandler einfach vertrauen. Wenn Beccas Vermutung stimmte, war meine Mutter erst kürzlich erwacht und wäre vielleicht bald stark genug, sich mir noch einmal zu zeigen. Dann konnte ich ihr versprechen, Littlewood zu verlassen, und sie ins Licht schicken. Ihr ein zweites Mal Lebewohl zu sagen, würde wohl der schwerste Moment meines Lebens werden, aber daran führte kein Weg vorbei. Ich hatte aus dem gelernt, was der Nachtwandler mir erklärt hatte.

Manche wollen ihre Familien nicht im Stich lassen.

Wann auch immer ich das nächste Gespräch mit Mum führen würde, es musste auf neuem Boden geschehen. Ich durfte ihr nicht mehr das Gefühl geben, nicht weiterziehen zu dürfen, weil wir ohne sie nicht klarkamen. Ich trug die Verantwortung für mich selbst und damit auch ein Stückweit die für Mum. Sie hatte so viel für mich getan. Es wurde Zeit, dass ich erwachsen wurde und mich revanchierte. Wenn sie wusste, dass es mir gut ging und ich mich um Dad kümmerte, schenkte ihr das hoffentlich Erlösung.

Ich musste schließlich doch eingedöst sein. Irgendwann weckte mich eine leise Stimme aus dem Schlaf, die sich immer wieder in meine Träume mischte. Als ich die Augen öffnete, vernahm ich anfangs nur das Stöhnen des Klagenden aus der Ferne. Erst dann wurde mir klar, dass Becca hier war. Sie stand vor der Balkontür, genauso wie der Nachtwandler vorhin, und wirkte verzweifelt.

„Dawn“, zischte sie. „Was hast du gemacht? Ich komme nicht mehr *rein.*“

Ich war wie vor den Kopf gestoßen. Ein Teil meines Verstandes träumte noch immer irgendetwas über Phoebe, und so torkelte ich schlaftrunken aus dem Bett. Mein logisches Denken schien dabei auf dem Kopfkissen zu verbleiben, welches so einladend meinen Namen rief.

„Was?“, flüsterte ich. „Was ist los?“

Becca deutete theatralisch auf den Boden. „Das frage ich dich. Du hast mich ausgesperrt.“

Ihr Satz wirkte wie eine Ohrfeige und machte mich endlich wach. Ich hatte vor dem Schlafengehen ein Teelicht für Mum gezündet und sowohl das Fensterbrett als auch die Balkontür mit einer Linie aus reinem Salz gesichert, um Geister mit schlechten Intentionen abzuwehren. Die Tatsache, dass Becca jetzt nicht mehr in mein Zimmer kam, machte absolut keinen Sinn. Hatte der Nachtwandler sich falsch erinnert? Hielt man mit Salz vielleicht doch jeden Geist fern?

Oder ...

Ich starrte in Beccas Richtung. Das konnte nicht sein. Ich hätte nie und nimmer an meiner Freundin und ihren Absichten gezweifelt. Die Müdigkeit machte mich nur einfach zu langsam. Ich versuchte noch immer, die Situation zu verstehen und Becca auf keinen Fall zu misstrauen, als sich meine Freundin in Bewegung setzte. Ein beherzter Sprung brachte sie in mein Zimmer – direkt über die Salzlinie, die sie zuvor nicht hatte überqueren können. Mein entgeistertes Gesicht musste Bände sprechen und ließ Becca glockenhell lachen.

„Kleiner Scherz“, kicherte sie. „Ich bin natürlich kein böser Geist. Als ich das Salz gesehen habe, konnte ich einfach nicht anders.“

Mein Seufzen war deutlich hörbar. An Tagen wie diesen trieb mich Becca in den Wahnsinn. Ich hatte mir Sorgen darum gemacht, dass sie schon zu einer Hülle wurde, und sie verkaufte mich für dumm.

„Vielen Dank auch“, brummte ich und schleppte mich zurück ins Bett.

Kapitel 11

Am nächsten Abend besuchte mich Becca und gab mir die Gelegenheit, ihr meinen neuen Trick zu zeigen. Dafür saß ich ihr gegenüber auf meinem Teppich, nachdem Dad zur Arbeit aufgebrochen war, und schob ihr einen Notizblock entgegen. Ihr verdutztes Gesicht offenbarte, dass sie keine Ahnung hatte, was das werden sollte. Ich hatte mich bemüht, ihr vorher keinen Tipp zu geben – eine kleine Rache für gestern Nacht.

„Dawn", sagte sie mitfühlend. „Du weißt doch, dass ich …"

Ich schüttelte mit dem Kopf und reichte ihr den Stift. „Nimm ihn. Du wirst überrascht sein."

Sie *war* überrascht. Beccas Augen wurden tellergroß, als sie mir den Gegenstand einfach aus der Hand nehmen konnte. Kurz darauf schürzte sie misstrauisch die Lippen.

„Woher kannst du das?", wollte sie wissen. „Und wieso hast du es mir nie erzählt?"

Ihre Frage brachte mich dazu, vorsichtig die Schultern zu heben. Bisher ahnte sie nicht, dass der Nachtwandler mich am Vortag besucht hatte. Für den Moment war ich auch nicht sicher, ob sie unbedingt davon erfahren musste. Ich wusste ja, wie sehr sie ihm misstraute. Es würde mir wohl nur eine Predigt einhandeln, mich nicht mit gruseligen Geistern einzulassen. Aus diesem Grund nahm ich mir etwas Zeit, eine sinnvolle Ausrede zu finden. Weil mir keine einfiel, umging ich das Thema einfach.

„Ich bin nie auf die Idee gekommen, es auszuprobieren", meinte ich. Ich würde ihr später erzählen, dass ein Teil von mir im Nexus festhing. Vorerst fühlte es sich besser an, das zu verdrängen.

„Versuch mal, etwas zu schreiben", fügte ich hinzu. Becca schien noch nicht realisiert zu haben, was genau meine Fähigkeit bedeutete. Von jetzt an konnte ich ihr alles geben, was sie wollte – Stifte, Bücher, Kartoffelchips. Becca hatte eine ziemlich lange Liste von Dingen, die sie vermisste. Ob sie meine Geschenke auch benutzen konnte, mussten wir allerdings erst herausfinden. So langsam schien das auch zu Becca durchzudringen. Obwohl sie den Stift noch immer mit zwei Fingern festhielt, als wäre er giftig, wurde ihre Miene plötzlich abenteuerlustig.

„Gib mir den Block."

Ich tat ihr den Gefallen und beobachtete sie. Es war dasselbe wie mit dem Handtuch, das ich dem Nachtwandler gegeben hatte. Becca konnte das Papier auf ihrem Bein ablegen und sogar darin schreiben. Es war atemberaubend. Ich hätte fast glauben können, Becca wäre ein lebendiger Mensch. Sie skizzierte eine kindliche Blume und sah aus, als wäre sie den Tränen nahe.

„Dawn." Sie schluchzte trocken. „Das ist *wundervoll.*"

Sie wandte sich geschäftig wieder dem Block zu.

„Ich kann so viel machen", stellte sie fest. „Ich kann schreiben! Ich könnte überall Flüche verteilen und niemand wüsste, woher sie kommen."

Meine Antwort war ein Lachen. „Aber nur mit mir als Komplizin. Sonst bleiben sie wohl auf deiner Ebene hängen."

Für den Bruchteil einer Sekunde fixierte sie mich, als hätte ich etwas sehr Erstaunliches gesagt. Ich konnte ihr nicht folgen – zumindest nicht, bis ich ihre leise Stimme vernahm.

„Wenn ich Jacob finde, könnte ich ihm einen Brief geben", murmelte sie. Ich wusste, es war nicht beabsichtigt, aber dieser beiläufige Gedanke ließ Beccas Elan verfliegen. Nun wirkte sie so traurig und gedankenversunken, dass sich meine Fröhlichkeit in Rauch auflöste. Sie tat mir schrecklich leid.

„Becca“, meinte ich sanft. „Wir finden ihn. Und dann gebe ich ihm deinen Brief. Egal, ob er mich für total verrückt hält oder nicht.“

Irgendwie schaffte ich es, sie damit aufzuheitern. Sie schenkte mir ein Lächeln und fand ihre gute Laune rasch wieder.

„Ich könnte auch an ein paar Filmstars schreiben“, überlegte sie. „Vielleicht schicken sie mir ja ein Autogramm. So bekommt das Wort *Ghostwriting* eine ganz neue Bedeutung.“

Ich war erleichtert über ihren Stimmungswechsel, also grinste ich und warf einen Blick zum Schreibtisch. Ich suchte nach etwas Interessantem, um es Becca zu überreichen, und dabei bemerkte ich den Nachtwandler. Der Umriss seines Geweihs fiel mir sofort ins Auge, auch wenn er keine Anstalten machte, hereinzukommen. Im Gegenteil – er saß vor der Balkontür und drehte uns den Rücken zu, sodass ich sein Gesicht nicht sah.

Ich hatte nicht damit gerechnet, dass er mich so schnell wieder besuchen würde. Viel verwirrter war ich aber von seinem Verhalten. Er wollte vermutlich seine Ruhe. Oder lag es an Becca?

Ihr Gesicht verriet, dass sie ihn ebenfalls bemerkt haben musste. Sie presste ihre Lippen zu einer schmalen Linie und sah unzufrieden aus.

„Du hast Besuch“, stellte sie nüchtern fest. „Gibt es etwas, das du mir nicht erzählt hast?“

Ich verkniff mir den Impuls, die Augen zu verdrehen. Mein Geheimnis war damit wohl gelüftet. Becca konnte sich denken, dass ich mein neues Wissen nicht ganz allein herausgefunden hatte.

„Du hättest es mir sagen können“, fuhr meine Freundin fort. Ihr Ton klang verletzt, also sah ich ihr hilflos entgegen.

„Das wollte ich, aber ich hatte noch keine gute Gelegenheit dazu.“ Ich dämpfte die Stimme, damit der Nachtwandler mich nicht hörte. „Er ist nicht gefährlich, Becca. Wirklich nicht.“

Ich wollte, dass sie mich verstand. Ich konnte ihre Bedenken nachempfinden, aber sie waren dem Nachtwandler gegenüber unbegründet. Becca stand jedoch auf und ließ mich auf Granit beißen.

„Geh zu ihm.“ Sie zuckte mit den Schultern. „Ich muss nach Jacob suchen.“

Ihr Vorschlag sorgte dafür, dass ich die Stirn runzelte. Das war nicht fair. Sie setzte mir die Pistole auf die Brust und zwang mich dazu, mich für eine Seite zu entscheiden. Becca sah mir meine Gefühle wohl an, denn sie dachte kurz nach und schüttelte dann den Kopf.

„Ich wollte heute wirklich noch nach Jacob suchen“, gab sie zu. Ihr Ton war milde geworden und bat um Frieden. „Es gibt da einen Wohnblock, den ich von früher kenne.“

Ich war immer noch misstrauisch, nickte aber.

„Nur weil er hier ist, bedeutet das nicht, dass du gehen musst“, ließ ich sie vorsichtshalber wissen. „Er wird dir nichts tun.“

Sie winkte ab. „Schon okay. Ich mache mich auf die Socken.“

Ihre Aufmerksamkeit wanderte noch einmal in Richtung des Nachtwandlers. Eine winzige Geste, die mir nur deshalb nicht entging, weil ich zwischen ihr und der Balkontür stand.

„Sei vorsichtig“, sagte sie noch – und ehe ich antworten konnte, war sie bereits verschwunden. Sie löste sich einfach in Luft auf und ließ mich mit dem Wissen zurück, dass sie das letzte Wort gehabt hatte. Das tat sie *immer*. Sie wusste genau, womit sie mich auf die Palme bringen konnte.

Ich seufzte und fuhr mir durchs Haar, das offen auf meinen Schultern lag. Bisher war ich davon ausgegangen, dass Geister den Nachtwandler mieden, weil sie sich vor ihm fürchteten. Wenn ich mit Becca sprach, kam es mir aber eher so vor, als empfand sie eine echte Abneigung gegen ihn. Das war etwas, das ich ergründen wollte. Wenn sie mich das nächste Mal besuchte, mussten wir darüber sprechen. Egal, ob sie sauer wurde oder nicht.

Vorerst öffnete ich jedoch die Tür, um den Nachtwandler zu begrüßen. Er saß noch immer auf dem Boden, den Rücken gegen die Scheibe gelehnt, und spähte nach oben. Den Balkon schützte nur ein kleines Vordach, das ihm den Blick in den Himmel erlaubte. Ich mochte es sehr, im Sommer hier zu zeichnen.

„Hey.“ Mein Ton war leise, weil ich ihn nicht erschrecken wollte. Er hatte mich aber längst bemerkt und neigte den Kopf, um mich anzusehen. Im Gegensatz zu gestern hatte er bereits seine menschliche Form angenommen. Seine Augen leuchteten nicht, obwohl sein Shirt und seine Jeans in der Dunkelheit fast schwarz wirkten. Ich wusste, es war ein Privileg, ihn so zu sehen – ein Zeichen dafür, dass er mir vertraute.

„Hey", gab er zurück. „Habe ich Unruhe verursacht?"

Ich blieb perplex stehen. Er hatte unser Gespräch wohl doch gehört. Wahrscheinlich wunderte es ihn nicht einmal, dass Becca sofort gegangen war.

„Nein", erwiderte ich fest. „Sie wollte sich sowieso gerade auf den Weg machen."

Ich sah unschlüssig auf ihn herab. Aufgerichtet war der Nachtwandler einen guten Kopf größer als ich, und auch im Sitzen reichte mir sein Geweih noch bis zu den Schultern.

„Störe ich?", fragte ich schließlich. „Soll ich wieder reingehen?"

Seine Antwort überraschte mich.

„Du kannst bleiben", meinte er. „Wenn du willst."

Ich dachte kurz darüber nach, ihn nach drinnen einzuladen, und ließ mich letztlich neben ihm nieder. Der Balkon bot genug Platz und heute war es so warm, dass ich selbst in meiner kurzen Hose nicht fror. Ich liebte Nächte wie diese. Das unermüdliche Zirpen der Grillen erfüllte die Stille wie das Lodern einer behaglichen Flamme, während der Duft von geschnittenem Gras jeden anderen Geruch überlagerte. Er erinnerte mich an Sommerurlaube mit Mum und Dad. Am Himmel stand ein blassweißer Vollmond, der meinen Schatten gegen die Hauswand warf. Ich musste nicht nachsehen, um zu wissen, dass das auch bei dem Nachtwandler der Fall war. Ich hatte nie verstanden, wieso Geister einen besaßen. Meine einzige Vermutung war, dass meine Wahrnehmung ihn einfach ergänzte, weil mein Gehirn es für richtig hielt. So wie ein abstraktes Muster manchmal zu einem Gesicht wurde, obwohl es keinen Sinn ergab, dichtete mein Verstand den Toten etwas an, um sie logisch in diese Welt zu fügen – leider. Ohne sie wäre es viel einfacher gewesen, Geister auch als solche zu erkennen.

„Das eben war Becca." Ich hatte ein schlechtes Gewissen und wollte die Stille durchbrechen. „Sie ist ziemlich vorsichtig. Nimm es ihr nicht übel."

Er hörte mir geduldig zu. „Warum ist sie hier?"

Ich wusste, was er meinte. Er wollte wissen, wieso Becca noch nicht ins Licht gegangen war.

„Sie sucht ihren Bruder", sagte ich. „Und ich will ihr helfen."

Ich spürte seinen Blick auf mir. Er wanderte über meine Züge und hinab zu meinen Händen, die mit ineinander verschränkten Fingern auf meinem Schoß lagen. Was in ihm vorging, war unergründlich.

„Ich muss wissen, wie er aussieht", ließ der Nachtwandler verlauten. „Dann kann ich ihn vielleicht finden."

Sein Angebot berührte mich. Als Geist besaß Becca zwar keine Fotos mehr, aber ich rechnete es ihm hoch an, dass er es überhaupt vorschlug. Becca hatte eben keinen Hehl daraus gemacht, dass sie den Nachtwandler nicht mochte, und er wollte ihr trotzdem helfen.

Ich lächelte matt. „Ich richte es ihr aus."

Während ich sprach, fiel mir auf, dass der grobe Riss in seiner Maske noch immer nicht verschwunden war. Es kam mir sogar vor, als wäre er größer geworden. Er klaffte direkt unter der Augenhöhle und zog sich mittlerweile bis zum Rand des Schädels. Im diffusen Mondlicht sah die Kerbe aus wie ein schwarzer Faden, der über den kalkweißen Knochen kletterte.

„Bist du verletzt?", flüsterte ich. „Der Riss …"

Ich wagte es nicht, ihn zu anzufassen. Ich hatte nicht vergessen, dass er von meinem Ellenbogen verursacht worden war. Der Nachtwandler hob jedoch den Arm und berührte ihn mit den Fingern, als wäre der Riss ihm erst jetzt aufgefallen.

„Er wird verschwinden", versicherte er. „Das tun sie immer."

Anstatt zu antworten, spähte ich ihm nur entgegen. Man wurde nicht schlau aus ihm. Es gab so viel, das rätselhaft war. Er schien halb Mensch und halb Seelenfresser, so als hätte etwas seine Verwandlung aufgehalten. Je länger ich darüber nachdachte, desto besser verstand ich Beccas Bedenken. Wenn er nicht einmal selbst wusste, was er war, befeuerte das die Ängste wehrloser Geister zusätzlich.

„Weißt du noch, wann du gestorben bist?", fragte ich irgendwann. Ich hatte miterlebt, wie ein paar seiner Erinnerungen zurückgekehrt waren.

Vielleicht geschah das nochmal, wenn er darüber sprach. „Wie lange streifst du schon durch Littlewood?“

Er wölbte die Brauen. Es machte den Ausdruck seiner Augen nachdenklich und ernst.

„Schon sehr lange“, erwiderte er langsam. „Die Welt hat sich seitdem verändert, aber das Meiste ist verschwommen.“

Ich lehnte mich zurück, bis mein Rücken die Scheibe auf ganzer Linie berührte. Dabei spähte ich in den nächtlichen Himmel und konzentrierte mich auf seine Worte.

„Und der Wendigo?“, fügte ich hinzu. „Lebt er hier?“

Der Nachtwandler nickte. Das Licht in meinem Zimmer brannte noch und verlieh seinen dunkelroten Iriden einen geisterhaft matten Schimmer.

„Er kommt und geht“, ließ er mich wissen. „Er lebt in den Wäldern und kehrt nach Littlewood zurück, um zu jagen.“

Ich schluckte schwer. Seine Beschreibung war derart lebhaft, dass sie einen Schauer über meinen Rücken schickte. Wie oft hatte der Nachtwandler in den letzten Monaten gegen ihn gekämpft? Und wie schwer war er immer wieder verletzt worden? Ich wollte es mir nicht ausmalen. Ich wusste allerdings, dass die Sache von neulich nicht das erste Aufeinandertreffen der beiden gewesen war.

„Denkst du manchmal darüber nach, die Stadt einfach aufzugeben?“, flüsterte ich. „Und die Geister mitzunehmen?“

Es war nur ein rascher Gedanke. Eine Idee, die mir kam, weil ich den Wendigo so sehr zu meiden versuchte. Er war überweltlicher und furchterregender als alles, was ich je gesehen hatte. Ich hatte nie zuvor so sehr um mein Leben gefürchtet – und mich nie so machtlos gefühlt. Wenn die Seelenfresser verglichen mit einem Menschen wie mir schreckliche Ungeheuer waren, dann war der Wendigo ein Gott. Jedes Detail seines Körpers machte das deutlich. Seine langen Krallen, sein gewaltiges Maul. Die Art, wie schnell und mühelos er sich bewegte. Über ihn zu sprechen reichte aus, um mich immer wieder nervös auf die Straße blicken zu lassen. Mein Instinkt zwang mich dazu, so als fürchtete ich, ihn mit meinen

Worten zu beschwören. Ich war so konzentriert darauf, dass mich die Stimme des Nachtwandlers erschreckte.

„Das geht nicht“, antwortete er. „Menschliche Seelen sind an ihre Knochen gebunden. Zu gehen würde bedeuten, sie im Stich zu lassen.“

Ich sah ihn an. „Du meinst, sie können ihre Gräber nicht verlassen?“

Das hatte ich noch nicht gewusst. Becca erinnerte sich eher undeutlich an ihren Tod und war deshalb nicht ganz sicher, damals wirklich in Littlewood gestorben zu sein. Wenn der Nachtwandler recht hatte, war sie definitiv hier begraben – und Jacob in der Nähe. Zumindest, wenn er nicht weggezogen war. Das musste ich ihr unbedingt sagen. Sie hatte allmählich begonnen, an ihrem Gedächtnis zu zweifeln.

Der Nachtwandler hob die Hand und spähte auf das Mondlicht, das sich zwischen seinen Fingern hindurchkämpfte. „Verweilen menschliche Seelen auf der Erde, müssen sie in der Nähe ihrer Überreste bleiben. Ihr Körper ist ihre einzige Verbindung zu dieser Welt.“

Ich zupfte an einem losen Faden meines Oberteils, um nicht auf den Nägeln zu kauen. Das machte Sinn, und es war ein weiterer Grund dafür, wieso Geister im Nexus besser aufgehoben waren als hier.

„Sie können sich weiter von ihren Körpern entfernen, wenn sie stärker werden“, fuhr er fort. „Nur sehr wenige sind so mächtig, dass sie sich frei bewegen können.“

„Die Seelenfresser“, murmelte ich. Es war eine Eingebung, und sie erwies sich als richtig.

„Seelenfresser wurden durch ihre negativen Gefühle verändert“, bestätigte der Nachtwandler. „Für sie gibt es keine Grenzen mehr. Sie streifen ziellos durch die Welt oder bleiben dort, wo sie am meisten Beute finden.“

Ich schloss für einen Moment die Augen. Ich musste an Mum denken und an alle anderen Geister der Stadt. Sie waren in einem Hexenkessel gefangen, gemeinsam mit unzähligen Seelenfressern und dem Wendigo. Eine schreckliche Vorstellung, obwohl Littlewoods Geister es vermutlich sogar besser getroffen hatten als die meisten anderen. Immerhin gab es den Nachtwandler, der für sie kämpfte und sie so gut es ging beschützte.

„In letzter Zeit schaffen es immer weniger Seelen, in den Nexus zu gelangen.“ Sein Ton wurde unheilvoll. „Deswegen versuchen viele von ihnen, stärker zu werden. Sie hoffen wohl, die Stadt verlassen und fliehen zu können.“

Ich hielt den Atem an. „Was heißt das? Wie wird ein Geist stärker?“

Er sah mich an. Sein Blick wirkte offen und betrübt.

„Er muss zusätzliche Energie aufnehmen, in dem er von jemandem betrauert wird“, sagte er schlicht. „Oder, in dem er andere Seelen verschlingt.“

Eine ganze Weile lang wusste ich nicht, was ich darauf erwidern sollte. In dieser Zeit offenbarte sich mir nach und nach, wovon der Nachtwandler sprach.

„Das heißt ...“, meinte ich entsetzt. „Sie benehmen sich wie Seelenfresser und machen Jagd auf andere?“

Ich versuchte nicht einmal, mir auszumalen, was das bedeutete. Die Vorstellung, dass ein normaler, menschlicher Geist wie Becca einen anderen zu fressen versuchte, ließ mir übel werden. Das Nicken des Nachtwandlers bezeugte jedoch, dass ich ihn richtig verstanden hatte.

„Sie tun es aus Verzweiflung“, gab er zu. „Manche können mit der Schuld nicht leben und verwandeln sich endgültig in Seelenfresser.“

Er ballte reflexartig die Fäuste, bis ihn seine dunklen Krallen davon abhielten. Dabei pressten sich seine Lippen zu einer festen, schmalen Linie. Ich hingegen saß nur da und konnte kaum glauben, was ich eben gehört hatte. So wie es aussah, war die Welt der Toten eine Art Ökosystem, das zusehends durcheinandergeriet. Irgendetwas stimmte nicht mit Littlewood – und es verwandelte seine friedlichen Geister in Raubtiere.

Ich konnte mir vage vorstellen, was das bedeutete. Wie musste es sein, nicht nur Angst vor Seelenfressern, sondern auch vor seinesgleichen haben zu müssen? So gesehen waren die Geister nirgendwo sicher. Selbst ein Freund konnte zum Feind werden, wenn ihn die Angst dazu trieb, auf einmal Jagd auf andere zu machen. Auf diese Weise würde sich Littlewood wohl bald in ein Schlachtfeld verwandeln, in dem es vor Seelenfressern wimmelte.

Mum, dachte ich. *Wo bist du?*

Ich war verzweifelt. Je mehr ich hörte, desto schlimmer wurde es. Es musste einen Weg geben, diese Entwicklung zu stoppen.

Der Nachtwandler schien bereits zu ahnen, dass ich ihn danach fragen würde. Als ich ihn ansah, fixierte er den Mond, der noch immer weiß und stumm auf uns herabstrahlte.

„Ich vermute, der Wendigo ist schuld daran", sagte er. „Je öfter er auftaucht, desto weniger Seelen kehren in den Nexus zurück."

Nun kaute ich doch auf meinen Fingernägeln. Ich konnte einfach nicht anders. Die innere Unruhe machte mich wahnsinnig.

„Glaubst du, es ist eine Fähigkeit von ihm?", wollte ich wissen. „Eine Art Netz, das seine Beute am Entkommen hindert?"

Darüber dachte er eine Weile nach. „Das wäre möglich. Ich werde es wissen, wenn ich ihn vernichtet habe."

Seine Worte überliefen mich mit einem neuerlichen Schauer. So sehr ich den Wendigo auch fürchtete – im Blick des Nachtwandlers stand keine Angst geschrieben. Ich konnte ihn nur dafür bewundern, dass er sich dem düsteren Ungeheuer noch einmal entgegenstellen würde, um den Geistern Littlewoods zu helfen. Freiwillig.

„Wie willst du das anstellen?"

Der Gedanke verließ meine Lippen von ganz allein. Ich machte mir Sorgen um ihn, denn ich hatte gesehen, wie wild und gefährlich der Wendigo war und welch tiefe Wunden seine Zähne verursachten. Ich konnte zwar nicht behaupten, dass der Nachtwandler wehrlos gewesen war – immerhin hatte er sich in erster Linie darauf konzentriert, mich zu retten – aber ich fürchtete trotzdem, er könnte den nächsten Zweikampf verlieren. Eine Angst, die er nicht teilte. Er wirkte eher fest entschlossen als zurückhaltend.

„Ich bin nicht waffenlos", sagte er, begleitet von einem Blick in meine Augen. „Auch ich werde stärker. Außerdem habe ich meinen Verstand wiedergefunden. Eines Tages werde ich ihn töten."

Es war nicht das erste Mal, dass mir auffiel, wie sehr er sich verändert hatte. Er war von einer wortkargen Hülle zu einem menschlichen Wesen geworden, das gute Absichten hatte. Er wusste zwar noch immer mehr über die Außenwelt als über sich selbst, doch das musste nicht zwingend ein Hindernis sein. Solange er seinen Feind kannte, hatte er vielleicht eine Chance, ihn zu töten. Ich hätte es mir nicht sehnlicher wünschen können. Ihm *und* Littlewoods Geistern zuliebe.

Ich war im Begriff, etwas zu sagen, doch der Nachtwandler stand plötzlich auf. Er bewegte sich so schnell, dass er aus meinem Sichtfeld verschwand. Als ich mich neu orientiert hatte, stand er am Rand des Balkons und sah in die Ferne.

„Was ist?“, fragte ich heiser. Mein Herz schlug mir bis zum Hals. Ich ging automatisch davon aus, dass der Wendigo aufgetaucht war – hier, direkt vor meinem Haus.

„Ich muss gehen“, antwortete der Nachtwandler. Die Hast in seiner Stimme war offensichtlich und erfüllte seinen Ton mit Eile. „Jemand braucht meine Hilfe.“

Kapitel 12

„Wer?“, fragte ich irritiert. „Woher weißt du das?“

Ich konnte ihm nicht folgen. Für mich hatte sich rein gar nichts verändert. Wir waren noch immer allein auf dem Balkon, umgeben vom Zirpen der Grillen und der tiefen Nacht. Ich hatte nichts gehört und nichts gefühlt. Der Nachtwandler sah jedoch so alarmiert aus, dass ich ebenfalls auf die Beine sprang.

„Ist es Mum?“

Meine atemlose Frage brachte ihn dazu, mir kurz entgegenzusehen. Sein Blick wirkte abwesend und fokussiert, so als wäre sein Verstand längst auf dem Weg.

„Ich weiß es nicht“, sagte er. „Ich höre die Stimmen derer, die um Hilfe rufen. Sie ertönen direkt in meinem Kopf.“

Er ließ mir keine Zeit, darüber nachzudenken. Er trat auf das Geländer des Balkons – bereit, auf das nächste Dach zu springen – und verschmolz mit den Schatten. Dabei kehrte die Finsternis zu seinem Körper zurück und hüllte ihn ein, bis er völlig anders aussah. Ich beobachtete, wie das Fell auf seinen Schultern wuchs, während die Dunkelheit jede Kontur seiner Gestalt verschluckte. Die außenliegende Wirbelsäule war wieder da und seine Stiefel formten sich zu den runden Gebilden, die mich an Hufe erinnerten. Nur einen Atemzug später sah er genauso aus wie das Wesen, das mir damals in der Gasse geholfen hatte. Damit verstand ich endlich, dass er seine Form frei wählen konnte. Wie ein Gestaltwandler.

„Bleib hier", wies er mich an. Seine roten Iriden hatten zu leuchten begonnen und sahen mich durch die Schädelmaske hinweg an, die nun seinen gesamten Kopf umschloss. Dann stieß er sich ab und verschwand mit einem geschmeidigen Sprung auf die Straße. Ich eilte zum Geländer, konnte ihn jedoch nicht mehr entdecken.

Eine ganze Weile lang starrte ich wortlos auf den Bürgersteig. Wenn mich nicht alles täuschte, war der Nachtwandler aufgebrochen, um einen Geist zu retten. Bedeutete das, der Wendigo war in der Nähe? Oder war es ein Seelenfresser, den er bekämpfen würde? Ich kam nicht umhin, mich an das schreckliche Monster zu erinnern, das mich damals in der Gasse attackiert hatte. Ich konnte mir einfach nicht vorstellen, dass der Nachtwandler einem solchen Ungeheuer ganz allein gewachsen sein würde.

Meine Finger schlossen sich fester um das Geländer. Irgendwo hier, mitten in Littlewood, kämpfte gerade eine unschuldige Seele um ihr Überleben. Ich hatte keine Ahnung, ob der Nachtwandler es rechtzeitig schaffen würde – und, *wem* er zu Hilfe eilte. Es konnte meine Mutter sein. Oder Becca.

Der Gedanke machte mich so nervös, dass ich am Boden festwuchs. Wie sollte ich in mein Zimmer zurückkehren und so tun, als wäre nichts geschehen? Der Nachtwandler ging mir nicht aus dem Kopf. Wenn Mum dort draußen war und um Hilfe rief, war das vielleicht meine Chance, mit ihr zu sprechen. Der Nachtwandler hatte mich gebeten, ihm nicht zu folgen, doch ich konnte dieses Versprechen nicht halten.

Nicht, solange ich nicht wusste, ob Mum auf mich wartete.

Ich war fest entschlossen. Anstatt noch mehr Zeit zu verschwenden, eilte ich mein Zimmer und nahm die Treppe, um das Haus durch die Küchentür zu verlassen. Ich fürchtete nicht einmal, auf der dunklen Straße angegriffen zu werden, sondern fokussierte mich völlig auf den Nachtwandler. Er war vor kaum mehr als fünf Minuten aufgebrochen, aber im Gegensatz zu dem Wendigo hinterließ er kaum eine Spur seiner Präsenz. Es gab keine diffuse Kälte und keine sinistere Finsternis, die ihm folgte – nur Stille. Mir blieb nichts anderes übrig, als mich in dieselbe Himmelsrichtung zu bewegen wie er.

Wenn es einen Kampf gab, würde mir der Lärm den Weg weisen.

Um diese Uhrzeit war Littlewood menschenleer, und so dauerte es nicht lange, bis das erste Geräusch an meine Ohren drang. Es klang wie ein lauter Knall – so als hätte jemand einen Container oder ein schweres Gerät umgeworfen – dicht gefolgt von markerschütterndem Kreischen. Ein Schrei aus voller Lunge, der durch die leeren Gassen hallte und meine Schritte stoppen ließ.

Ich wusste sehr genau, dass ich einen Fehler machte. Der Nachtwandler hatte es mir selbst gesagt. Solange ein Teil von mir im Nexus festhing, konnte jeder Geist und jeder Seelenfresser eine Gefahr für mich werden. Meine Vernunft befahl mir, nach Hause zurückzukehren, doch ich kämpfte dagegen an. In dieser Zeit hielt ich mich an einer der hohen Mauern fest und suchte Schutz im Kegel einer Straßenlaterne. Mein Blick huschte durch die Dunkelheit, vorbei an undeutlichen Schatten, und sondierte die Umgebung.

Nichts.

Seit ich Geister sah, war mir Littlewood nie so leer vorgekommen. Die Stille war unangenehm. Wie eine Ruhe vor dem Sturm, die als unheilvolles Omen auf meinen Schultern saß. Ich wusste nicht, wie lange ich nur dastand, aber der nächste Lärm ertönte bald. Ein neuerliches Scheppern ließ mich aufschrecken und führte mich schließlich in seine Richtung.

Ich würde alles dafür tun, um Mum zu treffen.

Ich irrte mich. Der Geist, dem der Nachtwandler zu Hilfe eilte, war nicht meine Mutter. Es handelte sich um eine schwarzhaarige Frau, die ich erspähte, als ich um die nächste Ecke bog. Der Kampf fand mitten auf der Straße statt und zog trotzdem keine Blicke auf sich. Die Fenster der Häuser blieben unerleuchtet.

Ich konnte einen Lebenden kaum von einem Toten unterscheiden, doch die panische Angst im Blick der jungen Frau war eindeutig. Ihre Aufmerksamkeit huschte für einen Atemzug in meine Richtung, während sie an mir vorbeirannte. Sie neigte nicht ein einziges Mal den Kopf, um den

Seelenfresser ins Auge zu fassen. Ihr offenes Haar flog über ihre Schultern und verschmolz mit den Schatten, bis sie gänzlich verschwunden war.

Ich blieb allein zurück und beobachtete den Kampf. Der Nachtwandler hatte sich zwischen die dunkelhaarige Frau und ein Ungeheuer gestellt, das aussah wie ein Schakal. Es hatte einen schlanken, vierbeinigen Körper und war tiefschwarz, abgesehen von seinem kalkweißen Gesicht. Die flache Maske mit den leeren Augenhöhlen ähnelte dem Monster von damals so sehr, dass ich instinktiv einen Schritt rückwärts trat. Dieses Wesen war definitiv ein Seelenfresser – und der Nachtwandler im Begriff, es zu attackieren.

Die Szene fühlte sich seltsam unwirklich an. Obwohl ich den Nachtwandler schon einmal im Kampf erlebt hatte, wusste ich kaum, was mich erwartete. Sein Zweikampf mit dem Wendigo war eher ein Wettdrücken gewesen und hatte weniger als zwei Minuten gedauert, bis ich umgekehrt und davongelaufen war. Heute würde ich aus nächster Nähe erleben, wie er einen Seelenfresser tötete.

Es war, als gab mein Gedanke einen Startschuss, denn der Nachtwandler begann sich zu verändern. Sein Körper streckte sich, bis seine krallenbesetzten Hände den Asphalt berührten, und kurz darauf stieß er sich ab. Er bewegte sich wie ein Wolf – mit aufgerissenem Maul und rotleuchtenden Augen. Ich hörte ein dunkles Grollen aus seiner Kehle, während sich auch der Seelenfresser in Bewegung setzte. Die beiden umkreisten sich wie Fressfeinde, um dann mit voller Kraft zu kollidieren.

Der Knall war ohrenbetäubend. Jetzt verstand ich, was für ein Geräusch mir vorhin den Weg gezeigt hatte. Es musste der erste Zusammenstoß der beiden gewesen sein.

Ich konnte kaum glauben, wie animalisch sich der Nachtwandler bewegte. Er preschte über den Asphalt, die kräftigen Kiefer weit aufgerissen, und schnappte mit unverkennbarer Kraft nach seinem Feind. Beim ersten Mal gelang es ihm, dem Angriff auszuweichen, doch der Zweite traf. Die Zähne des Nachtwandlers bohrten sich in die Schulter des Seelenfressers und rissen sie einfach entzwei.

Ich wandte den Blick ab. Es geschah von allein, weil ich es nicht sehen wollte. Der spitze Schrei der fremden Kreatur reichte vollkommen aus. Er klang so schmerzerfüllt und wütend wie bei jedem lebenden Wesen und trieb mir einen Schauer über den Rücken. Der Nachtwandler zeigte jedoch kein Mitgefühl. Anstatt dem Geist eine Gelegenheit zu geben, sich zu wehren, packte er ihn mit den Krallen am Kopf. Was folgte, war das schreckliche Geräusch von brechenden Knochen und zerreißendem Fleisch. Es dauerte nur einen Herzschlag, bis der Seelenfresser verschwunden war, verschlungen vom breiten Schädel des Nachtwandlers. Als ich meine Augen wieder öffnete, sah ich das Bein des Schakals in seinem Rachen verschwinden.

Es wurde schrecklich still. Ich stand nur da und lehnte an einer der Straßenlaternen, deren Lichtkegel mir nun keine Sicherheit mehr schenkte. Ganz gleich, wie lange wir bereits miteinander gesprochen hatten und wie gut ich den Nachtwandler zu kennen glaubte – er war furchterregend. Seine Klauen, seine Zähne, seine Kraft. Ich hatte mich nie gefragt, *wie* er es schaffte, einen Seelenfresser zu töten. Jetzt wusste ich es. Für diesen Moment hatte er sich völlig verändert. Er war selbst zu einem Ungeheuer geworden, das mir nicht viel weniger gefährlich vorkam als der Wendigo.

Ich war so erstarrt, dass ich mich nicht rührte, bis der Nachtwandler mich bemerkte. Er neigte den Kopf, sah mich an und warf das glühende Licht seiner Pupillen über den Asphalt. Ich wusste nicht, ob er mich erkennen oder mich womöglich sogar angreifen würde, weil er so anders erschien. Er stand noch immer auf vier Beinen, den nackten Schädel in meine Richtung geneigt, und fixierte mich. Ein erster Schritt brachte ihn näher und ließ mir das Blut in den Adern gefrieren. Es kam mir nicht einmal in den Sinn, zu fliehen. Ich wäre ihm ja doch nicht entkommen.

„Ich bin's", sagte ich schnell. „Dawn."

Meine Stimme war heiser und kaum vernehmbar. Sie drang nur zu ihm durch, weil es um uns herum totenstill war. Fast so, als wäre jedes Wesen beider Welten vor dem Kampf des Nachtwandlers geflüchtet. Seine spitzen Krallen scharrten am Boden und brachten ihn zu mir, bis er direkt vor mir stand. Dann richtete er sich auf. Das Fell auf seinen Schultern war mit seiner Verwandlung gewachsen und bildete einen dichten, dunklen

Kragen. So wie er jetzt aussah, konnte ich kaum glauben, ihn noch vorhin so menschlich auf meinem Balkon erlebt zu haben.

„Dawn", raunte er. Er wiederholte meinen Namen, als wollte er ihn sich einprägen. „Du bist hier."

Ich nickte. Meine Geste hätte vorsichtiger und langsamer nicht sein können. Der Nachtwandler sprach wieder mit mir und doch konnte ich nicht damit aufhören, ihn mit *diesen* Augen zu sehen. Seine martialische Kraft und seine Gnadenlosigkeit hatten mich bis ins Mark erschüttert. Er kämpfte wie ein wildes Tier. Schlimmer noch, wie ein Monster.

„Du solltest nicht hier sein", fügte der Nachtwandler hinzu. „Du solltest es nicht sehen."

Ich hob den Kopf und spähte ihm entgegen. Er schien genau zu wissen, was in mir vorging. Obwohl sein Atem Eiseskälte verbreitete und mich erzittern ließ, klangen seine Worte verletzlich und betrübt. Ich hätte schwören können, dass er sich schämte. Für das, was er war – und für das, was er tat.

„Was hast du mit ihm gemacht?", wollte ich wissen. „Hast du ihn ... gefressen?"

Er schwieg.

„Ja", gestand er schließlich. „Wenn ich ihn nicht aufgehalten hätte, hätte er sie verschlungen."

Ich musste nicht fragen, um zu wissen, dass er die schwarzhaarige Frau meinte. Er hatte das Ungeheuer vernichtet, damit sie unbeschadet fliehen konnte.

„Sie zu fressen ist der einzige Weg, Jäger unschädlich zu machen", fügte der Nachtwandler hinzu. Er wurde leiser, je länger er sprach. „Und wenn ich es nicht tue, löse ich mich auf."

Ich versuchte, kein Urteil in meine Stimme zu legen. „Verstehe."

Das tat ich wirklich. Er hatte mir vorhin erklärt, was mit Geistern geschah, die diese Welt nicht verließen. Sie starben endgültig, wenn sie keinen Weg fanden, sich Energie zuzuführen. So manche von ihnen hatten deshalb begonnen, andere Geister zu jagen und zu fressen, genauso wie die Seelenfresser. Nicht zuletzt nannten sie die meisten Geister deswegen Jäger. Dem Nachtwandler blieb nichts anderes übrig, als dasselbe zu tun.

Mit dem Unterschied, dass er statt unschuldiger Geister Seelenfresser verschlang – diejenigen, für die es ohnehin keine Hoffnung mehr gab.

Ich atmete aus. Da schlugen zwei Herzen in meiner Brust. Eines davon hielt es noch immer für aufopferungsvoll, was der Nachtwandler tat. Das andere hatte grässliche Angst und wollte diese Straße einfach nur verlassen. Ich war dem Druck seiner Präsenz nicht gewachsen, solange der Nachtwandler in dieser Gestalt vor mir stand. Jeder neuerliche Blick auf seine langen Zähne machte mich beklommener. Ich konnte nichts dagegen tun, dass ich solche Angst vor ihm hatte, aber ich kämpfte trotzdem dagegen an. Sein vorsichtiger Ton half mir dabei. Er erinnerte mich daran, wen ich vor mir hatte, und dass er nichts für sein Schicksal konnte. Der Nachtwandler war in seinem Herzen noch immer ein Mensch.

„Also …“ Ich rieb mir über die Stirn, um meinen Blick kurz von ihm zu lösen. Ich brauchte ein paar Sekunden, um mich neu zu sortieren. „Du hast gesagt, du hast meine Mutter gesehen, oder?“

Mein abrupter Themenwechsel überraschte ihn. „Ja. Es war nicht weit von hier.“

Ich nickte erneut. Dieses Mal, um meinen eigenen Entschluss zu unterstreichen. Ich wollte dem Nachtwandler zeigen, dass ich mich nicht vor ihm fürchtete.

„Würdest du mir den Weg zeigen?“, fragte ich. „Vielleicht ist sie noch dort. Wenn sie mich sieht, lässt sie bestimmt mit sich reden.“

Er zögerte. Vielleicht wog er ab, wie hoch die Chance war, heute auf noch mehr Seelenfresser zu treffen. Vielleicht irritierte es ihn auch, dass ich mich nicht vor ihm zurückzog. Ohne wenigstens seine Lippen zu sehen, waren seine Gedanken fast unergründlich. Mir blieb nichts anderes übrig, als auf seine Antwort zu warten.

„Gut“, erwiderte er. „Ich begleite dich.“

Er neigte seinen gewaltigen Schädel, um den Ausgang der Gasse ins Auge zu fassen.

„Ich muss in dieser Gestalt bleiben“, fügte er hinzu. „Sie schärft meine Sinne.“

Ich verschränkte aus purem Reflex die Arme, als könnte ein so kümmerlicher Schild mich davor schützen, verletzt zu werden. Es machte keinen Sinn, doch mich überkam das Gefühl, nur einen Schritt von einer Welt entfernt zu sein, die ich niemals betreten durfte. Am Ende war es der Gedanke an Mum und die tiefe Reue im Blick des Nachtwandlers, die mich dennoch zustimmen ließ.

„In Ordnung."

Er führte mich in Richtung des Bahnhofes. Ich erinnerte mich daran, dass er Mum in der Nähe gesehen hatte, und irgendwie erwartete ich, etwas Bestimmtes zu finden. Eine besondere Stelle oder einen Platz, an dem sich unzählige Geister versammelten. Jede weitere Straße, die wir durchquerten, blieb jedoch so verlassen wie die Vorherige. Die Stadt war wie ausgestorben. Das verunsicherte mich so sehr, dass ich dem Nachtwandler einen vorsichtigen Blick zuwarf. Seit ich Tote sah, hatte ich selten eine so stille Nacht erlebt. Es gab keine Stimmen, kein Gemurmel, nichts.

„Warum ist es so ruhig?", flüsterte ich. „Wo sind sie alle?"

Die Anspannung saß mir in den Gliedern, obwohl der Nachtwandler mir nicht von der Seite wich. Er stapfte neben mir her wie ein wortloser Beschützer und überragte mich um mehr als einen Kopf. Das dunkle Fell an seinen Schultern ließ ihn unheimlich breit wirken.

„Sie verstecken sich", antwortete er. „Sobald die Nacht anbricht, gehen die Jäger um."

Seine ernsten Worte machten meine Beklommenheit noch größer, denn ich hatte Mitgefühl mit den Geistern Littlewoods. Ich wusste nun, wie hart ihre Existenz war. Ganz gleich, was sie taten, sie schwebten ständig in Gefahr.

„Du musst genau hinhören", fügte der Nachtwandler hinzu. „Nur so kann man sie finden."

Ich wölbte die Brauen. Anfangs verstand ich nicht, was er damit meinte, aber dann wurde es mir klar. Ich hatte es schon einmal getan, als ich irrtümlicherweise dem Wendigo gefolgt war – und sogar damals, bevor mich der Seelenfresser attackiert hatte. Wenn ich mich auf die Umgebung konzentrierte und ganz leise wurde, veränderte sich meine Wahrnehmung. Es fühlte sich an, als stellten sich tausende kleiner Fühler auf, um jede noch so winzige Regung aufzuschnappen. Bisher hatte ich es meist dafür benutzt, Geister zu umgehen, anstatt sie zu finden. Ich musste nur darüber nachdenken, um die Welt plötzlich mit anderen Augen zu sehen. Die zuvor leere Gasse war nun angefüllt mit Energie, die wie Nebel über den Boden waberte. Ich glaubte, überall Spuren wahrzunehmen – von Geistern und von Wesen, die ich wahrscheinlich gar nicht kannte.

Ich bemerkte eine Regung im Augenwinkel. Da war ein dunkler Schatten, der wie ein Mensch aussah. Er hielt sich so dicht an der gegenüberliegenden Hauswand, als wollte er uns ausweichen. Auch der Nachtwandler schien ihn gesehen zu haben, denn er neigte den Kopf, um den Geist ins Auge zu fassen. Es war derselbe Moment, in dem die fremde Gestalt zusammenfuhr und die Flucht ergriff. Ich sah gerade noch, wie ängstlich sie über ihre Schulter spähte, bevor sie einfach durch die Haustür tauchte und verschwand.

„Warte!"

Ich wusste nicht, *wem* ich dort folgte. Es handelte sich wahrscheinlich nicht um Mum, weil mir der Geist dafür zu klein vorkam. Ich konnte aber auch nicht ganz sicher sein, bevor ich ihm nicht gegenübergestanden hatte. Obwohl ich noch immer fürchtete, jeden Augenblick einem Seelenfresser zu begegnen, hastete ich dem Fremdem nach und umrundete das Gebäude, in das er geflohen war. Ein schmaler Gang neben der Hauswand führte mich zu einem Hinterhof mit Blumentöpfen, während sich der Nachtwandler in die entgegengesetzte Richtung bewegte. Er hatte mich wortlos verstanden und versuchte, dem Geist auf der anderen Seite den Weg abzuschneiden. Das war jedoch gar nicht nötig, denn der dunkle Schatten kam bereits wieder aus der Wand. Er musste geglaubt haben, durch den Garten fliehen und uns damit abhängen zu können. Als er meinen Weg kreuzte, erstarrte er zur Salzsäule und sah mich an. Im Mondlicht erkannte ich nun auch endlich sein Gesicht.

Dieser Geist war nicht Mum, sondern ein kleiner Junge.

Mit einem Mal verließ mich jeder Elan. Ich versuchte nicht einmal, den Arm des Kindes zu greifen. Ich stand nur da und starrte ihn an. Der Junge nutzte die Chance und setzte sich wieder in Bewegung. Er rannte nach links – weg von mir und dem Nachtwandler. Bevor ich ihm etwas nachrufen konnte, verstummten seine Schritte in der Stille. Dieses Mal endgültig.

Es musste eine Ewigkeit vergehen, in der ich mich nicht vom Fleck rührte. Ich tat es solange, bis der Nachtwandler wieder an meiner Seite erschien. Seine Augen glühten in der Dunkelheit und betonten den tiefen Riss in seiner Maske. Seit der Kampf vorbei war, kam er mir noch größer vor.

„Dawn“, sagte er. „Was hast du?“

Ich hörte an seiner Stimme, dass er meine Reaktion nicht verstand. Es machte keinen Sinn, aber der Anblick des Jungen hatte mich zutiefst entsetzt. Ich hatte einfach nicht damit gerechnet, ausgerechnet dem Geist eines Kindes zu begegnen. Zu wissen, dass auch Kinder einen frühen Tod sterben konnten und sich fortan vor Seelenfressern fürchten mussten, war eine Sache. Es zu sehen, eine andere. Ich konnte nicht damit aufhören, mir auszumalen, wie viel Angst dieser Junge empfand. Wusste er überhaupt, was mit ihm geschehen war? Hatte er jemanden, der sich um ihn kümmerte? Ich hatte es nicht geschafft, ein Wort mit ihm zu wechseln. Stattdessen hatte ich ihm noch mehr Angst eingejagt.

„Dawn.“ Der Nachtwandler ließ mich nicht aus den Augen, also senkte ich die Lider und rieb mir über die Stirn. Ich wollte die düsteren Gedanken vertreiben, wenn auch vergeblich.

„Schon gut“, flüsterte ich. Meine finstere Vorahnung von zuvor hatte sich bewahrheitet. Im Bestreben, Mum zu treffen, hatte ich etwas erlebt, das ich lange nicht würde vergessen können – und damit meinte ich nicht nur den Jungen, sondern auch den martialischen Kampf des Nachtwandlers. Je länger ich mich damit befasste, desto unerträglicher wurde die Dunkelheit um uns herum.

„Ich möchte einfach nur nach Hause“, fügte ich hinzu.

Kapitel 13

Ich schwieg, während der Nachtwandler mich nach Hause brachte. Er eskortierte mich, als wäre es das Normalste der Welt. Ich hatte ihn nicht einmal danach fragen müssen und war ihm dafür ehrlich dankbar, doch für den Moment fehlten mir die Worte. Ich wusste nicht, was ich sagen oder tun sollte, und ihm ging es genauso. Er tat kaum einen Schritt, ohne mein Gesicht zu fixieren. Vielleicht fragte er sich, wieso ich so niedergeschlagen war – oder vielleicht kannte er dieses Gefühl auch viel zu gut. Was auch immer es war, es blieb hinter glühend roten Iriden verborgen. Als ich den Kopf hob und ihm entgegensah, erstaunte es mich, wie wenig sie mich beeindruckten. Noch vor zwei Stunden hatte der Nachtwandler einen Seelenfresser verschlungen, und nun kam er mir so weich und sensibel vor. So als wäre seine brutale Gewalt eine Maske, die er nur aufsetzte, wenn es nötig war. Diese Vorstellung passte so gut zu seiner Gestalt, dass ich mich irgendwann zu einem Lächeln zwang.

„Danke", sagte ich leise. Wir hatten mein Haus beinahe erreicht und waren ganz allein auf der Straße, mit Ausnahme einer schwarzen Katze. Sie döste auf einer Mauer und öffnete ihre smaragdgrünen Augen, weil wir sie passierten. Ich fragte mich, ob sie den Nachtwandler wohl sehen konnte. Wenn sie es tat, schien sie zumindest keine Angst vor ihm zu haben, denn sie erhob sich ohne Furcht und wanderte gemächlich in Richtung der Mülltonnen. Ich blickte ihr nach, bis sie verschwunden war, und öffnete dann die Haustür.

Dad war noch nicht hier. Er hatte erst in drei Stunden Feierabend, also begrüßte mich die düstere Stille einer verlassenen Küche. Ich hasste diesen Anblick, seit Mum gestorben war. Sobald es dunkel wurde, war die Leere, die meine Mutter hinterlassen hatte, noch offensichtlicher. Nur der Nachtwandler störte die Einsamkeit, denn er trat in diesem Moment über die Schwelle.

Ich wandte mich um. Dabei beobachtete ich, dass er sich abermals veränderte, genauso wie bei seinem ersten Besuch. Das dichte Fell an seinen Schultern schrumpfte gemeinsam mit seiner Gestalt und gab ihm seine Menschlichkeit zurück. Kurz darauf war alles wieder da – sein olivgrünes Shirt, seine Jeans und der freie Blick auf seine Lippen. Er legte seine animalische Form einfach ab, wann immer er mein Haus betrat.

„Es tut mir leid“, raunte er zögernd. Seine blutroten Iriden fixierten den Boden und hatten ihren Schein eingebüßt. „Mit mir unterwegs zu sein, hat dich deprimiert.“

Ich forschte in seinem Gesicht. Das Stückchen Haut, das ich durch die Augenhöhle seiner Schädelmaske erkannte, kam mir heute menschlicher vor als je zuvor.

„Es ist nicht deswegen.“ Ich ließ mich an den Tresen sinken und rieb mir über die Augen. „Es ist wegen dem Jungen, und ...“

Ich verstummte. Es fiel mir schwer, meine Gedanken in Worte zu fassen. Der Geist des Kindes hatte mir endgültig gezeigt, wie düster und gefährlich die Welt da draußen war. Ich hatte großes Mitgefühl mit ihm und machte mir Vorwürfe, nicht wenigstens mit ihm gesprochen zu haben. Ich hatte vorhin gesehen, wie schrecklich die Seele eines Toten enden konnte – zerquetscht und verschlungen vom Maul eines Seelenfressers. Ich dachte daran, dass dieses Ende auch dem einsamen Kind widerfahren könnte. Oder Becca. Oder Mum. Ich saß wie versteinert da und konzentrierte mich darauf, diese Vorstellung nicht vor meinen Augen lebendig werden zu lassen, bis der Nachtwandler sich in Bewegung setzte. Er trat schweigend auf mich zu und hob dann die Hand, um sie auf meine Schulter sinken zu lassen. Eine achtsame, kaum spürbare Geste.

„Ich werde deine Mutter finden“, versprach er. „Wenn sie Hilfe braucht, höre ich ihre Stimme.“

Seine Worte erinnerten mich an seinen raschen Abschied von zuvor.

„Was bedeutet das eigentlich?“, wollte ich wissen. Ich war erleichtert über den Themenwechsel, weil er mich auf andere Gedanken brachte. „Wie hörst du ihre Rufe?“

Darüber dachte er eine Weile nach. Ich sah, wie sich seine Brauen unter der Maske wölbten, bevor er sich an der anderen Seite des Tresens niederließ. Wir saßen uns direkt gegenüber. Dicht genug, damit ich seinen kalten Atem auf meinen Wangen spürte.

„Ich weiß es nicht“, gestand er. „Ich höre sie schon sehr lange. Wenn eine Seele um Hilfe ruft, ertönt ihre Stimme in meinem Kopf. Ich muss ihr nur folgen, um sie zu finden.“

Er fixierte mich.

„Das gilt auch für dich“, fügte er hinzu. „Du kannst mich sehen, also höre ich dich, wenn du mich brauchst. Egal, wie weit ich von dir entfernt bin.“

Das erstaunte mich sehr. Es erklärte, wie der Nachtwandler es schaffte, den Geistern Littlewoods immer wieder beizustehen. War dies der Grund, wieso er nie nach einem festen Heim gesucht hatte? Weil er ohnehin die ganze Nacht den Stimmen der Toten folgte? Ich wusste nicht, wie oft es vorkam, dass ein Seelenfresser einen Geist attackierte, aber das war auch nicht wichtig. Der Nachtwandler schien so etwas zu sein wie ein Sheriff. Er versuchte, die Toten zu beschützen und brachte sich dafür immer wieder selbst in Gefahr.

Weil ich schwieg, formten seine Lippen ein trauriges Lächeln.

„Es war meine Schuld, dass der Junge geflohen ist“, meinte er. „Meine Erscheinung hat ihn erschreckt.“

Ich seufzte lautlos. So hatte ich es noch nicht gesehen. Das Kind hatte sich die ganze Zeit vor uns gefürchtet, jedoch erst die Flucht ergriffen, als der Nachtwandler ihn fixiert hatte. Der Gedanke brachte mich dazu, das Kinn auf meine Hand zu stützen und ihn eingehend zu beobachten.

„Sie haben wirklich alle Angst vor dir, oder?“, murmelte ich. „Dabei tust du ihnen nichts zuleide.“

Er hob langsam die Schultern.

„Mit der Maske sehe ich aus wie ein Jäger", gab er zu. „Und sie wissen, dass ich Seelen verschlinge. Kein Wunder, dass sie mich meiden."

Mir war, als wäre da noch etwas – ein weiterer Grund, wieso die Toten der Stadt ihm nicht zu nahekommen wollten. Ich sah so etwas wie Reue oder Zweifel in seinem Blick aufflackern, doch er kämpfte es so schnell herunter, dass ich mich nicht traute, ihn danach zu fragen. Zu sehr fürchtete ich, auf ein entsetzliches Geheimnis zu stoßen. Vielleicht hatte er einst auch menschliche Seelen verschlungen, bevor er sich dazu entschieden hatte, ihnen zu helfen. So wie er aussah, musste er irgendwann einmal zu einem Seelenfresser geworden sein. Es wäre nur logisch, wenn er sich auch so verhalten hätte.

Ich schluckte schwer. Was auch immer er damals getan hatte, es gehörte in die Vergangenheit. Es zählte, was er *jetzt* tat, also zwang ich mich noch einmal zu einem Lächeln. Es fiel mir bedeutend leichter als zuvor.

„Ich weiß zu schätzen, was du für meine Mutter und mich tust", sagte ich leise. „Und ich habe keine Angst vor dir."

Ich meinte es ehrlich. Die Zeit, mich vor dem Nachtwandler zu fürchten, war vorbei. Sein Kampf von vorhin hatte mich erschreckt, aber mir war seitdem auch klargeworden, *wie* menschlich er tatsächlich war. Obwohl ein hungriges Biest in ihm schlummerte, half er denen, die sich nicht wehren konnten, anstatt seine Stärke auszunutzen. Ich wusste nicht, wie es sich anfühlte, ein halber Seelenfresser zu sein – ich konnte mir jedoch vorstellen, dass es den Nachtwandler ständige Selbstbeherrschung kostete, so normal zu bleiben. Hier und jetzt war ihm nichts von seinem inneren Monster anzumerken. Er hatte es so sehr unter Kontrolle, dass er es sogar schaffte, in meiner Gegenwart eine menschliche und fast verletzliche Form anzunehmen. Diese Klarheit erfüllte mich plötzlich mit Geborgenheit. Mir wurde bewusst, dass es ein Privileg war, ihn so zu erleben. Auf der Straße blieb er stets in der Gestalt der Bestie, um sich im Ernstfall verteidigen zu können. Nach dem, was ich heute gesehen hatte, konnte ich es ihm nicht verübeln.

Der Nachtwandler schwieg sehr lange. In dieser Zeit beobachtete er mich so unverwandt, als wartete er darauf, dass ich meine Meinung änderte. Am Ende pressten sich seine Lippen zu einer schmalen Linie, die kein bisschen abwehrend wirkte.

„Danke, Dawn“, erwiderte er. Zwei kleine Worte, in denen unendlich viel lauerte. Ich hörte an seinem vorsichtigen Ton, dass er noch immer unsicher war. Wahrscheinlich konnte er kaum glauben, einem Menschen begegnet zu sein, der ihn sehen konnte – und ihn nicht fürchtete. Mir ging es ähnlich. Noch in der kalten Januarnacht hätte ich es nie für möglich gehalten, einmal so vertraut mit diesem rätselhaften, gehörnten Wesen zu reden, das mir geholfen hatte.

„Gern geschehen“, murmelte ich. Ich wollte seinen Satz spiegeln, ohne ihn *Nachtwandler* zu nennen. Das war nicht sein echter Name, also kam es mir besser vor, abzubrechen. Mein Gegenüber schien das zu bemerken. Seine Mundwinkel hoben sich zu einem nachsichtigen Lächeln, das mich seltsam nervös machte.

„Blake“, flüsterte er dann.

Ich sah ihm erstaunt ins Gesicht. Seine Stimme war so leise, dass ich nicht sicher war, sie wirklich gehört zu haben. „Was?“

Nun zögerte er keine weitere Sekunde lang.

„Blake“, wiederholte er. „Das war mein Name, bevor ich gestorben bin.“

Ich kam nicht umhin, die Brauen zu senken.

„Aber …“, gab ich zurück. „Ich dachte, du erinnerst dich nicht an deinen Namen.“

Meine Worte ließen ihn mit dem Kopf schütteln. Wir saßen noch immer voreinander am Tresen wie zwei ganz gewöhnliche Personen, die nichts voneinander unterschied. Der Nachtwandler umgriff seine Ellenbogen mit den Händen, während er die Arme auf die Tischplatte stützte. Seine Körperhaltung hatte sich in den letzten Wochen normalisiert, genauso wie sein Verstand. Er sprach und gab sich wieder wie ein Mensch.

„Ich hatte ihn vergessen.“ Er zögerte. „Ich weiß nicht, wieso, aber … als du vorhin an der Straßenlaterne standest und mich so ängstlich angesehen hast, wusste ich plötzlich wieder, wie man mich genannt hat.“

Seine roten Iriden legten sich nachdenklich auf mich. Ich konnte sehen, wie sie über meine Züge fuhren, bevor sie schließlich an meinen Augen stoppten. Der Blick des Nachtwandlers war offen und ehrlich, aber auch scheu, so als wusste er nicht, ob er weiterreden sollte.

„Ich habe mir gewünscht, dass du mich beim Namen nennst, anstatt mich zu fürchten“, endete er. „Da habe ich mich daran erinnert, dass ich Blake heiße.“

Sein Geständnis hinterließ eine Schwere zwischen uns, die ich nicht verstand. Auf der einen Seite freute ich mich unheimlich darüber, wie viel ihm unsere Bekanntschaft zu bedeuten schien. Auf der anderen Seite pochte mein Herz erbarmungslos und machte mich befangen. Mir kam alles unwirklich vor – dieser Abend, unser Gespräch und sogar der vertraute Blick, den wir miteinander tauschten. Er gab mir das Gefühl, alles loslassen und ich selbst sein zu können. Ich kannte sein Geheimnis, und er kannte meines. Nur die Unruhe in meiner Magengrube wollte nicht verschwinden. Sie zwang mich dazu, nervös auf dem Stuhl umher zu rutschen, wann immer mir der Nachtwandler einen Blick schenkte. Oder besser: Blake.

Ich lächelte.

„Also ... Blake“, flüsterte ich. „Freut mich, dich kennenzulernen.“

Es war ein Versuch, die Stimmung zwischen uns zu lockern. Außerdem wollte ich ihm zeigen, wie schön es war, endlich seinen Namen zu kennen. Solange er nur der Nachtwandler gewesen war, hatte ich immer das Gefühl gehabt, mit einem Schatten zu sprechen, der jederzeit wieder verschwinden konnte. Ein Name schien ihm einen festen Platz in meinem Leben zu geben und das war wunderbar. Blake wirkte jedoch etwas überfordert. Es musste seltsam sein, mit einem Mal seinen Namen zu kennen, obwohl man ihn für eine Ewigkeit vergessen hatte.

„War es nur dein Name?“, fragte ich. „Oder ist dir noch etwas eingefallen?“

Ich wollte mehr über ihn wissen. Es interessierte mich, wie lange er schon durch Littlewood streifte und woran er gestorben war. Ein Gedanke, bei dem mein Blick über seine nackten Arme wanderte. Blake hatte eine schlanke, sportliche Statur, lange Finger und kräftige

Handgelenke. Soweit ich sehen konnte, entstellte keine einzige Narbe seine Haut, die auf seine Todesursache hingedeutet hätte. Zumindest nicht oberhalb seiner Kleidung.

Er senkte kurz die Lider, bevor er antwortete. Wann immer er das tat, verschwanden seine Augen fast vollständig im Schatten der Maske.

„Das ist alles", meinte er. „Vielleicht erinnere ich mich irgendwann auch an den Rest."

Sein positiver Ton schaffte es, mich ein wenig aufzuheitern. Die Aussicht darauf, Blake ein Stück seines Lebens wiederbekommen zu sehen, warf einen Lichtstrahl über diesen düsteren Abend. Trotzdem konnte ich nicht aufhören, über den kleinen Jungen nachzudenken. Er hatte so erschrocken und verängstigt gewirkt, als er vor uns geflüchtet war. Seine starre Miene würde ich wohl für lange Zeit nicht vergessen.

Ich spürte, wie mein Lächeln wieder erstarb.

„Der Junge ...", meinte ich zögerlich. „Warum ist er noch hier?"

Blake sah aus, als hätte er meine Frage kommen sehen, denn auch seine Miene wurde bitterernst und seine Kiefer spannten sich.

„Ich weiß es nicht", gab er zu. „Vielleicht bereut er etwas und kann diese Welt deswegen nicht verlassen. Oder er fürchtet sich davor, in den Nexus zu gehen."

Ich beobachtete ihn sehr genau.

„Hast du es mal versucht?", flüsterte ich. „Ins Licht zu gehen?"

Der Gedanke war nur logisch. Anstatt einsam durch die Straßen Littlewoods zu streifen, hätte ich vermutlich die Entscheidung getroffen, meinen letzten Weg anzutreten. Ich ahnte jedoch schon, dass es auch für Blake einen Grund geben musste, an seiner Existenz als Geist festzuhalten. Sonst wäre er nicht fast zu einem Seelenfresser geworden.

„Ja." Seine Antwort gab mir recht. „Ich habe es versucht, aber ich konnte den Nexus nicht betreten. Es zieht mich zurück in diese Welt."

Er sprach mit mir, als kannten wir uns schon ewig – und als gäbe es keinen Grund, seine Gefühle zu verbergen.

„Ich habe meine Aufgabe hier gefunden", fuhr er fort. „Ich werde nicht gehen, bevor der Wendigo tot ist."

Ich konnte sehen, wie ernst es ihm war. Ganz gleich, wie gefährlich es auch sein mochte, den Kampf mit dem Wendigo aufzunehmen, Blake fürchtete ihn nicht. Ich hingegen spürte einen eisigen Schauer, kaum dass er den Namen des Ungeheuers aussprach. Noch heute Morgen hätte ich mir nicht vorstellen können, wie Blake gegen den Wendigo bestehen wollte. Erst nach dem, was ich vorhin gesehen hatte, änderte sich meine Meinung. Blake war furchterregend stark – stark genug, um einen Seelenfresser zu verschlingen. Ich zweifelte nun etwas weniger daran, dass er sein Ziel tatsächlich erreichen konnte.

„Wenn der Wendigo nicht mehr da ist …", wollte ich wissen. „Glaubst du, dann ist alles wieder beim Alten?"

Ich nagte an meiner Unterlippe.

„Werden Mum und der Junge dann ins Licht gehen?", ergänzte ich. Ich hatte mittlerweile eingesehen, dass dies die einzige Möglichkeit war, Mum auf Dauer zu beschützen. Ich würde lernen müssen, ohne sie zu leben, und sie guten Gewissens verabschieden. Nur so würde die ständige Gefahr verschwinden, in der sie hier schwebte. Blake schien zu derselben Schlussfolgerung zu kommen, denn der Ausdruck in seinen Augen wurde milde. Es kam mir fast vor, als bat er um Verzeihung.

„Ich denke schon", erwiderte er. „Sobald auch ihre persönlichen Konflikte gelöst sind, sollte sie nichts mehr hier halten. Ich tue alles dafür, damit es bald soweit ist."

Eine leise Stimme in mir wollte ihm widersprechen. Je länger wir uns unterhielten, desto größer wurde meine Sorge. Nicht allein um Mum, Becca und den fremden Jungen, sondern auch um *ihn*. Blake schulterte eine Aufgabe, die mir ganz allein kaum schaffbar vorkam. Es war nicht fair, wie sehr er sich aufrieb. Was er aufgegeben hatte. Wieso gab es nur ein einziges Wesen wie ihn? Wo war das Gleichgewicht der Natur, das einem so mächtigen Ungeheuer wie dem Wendigo etwas entgegensetzte? Ich wusste es nicht, aber ich traute mich auch nicht, danach zu fragen. Es gab sonst niemanden, der den Geistern Littlewoods helfen konnte.

Und so wie es aussah, gab es auch keinen anderen Lebenssinn mehr für Blake.

In den nächsten Tagen dachte ich eine Menge nach. Über den Wendigo, die Seelenfresser, und nicht zuletzt über Mum und Blake. Unser Gespräch in meiner Küche hatte das eigenartige Gefühl in mir hinterlassen, Teil einer anderen Welt geworden zu sein. Nach allem, was ich nun wusste, war meine Fähigkeit mehr als ein Fenster in eine unheimliche Dimension. Ich hatte die Gabe erlangt, mit Lebenden *und* Toten sprechen zu können – sogar Dinge an sie weiterzugeben. Ich war nur nicht sicher, was das bedeutete.

Manchmal glaubte ich, in dieser Fügung irgendeinen Sinn zu erkennen. Wie eine Aufgabe, die ich erfüllen musste. Sobald es draußen dunkel und still wurde, stärkte sich jedoch mein Bestreben, nicht noch tiefer in diese Sache hineingezogen zu werden. Meine ungute Vorahnung von neulich war Realität geworden. Ich war der Finsternis gefährlich nahegekommen, in dem ich Blake gefolgt war, und beim nächsten Mal würde ich vielleicht nicht mehr unbeschadet zurückkehren.

Dad sah mir an, dass mich etwas beschäftigte. Das lag am meisten daran, dass ich normalerweise nicht so schweigsam war. Heute war Sonntag, der langersehnte freie Tag der Woche. Während Dad am Herd stand und Pancakes machte, saß ich am Küchentisch und spähte gedankenverloren aus dem Fenster. Von hier aus sah man die triste, graue Wand des gegenüberliegenden Hauses und einen Teil der Straßenlaterne, aber das machte nichts. Ich war ohnehin nicht konzentriert darauf, was vor meinen

Augen geschah. Ich musste immer noch an Blake denken. An seine vorsichtige Berührung, an seinen Blick und an sein Versprechen.

„Dawn." Dad klang, als hätte er mich schon mehrmals angesprochen. Er stemmte die Hand in die Hüfte und tippte mit dem Pfannenwender auf seine Schulter. „Würdest du bitte die Teller hinstellen? Ich komme gleich mit dem Essen."

Ich sprang auf, um zum Schrank zu eilen, und riss beinahe den Stuhl um. Gut, dass ich heute nicht auf die Straße gehen würde.

„Was ist denn los?", fügte mein Vater an. „Warum bist du so abwesend?"

Ich verbarg meine Antwort unter dem Klappern der Teller. Indem ich sie geschäftig zum Tisch trug und den Ahornsirup holte, konnte ich es sogar noch weiter aufschieben, etwas zu sagen. Dad reagierte darauf mit einem Stirnrunzeln.

„Hast du dich mit Phoebe gestritten?", riet er dann.

Seine Frage brachte mich zum Grinsen. Das war typisch Dad. Er leugnete nicht, dass er nicht genau verstand, worüber sich Frauen in unserem Alter so angeregt unterhielten. Er war schon immer etwas überfordert mit meinen Schwärmereien für Filmstars und den ganzen anderen Teenagerphasen gewesen, die ich durchlebt hatte. Wenn ich mal schwieg oder meine Ruhe wollte, hatte ich mich für ihn automatisch mit Phoebe gestritten. Solange ich keinen Freund hatte, kam nur sie dafür in Frage – und darüber war Dad wohl auch sehr froh.

„Schon okay, Dad", lachte ich. „Ich war einfach in Gedanken. Und ich habe einen Bärenhunger."

Das war nicht gelogen. Die Pancakes dufteten wunderbar und ich konnte es kaum erwarten, sie mit jeder Menge Sirup zu übergießen. Der Orangensaft stand schon bereit, also konnte ich mich wieder setzen und beobachtete Dads Rücken.

So ganz Unrecht hatte er mit seiner Vermutung im Grunde nicht, denn ich dachte oft an Becca. Ich hätte ihr gern mehr über Blake erzählt und darüber, was neulich passiert war. Vielleicht war es sogar möglich, dass es sich bei dem kleinen Jungen in der Gasse um Jacob handelte, ihren Bruder. Seit unserer Diskussion hatte sich Becca allerdings nicht mehr bei mir blicken lassen. Sie gab es nicht zu, aber wahrscheinlich war sie immer noch sauer, weil ich Blake zu mir eingeladen hatte.

Ich seufzte. Frauen konnten *wirklich* kompliziert sein.

Kapitel 14

Nach dem Frühstück legte sich Dad aufs Sofa, um fernzusehen. Heute wurde ein Hockeyspiel wiederholt, das er wegen der Arbeit verpasst hatte, und ich wollte ihm Gesellschaft leisten. Zuvor stieg ich die Stufen zu meinem Zimmer hoch, um das Buch zu holen, das Suzanne mir empfohlen hatte. Dads Augenringe ließen mich glauben, er würde bald eindösen, also konnte ich die Geschichte endlich zu Ende lesen.

Als ich den Roman vom Schreibtisch nahm, warf ich einen kurzen Blick aus dem Fenster. Etwas Besseres als Herumsitzen und Lesen gab es heute ohnehin nicht zu tun, denn es regnete in Strömen. Der Himmel war so grau, dass man das Gefühl bekam, die Sonne wäre gar nicht aufgegangen. Phoebe und ich ließen uns davon normalerweise nicht stören, aber sie nutzte das Wochenende, um haufenweise lateinische Medikamentennamen auswendig zu lernen. Ein notwendiges Übel, wenn man Tieren helfen wollte.

Ich entschied, ihr eine Durchhalteparole aufs Handy zu schicken, während ich wieder in Richtung Treppe schritt. Bevor ich den Fuß auf die erste Stufe setzen konnte, hörte ich allerdings ein seltsames Geräusch. Das Scheppern einer Mülltonne – oder eines anderen metallischen Gegenstandes. Es war so laut, dass ich zusammenzuckte und zurück mein Zimmer schritt, um noch einmal aus dem Fenster zu sehen.

Im ersten Moment glaubte ich nicht, etwas zu entdecken. Wenn man ständig vorsichtig sein musste, neigte man dazu, seine Umgebung etwas zu sehr im Auge zu behalten. Es war helllichter Tag, was sollte also passieren? Vermutlich hatte jemand den Deckel seiner Abfalltonne fallen gelassen und nicht mehr. Als sich meine Augen auf den Gehweg hefteten, sah ich jedoch sofort, dass ich mich irrte. Becca war hier. Sie rannte über die Straße – und etwas war hinter ihr her. Etwas *Großes*.

Mir stockte der Atem. Meine Augen huschten über die fremde Gestalt und versuchten, ihren dunklen Körper in eine sinnvolle Form zu interpretieren. Ein Blick auf die weiße Maske des Ungeheuers meißelte es in Stein: Becca wurde von einem Seelenfresser verfolgt. Er sah aus wie ein hagerer Gorilla und schlug mit den Pranken nach ihr, wann immer er nahe genug kam. Das erklärte den metallischen Lärm. Er musste tatsächlich eine Mülltonne getroffen haben.

Verdammt, dachte ich. Ich war wie erstarrt und brauchte viel zu lange, um zu reagieren. Der Seelenfresser war nicht nur groß, sondern auch schnell. Becca floh in Richtung unseres Hauses, musste aber im letzten Moment abdrehen, weil ihr das Monster in den Weg sprang. Sie verschwand nach links aus meiner Sichtweite, ehe ich mich endlich in Bewegung setzte.

Mir blieb keine Gelegenheit, einen Plan auszuarbeiten. Ich konnte nur so schnell es ging die Treppe hinab und in die Küche eilen, um nach der Haustür zu greifen. Dad schlief tatsächlich auf dem Sofa und bemerkte mich nicht. Die Übertragung des Hockeyspiels hallte so laut durchs Wohnzimmer, dass ich unbemerkt auf die Straße verschwinden und die Tür ins Schloss fallen lassen konnte.

Der Seelenfresser war sehr nahe. Er jagte vierbeinig über den Asphalt und kehrte mir den Rücken zu, weil er noch immer hinter Becca her war. Seine Jagd trieb ihn so dicht an mir vorbei, dass ich den Sog seiner Geschwindigkeit fühlte. Er zerrte an meinem Shirt wie ein unheilvoller Windstoß, der meine Nackenhaare zu Berge stehen ließ. Was sollte ich tun? Ich hatte nicht darüber nachgedacht, *wie* ich einen Seelenfresser abwehren wollte. Das Monster hetzte Becca weg von meinem Haus und in eine Gasse, also reagierte ich einfach aus Reflex. Ich folgte den beiden und rief ihnen nach.

„Hey!“

Ein einziges Wort reichte aus, damit der Seelenfresser mich bemerkte. Er erstarrte und fuhr herum, und obwohl ich kaum mehr von seinen Augen erkannte als dunkle Löcher in einer emotionslosen Maske, wusste ich ganz genau, dass er mich fixierte. Ich spürte es daran, wie mir unser Blickkontakt die Kehle zuschnürte. Seine bloße Aufmerksamkeit verursachte eine Spannung, auf die jede Zelle meines Körpers reagierte. Es mussten zwei, vielleicht drei Sekunden vergehen, in denen ich vor Angst wie gelähmt war – dann machte ich kehrt und rannte los.

Es war Irrsinn, aber ich hatte einen Plan. Der Anblick unserer Tür gab mir Sicherheit, denn Seelenfresser konnten die Schwelle eines bewohnten Heims nicht übertreten. Er würde mich nicht weiter hetzen können als bis in die Küche, und das gab Becca Zeit, sich in Sicherheit zu bringen. Ich konnte hören, wie sie meinen Namen rief. Sie musste bemerkt haben, was ich tat.

„Dawn! Pass *auf*!"

Ihre panische Stimme brachte mich dazu, über meine Schulter zu sehen. Das Ungeheuer war mir auf den Fersen und schon viel näher, als ich gedacht hätte. Da wurde mir klar, dass meine Idee vielleicht nicht aufging. Was, wenn ich nicht *schnell* genug wäre? Der Gedanke brachte mich ins Straucheln. So sehr, dass ich nach Luft rang und sogar noch langsamer wurde. Ich war kurz davor, mein Vorhaben zu verwerfen und irgendwo anders hin zu laufen, als ich plötzlich einen Schatten bemerkte. Er kam aus der entgegengesetzten Richtung, schoss über die Straße und kollidierte ungebremst mit dem Seelenfresser.

Der Knall war ohrenbetäubend. Eine Mischung aus dem Lärm zweier schwerer Körper und dem Geräusch brechender Knochen. Ich blieb automatisch stehen und ging in die Beuge, als wollte ich einem Schuss ausweichen. Als ich kurz darauf noch einmal zurückblickte, schien sich das finstere Wesen verdoppelt zu haben. Nun entdeckte ich zwei schwarze Umrisse auf der Straße. Einer davon hatte ein breites Geweih, deren Enden wie knorrige Äste in die Luft ragten.

Blake.

Ich wusste sofort, dass er es war. Die Hirschmaske ließ keinen Zweifel offen, genauso wenig wie die deutlich sichtbare Wirbelsäule an seinem

Rücken. Blake hatte sich in das vierbeinige Ungeheuer verwandelt, das mich neulich Nacht so erschreckt hatte, und nahm den Kampf mit dem Seelenfresser auf. Er musste uns zu Hilfe gekommen sein.

„Dawn!“ Becca erschien an meiner Seite und griff nach meinem Arm. Sie wirkte schrecklich erschöpft und panisch. „Schnell! Lass uns verschwinden!“

Sie zerrte mich in Richtung Haustür, also stolperte ich ihr hinterher. Meine Aufmerksamkeit blieb dabei auf Blake gerichtet. Die Wucht seines Aufpralls hatte dem fremden Monster Schaden zugefügt und einen Teil seiner Maske zerspringen lassen. Es war das erste Mal, dass ich einen Blick hinter die Maske eines Seelenfresser werfen konnte. Irgendwie erwartete ich, etwas zu entdecken, aber ich fand nichts – so als wäre diese schmale, detaillose Maske tatsächlich sein Gesicht. Es machte das Ungeheuer noch weniger menschlich als ohnehin schon.

Blake hatte recht. Seelenfresser waren keine Lebewesen. Nur böse Geister, deren Hass eine Form angenommen hatte, um Beute schlagen zu können.

„Dawn!“ Becca zog fester an meinem Arm, weil ich unbewusst stehengeblieben war. „Komm schon.“

Ich gab nach, denn ich konnte Blake nicht helfen. Wenn ich im Weg stand, brachte ich ihn am Ende in Gefahr, weil er mich zu beschützen versuchte. Trotzdem löste ich mich nicht von seinem dunklen Geweih, während ich hinter Becca in die Küche stolperte. Für diesen Moment war nicht wichtig, ob Dad aufwachte und mein seltsames Verhalten bemerkte. Obwohl ich schon einmal Zeuge von Blakes Kraft geworden war, machte ich mir Sorgen um ihn.

Der Seelenfresser hob eine seiner gewaltigen Pranken und berührte seine Maske. Es war, als bereitete der Riss ihm unerträgliche Schmerzen, auch wenn seine Miene nichts davon erkennen ließ. Kurz darauf schüttelte er seinen muskulösen Körper und schlug sich vor Wut auf die Brust. Der Seelenfresser erinnerte mich immer mehr an einen Affen mit messerscharfen Zähnen. Sie ragten wie Klingen aus seinem breiten Maul, die ich selbst aus dieser Entfernung sehen konnte.

„Er kam einfach aus dem Nichts“, wisperte Becca. Sie stand noch immer neben mir und umgriff ihre Oberarme, als wäre ihr schrecklich kalt. „Er hätte mich fast erwischt. Ich konnte nur den Nachtwandler rufen und weglaufen.“

Deswegen war Blake also hier. Mir war vor Hektik nicht in den Sinn gekommen, dass er jeden Hilferuf dieser Stadt hören konnte. Becca hingegen schon. Es war nicht das erste Mal, dass er ihr das Leben gerettet hatte.

Beccas Blick heftete sich auf mich.

„Du hast deinen Hals für mich riskiert“, stellte sie fest. Der Horror in ihren Augen war überdeutlich. „Danke.“

Ich konnte nicht anders, als mit dem Kopf zu schütteln. Sie dachte vermutlich an unseren kleinen Streit von neulich Abend, aber das war längst vergessen. Becca stand mir nahe, genauso wie Dad, Phoebe und jeder andere Mensch in meinem Leben. Es war selbstverständlich, ihr zu helfen, wenn sie in Not war. Sie hätte sicher dasselbe für mich getan. Ein Gedanke, mit dem meine Aufmerksamkeit automatisch zurück zu Blake wanderte. Der Seelenfresser schien Becca und mich längst vergessen zu haben. Ich sah den Geifer aus seiner starren Maske regnen, weil er die Fäuste ballte und seinen Stand veränderte. Er erinnerte mich an einen Marathonläufer, der im Begriff war, los zu preschen. Einen Herzschlag später stürzte er sich auf Blake.

Zuerst glaubte ich, das Wesen würde nach ihm schlagen, aber ich irrte mich. Der Seelenfresser versuchte, Blake einen Nahkampf aufzuzwingen, und öffnete drohend sein Maul. Er war unglaublich schnell – viel schneller, als ich es seiner klobigen Form zugetraut hätte. Blake schaffte es gerade so, dem Biss zu entgehen, doch sein Geweih blieb in der Schussbahn. Das Ungeheuer musste nur zugreifen, um es zu fassen zu kriegen.

Ich beobachtete mit angehaltenem Atem, wie Blake vergebens versuchte, sich aus dem Griff zu befreien. Ein kräftiger Ruck brachte ihn direkt in die Reichweite seines Gegners, der ausholte und zubiss. Seine Fänge bohrten sich in Blakes Schulter und drückten ihn mit purer Kieferkraft nach unten, während seine andere Pranke nach Blakes Maske griff. Es sah aus, als wollte er ihm das Genick brechen. Ich hatte keine

Ahnung, ob es möglich war, Blake auf diese Weise zu töten. Es spielte auch keine Rolle. Zu wissen, dass er jeden Moment verletzt werden würde, war unerträglich.

Mein Blick flog durch die Küche. Ich war auf der Suche nach einer Waffe – einem Messer oder irgendeinem Gegenstand, den ich zumindest werfen konnte. Becca bemerkte das. Ihre Hand schnellte vor und umgriff mein Gelenk so fest, dass es wehtat.

„Lass das", keuchte sie. „Misch dich da nicht ein."

Ich versuchte, sie abzuschütteln. Ihr Griff war wie ein Schraubstock.

„Hör auf." Meine Stimme überschlug sich vor Angst. „Er braucht Hilfe."

Becca fixierte mich, als wäre ich nicht bei Sinnen.

„Du kannst nichts ausrichten", beharrte sie. „Ein Schlag und du bist Geschichte. Lass sie das unter sich ausmachen."

Ich wusste, sie meinte es gut. Sie versuchte zu verhindern, dass ich mich in Gefahr begab, denn auch ihr war die schiere Kraft des Seelenfressers nicht entgangen. Ich musste jedoch so sehr gegen meine Wut kämpfen, dass ich die Zähne aufeinanderbiss und zu keiner Antwort fähig war. Blake hatte Becca das Leben gerettet – *wieder* – und sie sprach, als beobachteten wir zwei Wildtiere bei einem Rangkampf. Ich versuchte, ihr nichts zu unterstellen, doch es kam mir vor, als wäre ihr Blakes Leben egal. Ich bezwang den Impuls, sie anzufahren, bis ein neuerlicher Schrei uns zusammenzucken ließ. Das Gebrüll des Seelenfresser echote durch die Straßen, denn Blake hatte sich zu wehren begonnen.

Meine Diskussion mit Becca war sofort vergessen. Ich bemerkte nicht einmal, dass ich ihrer Hand entglitt. Ich war völlig darauf konzentriert, wie sich Blake unter dem Gewicht des Monsters aufbäumte. Es hatte ihn mit seiner schieren Masse begraben, verbiss sich in seinem Nacken und schüttelte immer wieder mit dem Kopf, um größtmöglichen Schaden anzurichten. Trotzdem gab Blake keinen Laut von sich. Er stemmte sich mit allen Vieren gegen das Ungeheuer und erinnerte mich einmal mehr an einen Wolf, dessen kalter Atem wie Nebel aus seinem Rachen drang. Dabei beobachtete ich, wie er sich Stück für Stück aufrichtete. Es war wie ein Wettdrücken. Das Monster hielt Blakes Geweih und seinen Schädel umgriffen, aber Blake nahm darauf keine Rücksicht. Er schob das

Ungeheuer mit ganzer Macht rückwärts, bis ein ohrenbetäubendes Krachen ertönte.

Sein Geweih war zerbrochen – und Blake frei.

Das Ungeheuer verlor eine wertvolle Sekunde, in der es perplex auf den abgetrennten Teil in seiner Hand spähte. Er sah von weitem aus wie ein Ast und löste sich bald in Luft auf. Zeit genug, um Blake das Ruder herumreißen zu lassen. Er bäumte sich auf, als würde er die blutende Bruchstelle an seinem Kopf nicht einmal spüren, und öffnete sein gewaltiges Maul. Seine Zähne trafen den Seelenfresser mitten im Gesicht, also wandte ich den Blick ab. Ich wusste, dass der Geist hier und jetzt sein Ende fand. Sein schreckliches Jammern bewies es. Ihm folgte das nasse Geräusch von zerreißendem Fleisch, welches ich schon neulich in der Gasse gehört hatte. Um zu überleben, blieb Blake nichts anderes übrig, als seinen Feind auch dieses Mal zu verschlingen.

Beccas Blick traf meinen. Sie schien den Anblick genauso wenig ertragen zu können wie ich. Vielleicht sogar noch weniger, denn sie kam wohl nicht umhin, sich auszumalen, dass sie beinahe selbst so geendet hätte.

Niemand von uns sagte ein Wort. Trotzdem war es schrecklich laut. Wir lauschten dem Ende des Kampfes, das die gesamte Stadt mit seinem Lärm zu erfüllen schien. Es brachte mich dazu, reflexartig ins Wohnzimmer zu spähen. Dad lag auf dem Sofa und hatte sich kaum bewegt.

„Er schläft“, sagte Becca. Ihre heisere Stimme untermalte ihr aschfahles Gesicht. „Normale Menschen bekommen nichts davon mit, was in unserer Welt passiert. Wir sind einfach unsichtbar für sie.“

Ich wusste, sie hatte recht. Was auch immer zwischen den Seelenfressern und den Geistern geschah – sie existierten in einer Sphäre, die mein Vater nicht wahrnehmen konnte. Eine Tatsache, die mir nie unglaublicher vorgekommen war als jetzt. Wann immer ich das Knurren eines Seelenfressers oder das Stöhnen des Klagenden hörte, fühlte sich alles fürchterlich real an. Für mich waren diese Dinge echt genug, um mich berühren und im schlimmsten Fall vernichten zu können. Die restlichen Einwohner von Littlewood hatten jedoch nichts von Blakes Gefecht mitbekommen. Ein Segen für sie.

Ich sah noch einmal zu Blake. Es war wie ein Reflex, so als wollte ich sichergehen, ihn mir nicht einzubilden. Mittlerweile war der Seelenfresser verschwunden, aufgefressen von Blake in seiner unheimlichsten Form. Er machte keine Anstalten, sich aufzurichten oder sich zurück zu verwandeln. Stattdessen kauerte er noch immer am Boden wie ein Raubtier, sein Gesicht hinter dem knöchernen Schädel verborgen. Ich konnte Blakes mächtige Eckzähne sehen, an denen das Blut des Seelenfressers klebte. Seine Augen glühten und warfen ihren Schein in unsere Richtung. Der bloße Blickkontakt machte Becca so nervös, dass sie noch einmal meinen Arm packte.

„Lass uns nach oben gehen", flüsterte sie. Ihr zittriger Ton machte mir klar, dass ich mich in ihr getäuscht hatte. Ihr war klar, dass Blake ihr zu Hilfe geeilt war, und ganz sicher war sie ihm dankbar. Sie hatte nur einfach zu große Angst, um ein einziges Wort mit ihm zu wechseln. Es war das erste Mal, dass ich nachempfinden konnte, *wie* enorm ihre Furcht vor ihm wirklich sein musste. Sie hatte Blake wahrscheinlich nie so erlebt wie ich – in fast menschlicher Gestalt. Was nun vor uns stand, war nicht weniger monströs als ein Seelenfresser. Von dem Blake, den ich kannte, war nichts übrig. Alles, worauf ich blickte, waren Klauen, Zähne und blutrote Augen, die heller strahlten als je zuvor.

Ich wölbte die Brauen. Es machte keinen Sinn. Blake bewegte sich nicht vom Fleck, also ging ich davon aus, dass keine weiteren Seelenfresser in der Nähe waren. Wieso verwandelte er sich dann nicht zurück? Er konnte jederzeit ins Haus kommen, um sich auszuruhen. Ich verspürte den Impuls, einfach selbst zu ihm herüberzugehen, aber Becca hielt mich so fest, dass sich ihre Nägel in meine Haut bohrten. Zur selben Zeit hörte ich ein Grollen, welches die gesamte Küche in Besitz nahm. Es drang aus Blakes düsterem Brustkorb, während er seine Klauen in den Asphalt grub.

Nun war ich sicher. Etwas stimmte nicht.

Ich dachte nicht darüber nach, was genau mit Blake los war. Wieso er sich nicht zurück verwandeln wollte, oder ob er es vielleicht gar nicht konnte. Ich befürchtete nicht einmal, dass er eine Gefahr für uns darstellte, also schüttelte ich Becca ab, verließ die Küche und schritt auf ihn zu.

„Dawn!", zischte Becca. Ich ahnte, dass sie in der Tür stehenblieb. „Mach keinen Unsinn!"

Mein Kopf war völlig leer. Ich war auf Blakes Körperhaltung konzentriert. Er krümmte sich, als hätte er große Schmerzen. Seine linke Hand hielt seinen Schädel umgriffen und ließ mich glauben, er tat es wegen des Geweihs. Ein Teil davon war nur noch zur Hälfte vorhanden und weinte dicke Tränen aus Blut, die leise zu Boden tropften. Es dauerte jedoch nicht lange, bis mir klar wurde, dass seine Verletzung nicht der Grund für Blakes Verhalten sein konnte. Immerhin hatte er schon einmal ein Stück seines Geweihs verloren, ohne darauf zu achten.

Nein, dachte ich. Hier geschah etwas anderes.

Je näher ich ihm kam, desto deutlicher wurde sie – eine sinistere, klirrende Kälte, die Blake umgab. Sie strömte aus seinen Poren und stellte jedes Haar an meinem Körper auf. Mit einem Mal war ich nicht mehr sicher, wirklich Blake vor mir zu haben. Er erhob sich und fasste mich ins Auge, aber es fühlte sich an, als starrte er durch mich hindurch. Anstatt etwas zu sagen, knurrte er aus tiefer Kehle und erfasste meinen Brustkorb mit der Vibration seiner Stimme.

„Blake." Ich verstand die Welt nicht mehr. „Was ist los?"

Ich erhielt keine Antwort. Nur ein neuerliches Stöhnen, das die aufkommende Panik in mir noch größer machte. Mein Instinkt zwang mich, rückwärts zu treten, bis Blake sich erneut vor Schmerzen krümmte. Seine Stimme klang noch immer nach ihm und durchbrach meine Starre.

„Was hast du?", flüsterte ich. In diesem Moment warf ich jede Vorsicht über Bord. Ich wusste einfach nicht, was ich machen sollte. In meiner Verzweiflung tat ich das, was mir zuerst in den Sinn kam. Ich fasste nach Blakes Wangen, damit er mir in die Augen sah.

Ich ahnte nicht, was ich damit anrichtete. Meine Finger berührten kaum seine Maske, da spürte ich sie plötzlich brechen. Im Bruchteil eines Herzschlags zogen sich dutzende von Rissen über den Hirschschädel und färbten ihn fast schwarz, bevor er wie eine Glasscheibe zersplitterte. Es geschah mit einem so ohrenbetäubenden Klirren, dass ich die Hände vor den Mund schlug und den Atem anhielt. Die Maske zerstob zu einem

Regen aus Knochensplittern, die sich rasch auflösten. Der Wind trug sie fort, bis nichts mehr von ihnen übrig war.

Es fühlte sich an wie eine Ewigkeit, in der ich nur dastand und Blake anstarrte. Er war offensichtlich wieder zu sich gekommen. Der ominöse Schein seiner Iriden verschwand, als unsere Blicke sich begegneten. Auch von der unheimlichen Kälte war nichts mehr zu spüren. Er stand vor mir wie der Blake, den ich kannte – ein junger Mann in Jeans und dem olivfarbenen Shirt. Seine animalische Form hatte ihn freigegeben.

„Dawn." Mein Name auf seinen Lippen zog seine Stirn in Falten. Es machte mir endlich bewusst, wieso ich so überrascht war. Blake trug keine Maske mehr. Mir begegneten straffe, maskuline Züge und ein wacher Blick, der mich aus dunkelroten Iriden traf. Seine Brauen wölbten sich und machten es mir leicht, seine Gedanken zu erahnen. Es war das allererste Mal, dass ich sein Gesicht sah.

Blake wirkte nicht weniger perplex als ich. Er bemerkte seine Veränderung etwas später und hob die Hand, um seine Schläfe zu berühren. Sein blondes Haar war an den Seiten kurzgeschoren und vorn etwas länger, wodurch es ihm in die Stirn fiel.

„Du ...", flüsterte er. Seine Stimme ertönte, ohne von dem Hirschschädel zurückgeworfen zu werden, und jagte einen Schauer über meinen Rücken. „Wie hast du ...?"

Ich schüttelte mit dem Kopf. Es war purer Reflex.

„Ich weiß es nicht", gab ich zurück. „Ich wollte nicht ... Ich wollte doch nur ..."

Ich wusste, es war meine Schuld. Mein Ellenbogen hatte schon neulich einen Riss in Blakes Maske hinterlassen. Was immer der Grund dafür sein mochte, dass meine Berührungen sie beschädigten – ich hatte sie versehentlich zerstört. Ich war nicht einmal sicher, ob das gut oder schlecht war, also verstummte ich und sah Blake hilfesuchend an.

„Hast du Schmerzen?", wisperte ich.

Nun war er es, der mit dem Kopf schüttelte. Die rasche Geste glättete seine Miene und ließ ihn völlig anders wirken als zuvor.

„Nein." Sein Ton klang erstaunt und sehr nachdenklich. „Aber ich konnte sie nie ablegen. Bis heute."

Seine Hand fuhr über sein schmales Kinn und bis hinauf zu seiner Wange, ohne den Blick von mir zu lösen.

„Ich weiß nicht, wie du das geschafft hast“, fügte er hinzu. „Ich kann mich nicht mehr daran erinnern, je ohne sie gewesen zu sein.“

Während er sprach, schwieg ich. Etwas in mir freute sich unheimlich darüber, Blake von dieser Bürde befreit zu haben und endlich seine Züge zu sehen. Ein anderer Teil in mir fürchtete, dass etwas mit mir nicht stimmte. Wieso hatte ich den Schädel zerstört? War es möglich, dass ich Blake schadete? Ich verspürte das Bedürfnis, ihn noch einmal zu berühren, um sicherzugehen, dass ich ihn nicht verletzte. Am Ende blieb ich jedoch auf Abstand und wagte es nicht, einen Muskel zu regen.

„Was war eben mit dir los?“, fiel mir stattdessen ein. „Du warst so ... anders.“

Meine vage Beschreibung reichte aus, um Blake klarzumachen, dass ich von seinem seltsamen Ausbruch sprach. Ich hatte ihn schon mehrmals kämpfen sehen, aber er war mir noch nie so gequält vorgekommen. So *unkontrolliert*. Es hätte kein passenderes Wort dafür geben können. Kurz hatte ich tatsächlich befürchtet, er würde mich attackieren.

Blakes Kiefer spannten sich.

„Das passiert manchmal“, gab er zurück. „Meist, wenn ich verletzt werde. Mach dir darum keine Sorgen.“

Das war nicht alles. Ich bemerkte es daran, wie er meinen Blick mied, obwohl er ihn bis eben stets erwidert hatte. Es kam mir jedoch falsch vor, zu bohren. Ich konnte mir denken, dass Blake etwas verbarg, wofür er sich schämte, also machte ich mir meinen eigenen Reim darauf. Wenn er wirklich ein Geist war, der schon teilweise zu einem Seelenfresser geworden und nur durch Zufall wieder erwacht war, hatte Blake die Instinkte der Bestie vielleicht noch nicht völlig unter Kontrolle. Der Gedanke passte zumindest zu der seltsamen Kälte, die ihn vorhin umgeben hatte – und zu der Tatsache, dass die Geister Littlewoods ihn so sehr fürchteten. Seit ich die Angst in Beccas Augen gesehen hatte, verstand ich ihre Gefühle ein wenig besser. Im Angesicht von Blakes leuchtenden Pupillen und seinem markerschütternden Knurren war es mir nicht anders ergangen.

„Wie geht es jetzt weiter?“, fragte ich zögerlich. Ich sorgte mich darum, was passiert war. „Deine Maske ... Bist du ohne sie in Gefahr?“

Meine Frage hob Blakes Lippen zu einem nachsichtigen Lächeln. Es machte seinen Blick milde und zerstreute jeden Zweifel, den ich bis eben empfunden hatte. Da war eine Stimme in meinem Hinterkopf, die mich zur Vorsicht mahnte, doch dieses kleine Lächeln ließ sie verstummen. Ich war absolut sicher, dass da nichts Böses in ihm lauerte. Ganz bestimmt nicht.

„Nein.“ Er sah mir in die Augen. „Ich bin nicht sicher, wieso sie verschwunden ist, aber ...“

Er zögerte.

„Ich habe schon so oft versucht, sie loszuwerden.“

Ich wechselte das Standbein. Ich war schrecklich nervös und verstand nicht einmal, wieso. Der Schrecken über den Seelenfresser und Blakes eigenartigen Zustand saß mir noch immer in den Knochen, aber auch der freie Blick in sein Gesicht machte mich befangen. Ohne den Hirschschädel war Blake endgültig ein Mensch. Das Fell an seinen Schultern und die Klauen an seinen Händen konnten nichts daran ändern. Irgendwie fürchtete ich jedoch noch immer, ihn wehrlos zurückgelassen zu haben. Konnte Blake ohne seine Maske überhaupt noch in die animalische Form wechseln, in der er gegen die Seelenfresser antrat? Oder hatte ich ihm die Möglichkeit genommen, zu kämpfen? Ich schwankte zwischen Sorge und Erstaunen, bis mich eine Stimme aus den Gedanken schreckte.

„Dawn!“ Ich brauchte etwas, um zu realisieren, dass es Dad war und nicht Becca. „Was machst du da?“

Ich wandte mich um. Mein Vater stand auf der Veranda und sah ziemlich müde aus. Er musste gerade erst aufgewacht sein und hatte wohl die offene Haustür bemerkt. Sein verwirrter Gesichtsausdruck machte mir bewusst, wie seltsam ich mich für ihn verhielt. Ich stand mitten auf der Straße – allein. Dad konnte meine Gesellschaft nicht sehen.

„Nichts!“, rief ich schnell. „Ich hatte im Haus keinen Empfang.“

Ich griff reflexartig nach meinem Telefon, um meine Lüge zu unterstreichen. Mir fiel zu spät ein, dass ich es gar nicht in der Tasche hatte. Dad schien trotzdem zufrieden, denn er zuckte die Schultern und trat wieder ins Haus. Ich nutzte diese Gelegenheit und drehte mich wieder zu Blake. Im Gegensatz zu damals im Krankenhaus war er stehengeblieben und hatte geduldig gewartet. Die Art, wie entspannt er eine Hand in seine Hüfte stemmte, machte ihn noch menschlicher.

„Geh nur“, sagte er. Die Sorge meines Vaters verlieh seiner Stimme einen zufriedenen Ton. „Er wartet auf dich.“

Es fiel mir schwer. Das konnte er sehen.

„Ich komme ein andermal zu dir“, versprach er.

Es war verrückt, wie sehr mich dieses Versprechen aufbaute. Mehr noch, es beschleunigte plötzlich meinen Puls. Die Hoffnung, mich noch einmal in Ruhe mit Blake zu unterhalten – von Angesicht zu Angesicht – schnürte mir die Kehle zu.

Ich nahm ihn beim Wort. „Pass auf dich auf.“

Bevor er verschwand, schenkte mir Blake einen letzten, vertrauten Blick. Einen, den ich für den Rest dieses Tages nicht mehr vergessen würde.

Kapitel 15

An diesem Abend saß ich an meinem Schreibtisch und spähte angespannt auf ein weißes Blatt Papier. Es hatte einige Zeit gedauert, bis die Hektik sich gelegt hatte. Während mein Vater sie nicht einmal spürte, hatte Becca schrecklich aufgelöst ausgesehen und sich nicht mehr aus unserem Haus getraut. Nach dem, was sie heute erlebt hatte, konnte ich es ihr nicht verübeln.

Ich seufzte. Mein Bleistift ruhte schon eine Weile in meiner Hand, aber ich hatte ihn bisher nicht aufgesetzt. Jedes Mal, wenn ich zeichnen wollte, musste ich an Blake denken. An seinen martialischen Kampf und daran, wie das Ungeheuer ihn verletzt hatte. Obwohl ich für einen kurzen Moment wirklich Angst vor ihm gehabt hatte, waren mir die letzten Minuten unserer Begegnung besonders im Gedächtnis geblieben. Ich hätte mir nie träumen lassen, Blake einmal ohne Maske zu sehen. Die Erinnerung fühlte sich noch immer völlig unwirklich an. Mein Verstand schien Zeit zu brauchen, um die vertraute Stimme des Nachtwandlers mit Blakes Zügen zu verknüpfen.

„Dawn. *Dawn*!" Beccas Stimme ließ mich zusammenfahren. „Nun sieh doch *hin*!"

Ich fuhr herum. Becca stand direkt hinter mir – so dicht, dass ihre Hüfte fast meinen Bürostuhl berührte – und nestelte an etwas herum. Ich erkannte erst auf den zweiten Blick, dass es mein Wandkalender war. Becca hatte es irgendwie geschafft, die untere Spitze zu berühren und anzuheben. Ihre Freude wehrte jedoch nicht lange, denn ihr entglitt das Papier und sank zurück gegen die Tapete.

„Mist", fluchte Becca. „Aber immerhin."

Ihr Flunsch brachte mich zum Lachen.

„Du musst noch üben", meinte ich versöhnlich. „Dann wirst du irgendwann mal ein toller Poltergeist."

Sie wusste, ich nahm sie auf den Arm, also schnitt sie mir eine Grimasse. Dabei trat sie zum Schreibtisch und ließ sich darauf nieder. Sie nahm keine Rücksicht darauf, dass sie auf einem Ordner mit Zeichnungen und einem Haufen teurer Bleistifte saß, da sie ohnehin keinen Schaden anrichtete. Dinge aus unserer Welt zu berühren, so wie eben, war für Geister ein echtes Kunststück und geschah bestenfalls aus Zufall. Becca bewunderte tatsächlich *echte* Poltergeister, die stark genug waren, Eimer und andere Dinge durch die Gegend zu treten.

„Du hast gesagt, der Junge in der Gasse hatte schwarze Haare, oder?", meinte sie. Ihr Ton machte offensichtlich, dass sie nun über ein ernstes Thema sprach. „Dann kann es nicht Jacob gewesen sein. Jacob ist blond und hat Sommersprossen."

Ich nickte vorsichtig. Dabei setzte ich einmal mehr meinen Bleistift an, um auf Beccas Anweisungen zu warten. Geister besaßen keine Fotos, aber hatte ihr angeboten, ein Bild von Jacob nach ihren Erinnerungen zu zeichnen. Auf diese Weise konnte Blake besser nach ihm Ausschau halten.

Während ich Umrisse und Hilfslinien skizzierte, warf ich Becca einen kurzen Blick zu. Sie saß ganz ruhig da und spähte geduldig auf mein Blatt, ohne etwas zu sagen. Bis vorhin hätte sie sich wohl strikt geweigert, Blake in Jacobs Nähe zu lassen. Der Angriff des Seelenfressers musste sie sehr verängstigt haben.

„Warum warst du eigentlich draußen?", fiel mir auf. „Tagsüber haben Geister doch keine Kraft, oder?"

Sie hob die Schultern.

„Das stimmt nicht ganz", erwiderte Becca. „Wir sind auch am Tag da. Es fällt uns nur schwer, eine feste Form anzunehmen, weil die Sonne so viel Energie abstrahlt. Und weil die Menschen so laut sind."

Sie dachte kurz nach.

„So als wenn du ein Feuerzeug im Wind anzünden willst", fügte sie hinzu. „Man wird gleich wieder ausgepustet, bevor man richtig brennt."

Ich setzte den Stift ab und hörte ihr zu. Ihre Erklärung half mir, mich besser in sie hineinzuversetzen.

„Heute war es bewölkt und ziemlich still, deswegen dachte ich, ich könnte mal im Hellen nach Jacob suchen", endete Becca. Sie hatte die Beine übereinandergeschlagen und sah sehr unzufrieden aus. „Hätte ja sein können, dass er auf der Straße rumläuft, und ich nicht jedes Schlafzimmer dieser Stadt durchsuchen muss."

Sie wölbte kritisch die Brauen.

„Du hast ja keine Ahnung, was ich schon alles gesehen habe."

Ihr letzter Satz brachte mich zum Prusten. Es wurde wirklich Zeit, dass sie etwas Unterstützung bei ihrer Suche bekam. Blake konnte die Häuser der Menschen zwar nicht betreten, jedoch wenigstens überall dort Ausschau halten, wo Becca in zu großer Gefahr wäre.

„Mach dir keine Gedanken", sagte ich. „Blake wird dir helfen. Er sucht auch nach meiner Mutter."

Ich spähte kurz an Becca vorbei. Seit Blake mir den Tipp gegeben hatte, ein Teelicht für Mum anzuzünden, brannte stets eines auf meinem Fensterbrett – Tag und Nacht. Bisher hatte es ihr leider nicht den Weg hierher gezeigt. Wann immer ich die Flamme beobachtete, fühlte ich mich mit ihr verbunden. Sie war klein und unscheinbar, genauso wie meine Hoffnung, Mum je wiederzusehen. Trotzdem würde ich sie immer wieder anzünden. Zur Not, bis ich diese Welt verließ. Ich musste daran glauben, dass meine Mutter wohlauf war.

„Runder." Beccas Stimme schreckte mich auf. „Und kleiner."

Ich blinzelte. „Was?"

Sie warf mir ein verspieltes Grinsen zu und deutete mit dem Finger auf mein Bild.

„Seine Nase", meinte sie. „Jacob hat eine Stupsnase. Wo warst du schon wieder mit deinen Gedanken?"

Irgendetwas an der Art, wie erwartungsvoll sie mich beobachtete, machte mich verlegen. Es fühlte sich an, als wollte Becca mir etwas aus dem Kopf ziehen. Sie fasste mich dauernd so vergnügt ins Auge.

„Also …", säuselte sie schließlich. Ich konnte hören, was für einen Spaß es ihr machte, mich zu ärgern. „Du nennst ihn also Blake. Wie *süß.*"

Ich spürte, wie ich puterrot anlief. Meine Ohren glühten.

„Natürlich", gab ich zurück. „Blake ist sein Name. Er ist ihm wieder eingefallen, nachdem wir uns unterhalten haben."

Das war zwar nicht die ganze Wahrheit, aber für den Moment musste es ausreichen. Ich würde Becca ganz sicher nicht erzählen, dass Blake sich in dem Bestreben an seinen Namen erinnert hatte, meine Furcht vor ihm zu zerstreuen. Sie würde mich damit aufziehen und ich hatte kein gutes Gegenargument, denn ich mochte Blake wirklich. Mir war längst aufgefallen, dass ich mich ein wenig zu *sehr* darauf freute, ihn wiederzutreffen – schon seit unserem letzten Gespräch am Küchentresen. Bei diesem Gedanken sah ich uns beide nachts an der Straßenlaterne stehen. Wir waren grundverschieden und doch fühlte es sich an, als kannten wir uns schon ewig. Etwas in Blakes Augen brachte mich dazu, immer wieder seinen Blick zu suchen. Ich fand nichts Düsteres darin. Nur eine sanfte Seele, die viel zu lang allein gewesen war.

Ich biss mir auf die Lippe und wandte mich wieder meiner Zeichnung zu. Beccas Witz wirkte wie ein Weckruf. Ich würde mich auf keinen Fall in einen Geist verlieben.

Meine plötzliche Stille blieb nicht unbemerkt. Anstatt mich weiter aufzuziehen, erhob sich meine Freundin vom Schreibtisch und berührte meine Schulter.

„Du kannst das Bild so lassen", meinte sie leise. „Du hast Jacob wirklich gut getroffen."

Sie schritt zum Bett, also legte ich den Bleistift ab und griff nach meinem Telefon. Ich wollte ein Foto von der Zeichnung machen, um sie unterwegs dabei zu haben. Es war immerhin möglich, dass Jacob am Ende mir über den Weg lief und nicht Becca oder Blake.

Becca beobachtete mich so intensiv bei meinem Tun, dass ich ihr einen raschen Blick zuwarf. Sie wirkte mit einem Mal ernst.

„Was ist los?", wollte ich vorsichtig wissen. Becca schüttelte jedoch den Kopf.

„Nichts", meinte sie. „Ich glaube, es wird Zeit für einen kitschigen Liebesfilm."

Ich wusste nicht, ob sie damit auf meine Beziehung zu Blake anspielte. Es war auch nicht wichtig, weil ich fest entschlossen war, dieses Thema nicht wieder aufkommen zu lassen. Ich konnte nicht leugnen, dass Blake mir ans Herz gewachsen war. Mir gefiel seine Art, der Ton seiner Stimme und wie aufmerksam er mich ansah, wenn wir uns unterhielten. Unter seiner knöchernen Maske harrte ein aufopferungsvoller Mensch mit edlen Absichten. Das änderte aber nichts daran, dass es dumm wäre, zu viel für ihn zu empfinden. Blake lebte nicht nur gefährlich. Er war obendrein tot und nur ein Gast in meiner Welt. Es würde der Moment kommen, indem er sie verlassen musste, so wie Becca, Mum und jeder andere Geist, der noch nicht ins Licht gegangen war. Ich hatte bereits einen geliebten Menschen in meinem Leben verloren und musste alles dafür tun, damit das so schnell nicht wieder geschah. Es würde mir schwer genug fallen, mich irgendwann von meiner Freundin zu verabschieden.

Becca hob die Brauen. Ihr Gesichtsausdruck machte offensichtlich, dass sie ahnte, was in mir vorging. Manchmal hasste ich es wirklich, ein so schlechtes Pokerface zu haben. Ich wollte die Stimmung nicht trüben. Becca hatte heute genug durchgemacht und verdiente es, etwas Zerstreuung zu finden. Meine Freundin kam wohl zu demselben Schluss, denn sie schüttelte die Schwere einfach ab und grinste unbeschwert. Kurz darauf nahm sie Anlauf, sprang in mein Bett und rollte sich auf den Rücken.

„Während wir fernsehen, können wir Chips essen!", flötete sie. „Ich kann's kaum erwarten."

Ihr Kommentar brachte mich zum Lachen. Sie schaffte es immer wieder, mich aus der Reserve zu locken. Dieses Mal mit ihrer selbsterstellten Liste aller Leckereien, die sie mit meiner Hilfe unbedingt noch einmal essen wollte. Nahrung bot Geistern keinen physiologischen Vorteil mehr, aber so wie es aussah, behielten sie zumindest ihren Geschmackssinn. Es war gut, dass ich jede Süßigkeit erst an Becca weitergeben musste, bevor sie sie essen konnte. Sonst wäre wohl keine Tafel Schokolade in diesem Haus mehr sicher gewesen.

„Schon gut", kicherte ich. „Ich hole welche."

Auf dem Weg zur Treppe hörte ich, wie Becca ungeduldig mit den Beinen strampelte.

„Die mit Käse, bitte", rief sie mir nach. „Ich warte hier wie ein Vogelbaby, damit du mich fütterst."

Zwei Tage später ließ ich mich mit einem Seufzen an den Kassentresen der Bibliothek nieder, um einen kurzen Moment zu verschnaufen. Mir tat alles weh. Die Arbeit hatte es heute wirklich in sich gehabt, denn ich war ausnahmsweise ganz allein. Suzanne hatte mir am Morgen getextet, dass sie mit einer Sommergrippe im Bett lag und nicht kommen konnte. Aus diesem Grund war es meine Aufgabe gewesen, die Bibliothek zu öffnen, und ich würde sie am Abend auch schließen.

Ich konnte mich nicht daran erinnern, je eine Doppelschicht geschoben zu haben. Suzanne war jemand, der sich auch mit Migräne und einem verstauchten Knöchel hierherschleppte, also musste es ihr wirklich schlecht gehen. Ich konnte nur hoffen, dass sie bald wieder auf dem Damm war. Ohne sie machte mein Job nicht halb so viel Spaß.

Ich streckte den Rücken und warf einen Blick nach draußen. Mittlerweile war der frühe Abend angebrochen, weswegen sich der Bürgersteig leerte. Erfahrungsgemäß verirrten sich um diese Zeit nicht mehr allzu viele Kunden hierher. Die Sonne verschwand langsam hinter einer Wolkenschicht und weckte die Befürchtung in mir, auf dem Heimweg nassgeregnet zu werden – mal wieder. Der diesjährige Sommer hatte seinen Namen irgendwie nicht so richtig verstanden. Neuerdings bewahrte Suzanne sogar einen Regenschirm im Nebenraum auf, den ich mir ausleihen durfte.

Bevor ich die Bibliothek schließen konnte, musste ich noch zwei Stunden totschlagen. Ohne mit Suzanne zu reden war mir langweilig, und abgesehen von Alice befand sich niemand sonst hier. Sie wanderte unaufhörlich durch die Regale und schien nach etwas zu suchen, dass sich nicht ergründen ließ. Zwar war sie höflich und antwortete, wenn ich sie etwas fragte, aber Alice wirkte so vertieft, dass ich sie nicht weiter stören wollte.

Stattdessen entschied ich, selbst ein wenig zu lesen. Ich hatte den Roman, den Suzanne mir geliehen hatte, bereits beendet. Es wurde Zeit für etwas Neues. Seit Beccas kleiner Bemerkung stand mir irgendwie nicht mehr der Sinn nach Liebesromanen, also wanderte ich durch die Reihen und wartete darauf, dass mir etwas ins Auge stach. Alice schien das zu gefallen. Sie warf mir ein Lächeln zu, weil ich ihrem Beispiel folgte.

Eine Weile lang schlenderte ich gedankenverloren umher. Wenn man hier arbeitete, verlor man den Blick dafür, wie *viele* Bücher wir aufbewahrten. Sie wurden zu Nummern, die sortiert und gepflegt werden mussten. Heute kam ich nicht umhin, mir die überwältigende Menge an Seiten vorzustellen, die all diesen Büchern innewohnten. Es war ein fast einschüchternder Gedanke – besonders, nachdem ich heute gefühlt 200 Kilo davon geschleppt hatte. Es waren zwei größere Lieferungen eingetroffen, die normalerweise Suzanne ausräumte und sortierte. Ich hatte diese Aufgabe für sie übernommen, weil ich nicht wollte, dass sie sich nach ihrer Genesung gleich überarbeitete. Ob meine Sortierung etwas taugte, würde Suzanne wohl erst in ein paar Tagen erfahren. Den Muskelkater hatte ich ihr zumindest abgenommen.

Ich war gerade im Begriff, das Regal mit den Sachbüchern zu überspringen, als mir etwas ins Auge fiel. Es handelte sich um den dunkelblauen Einband eines dicken Buches, auf dessen Rücken ein Pentagramm prangte. Im ersten Moment dachte ich, es wäre ein Roman und jemand hätte ihn fälschlicherweise hier einsortiert, bis mein Blick auf den Titel fiel. *Okkulte Künste*. Hatten wir das wirklich im Programm? Ich glaubte nicht, dass Suzanne so etwas freiwillig kaufte. Die Lektüre musste bei einer Bücherspende dabei gewesen sein.

Der Reflex zwang mich dazu, zu prüfen, ob ich unbeobachtet war. Als Alice im nächsten Gang verschwand, schlug ich das Buch auf und spähte hinein. Die Einleitung sprach von Zaubersprüchen und Ritualen, die für alles Mögliche gut waren. Die ewige Liebe finden, Geld und Wohlstand erreichen, solche Sachen. Es gab sogar Schutzzauber, die man seiner Familie mit auf den Weg gab. Am interessantesten war das dritte Kapitel, denn es behandelte Rituale zur Beschwörung von Geistern. Ich hatte keine Ahnung, ob das möglich war, aber ich musste automatisch an Mum denken. Wenn sie mich nicht finden konnte, ließ sie sich dann vielleicht herbeirufen? Ich war zumindest neugierig auf die Theorie, also nahm ich das Buch mit zum Tresen.

So wie ich hier saß – vornübergebeugt und in ein Zauberbuch vertieft – fühlte ich mich wie die Hexe aus der Fantasy-Serie, die Becca so liebte. Ein wenig enttäuscht war ich trotzdem. Die Methode zum Rufen von Geistern war nichts anderes als das altbekannte Gläserrücken, wenn auch mit einem speziellen Brett aus Holz und vier weißen Kerzen, die man ringsum verteilte. Irgendwie hatte ich mir das spektakulärer vorgestellt.

„Das würde ich lieber nicht tun."

Die fremde Stimme ließ mich zusammenzucken. Ich erschrak so sehr, dass ich mir das Knie am Tresen stieß und fast aufgesprungen wäre, bis ich Blake erkannte. Er war plötzlich da und beugte sich über mich, um ebenfalls in das Buch zu spähen. Er warf seinen Schatten über mich und war mir so nahe, dass ich seinen Atem hörte.

Mein Herz schlug wie ein Presslufthammer. Ich hatte nicht damit gerechnet, dass er mich heute besuchte. Als ich zu ihm aufsah, bemerkte ich die Hirschmaske. Sie war zurückgekehrt und verdeckte wieder den oberen Teil seines Gesichts, wodurch mir seine Züge verborgen blieben. Meine Enttäuschung darüber war so groß, dass sie sich wie eine Faust in meinem Magen ballte.

„Mit einem Ritual wie diesem wirfst du einen Köder aus", erklärte Blake sanft. Er hatte die Hände in den Taschen seiner Jeans vergraben und stand neben mir, als wäre es das Normalste der Welt. „Was anbeißt, lässt sich schwer absehen."

Ich brauchte einen Moment, um meine Fassung wiederzufinden. Ich war sprachlos, sowohl wegen des Schrecks als auch wegen der Tatsache, dass Blakes Maske wieder da war. Es kam mir beinahe dumm vor, tatsächlich geglaubt zu haben, sie könnte für immer verschwunden sein. Ich hatte schon oft beobachtet, dass sie sich regenerierte, also musste sie ein fester Teil seines Körpers sein. So war es auch jetzt, denn von Blakes gebrochenem Geweih fand sich keine Spur mehr. Der Riss, den mein Ellenbogen verursacht hatte, war ebenfalls fort.

Ich senkte betroffen den Blick. Mit einem Mal fühlte ich mich niedergeschlagen. „Verstehe."

Blake bemerkte meinen raschen Stimmungswechsel. Er richtete sich auf und ging etwas auf Abstand, so als wollte er mir Freiraum schenken. Aus diesem Grund atmete ich aus und straffte meine Schultern. Er sollte mein seltsames Verhalten nicht fehlinterpretieren. Am Ende glaubte er noch, ich hatte Angst vor ihm.

„Ich war nur neugierig." Ich hielt meinen Ton niedrig, damit Alice uns nicht hörte. „Ich hätte sowieso zu viel Angst, dass ich Mum damit schade."

Der Ausdruck in seinen Augen wurde mitfühlend.

„Sie hat dich nicht aufgesucht, oder?", wollte Blake wissen. „Ich habe sie bisher auch nirgends gesehen. Vermutlich fällt es ihr noch zu schwer, eine feste Form anzunehmen."

Ich war ihm dankbar dafür, dass er sich um sie sorgte. Wenn Mum es nicht schaffte, sich zu materialisieren, bedeutete das zumindest, dass auch Seelenfresser sie nur schwerlich entdeckten. Es musste ein echter Kraftakt für sie gewesen sein, hinter der Boutique mit mir zu sprechen. Wenn auch nur für wenige Minuten.

Es wurde still zwischen uns. Eine Weile lang wusste ich nichts zu sagen, und so beobachtete ich schweigend Blakes Gesicht. Jetzt, da er wieder vor mir stand, kam mir der Tag von neulich wie ein verrückter Traum vor. Ich war nicht mehr sicher, Blake wirklich ohne Maske gesehen zu haben. Mir war viel zu wenig Zeit geblieben, mir seine Miene einzuprägen. Alles, woran ich mich erinnerte, waren seine maskulinen Züge und sein blondes

Haar, das ihm in die Stirn fiel. Es war an den Seiten rasiert – das konnte ich auch unter dem Schädel erkennen. Wenn ich mich richtig erinnerte, nannte man Frisuren wie diese einen Undercut. Das warf die Frage in mir auf, wie alt Blake bei seinem Tod gewesen war. War er noch zur Schule gegangen? Oder zur Universität? War er auf dem Weg zur Arbeit umgekommen?

„Was ist los?“, fragte Blake. Er hörte nicht auf, mich zu beobachten. Seine Stimme war sehr leise geworden.

„Nichts.“ Ich schenkte ihm ein dünnes Lächeln. „Deine Maske ist zurück. Ich dachte, sie wäre weg.“

In seinem Blick leuchtete eine Erkenntnis auf. Ich sah sie so deutlich, dass ich die Stirn runzelte, während Blake nach der Hirschmaske griff. Er hob sie an, um sie abzunehmen – und da löste sie sich auf. Sie zerstob in Partikel, die wie Rußteilchen durch die Luft schwebten. Es sah völlig anders aus als an dem Tag, an dem sie unter meinen Fingern zersplittert war, aber sie gab Blake trotzdem frei. Es dauerte nicht lange, bis er mir ganz ohne den knöchernen Schädel gegenüberstand. Von Angesicht zu Angesicht, wie ich es mir gewünscht hatte.

„Ist es dir so lieber?“, raunte er.

Seine Frage ließ mich erröten. Ich konnte nur hoffen, dass Blake es in der schummerigen Bibliothek nicht sah.

„Ja“, gab ich zu. „Seit wann kannst du sie abnehmen?“

Ein zufriedenes Lächeln huschte über seine Lippen.

„Seit du sie berührt hast“, erklärte er. „Sie hat sich nach ein paar Stunden wieder zusammengesetzt, aber seitdem kann ich sie abstreifen. Ich muss nur darüber nachdenken, dann passiert es von allein.“

Sein Knie streifte mich, als er sich neben mir gegen den Tresen lehnte. Sein Blick blieb unverwandt auf mich gerichtet, wirkte nun jedoch sehr ernst. Seine gewölbten Augenbrauen untermalten diesen Eindruck.

„Ich kam, um dir zu danken“, fügte Blake hinzu. Seine Worte hallten als dumpfer, angenehmer Bass durch den Raum. „Ich bin es nicht gewöhnt, dass jemand so viel für mich tut.“

Ich wusste sehr genau, worauf er damit hinauswollte. Er sprach nicht allein von der Sache mit dem Schädel, sondern von der Tatsache, dass ich ihm zu helfen versucht hatte. Ich war nicht ganz sicher, was genau neulich mit ihm geschehen war. Er schien unter Schmerzen gelitten zu haben, also war es meine erste Intention gewesen, ihm irgendwie beizustehen. Blake schätzte das, weil Geister sich normalerweise von ihm fernhielten. Erst recht, wenn er so unkontrolliert erschien wie an jenem Tag.

„Ich wollte dich hier treffen, damit Becca sich nicht fürchtet." Blake hob vorsichtig die Schultern. „Sie ist meist in der Nähe deines Hauses."

Ich seufzte lautlos. Es tat mir schrecklich leid, dass sich dieses Problem nicht löste. Nach Blakes mutigem Einschreiten von neulich hatte Becca zwar widerwillig zugestimmt, ihn nach Jacob suchen zu lassen, aber ich glaubte trotzdem nicht, dass sie sich allzu bald mit ihm anfreundete. Dafür war die Angst in ihrem Gesicht einfach zu groß, wann immer sein Name fiel. Es kam mir vor wie ein Reflex. Eine tiefsitzende, elementare Furcht, die sich einfach nicht ablegen ließ. *Noch* nicht. Ich glaubte fest daran, dass Becca lernen konnte, mit Blake zurechtzukommen. Er war nicht unser Feind – und für mich ein gerngesehener Gast.

„Blake", meinte ich betrübt. „Du musst nicht ..."

Ich hatte keine Ahnung, wie ich es formulieren sollte. Es wäre gelogen, zu sagen, dass Becca seine Anwesenheit nicht störte. Trotz seines kurzen Kontrollverlusts vor einigen Tagen hatte er ganz sicher mitbekommen, wie angsterfüllt sie ihn aus der Küchentür heraus beobachtet hatte. Ich dachte fieberhaft über die richtige Antwort nach, bis mir schließlich etwas auffiel.

„Du bist hier", stellte ich fest. „Macht dir das Tageslicht gar nichts aus?"

Es war ungewöhnlich, ihn um diese Zeit zu sehen. Normalerweise geschah es sehr selten, dass man Geister vor Einbruch der Dunkelheit wahrnahm, wobei ich das in der letzten Zeit öfters erlebt hatte. Immerhin war Becca erst neulich Mittag von einem Seelenfresser attackiert worden. Ich konnte nur vermuten, dass es am regnerischen Wetter der letzten Wochen lag. Je verlassener die Straßen waren, desto einfacher wurde es, auf die andere Seite zu blicken.

Ehe er antwortete, spähte Blake durch das kleine Fenster zu unserer rechten. Der Himmel war noch immer mit grauen Wolken bedeckt, die der Straße eine trübe Atmosphäre verliehen.

„Ich bin etwas anders als die meisten Toten. Mir fällt es nicht schwer, meine Form zu halten", ließ er mich wissen. Es klang, als achtete er sehr genau darauf, wie er seine Worte formulierte. „Ich könnte auch am Tag umgehen, aber ich mag die Sonne nicht sehr. Hier drinnen fällt es mir leichter, weil es still und dunkel ist."

Ich nickte nachdenklich. Das war wohl ein Pluspunkt für Suzannes altbackene Beleuchtung.

„Bis es dämmert, bleibe ich normalerweise in den Schatten", ergänzte Blake. „Ich könnte dich nach Hause eskortieren, ohne, dass du mich bemerkst."

Ich kam nicht umhin, suchend in sein Gesicht zu sehen. Ich wollte wissen, was hinter seiner Stirn vorging. Hatte er meinen Heimweg als Beispiel benutzt? Oder war das ein Versuch, mir anzubieten, mich nach Hause zu bringen? Jeder seiner Sätze wirkte so vorsichtig und wohlüberlegt. Ich fand es irgendwie niedlich, auch wenn es mir dadurch schwerfiel, Blake zu durchschauen. Auch ohne seine Maske.

Ich hob die Schultern.

„Du darfst gern bleiben, bis es dunkel wird", sagte ich zufrieden. „Ich habe Spätschicht und darf erst in zwei Stunden gehen."

Er nickte und schien nicht überrascht.

„Ich werde dich begleiten", versprach er. Mein Gefühl hatte offenbar richtig gelegen. Blake war nicht nur aufgetaucht, um sich bei mir zu bedanken – er wollte mich abholen, damit ich heil nach Hause kam. Darüber freute ich mich so sehr, dass ich nervös an meinem Oberteil nestelte. Ich musste unbedingt das Thema wechseln, also wühlte ich in meiner Jeans und holte mein Telefon hervor, um das Bild von Jacobs Zeichnung zu öffnen.

„Schau." Ich drehte das Gerät, damit Blake den Bildschirm sah. „Das ist Jacob, Beccas Bruder. Hast du ihn vielleicht schon mal gesehen? Becca glaubt, dass er noch am Leben ist."

Er dachte nach. Ich konnte sehen, wie sich seine Kiefer spannten, weil er so konzentriert war.

„Ich glaube nicht", gab er dann zu. „Ich werde nach ihm Ausschau halten."

Ich kam nicht umhin, ihm ein trauriges Lächeln zu schenken. Er versuchte wirklich, was er konnte, um es den Geistern dieser Stadt leichter zu machen. Er zögerte nicht eine Sekunde lang, Becca zu helfen, obwohl sie ihn offensichtlich ablehnte.

Ich war so in den Gedanken vertieft, dass ich unsere Gesellschaft nicht bemerkte. Alice war hinter den Bücherregalen hervorgetreten. Nun stand sie mitten im Gang, den Kopf in unsere Richtung geneigt, und beobachtete uns.

Kapitel 16

Mir wurde heiß. Ich hatte schon genug heimliche Zeit mit Becca verbracht, um sofort zu wissen, dass ich in Schwierigkeiten steckte. Ich saß da, sprach mit mir selbst und hielt mein Telefon in die Luft. Alice musste denken, ich hatte nicht alle Tassen im Schrank. Für den Moment wusste ich nicht, was größer war – meine Sorge oder meine Scham. Ich fragte mich, was Suzanne wohl von mir dachte, wenn Alice ihr von meinem Verhalten erzählte. In meinem Entsetzen nahm ich das Handy nicht einmal runter, sondern erstarrte zur Salzsäule. Ich konzentrierte mich nur auf Alice, die sich wortlos abwandte und wieder zwischen den Regalen verschwand. Sie kommentierte die Szene nicht einmal, die sie eben gesehen hatte.

Blake sah mich an. Sein Blick war milde.

„Du weißt, dass das Mädchen ein Geist ist, oder?", fragte er.

Es dauerte eine Ewigkeit, bis der Sinn seiner Worte zu mir durchdrang. Als er es endlich tat, fiel es mir wie Schuppen von den Augen. *Natürlich.* Deswegen war Alice so schweigsam – und deswegen hatte sich Suzanne noch nie darüber geäußert, dass sie nie etwas auslieh. Sie konnte sie gar nicht sehen. Jetzt verstand ich auch, warum Alice durch die Regale wanderte, ohne je ein Buch in die Hand zu nehmen.

Mein Gesichtsausdruck musste Bände sprechen, denn Blake runzelte die Stirn.

„Du kannst sie wirklich nicht von Lebenden unterscheiden."

Es war mehr eine Feststellung, doch ich nickte trotzdem. Damit hatte er leider recht. Wenn nicht gerade ein scheußlich entstellter Geist oder ein Seelenfresser erschien, sahen Tote für mich wie ganz normale Menschen aus. Ich konnte sie berühren, mit ihnen sprechen und sogar ihr Parfüm riechen. Ich wusste nie, wer *wirklich* da war und wem ich sorglos antworten konnte, ohne mir seltsame Blicke einzuhandeln.

„Ich weiß nicht, wie. Aber das macht mir nichts aus“, antwortete ich. „Das Schlimme ist, dass *sie* es auch wissen.“

Meine Stimme wurde bitter.

„Manche lassen mich einfach nicht Ruhe“, fügte ich leise hinzu. „Darum traue ich mich auch nicht mehr, Mums Grab zu besuchen. Mein Vater versteht nicht, wieso ich den Friedhof meide, aber ich habe einfach zu viel Angst, einen Seelenfresser zu treffen, wenn er bei mir ist.“

Ich rieb mir die Stirn.

„Oder irgendeinen Geist, der mir etwas tun will. Ich kann nicht einfach weglaufen und Dad stehen lassen.“

Während ich sprach, spürte ich Blakes Blick auf mir. Er beobachtete mich aus geheimnisvollen, dunkelroten Iriden, die sehr konzentriert wirkten.

„Verstehe“, gab er zurück.

Es tat mir leid, die Stimmung derart runtergezogen zu haben, denn das war nicht meine Absicht gewesen. Als ich den Kopf hob und Blake entgegensah, fand ich jedoch keine Ablehnung, sondern Entschlossenheit.

„Lass uns gehen“, sagte er. „Sobald deine Schicht vorbei ist, bringe ich dich zum Friedhof.“

Knapp zwei Stunden später wanderten Blake und ich durch die Straßen. Ich hatte die Bibliothek abgeschlossen, nachdem zwei letzte Bücher verliehen worden waren, und Blake hatte mir bis dahin Gesellschaft geleistet. Nun begleitete er mich zum Außenring von Littlewood, um seinen Vorschlag in die Tat umzusetzen – er eskortierte mich zum Friedhof.

Ich hätte mir nie träumen lassen, diesen Ort noch einmal zu betreten. Seit ich Geister sah, umgab ihn etwas Bedrohliches. Ein einziger Blick auf seine großen Eisentore und die alte Backsteinmauer verursachte ein flaues Gefühl in mir, das vor Gefahr warnte. Bei meinem letzten Besuch mit Dad war ich fürchterlich von zwei Geistern bedrängt worden, die mich angefleht hatten, sie wieder lebendig zu machen. Ihre verzweifelten Hilfeschreie würde ich wohl nie vergessen.

„Danke“, sagte ich, während wir die Straße zum Eingang überquerten. Die Sonne senkte sich, auch wenn uns bis zum Einbruch der Nacht noch etwas Zeit blieb. Ich hatte anfangs befürchtet, Blake würde deswegen tatsächlich in meinem Schatten bleiben. Er hatte sich jedoch dagegen entschieden und schritt entspannt neben mir her. Ohne den Hirschschädel wirkte er viel kleiner, war aber immer noch einen ganzen Kopf größer als ich.

„Mir ist nicht wohl dabei, dich in Gefahr zu bringen“, fuhr ich fort und spähte auf die Blumen in meiner Hand. Auf dem Weg hierher hatte es keine Möglichkeit gegeben, welche zu kaufen, also hatte ich sie auf dem Parkplatz gepflückt. „Nur, um Blumen abzulegen.“

Er schüttelte mit dem Kopf.

„Es ist das Mindeste, was ich für dich tun kann“, erwiderte er. „Außerdem sind die Toten auf dem Friedhof keine Gefahr für mich.“

Ich spähte ihm interessiert entgegen. „Wieso nicht?“

Er sah in den Himmel, als stünde dort die Antwort auf meine Frage geschrieben.

„Die meisten Verstorbenen manifestieren sich zum ersten Mal an ihrem Grab. Das bedeutet, dass sie noch sehr schwach sind“, erklärte Blake. „Seelenfresser, die sich von so jungen Seelen ernähren, machen es sich leicht. Sie lauern den schwächsten auf und sind deswegen selbst nicht besonders mächtig.“

Das leuchtete mir ein. Vermutlich waren diese Geister wie Mum – gerade erst erwacht und noch nicht stark genug, um überhaupt eine feste Form zu halten.

„Trotzdem.“ Ich warf ihm ein Lächeln zu. „Ich weiß es wirklich zu schätzen.“

Wir hatten das Eingangstor erreicht. Um diese Uhrzeit stand es noch offen, doch ich kämpfte gegen mein mulmiges Gefühl. Die Angst saß in meinen Gliedern und schien Besitz von meinen Beinen zu ergreifen, die sich für den Moment keinen weiteren Meter bewegen wollten. Ich musste immer wieder an meinen letzten Besuch denken.

Blake schien das zu bemerken. Er wartete kurz auf mich, bevor er mit gutem Beispiel voranging. Er stoppte direkt vor dem alten Denkmal, welches den befestigten Weg in mehrere Richtungen aufteilte.

„Komm." Sein Ton war ermutigend. „Ich bin bei dir."

Es war erstaunlich, wie sehr mich seine Anwesenheit aufheiterte. Er machte es mir leicht, meine Sorgen über Bord zu werfen und ihm einfach zu folgen. Neben ihm fühlte ich mich sicher und irgendwie lebendig, so als könnte ich alles schaffen.

„Okay."

Als wir dem Weg zwischen den Gräbern folgten, bemerkte ich die Stille um uns herum. Littlewoods Friedhof war in drei Sektionen geteilt, die nach dem Alter der Gräber geordnet waren. Manche davon waren uralt – einhundert Jahre und älter – und aus Respekt vor den Toten hatte die Stadt sie in einem eigenen Teil belassen. Sie konnten ungestört ruhen, denn dorthin verirrte sich eher selten jemand. Ich hatte bisher einzig die rechte Seite des Friedhofs betreten, auf der Mum begraben war. Eine Sache erschien mir jedoch seltsam. Es war so *leer*. Ich entdeckte auf die Schnelle keine Menschenseele. Es gab keine Toten und keine trauernden Angehörigen. Nur einsame Grabsteine, alte Bäume und gespenstische Ruhe.

„Es ist so still." Ich runzelte die Stirn. „Kann es sein, dass sie sich vor dir verstecken?"

Es war die einzige logische Erklärung, die mir einfiel. Bei meinem letzten Besuch war der Friedhof derart überfüllt gewesen, dass ich zwischen all den Stimmen meinen Vater kaum noch verstanden hatte. Heute hörte ich nichts bis auf weit entfernte Autos und unseren Schritten.

„Wahrscheinlich", gab mein Begleiter zu. Seine Augen huschten prüfend über mein Gesicht, wohl um abzuschätzen, ob mir das Angst machte. „Es wäre nicht das erste Mal."

Blake erzählte davon, als wäre es nur ein beiläufiges Detail seines Lebens. Mich machte es betroffen. Was musste es für ein Gefühl sein, wenn man irgendwo auftauchte und jeden Menschen fliehen sah? Er mochte erst kürzlich seinen Verstand wiedergefunden haben, aber einsam war er bestimmt trotzdem. Man behandelte ihn wie ein Monster, das er gar nicht war.

Ich wollte etwas sagen. Irgendetwas, das mein Mitgefühl ausdrückte, ohne ihn zu bemitleiden, doch Blake kam mir zuvor. Er hob plötzlich die Hand und wies mich an, zu schweigen. Mein Herz begann wie auf Knopfdruck zu rasen, weil ich einen Seelenfresser erwartete. Dann entdeckte ich die Gestalt ebenfalls. Es handelte sich um eine gewöhnliche, menschliche Frau. Sie stand an einem der Gräber und wirkte sehr verloren. Vor allem, weil sie so desorientiert umherblickte.

„Das ist ein Geist", sagte Blake. Er sprach sehr leise, damit sie uns nicht hörte. „Ich werde dir zeigen, wie du verborgen bleibst."

Ich hielt den Atem an. Gab es wirklich etwas, das ich tun konnte, um mich zu tarnen? Der Gedanke machte mich noch nervöser als die Tatsache, dass Blake mir etwas beibringen wollte. Ich hätte ihm dafür nicht dankbarer sein können.

„Wenn du den Unterschied nicht fühlst, musst du dein Umfeld genau beobachten", fuhr Blake fort. Wir waren langsamer geworden und näherten uns wie zwei Raubtiere, die sich an ihre Beute anschlichen. „Früher oder später werden Tote etwas tun, das sie verrät."

Ich verstand, was er meinte. Ich brauchte nur einen Blick auf die verwirrte Frau zu werfen, um es zu wissen, denn sie stand mit einem Fuß in dem Grabstein neben sich. Ihr Schuh verschwand einfach im Granit.

Meine Miene offenbarte Blake, dass ich ihm folgen konnte.

„Jetzt geht es darum, deine Anwesenheit zu verschleiern", fuhr er fort. „Für einen Geist bist du ein Mensch wie jeder andere. Erst wenn du auf ihn reagierst, weiß er, dass du ihn sehen kannst."

Ich verzog verzweifelt das Gesicht. Das war ja das Problem – ich bemerkte sie nun mal. Wie sollte ich das verhindern?

„Bleib ganz ruhig. Unterdrücke deine Aufregung", erklärte Blake geduldig. „Sieh ihnen niemals in die Augen, sondern direkt durch sie hindurch. Du kannst deinen Kopf gesenkt halten, wenn es dir dann leichter fällt."

Er sprach noch leiser, weil wir der Frau so nahe waren. Sein Atem berührte mein Ohr und jagte einen Schauer über meinen Rücken, der an meiner Konzentration zerrte.

„Je besser du sie ausblendest, desto sicherer bist du“, flüsterte Blake. „Sogar ein Seelenfresser wird dich ignorieren, wenn du ihm glauben machst, ihn nicht zu sehen.“

Allmählich verstand ich, worauf Blake hinauswollte. Nicht meine Fähigkeit war schuld daran, dass Geister mich wahrnahmen, sondern meine Reaktion auf sie. Sie konnten mich zwar berühren, aber von Weitem war ich trotzdem ein Mensch. Einer von Millionen, die sich für sie nicht erreichen ließen. Wenn ich es schaffte, die Toten rigoros zu ignorieren, verschwamm ich in der schützenden Masse. Im Augenblick hatte ich keine Ahnung, wie ich das bewerkstelligen sollte. Schon gar nicht, wenn mich ein Unfallopfer oder ein Seelenfresser erschreckte. Andererseits war es wohl nur Übung. In zehn, vielleicht zwanzig Jahren, hatte ich mich möglicherweise so sehr daran gewöhnt, dass mich nichts mehr beeindruckte. Blake wollte, dass ich mir einen schützenden Tunnelblick aneignete, der mich uninteressant machte. Auf diese Idee wäre ich allein nie gekommen.

Blake nickte in Richtung der Frau. „Wir gehen vorbei. Sieh es als Übung.“

Ich konnte mich nicht daran erinnern, wann ich zum letzten Mal so aufgeregt gewesen war. Was Blake mir beibrachte, war ein einfacher Trick, der das Potenzial besaß, mein Leben wieder in eine gerade Bahn zu lenken. Die bloße Vorstellung, eines Tages ohne Angst nach Hause gehen zu können, ließ meine Lippen zittern. Ich musste mich zusammenreißen, um mich auf meine Aufgabe zu konzentrieren.

Ich tat, als wäre ich allein auf dem Friedhof. Es gab nichts, worüber ich mich aufregte. Ganz gleich, was die Frau in meinem Augenwinkel auch machte, sie war keine Gefahr für mich, solange ich ihr nicht das Gegenteil zeigte. Stattdessen fokussierte ich meine Aufmerksamkeit gänzlich auf den Weg vor uns. Ich wusste, Blake beschützte mich. Das half mir, ruhig und wortlos geradeaus zu gehen, bis wir den fremden Geist hinter uns ließen.

„Gut“, sagte Blake anerkennend. „Du lernst schnell.“

Ich konnte es kaum glauben. Es hatte wirklich funktioniert. Ein Geist wie dieser, der nach Hilfe suchte, war am schwersten zu umgehen, weil er jeden Menschen genau beobachtete. Trotzdem hatte die Frau überhaupt nicht bemerkt, dass ich sie sehen konnte. Indem ich mich ständig bedroht gefühlt hatte, hatte ich den Seelen offenbar erst deutlich gemacht, dass ich sie wahrnahm – immerhin hatte ich sie stets im Auge behalten. Ich verspürte auch jetzt den Impuls, mich noch einmal umzudrehen, und kämpfte ihn hinunter.

Es war vorbei. Von jetzt an wusste ich, wie ich mich sicher fortbewegte. Ich musste nur noch trainieren und weiterhin darauf achten, Geister nicht versehentlich anzustoßen.

„Blake.“ Ich fing seinen Blick. Mir fehlten die Worte. „Du hast keine Ahnung, was du für mich getan hast.“

Ich konnte nicht einmal ausdrücken, was ich fühlte. Wäre der Geist der Frau uns nicht noch so nahe gewesen, wäre ich ihm um den Hals gefallen. Blake schien zu spüren, wie glücklich ich war, denn er schenkte mir ein warmherziges Lächeln. Es brachte seine Iriden zum Strahlen und verlieh ihm einen Ausdruck, den ich bisher noch nicht an ihm gesehen hatte – ehrliche, unbeschwerte Freude. Es weckte den Wunsch in mir, ihn öfter so ausgelassen zu erleben.

„Gern geschehen“, antwortete er. „Es wäre trotzdem besser, Seelenfressern auszuweichen. Nur vorsichtshalber.“

Das musste er mir nicht zweimal sagen.

„Versprochen.“ Ich war den Tränen nahe. „Aber ... Ich kann jetzt so viel tun. Ich kann wieder abends nach Hause gehen und ...“

Mums Grab besuchen, dachte ich. Der Gedanke schoss mir durch den Kopf, weil er schon in Sicht war – der weiße Stein, den wir für sie ausgesucht hatten. Ihr Grab lag am Ende der Reihe und in der Nähe des kleinen Zauns, welcher den Friedhof vom Wald abgrenzte.

Meine plötzliche Stille ließ auch Blake verstummen. Er hatte meinen Blick wohl bemerkt, also trat er zurück.

„Ich warte hier“, versicherte er. „Lass dir so viel Zeit, wie du brauchst.“

Ich vermutete, er würde versuchen, dem Geist der Frau zu helfen, während ich bei Mum verweilte. Ich erkannte es daran, dass er sich immer wieder zu ihr umwandte.

„Okay."

Ich beobachtete, wie er ging. Danach setzte ich mich in Bewegung, bis ich vor Mums Grab zum Stehen kam. Es war mit wunderschönen, bunten Blumen bepflanzt, die frisch gegossen aussahen. Dad musste hier gewesen sein, ohne mir davon zu erzählen. Mein schlechtes Gewissen wurde dadurch noch größer. Ich sank auf die Knie, legte den Strauß ab und atmete tief ein. Durch meine Aufregung von eben hatte ich die Pflanzen etwas zerdrückt, aber ich hoffte, Mum sah es mir nach. Beim nächsten Mal würde ich ihr etwas Schöneres mitbringen.

Eine Weile lang blieb es völlig still. Ich spürte die Ruhe des Friedhofs und versuchte meine Gefühle zu ordnen. Ich war erleichtert, aber auch schrecklich traurig. Etwas in mir hatte gehofft, Mum hier zu treffen. Wenn sie noch schwach war, dann hielt sie sich vermutlich oft an ihrem Grab auf. Obwohl es bereits dämmerte, war von ihr keine Spur. Die Enttäuschung schnürte mir die Kehle zu. Andererseits hatte Blake selbst zugegeben, dass Friedhöfe kein ungefährlicher Ort für frisch Verstorbene waren. Mir blieb nur zu hoffen, dass sie ein besseres Versteck gefunden hatte.

Hier zu sitzen, machte mir etwas klar. Die ruhelosen Toten waren nicht der einzige Grund, wieso ich mich vor dem Friedhof gefürchtet hatte. Es war auch Mums Grab. Um jemanden zu trauern war eine Sache, aber seinen Namen auf einem Grabstein zu sehen, eine andere. Es machte den Verlust auf eine Weise greifbar, vor der ich mich zu lange versteckt hatte. Meine Augen fuhren immer wieder über die Inschrift, während Tränen über meine Wangen perlten. Ich konnte es nicht verhindern. Es tat mir leid, dass ich so lange nicht hier gewesen war. Für Dad musste es unheimlich schwer gewesen sein, ganz allein zu kommen. Es hätte ihm bestimmt geholfen, mich an seiner Seite zu wissen. Von jetzt an wollte ich ihn begleiten – das schwor ich mir. Kein Geist der Welt würde mich mehr davon abhalten.

Die Zeit des Versteckens war vorbei.

Als ich zu Blake zurückkehrte, wartete er schon auf mich. Er stand an derselben Stelle, an welcher er mich verabschiedet hatte, und achtete auf einen respektvollen Abstand zum Grab meiner Mutter. Es berührte mich, wie taktvoll er sich verhielt, auch wenn es gar nicht nötig war. Ich vertraute ihm und war dankbar dafür, dass er mich auf diesem Weg begleitet hatte.

„Hey", sagte er leise. „Alles in Ordnung?"

Er wölbte die Brauen, als er mein Gesicht sah, also hob ich den Arm und wischte meine Tränen trocken.

„Ja", erwiderte ich schnell. „Tut mir leid. Du siehst mich immer nur heulen."

Er sollte nicht glauben, dass es schlecht gewesen war, hierherzukommen. Für den Moment fühlte ich mich aufgewühlt, aber ich wusste, dass es mir bald besser gehen würde. Der Besuch von Mums Grab hatte eine große Last von meinen Schultern genommen.

Blake lächelte matt. „Du brauchst dich dafür nicht zu schämen. Immerhin hilft es deiner Mutter."

Ich sah ihm in die Augen.

„Weil es ihr Energie schenkt?", murmelte ich. Es brachte Blake dazu, zu nicken und meinen Blick zu erwidern.

„Neben dem Verschlingen anderer Geister ist die Trauer von Lebenden der einzige Weg, wie Seelen stärker werden können. Wenn es dir dadurch besser geht, solltest du trauern."

Mir fiel auf, dass seine Iriden in der Dämmerung beinahe orange aussahen. Die Sonne versank am Horizont und machte Platz für die Schatten der Nacht, welche ihre Finger allmählich nach den Grabsteinen ausstreckten. An jedem anderen Tag hätte ich mich gefürchtet, doch mit Blake tat ich es nicht. Obwohl er ohne seine Maske so menschlich aussah, schien er über jede Gefahr und jede Düsternis erhaben. Ich hatte mich selten so sicher gefühlt wie neben ihm. Seine Anwesenheit ließ mich positiv denken. Irgendwann würde meine Mutter stark genug sein, noch einmal mit mir zu reden – und dann würde ich sie bitten, ins Licht zu gehen, um sie in Sicherheit zu bringen.

Ich schaffte es, Blakes Lächeln zu erwidern. Sein Trost half mir sehr.

„Danke nochmal, dass du mich hergebracht hast“, sagte ich. „Ich glaube, wir können jetzt gehen.“

Er wartete bereitwillig darauf, dass ich mich in Bewegung setzte, um mir zu folgen. Nachdem ich den ersten Schritt getan hatte, blieb ich jedoch noch einmal stehen. Mir war etwas eingefallen.

„Du hast gesagt, Geister sind an ihre Knochen gebunden, oder?“, wollte ich wissen. „Bedeutet das, du bist auch hier begraben?“

Er wirkte so überrascht, als hätte er noch nie darüber nachgedacht.

„Ich kann Littlewood nicht allzu weit hinter mir lassen“, antwortete Blake nachdenklich. „Es wäre also gut möglich.“

In seiner einfachen Antwort lag mehr, als er beabsichtigt hatte. Ich fühlte die Verlorenheit, nicht zu wissen, woher man kam und wer man gewesen war, genauso wie die Erinnerung an einen Moment, den Blake noch nicht mit mir geteilt hatte. Irgendwann während seiner Existenz als Geist musste er versucht haben, Littlewood zu entfliehen – oder vielleicht hatte er auch nur einen Seelenfresser zu tief in den Wald gejagt. Was von beidem es auch war, ich konnte es ihm nicht verübeln. Angesichts der immensen Verantwortung und der Bedrohung des Wendigos hätte ich nicht gewusst, wie meine Reaktion gewesen wäre. Mein Gefühl sagte mir, dass ich weitaus weniger tapfer war als Blake.

„Wir könnten es suchen“, schlug ich vor. Mit einem Mal hatte ich das Bedürfnis, *ihn* zu trösten. „Es gibt ein paar sehr alte Gräber hier. Vielleicht ist deines dabei.“

Seine Züge wurden nachgiebig, aber auch unsicher.

„Ich weiß nicht, wie lange ich schon tot bin und ob ich überhaupt hier beerdigt wurde“, erinnerte er mich. „Außerdem dämmert es.“

Ich seufzte lautlos. Damit hatte er recht. Es konnte Stunden dauern, alle Namen auf dem Friedhof zu lesen – und wenn wir fündig wurden, wussten wir nicht einmal, ob wir am richtigen Grab standen. Blake war kein extrem seltener Name. Es gab sicher mehrere.

„Dann ein andermal", meinte ich. Er sollte wissen, dass ich ihm wirklich helfen wollte. Es machte mir nichts aus, mal einen Tag lang Inschriften zu lesen. Jetzt, wo ich mit fremden Geistern umzugehen gelernt hatte, stand dem nichts im Wege.

Blake schien meinen Gedanken aufzuschnappen, denn er wirkte zufrieden.

„Bis dahin erinnere ich mich vielleicht an etwas mehr", sagte er. „Dann macht es die Suche einfacher."

Seine Antwort gefiel mir. Sie war eine Aussicht darauf, dass wir irgendwann noch einmal gemeinsam hierherkommen würden, um Mum zu besuchen – und, um sein Grab zu finden. Noch heute Morgen hätte ich mich schrecklich dagegen gesträubt, Littlewoods Friedhof zu betreten. Jetzt machte es mir überhaupt nichts mehr aus. Das verdankte ich Blake.

„In Ordnung", meinte ich. „Lass uns gehen."

Kapitel 17

Es war schon dunkel geworden, als Blake mich nach Hause begleitete. Die Sonne hatte ihren Platz mit einem blassen Mond getauscht, der sich hinter dichten Wolken versteckte, und so wurden die Straßen nur noch vom kalten Schein der Laternen erhellt. Sie säumten unseren Weg wie künstliche Bäume und berührten unsere Schultern mit ihrem Licht, wann immer wir sie passierten. Es bewegte mich jedes Mal dazu, aufzusehen und in Blakes Zügen zu forschen.

Unser gemeinsamer Nachmittag kam mir vor wie ein Traum, weil er die ganze Zeit so menschlich gewirkt hatte. Er war niemals an Ort und Stelle verschwunden oder hatte seine Gestalt verändert. Die Vorstellung, dass ich ihn als Einzige sehen konnte, fühlte sich heute beinahe wahnwitzig an. Ich wusste, was er war und worin er sich verwandelte. Trotzdem war mir das nie weiter entfernt vorgekommen als an diesem Abend.

Es war verrückt. Eigentlich gingen wir nur nebeneinander her und unterhielten uns, aber ich fühlte mich seltsam glücklich. Es gefiel mir, Blakes Stimme zu hören und ihn zum Lachen zu bringen. Jeder Blick, den wir miteinander tauschten, hatte etwas Tiefsinniges – und jedes Wort einen Sinn. Obwohl sich Blake an fast nichts aus seiner Vergangenheit erinnerte, schien ich ihn schon so gut zu kennen. Da war eine vertraute Ruhe zwischen uns, die mir half, mich völlig zu entspannen.

„Konntest du ihr helfen?“, wollte ich irgendwann wissen. „Der Frau auf dem Friedhof, meine ich.“

Ich musste mich nicht darum sorgen, dass man uns belauschte. Für den Moment waren wir ganz allein. Nur ein Radfahrer passierte uns, der rasch wieder außer Hörweite geriet. Im Bus auf dem Weg hierher hatte ich mir mein Telefon ans Ohr gehalten, um nicht offensichtlich mit mir selbst zu reden.

Blake wirkte erstaunt. Er hatte wohl nicht damit gerechnet, dass ich Bescheid wusste.

„Sie weiß jetzt, dass sie gestorben ist." Er hob vorsichtig die Schultern. „Aber sie wollte noch etwas bleiben. Ich sehe in ein paar Tagen nach ihr."

Ich kam nicht umhin, zu lächeln. Die Geister Littlewoods hatten unendliches Glück, Blake an ihrer Seite zu haben.

„Du lässt niemanden im Stich", stellte ich fest. „Du bist ein guter Mensch, Blake."

Es war ehrlich gemeint. Er sollte wissen, dass seine Taten nicht selbstverständlich waren. Wenn die Toten sich vor ihm fürchteten, dann wollte zumindest ich für ihn da sein. Es hatte eine Weile gedauert, den Menschen hinter Blakes Maske und seiner unheimlichen Gestalt zu erkennen. Jetzt, da ich es getan hatte, wollte ich ihn nicht mehr missen. Eine vage Stimme in mir ermahnte mich, mein Herz nicht an einen Geist zu verlieren, doch es fiel es mir leicht, sie ruhigzustellen. Ich wollte diese Zweifel nicht hören.

Nicht heute.

Meine Bemerkung machte Blake verlegen. Ich bildete mir sogar ein, dass er ein wenig errötete. Seine Augen fixierten den Gehweg vor unseren Füßen, ehe er langsam über mein Gesicht glitt.

„Du auch." Er brauchte etwas, um die richtigen Worte zu finden. „Geht es dir jetzt besser?"

Ich nickte, ohne darüber nachzudenken. Seine Gesellschaft hatte mir dabei geholfen, die Trauer vorerst hinter mir zu lassen. „Mir geht's gut."

Ich bemerkte, dass mein Haus bereits in Sichtweite war. Ich war so auf Blake konzentriert gewesen, dass ich es nicht mitbekommen hatte. Der Anblick der unerleuchteten Fenster brachte mich zum ersten Mal dazu, schneller zu gehen anstatt zurückzuschrecken. Dad hatte Nachtschicht, also konnte ich meine Zeit mit Blake ein wenig verlängern. Ich freue mich darauf, noch einmal mit ihm am Küchentresen zu sitzen. Als ich in den Kegel der letzten Laterne schritt, um meinen Schlüssel zu suchen, verstummten jedoch Blakes Schritte. Er blieb in der Dunkelheit und sah mich an, ohne mir zu folgen.

Die Enttäuschung saß wie eine Faust in meinem Magen. „Kommst du nicht mit rein?“

Seine Reaktion war verzögert. Er schwieg, als müsste er mit sich kämpfen, bevor er sich schließlich in Bewegung setzte und zu mir ins Licht trat. Mit dem Fell an seinen Schultern und den scharfen Krallen erinnerte er mich plötzlich an ein Fabelwesen, das die Welt der Menschen fürchtete. Die Zweifel sprühten aus jeder Faser seines Körpers.

„Ich will Becca nicht erschrecken“, raunte er. „Wenn ich dein Heim betrete, glaubt sie vielleicht, nicht mehr erwünscht zu sein. Sie braucht einen Ort, an dem sie sicher ist.“

Während er sprach, sank ich mit dem Rücken gegen die Laterne, ohne meinen Blick von ihm zu nehmen. Deswegen war er heute also in der Bibliothek aufgetaucht. Er war zu gut für diese Welt – oder vielleicht gab es noch einen weiteren Grund, wieso er mich nicht hinein begleiten wollte. Ich konnte ihn mir denken, weil ich an derselben Schwelle harrte. Jede Minute, die wir miteinander verbrachten, machte es schwerer, mich von Blake zu verabschieden. Ich hatte längst verstanden, dass ich ihm viel zu nahegekommen war. Er gab mir die Gelegenheit, zu fliehen, noch bevor der Fehler geschah. Meine Gefühle machte das aber nicht ungeschehen. Ich hätte nie so egoistisch sein können, ihn zurück in die Nacht zu verbannen, um nicht verletzt zu werden.

„Blake“, flüsterte ich. Ich dachte nicht darüber nach, was das Richtige wäre – ich sagte nur, was mir auf der Zunge lag. „Ich habe keine Angst vor dir. Wenn du mein Haus nicht betreten willst, treffen wir uns woanders.“

Er verfiel in Schweigen, aber sein Blick hielt mich fest. Ich konnte spüren, dass er meine Lippen fixierte. Es brachte mein Herz so schnell zum Poltern, dass mir der Atem stockte.

„Sag mir, wann und wo“, fügte ich lautlos hinzu. „Ich werde da sein.“

Ich erhielt keine Antwort. Stattdessen setzte er sich in Bewegung und machte die Spannung zwischen uns unerträglich. Für diesen Moment war nichts mehr wichtig. Alles an Blake zog mich magnetisch an. Sein Körper, sein Duft, seine Seele. Ich hatte nicht die Kraft, mich dagegen zu wehren, also blieb ich stehen und harrte seiner Reaktion. Er kam so dicht, dass uns kein Schritt mehr trennte. Dann hob er die Hand, um nach meiner Wange zu fassen. Die Aufregung trieb mich auf die Zehenspitzen, als er den Kopf neigte und meine Lippen mit seinen verschloss.

Seine Nähe raubte mir den Boden unter den Füßen. Der Kuss war vorsichtig und zart, doch als ich ihn erwiderte, lockerte Blake die Zügel. Seine Hand griff nach meiner Taille und zwang mich näher, damit wir uns auf ganzer Linie berührten. Die Kontur seines Körpers ließ das Blut durch meine Adern rauschen und erfüllte mich mit purer Euphorie. Es fühlte sich an, als verglühte ich, obwohl ich mich keinen Millimeter bewegte. Mein Verstand war völlig auf Blakes Lippen konzentriert. Sie schmeckten nach Sorge, nach Sehnsucht und nach unerträglichem Hunger, der wie ein Lauffeuer auf mich übersprang. Ich lehnte den Kopf zurück und krallte mich in sein Shirt, bis sich Blake plötzlich von mir löste.

Ich wusste sofort, dass er sich bezähmte. Ich spürte es an der Art, wie abrupt und unnatürlich der Kuss endete. Blake erlaubte sich keinen weiteren Atemzug an meinen Lippen, sondern hielt mich noch fester und vergrub sein Gesicht an meiner Halsbeuge. Es schickte mir die Gänsehaut bis in den Hinterkopf.

„Ich kann nicht", flüsterte er. Drei kleine Worte, die das Funkenfeuer in meiner Brust mit einem Schlag erstickten. „Ich *darf* nicht."

Mein Atem ging stoßweise und brandete an seiner Schulter. Meine Stimme war weniger als nichts. „Wieso nicht?"

Ich kannte seine Antwort. Ich wusste um die Dummheit, um das Risiko und um die Tatsache, dass wir nicht einmal in derselben Welt lebten. Trotzdem tat ich es mir an, es von ihm selbst zu hören. Ich hatte einfach keine Ahnung, was ich sonst machen sollte.

Als er von mir abließ, war ich den Tränen nahe. Mein Anblick durchfuhr ihn wie ein Blitz und hinterließ nur Schmerz in seinen Zügen.

„Wenn ich bleibe, breche ich dir das Herz", sagte er. „Ich bin nicht mehr am Leben, Dawn. Ich könnte nie ein echter Partner für dich sein."

Für die Dauer eines Augenblicks zweifelte ich an allem, was heute geschehen war. An unserem Gespräch in der Bibliothek, an unserem gemeinsamen Nachmittag und sogar daran, dass er mich geküsst hatte. Ich konnte einfach nicht fassen, dass dieser Tag so enden würde. Meine Lippen schmeckten noch immer nach seinen – vermutlich zum ersten und letzten Mal.

„Blake ..." Was hätte ich sagen sollen? Es brachte nichts, zu diskutieren, weil er recht hatte. Blake war ein Geist. Ein Gast in dieser Welt, den ich eines Tages in den Nexus verabschieden musste, genauso wie Mum. Selbst, wenn ich mein eigenes Wohlergehen vergaß, bürdete ich nicht nur mir diesen Abschied auf, sondern auch Blake. Er hatte es nicht verdient, so zu leiden. Nicht nach allem, was er durchgemacht hatte.

Ich senkte den Kopf. Es war ein Zeichen dafür, dass ich aufgab. Jedes meiner Argumente wäre Egoismus. Der Gedanke bezähmte mich und hinterließ eine Leere in mir, die mich zum Schweigen zwang.

Blake tat es mir gleich. Er stand nur da, sah mich an und ballte die Fäuste.

„Es tut mir leid."

Seine Entschuldigung sollte das Letzte sein, was ich heute von ihm hörte. Ich schaffte es gerade so, ihn noch einmal anzusehen, bevor er wie ein Schatten in der Dunkelheit verschwand. Er löste sich einfach in Luft auf und hinterließ keine Spur seiner Anwesenheit. Alles, was blieb, war die einsame Straße mit den kalten Lichtkegeln der Laternen – und die Klarheit, dass Blake die Wahrheit gesagt hatte.

Ihn gehen zu lassen, brach mir das Herz.

„Dawn", seufzte Becca. „Lass den Kopf nicht hängen."

Ich hatte schon seit einer Ewigkeit nicht mehr auf die Uhr gesehen, aber ich wusste, es war spät geworden. Ich hörte die Zeiger meiner Wanduhr unaufhörlich ticken, während ich an meinem Schreibtisch saß und aus dem Fenster starrte. Weil das Licht brannte, sah ich nur diffuse Dunkelheit – dasselbe, das auch in meinem Kopf vorging.

Ich verstand die Welt nicht mehr. Ich lebte noch immer dasselbe Leben, und doch schien sich alles verändert zu haben. Plötzlich konnte ich nicht mehr die Augen schließen, ohne Blake zu sehen und an unseren Kuss zu denken. Er brannte wie ein mahnendes Feuer auf meinen Lippen und trieb meinen Puls in die Höhe, um mich gleich darauf in ein tiefes Loch fallen zu lassen.

Ich darf nicht.

Es fühlte sich an, als befand ich mich auf einer geschmacklosen Achterbahnfahrt, der ich nicht entkam. Sie machte mein Herz so schwer, dass ich jeden Elan verlor. Ich wollte nichts mehr zeichnen und auch nicht schlafen. Ich wollte nicht einmal aufstehen und mit Becca sprechen, obwohl sie so ehrlich versuchte, mich zu trösten.

„Dawn." Ihre Hand berührte meinen Rücken und ließ mich zusammenzucken. „Komm schon. Du kannst mich nicht für immer ignorieren."

Es kostete mich all meine Überwindung, mich zu ihr umzudrehen. Ich hatte ihr den Rücken zugekehrt, seit sie gekommen war, und so schnappte sie nach Luft, als sie mich sah. Die Ränder unter meinen Augen mussten Bände sprechen. Becca hatte mich noch nie wegen etwas anderem weinen sehen als Mum.

Sie runzelte unzufrieden die Stirn.

„Siehst du", sagte sie schroff. „Ich habe dir ja gesagt, halt dich von ihm fern. Dieser Kerl macht nur Ärger, wohin er auch geht."

Mein Blick war viel giftiger als beabsichtigt, denn ich sah sie zusammenfahren.

„Schon okay", flüsterte ich. „Ich weiß, du willst mir helfen."

Ich atmete tief durch, um den Tränen keine Chance zu geben. Dafür hatte ich später noch genügend Zeit. Becca wollte mir beistehen, also griff sie nach den Taschentüchern. Sie hatte vergessen, dass ihre Hand einfach hindurch ging. Ihr genervtes Grunzen heiterte mich tatsächlich etwas auf.

„Es ist nicht seine Schuld.“ Es fiel mir schwer, ihr in die Augen zu sehen. Ich wollte ihre Worte aber auch nicht so stehenlassen. „Er tut es für mich.“

Sie schürzte die Lippen.

„Ja. Nur zu spät“, nuschelte sie. „Idiot.“

Ich schüttelte mit dem Kopf. Es brachte nichts. Ganz gleich, in welche Richtung mein Verstand auch wanderte, eine Beziehung mit einem Geist wäre ungesund. Das wiederholte ich, seit ich mein Zimmer betreten hatte, und glaubte mit jeder Minute etwas mehr daran. Beccas Anwesenheit nagte jedoch an meinem Entschluss. Blake und sie waren gar nicht so verschieden. Sie beide waren Geister, und das hinderte Becca und mich nicht daran, wirklich gute Freundinnen zu sein. Selbst, wenn sie mich eines Tages verließ, würde ich für immer dankbar sein, sie getroffen zu haben. Eigentlich sollte mich der Gedanke aufmuntern, doch er erreichte das genaue Gegenteil. Ich würde Becca fürchterlich vermissen – und damit war ich wieder bei dem Grund angelangt, wieso sich Blake zurückgezogen hatte. Ein glatter Bruch war erträglicher. Es würde viel leichter sein, jetzt über ihn hinweg zu kommen als irgendwann, wenn auch er mich verlassen musste. Das geschah vielleicht erst in Monaten oder Jahren. Wer wusste das schon? Niemand konnte voraussehen, ob wir überhaupt so lange zusammenbleiben würden, aber ich durfte nicht mein halbes Leben auf die Welt der Geister auslegen. Es wurde Zeit, die zu Notbremse ziehen, solange ich nur in Blake *verliebt* war.

Ich ließ die Schultern hängen.

„Mach dir keine Sorgen“, sagte ich bemüht neutral, auch wenn meine traurige Stimme mich Lügen strafte. „Es wird schon irgendwie.“

Becca wirkte untröstlich.

„Ich bin für dich da, Süße“, versprach sie. Dabei stand sie auf, um mich vorsichtig zu umarmen. Es erinnerte mich sofort daran, wie nahe mir Blake vorhin gekommen war. In seinen Armen hatte es nichts anderes mehr gegeben als ihn. Nur seine Nähe, das Gefühl seiner Lippen und seinen

Duft, der mich so nervös machte. Er trug ein Parfüm aus Waldbeeren, Zedernholz und dunklem Moschus, dessen einzigartige Note seinen Körpergeruch untermalte. Je länger ich mich daran zurückerinnerte, desto einsamer fühlte ich mich.

Becca ließ von mir ab und seufzte noch einmal. Dieses Mal lag ihre ganze Theatralik darin.

„Dawn“, meinte sie vorsichtig. „Darf ich dir einen Rat geben?“

Ich nickte. Ich konnte mir schon denken, dass mir nicht gefallen würde, was sie jetzt sagte. Becca fragte sonst nie um Erlaubnis, ihre Meinung zu sagen.

„Weißt du, Liebeskummer vergeht. Andere Mütter haben auch schöne Söhne.“ Sie dachte kurz nach. „Lebendige. Du weißt schon.“

Ich hätte es kaum für möglich gehalten, doch ihre Worte brachten mich zum Lachen. Es fühlte sich irgendwie falsch und gleichzeitig absolut richtig an. Ich war ihr unendlich dankbar für ihre Mühe. Die Formulierung mochte furchtbar abgedroschen klingen, aber es stimmte. Ich hatte nicht damit gerechnet, mich in Blake zu verlieben. Seit Mums Tod war mir nicht einmal der Gedanke gekommen, nach einer Beziehung zu suchen, und vorher hatte es sich einfach nie ergeben. Wenn ich es wollte, würde ich irgendwann jemand anderen finden und Blake vergessen.

Becca lächelte ermutigend.

„Warum rufst du nicht Phoebe an? Ihr könntet am Wochenende in die Disko gehen.“ Sie wurde immer begeisterter, je länger sie sprach. „Wenn ihr abends geht, kann ich sogar mitkommen! Wir machen einen drauf und reißen vielleicht sogar ein paar Kerle auf.“

Ich verspürte den Impuls, sie noch einmal zu umarmen. Sie hatte keine Ahnung, wie wichtig sie mir geworden war. Ich bezweifelte, dass sie bei dem Krach in Littlewoods Diskothek ihre Form würde halten können, aber das war gar nicht wichtig. Sie wollte mich aufmuntern und mir zeigen, dass das Leben weiterging. Auch, wenn mein Herz noch Blake gehörte, war es keine schlechte Idee, etwas Spaß zu haben und all die düsteren Geschehnisse der letzten Zeit zu vergessen. Und wer weiß – wenn das Schicksal es so wollte, traf ich vielleicht tatsächlich jemanden, mit dem es funkte.

Jemanden, der in meine Welt gehörte.

Kapitel 18

Am nächsten Freitag kam es mir vor, als hätte ich alles über Bord geworfen. Meine Kinderstube, meine Vernunft und nicht zuletzt meinen Überlebenswillen. Anders konnte ich mir nicht erklären, dass ich mich tatsächlich nachts von Phoebe in Littlewoods schmuddelige Disko schleifen ließ. Ich hatte sie bisher erst ein einziges Mal betreten, weil ihr Ruf nicht besonders gut war. Es gab häufiger Schlägereien und am Eingang prangte ein Schild mit der Warnung, seinen Drink nicht offen herumstehen zu lassen. Ohne einen alternativen Tanzclub in der Nähe mussten wir jedoch mit dem *Lightning* Vorlieb nehmen. Phoebe hingegen sah begeistert aus. Sie war alle paar Wochen hier zu Gast und bisher zumindest gesund zurückgekehrt.

„Heute ist Elektronik-Abend," rief sie mir zu, während wir uns mit dutzenden anderen Jugendlichen auf die Tanzfläche quetschten. Sie hielt ein Biergemisch in der Hand und nickte zu den lauten Bässen des Synthesizers, der die gesamte Diskothek erfüllte. Die Musik war klasse, aber viel zu *laut*. Ich konnte Phoebe kaum verstehen, also warf ich ihr ein Lächeln zu und tanzte mit ihr, bis meine Lungen brannten – etwa zwanzig Minuten. Ich hätte nie gedacht, dass ein Tanzabend so anstrengend sein konnte.

Die Pausen nutzte ich dazu, an einem erstaunlich teuren Cocktail zu nippen. Er war mit Fruchtsaft gemacht und schmeckte wirklich gut. Was meinen heimlichen Plan betraf, war ich allerdings noch nicht weitergekommen. Es gab mehr junge Männer, als ich zählen konnte, doch ich wollte mit keinem davon sprechen. Nicht, weil sie mir nicht gefielen, sondern weil mein Herz schwer wurde, sobald ich sie zu lange beobachtete. Blake ging mir nicht aus dem Kopf. Ich wünschte mir die stille Straße zurück, in der er so bedächtig neben mir hergelaufen war, und das Licht der Laternen in seinen Iriden. Anstatt mich über ihn hinwegzutrösten, vermisste ich ihn sogar noch mehr als zuvor.

Das änderte sich auch nicht, als ich einen jungen Mann bemerkte. Er sah mich an, bis ich seinen Blick erwiderte, und zwinkerte mir zu. Sein erwartungsvolles Gesicht war Zeichen genug. Er wollte, dass ich zu ihm kam, und eigentlich sah er sehr gut aus. Er hatte rabenschwarzes Haar und dunkle Augen, deren Farbe ich von Weitem nicht genau erkannte. Anstatt mich darüber zu freuen, reagierte ich jedoch anders.

Ich musste hier raus.

Nachdem ich die Diskothek verlassen hatte, hielt ich mich am Geländer fest und stellte mich meiner Schande. Ich war *prüde*. Und *feige*. Mit jemandem zu tanzen bedeutete nicht gleich, ihn zu heiraten, aber mein erster Impuls war es gewesen, Reißaus zu nehmen. Wie konnte es sein, dass ich schon so sehr an Blake hing? Oder war es einfach noch zu früh, um zu erwarten, dass ein Flirt meinen Kummer vertrieb? Ich hätte gern Becca gefragt, aber das musste noch etwas warten. Sie war verschwunden, kaum dass sie uns ins Innere des Gebäudes begleitet hatte. Mir blieb nur zu hoffen, dass sie trotzdem ein wenig Spaß haben würde.

Die Nachtluft fühlte sich beruhigend an. Sie kühlte mein erhitztes Gesicht und duftete nach den Blumen, die am Rand des Gehwegs blühten. Hier draußen war der Lärm der Musik nur noch ein leises Wummern, das den Boden vibrieren ließ. Ich kam nicht umhin, mich außerhalb der Partymenge wohler zu fühlen. Ich war schon immer eher der Typ dafür gewesen, zu Hause zu zeichnen, während sich Phoebe ins Getümmel stürzte. Das hatte ich von Mum. Abgesehen vom Yoga und der Arbeit hatte sie ihre Freizeit auch lieber ruhig gestaltet.

Na toll, dachte ich. So ganz wie geplant war der Abend nicht verlaufen. Anstatt mich aufzuheitern und meinen Bauch mit neuen Schmetterlingen zu füllen, wusste ich nun, dass ich definitiv keine Diskos mochte.

Ich war im Begriff, noch einmal hineinzugehen, um Phoebe zum Gehen zu überreden. Dabei wanderte mein Blick mehr zufällig über das Dach des gegenüberliegenden Hauses – und nur deshalb bemerkte ich sie.

Die gehörnte Gestalt im Mondlicht.

Ich hielt den Atem an. Mein Herzschlag schien in diesem Moment zu stoppen, gemeinsam mit der Welt um mich herum. Ich verharrte reglos am Geländer und starrte Blake entgegen. Es stand außer Frage, dass er es sein musste, denn ich erkannte seine rotleuchtenden Augen und das Geweih. Er stand da wie eine Statue. Ein stummer Wächter, der schweigend in meine Richtung blickte, ohne sich zu rühren.

Es fühlte sich an wie eine Ewigkeit, in der wir uns ansahen. Ich fürchtete nicht einmal, dass ein Seelenfresser in der Nähe sein könnte. Ein Teil von mir wünschte sich, dass Blake auf mich aufpasste, weil ich nachts das Haus verlassen hatte, aber meine Vernunft hielt dagegen. Von dort aus musste alles sehr klein wirken. Die Chance, dass er einen einzelnen Menschen aus dieser Entfernung erkannte, war unwahrscheinlich. Wieso er auch hier war, es musste ein Zufall sein.

Ich schloss kurz die Augen. Dabei stellte ich mir vor, unter dieses Dach zu treten und Blake zur Rede zu stellen, auch wenn ich nicht wusste, was ich hätte sagen sollen. Sollte ich wütend auf ihn sein oder ihm lieber danken? Das Einzige, dessen ich mir sicher war, war meine Sehnsucht. Ich vermisste Blake schrecklich. Jeder Gedanke an unseren Kuss war eine Qual. Es schmerzte mich, dass er nun wieder ganz allein durch Littlewood streifte, anstatt bei mir zu sein.

„Hey."

Ich zuckte vor Schreck zusammen, denn Phoebe berührte meine Schulter. Sie hatte die Diskothek ebenfalls verlassen und strich sich eine verschwitzte Strähne hinters Ohr, während sie mich eingehend musterte.

„Hey", stammelte ich. „Ich brauchte etwas Sauerstoff."

Zuerst glaubte ich, sie hätte meine schlechte Laune bemerkt, obwohl ich mir wirklich Mühe gegeben hatte, sie zu verbergen. Ich war wohl etwas zu abrupt verschwunden. Ihr Lächeln war verständnisvoll und irgendwie mitfühlend.

Phoebe schüttelte mit dem Kopf.

„Du bist einfach ein Partymuffel, Dawn“, kicherte sie. „Ich dachte mir, dass der Krach nichts für dich ist.“

Ich konnte spüren, wie meine Ohren heiß wurden. War es wirklich so offensichtlich?

„Was meinst du?“ Phoebe sah sich gespielt nachdenklich in der Gegend um. „Sollen wir woanders hin? Die neue Cocktailoase hat einen richtig süßen Barkeeper.“

Es war ein Zugeständnis. Sie tat so, als hätte sie selbst keine Lust mehr aufs Tanzen, damit ich kein schlechtes Gewissen bekam. Damit berührte sie mich so tief, dass ich vortrat und sie in die Arme schloss. Ich war heute viel zu nahe am Wasser gebaut.

„Klingt gut“, flüsterte ich. Mein Ausbruch verwirrte Phoebe, auch wenn sie nichts dazu sagte. Sie tätschelte nur liebevoll meinen Rücken und nickte in Richtung Treppe, damit wir uns aus dem Staub machten. Es wurde Zeit, sich in etwas ruhigere Gefilde zu begeben.

Ich neigte noch einmal den Kopf, um Blake einen letzten Blick zuzuwerfen. Nun war das Dach leer. Von ihm fand sich keine Spur mehr, so als wäre er einem Hilferuf gefolgt – oder, als hätte ich ihn mir von Anfang an nur eingebildet. Hier und heute erschien mir dieser Gedanke seltsam prophetisch. Ich musste einsehen, dass Blake nicht wirklich da war. Wir wandelten auf verschiedenen Ebenen und passten nicht zusammen.

Ich musste lernen, den Schmerz auszublenden. Genauso wie die Geister, vor denen ich mich fürchtete.

Nachdem mich Phoebe zu Hause abgesetzt hatte, saß ich gedankenverloren am Schreibtisch.

Ich hatte entschieden, die letzten Tage hinter mir zu lassen – wie ein Kapitel, das geschlossen und beendet wurde. Dafür wollte ich symbolisch ein Bild zeichnen, um es mir später anzuhängen. Dad würde bis zum Morgengrauen auf der Arbeit sein und auch Becca war seit unserem Diskobesuch noch nicht wiederaufgetaucht, also hatte ich jede Menge Zeit für mich.

In letzter Zeit war ich so selten allein gewesen, dass mir die Ruhe ungewohnt vorkam. Um mich herum herrschte nichts als Stille, einzig durchbrochen von den seltenen Geräuschen vorbeifahrender Autos. Ein fast beängstigender Kontrast zu der lauten Musik von vorhin, aber ich genoss ihn. Nur hier zu sitzen und auf das Papier zu spähen, fühlte sich friedlich an. Ich musste auf nichts achten und konnte alle Gedanken loslassen. Mir wurde allmählich klar, wie sehr ich das Zeichnen im letzten Jahr vermisst hatte. Dieses Mal schwor ich mir, mein liebstes Hobby nie wieder so lange niederzulegen.

Ich seufzte und tippte mit der Mine auf das Blatt. So groß meine Lust aufs Zeichnen auch sein mochte, mir wollte einfach kein passendes Motiv einfallen. Blumen erschienen mir zu banal für einen Neuanfang, mit Landschaften tat ich mich schwer und Federn erinnerten mich zu sehr an Mum. Ich spielte kurz mit dem Gedanken, meinen Traumfänger abzuzeichnen, aber auch diese Idee verwarf ich lieber. Er ließ mich an Blake denken und daran, wie sein Geweih zwischen den Perlen emporgeragt hatte.

Die Vorstellung war so schmerzhaft, dass ich den Kopf neigte und nach links spähte. An der Wand hing noch immer das Bild von Blake, das ich vor einem halben Jahr gezeichnet hatte. Damals war er noch nicht mehr für mich gewesen als ein mysteriöser Schatten, der mir das Leben gerettet hatte. Heute sah ich, dass mir ein paar seiner Proportionen verunglückt waren. Er wirkte auf dem Bild viel zu groß und zu dünn, und auch sein Geweih kam mir riesig vor. Ich hätte es gern neu gezeichnet, auch wenn das natürlich keine gute Idee war. Zumindest nicht jetzt. In ein paar Monaten, wenn Gras über die Sache gewachsen war, sprach nichts mehr dagegen.

Ich wusste nicht, wie lange ich abwesend auf das Portrait starrte. Irgendwann ließ ich den Bleistift sinken, um aufzustehen und meinen Rücken zu strecken. Ich hatte eingesehen, dass mir heute wohl doch nicht nach Zeichnen zumute war. Stattdessen blickte ich kurz zum Fernseher, bevor ich mich in Bewegung setzte und die Balkontür aufschob.

Die Nacht war kühl. Kühler noch als vorhin, als Phoebe und ich uns verabschiedet hatten. Das lag vor allem an dem leichten Wind, der nun stöhnend um die Häuser zog. Sein Geruch ließ Regen vorausahnen, doch vorerst war der Himmel sternenklar. Ein Blick nach oben offenbarte eine ganze Welt aus dunklen Blautönen, die kein Stift und kein Programm der Welt einfangen konnten – ein grenzenloses Zelt, besetzt von Abermillionen Lichtern. Nur der Vollmond strahlte noch heller. Er erfüllte die Umgebung mit seinem silbernen Schein und verlieh der Atmosphäre beinahe etwas Unheimliches.

Ich trat zum Geländer, legte meine Ellenbogen darauf und spähte in die Ferne. Der Ausblick war nichts Besonderes, sonst wäre die Miete wohl viel höher gewesen. Man sah vor allem die Dächer der angrenzenden Häuser, die Seitenstraße und einen Teil der Veranda. Vom nahen Wald war leider nichts zu entdecken, weil er etwa zwei Kilometer südlich von hier begann. Es war selten, dass sein harziger Duft es bis hierherschaffte. Der klare Himmel war heute allerdings genug, um mich zu beschäftigen. Seit ich Geister sah, mied ich die Dunkelheit und hatte beinahe vergessen, wie schön sie sein konnte. Meine Augen folgten jeder Kontur und jedem

Farbverlauf, während ich meinen Gedanken nachhing. Erst, als ich wieder vom Geländer abließ und reingehen wollte, bemerkte ich die Person an der Straße.

Mein Herzschlag stolperte. Die Finsternis verschluckte ihn beinahe, weil er dem Lichtkegel der Laterne fernblieb, aber ich wusste, es war Blake. Genauso wie vorhin konnten mich sein Geweih und die roten Augen nicht täuschen. Er hielt sich am Rand der Seitengasse wie ein Schatten und richtete seine Aufmerksamkeit auf mich, sagte jedoch kein Wort. Ich konnte sehen, dass sein kalter Atem Wolken in die Luft malte. Seine Körperhaltung wirkte hart und verkrampft, seine Schultern angespannt.

Etwas an seinem Anblick erfüllte mich mit unendlicher Unruhe. Es musste ihm genauso schlechtgehen wie mir. Der Gedanke machte meinen Wunsch noch stärker, dass er endlich den Hirschschädel abnehmen und mit mir reden würde. Er musste mir nicht nahekommen, wenn er es nicht wollte. Es reichte, mir in die Augen zu sehen. Ich vermisste unsere Gespräche und die Unbeschwertheit unseres Zusammenseins. Ich wollte lieber den Schmerz ertragen, nur mit Blake befreundet zu sein, als ihn für immer zu verlieren.

„Blake."

Er hob den Kopf, um mir zuzuhören. Es verletzte mich, dass er nichts sagte. Seine Sinne übertrafen die eines Menschen, also musste er bemerken, wie schwer es mir fiel, einen Anfang zu finden. In meinem Gefühlschaos nahm ich kaum wahr, dass seine Statur viel grobschlächtiger wirkte als noch vor ein paar Tagen.

„Blake." Dieses Mal sprach ich lauter, damit er mich auch wirklich hörte. „Bitte. Lass uns reden."

Er neigte den Kopf, als lauschte er meinen Worten, bevor er mir endlich eine Antwort gab. Sie hallte als leises, gequältes Flüstern durch die dunkle Straße.

„Bitte mich herein."

Ich wölbte die Brauen. Blake besaß bereits Zutritt zu meinem Haus, und soweit ich wusste, änderte sich das nicht einfach so. Wieso bat er erneut um Einlass? Es war mir ein Rätsel, aber mir kam der Gedanke, dass sich Blake möglicherweise ganz von selbst ausgeladen hatte. Vielleicht, weil er beim letzten Mal mit dem Entschluss gegangen war, nie mehr zu mir zurückzukehren. Es war nur eine Vermutung, aber sie versetzte mir einen Stich.

„Komm rein", raunte ich.

Seine Starre löste sich. Anstatt etwas zu sagen, kam er mit langsamen Schritten näher, bis er in Reichweite des Balkons war. Dann stieß er sich ab. Ein machtvoller Sprung brachte ihn hinauf – direkt vor mich – und erschütterte den Boden unter meinen Füßen. Es war derselbe Moment, in dem ich realisierte, einen schrecklichen Fehler begangen zu haben. Ich kannte Blake. Wie er roch, wie seine Schritte klangen und wie sich seine Anwesenheit anfühlte. Was mir dort gegenüberstand, hatte die schneidende Aura eines Raubtieres und war viel zu *groß*. Mein hastiger Blick auf seinen gebeugten Körper war Beweis genug, denn er begegnete breiten, muskulösen Oberschenkeln und kräftigen Hufen. Als sich das Wesen langsam aufrichtete und den Mond verdunkelte, gab es keinen Zweifel mehr.

Was ich eben in mein Haus eingeladen hatte, war nicht Blake.

Es war der Wendigo.

Für die Dauer einer Ewigkeit erstarb meine Gegenwehr. Ich blickte in das kahle Gesicht des Wendigos, ohne einen sinnvollen Gedanken zu fassen. Alles fühlte sich seltsam unwirklich an. Sein offenes Maul, seine scharfen Zähne. Sein modriger Atem und die Eiseskälte, die er verströmte. Sie kletterte über meine Arme, unter mein Shirt und bis in meine Seele. Ich war innerlich erfroren und zur Salzsäule erstarrt, während ich noch immer nichts tat. Das Ungeheuer preschte längst vor und zielte auf meinen Kopf, als ich endlich reagierte.

Der pure Reflex warf mich zu Boden. Die mächtigen Kiefer des Wendigos verfehlten mich nur deswegen. Ich hörte sie über mir zusammenschlagen wie eine monströse Heckenschere, bevor ich mich zur Seite rollte und aufsprang. Ich verstand meinen Plan nicht einmal selbst, sondern folgte meinem Instinkt und flüchtete in mein Zimmer. Der Wendigo setzte nach, schreckte aber plötzlich zurück. Zur selben Zeit ertönte ein ohrenbetäubendes Zischen, das mich in die Knie gehen ließ.

Mein Blick flog zurück. Der Wendigo hatte sich am Salz verbrannt. Er stand in meiner Balkontür wie der Schatten des Teufels und spähte so irritiert zu Boden, als könnte er die unsichtbare Grenze nicht verstehen. Diese kleine, unscheinbare Linie, die ich einst auf Blakes Anraten gezogen hatte, hatte mir das Leben gerettet. Lange konnte sie das Monster jedoch nicht aufhalten, denn der Wendigo bemerkte das Salz und wischte es mit einer einzigen, groben Geste fort. Er zuckte nicht einmal, obwohl es seinen gesamten Arm verbrannte. Es war meine letzte Chance, zu entkommen. Anstatt noch eine weitere Sekunde zu verschwenden, hetzte ich die Treppe hinunter und nach draußen.

Die Straße lag totenstill vor mir – bis auf das Flüstern. Es war dasselbe, körperlose Gemurmel, das mir schon bei meiner ersten Begegnung mit dem Wendigo aufgefallen war. Es umgab das Ungeheuer wie ein tödliches Omen, das seine Präsenz verriet, und erfüllte die gesamte Gasse. Ich war zu sehr damit beschäftigt gewesen, den Wendigo für Blake zu halten, um es zu bemerken. Ich hatte meine Vorsicht vernachlässigt.

Blake.

Der Gedanke an ihn trieb mir die Tränen in die Augen. Obwohl ich losrennen und fliehen musste, harrte ich an der Haustür und wusste nicht, was ich tun sollte. Ich fühlte mich unendlich hilflos und zitterte vor Eiseskälte, denn der Wendigo verströmte ein schreckliches Gefühl des Verderbens. Es nahm mich derart gefangen, dass ich wertvolle Sekunden verlor. Am Ende war es sein monströses Kreischen im Treppenhaus, das mich die Türklinke loslassen und flüchten ließ.

Mein Blick flog über unzählige Häuser, in die ich hätte entkommen können. Mir fehlte nur die Zeit. Ich war kein Geist und konnte nicht durch Wände gehen. Bis jemand auf mein Klingeln reagierte und mich einließ, hätte mich das Biest zu fassen bekommen. Ich hörte das donnernde Getrampel seiner Hufe bereits auf dem Asphalt. Der Wendigo galoppierte hinter mir her wie ein gewaltiges Pferd, die breiten Kiefer geöffnet und seine roten Augen unverwandt auf mich gerichtet. Ich schluchzte und schnappte nach Luft, alles zur selben Zeit, während ich mich antrieb, noch schneller zu laufen. Das Biest kam immer näher. Sein kalkweißer Schädel reflektierte das Mondlicht und verwandelte die Farbe seiner Iriden in Blut.

Blake, dachte ich. *Blake, bitte. Hilf mir.*

Es war das allererste Mal, dass ich ihn bewusst um Hilfe rief. Es war wie ein Reflex – ein letzter, rettender Anker, der sich aus meinem Unterbewusstsein kämpfte. Derweil hetzte mich das Ungeheuer in eine Gasse und verschwand in der Mauer, um sich jeden Augenblick auf mich stürzen.

Mein Herz hämmerte. Für diesen Moment war mir, als kam die Welt um mich herum zum Stillstand. Das ruhelose Gemurmel, welches den Wendigo umgab, peitschte sich immer weiter hoch. Ein Singsang aus aberhunderten von wütenden Stimmen, die mich aggressiv zur Flucht antrieben.

Es war seltsam, wie klar und nüchtern sich mein Verstand anfühlte. Ich dachte darüber nach, von wem das Flüstern stammte. Es kam nicht vom Wendigo selbst. Es musste zu seinen Opfern gehören – zu jenen unzähligen Seelen, die er verschlungen hatte. Ich wusste nicht, ob sie mir helfen wollten oder nur wie ein grauenhaftes Echo an ihm klebten, aber der bloße Gedanke gab mir die Sporen. Ich sprang nach rechts und bog in die nächste Straße, um noch mehr Abstand zwischen uns zu bringen, und hörte das Biest sofort aus der Wand springen. Ich war ihm um Haaresbreite entkommen. Seinen gellenden Schrei in den Ohren hetzte ich geradeaus, ohne mich noch einmal umzudrehen. Ich rannte, bis meine Knie nachgaben und meine Lungen blockierten, immer in dem Wissen, jede Sekunde gefressen zu werden. Solange, bis ein gehörnter Schatten auf die Straße sprang und mir den Weg abschnitt.

Ich konnte nicht ausweichen. Mein Körper gehorchte meinen Befehlen nicht mehr, also stürzte ich der Kreatur in die Arme. Die Angst verwandelte meinen flachen Atem in einen heiseren Schrei, der Blakes Stimme fast übertönte.

„Dawn."

Seine Hände fanden meine Wangen und zwangen mich, ihn anzusehen. Trotzdem brauchte ich eine Ewigkeit, um ihn wirklich zu erkennen. Mein Blick in sein Gesicht begegnete glühend roten Iriden, die mich viel zu sehr an den Wendigo erinnerten. Ich war so in Panik, dass ich noch immer versuchte, mich loszureißen und weiterzulaufen. Nur seine Hände hielten mich davon ab. Sie wanderten mein Gesicht entlang, legten sich auf meine Schultern und hielten mich unerbittlich fest.

„Dawn“, wiederholte er. „Schon gut.“

Auf der Suche nach Halt packte ich nach seinem Shirt, ohne es zu finden. Da war nur glatte, schwarze Haut, so als berührte ich lebendig gewordene Dunkelheit. Blake hatte seine Kampfgestalt angenommen – die mit dem knöchernen Unterkiefer und den messerscharfen Zähnen. In diesem Augenblick kam es mir vor wie Irrsinn, vor dem einen Monster zu flüchten und dem anderen zu vertrauen.

„Ganz ruhig.“ Sein Ton klang wie das hohle Knurren eines Wolfes. „Was ist passiert?“

Sein Blick huschte über meine Schulter und in die Gasse, aus der ich gekommen war. Die einfache Frage auf seinen Lippen brachte die letzten Minuten mit all ihrem Schrecken zu mir zurück. Den gewaltigen Schatten auf meinem Balkon, das Gebrüll des Wendigos und meine Flucht durch Littlewood.

Meine Dämme brachen. Ohne etwas erwidern zu können, vergrub ich das Gesicht an Blakes düsterer Gestalt und weinte bitterlich. Ich war zu nichts anderem mehr in der Lage. Das Adrenalin rauschte wie Strom durch meine Glieder.

„Schon gut.“ Blake schlang den Arm um meine Taille und drückte mich an sich. Eine instinktive, beschützende Geste, die mir selbst in all dem Chaos den Atem raubte. Hier und jetzt wünschte ich mir nichts sehnlicher, als ihm für immer so nahe zu sein. In dieser Form roch er ganz anders und fühlte sich auch anders an, doch das spielte keine Rolle. Er war immer noch er. Ich spürte es an der Art, wie achtsam er mich hielt, damit mich seine Klauen nicht verletzten. Seine Anwesenheit war das Einzige, das den tobenden Sturm in mir beruhigte.

„Der Wendigo.“ Meine leisen Worte verloren sich an seinem Körper. „Er ist hier.“

Seine Muskulatur wurde hart. Sie spannte sich abrupt unter meinen Fingern und machte die Bedrohung schrecklich real.

„Wo?“, fragte Blake. Von der Sanftheit in seiner Stimme fehlte nun jede Spur. „Warst du in der Stadt?“

Ich schüttelte mit dem Kopf. Es befreiten sich noch mehr Tränen, die mir über die Wangen perlten. „Nein. In meinem Haus.“

Er ließ von mir ab, um mich anzusehen. Auch ohne seine Miene zu erkennen, offenbarte die Stille seinen Schrecken. Sie machte mir bewusst, dass das seltsame Flüstern verschwunden war. Bis eben hatte ich geglaubt, es noch immer im Hintergrund zu hören. War der Wendigo fort? Wieso hatte er mich gehen lassen?

Mein Gesicht musste kreidebleich sein, denn Blake stellte keine weiteren Fragen. Er packte plötzlich nach meinen Beinen und hob mich, bis mein ganzes Gewicht auf seinen Armen lag. Dann sprang er in Richtung meines Hauses davon.

Kapitel 19

Meine Panik wuchs mit jedem seiner Schritte. Blake bewegte sich viel schneller als damals, nachdem ich mir das Bein gebrochen hatte, und steuerte unbeirrt auf mein Zuhause zu. Er mied keine Gasse und keinen dunklen Schatten. Obwohl der Wendigo nicht weit entfernt sein konnte, hatte Blake keine Angst. Er *suchte* ihn.

„Blake." Meine Hand lag an seinem Nacken und grub sich in das weiche Fell, das aus seinen Schultern wuchs. Es duftete nach Waldboden, nach Moschus und ein wenig nach ihm. „Nicht."

Sein Kopfschütteln trieb mich in Verzweiflung. Noch vor wenigen Minuten hatte ich ihn gerufen, damit er mir half. Ich hatte nicht darüber nachgedacht, dass er mehr tun würde, als nur mit mir zu flüchten. Ich wusste, er wollte den Wendigo um jeden Preis töten und würde ihn sofort angreifen, wenn er ihn fand. Der Gedanke kam mir heute unerträglich vor. Ich hatte schreckliche Angst davor, dass sich Blake in Gefahr bringen und den Kampf vielleicht sogar verlieren würde. Was, wenn der Wendigo ihn verschlang? Die Vorstellung, Blake niemals wiederzusehen, war noch schlimmer als meine Furcht vor dem Ungeheuer, dem wir jeden Augenblick gegenüberstehen würden.

Am Ende blieb sie unbegründet, denn der Wendigo war tatsächlich verschwunden. Wir fanden ihn weder in den Gassen noch vor meiner Haustür, und auch das unheimliche Geflüster war nirgends zu hören. Als Blake bei der Veranda zum Stehen kam, schien alles seltsam normal. Es gab keine drängenden Stimmen, keine glühenden Augen in der Dunkelheit und keine Eiseskälte mehr. Das Gefühl der Gefahr hatte sich in Luft aufgelöst.

Eine ganze Weile lang geschah nichts. Blake beobachtete reglos mein Haus, ohne mich abzusetzen. Es fühlte sich an wie eine Ewigkeit, bis er seine Stimme wiederfand.

„Er ist gegangen."

Sein Satz bedeutete Befreiung, aber er löste auch einen Knoten in meiner Magengrube. Jeder Atemzug machte mir ein wenig mehr bewusst, was eben geschehen war – und was für einen fatalen Fehler ich begangen hatte. Was mir nur bruchstückhaft klar wurde, schien Blake längst realisiert zu haben, denn sein Blick lag sorgenvoll auf meinem Gesicht. Sein kalter Atem berührte meine Stirn und ließ mich erschaudern.

„Du hast gesagt, er war in deinem Haus", raunte er. „Du hast ihn eingeladen?"

Ich vergrub mein Gesicht noch einmal an seinem Körper.

„Ja", wisperte ich dann. „Ich habe ihn für dich gehalten. Er stand nur da und hat mir nicht geantwortet, also habe ich ihn gebeten, reinzukommen."

Das unrhythmische Pochen seines Herzschlags ließ mich die Augen schließen. Das Schluchzen konnte ich trotzdem nicht unterdrücken.

„Ich bin so *dumm*", fügte ich an. „Ich dachte, du bist gekommen, weil du …"

Ich verstummte, ohne meinen Satz zu beenden. Das war nicht der richtige Zeitpunkt, um dieses Thema anzuschlagen. Blake wusste vermutlich auch so, worauf ich hinauswollte.

„Verstehe", gab er zurück. Eine fast lautlose Antwort. „Das sieht ihm ähnlich."

Nun traute ich mich, den Kopf zu heben. Auch wenn mir sein Schädel jeden Blick auf Blakes echtes Gesicht verbot, schenkte es mir Sicherheit, ihn anzusehen. Es überzeugte mich davon, dass er hier war. Ich fand es nicht einmal merkwürdig, dass er mich noch immer auf seinen Armen trug. Er machte keine Anstalten, mich abzusetzen, und ich würde ihn nicht daran erinnern. Ohne den Wendigo hätte ich fast glauben können, wir wären wieder angelangt, wo wir vor ein paar Tagen begonnen hatten – dort hinten im Licht der Straßenlaterne. Bevor Blake mich geküsst hatte, war ich zuversichtlich und sehr glücklich gewesen. Jetzt fürchtete ich um mein Leben und darum, nie mehr sicher zu sein.

„Wieso ist er verschwunden?“, flüsterte ich, ohne mich von Blake zu lösen. Ich konnte einfach nicht. „Er hat mich gehen lassen.“

Blake schnaubte.

„Er liebt die Jagd“, sagte er nüchtern. „Und er meidet mich. Vermutlich hat er bemerkt, dass ich deinem Hilferuf folge, also hat er sich zurückgezogen.“

Ich schwieg und sah ihn an, deswegen zuckte er achtsam mit den Schultern. Es war die menschlichste Geste, die ich in dieser Gestalt bisher von ihm gesehen hatte.

„Er lauert seiner Beute auf und beobachtet sie“, ergänzte er. „An Kämpfen ist er nicht interessiert. Er wird auf eine bessere Gelegenheit warten.“

Die Angst trieb meine Nägel in seinen Körper.

„Was mache ich jetzt?“, fragte ich heiser. „Wie kann ich die Einladung aufheben?“

Das musste möglich sein. Wenn ich mich richtig erinnerte, hatte Blake mir einst gesagt, dass ich seine Einladung jederzeit widerrufen konnte. Meine Hoffnung schwand erst, als er den Kopf schüttelte und mich schließlich absetzte. Der feste Boden unter meinen Füßen schien mir heute keine Stabilität zu schenken.

„Du kannst ihm befehlen, dein Heim für immer zu verlassen“, erwiderte er bitter. „Aber nur in seinem Beisein.“

Ich spürte, wie jede Farbe aus meinem Gesicht wich. Meine Finger lagen noch immer an Blakes Schulter und schenkten mir den einzigen Halt.

„Du meinst …“, wiederholte ich. „Ich muss darauf warten, dass er wiederkommt?“

In der ersten Sekunde hätte ich beinahe darüber gelacht. War das sein Ernst? Sollte ich von jetzt an hoffen, noch einmal von dem Wendigo überfallen zu werden, damit ich ihn wieder loswurde? Musste ich darauf plädieren, ihn schnell genug auszuladen, bevor er mich fraß? Meine

Gedanken wanderten zu Becca – und zu Mum. Was, wenn sie endlich meine Kerze fand und direkt auf den Wendigo traf?

Ich konnte es einfach nicht fassen. Ein einziger, unbedachter Augenblick hatte alles verändert. Dieses Mal war ich der Welt der Geister nicht nur zu nahegekommen. Ich war in jenen dunklen Abgrund gestürzt, vor dem ich mich die ganze Zeit gefürchtet hatte. Ich konnte mir nicht einmal vorstellen, wie sich Becca und ich in meinem Haus je wieder sicher fühlen sollten.

Ich hielt mich an Blake fest und rührte mich keinen Millimeter. Jede Zelle meines Körpers schien erfroren. Wann würde das Biest zurückkehren? Heute? Morgen? Was, wenn sein Spaß an der Jagd größer war als sein Hunger? Wenn der Wendigo auf eine gute Gelegenheit wartete, konnten Monate vergehen, bis er sich endlich zeigte. Vielleicht stand er eines Tages plötzlich hinter mir, wenn ich am Schreibtisch saß und zeichnete. Oder, wenn Becca bei mir war.

„Hey."

Blakes Hand fand noch einmal meine Wange. Dieses Mal wischte er die Tränen fort, die über mein Gesicht strömten.

„Ich beschütze dich", versprach er. Dabei löste sich die Dunkelheit und gab seine menschliche Gestalt frei. Auch der Hirschschädel bildete sich zurück, bis er wieder zu einer Maske geworden war. Mein erster Blick auf Blakes Lippen ließ mich wie Espenlaub zittern.

„Ich werde da sein, wenn der Wendigo zurückkehrt", schwor er. „Du kannst dich auf mich verlassen."

Ich schüttelte den Kopf. Das würde nicht funktionieren. Sobald das Monster auftauchte, blieben mir bestenfalls Sekunden. So schnell würde Blake niemals hier sein. Die Verzweiflung saß deutlich sichtbar auf meinen Zügen, doch Blakes Entschlossenheit blieb unerschütterlich. Weil ich noch immer so nahe bei ihm stand, setzte er sich in Bewegung, um mich mit sanfter Gewalt Richtung Haustür zu schieben.

„Komm", murmelte er. „Wir reden drinnen."

Es dauerte fast zwei Stunden, bis sich der Nebel in meinem Kopf allmählich lichtete.

Nachdem wir ins Haus gegangen waren, hatte ich mich in mein Bett zurückgezogen. Dort saß ich noch immer, umarmte meine Knie und versuchte zu begreifen, wie es jetzt weitergehen sollte. Ich fürchtete mich nicht mehr nur vor den Seelenfressern, sondern vor dem König aller Ungeheuer. Obwohl Blake mir nicht von der Seite wich, fühlte ich mich furchtbar klein und machtlos.

„Dawn", sagte er. Der Kuss stand zwischen uns, das spürte ich deutlich. Blake harrte am anderen Ende des Bettes, ohne mir zu nahe zu kommen. „Mach dir keine Sorgen."

Ich hätte selbst kaum für möglich gehalten, dass er mich ein wenig beruhigen konnte. Meine Verzweiflung war nicht verschwunden, aber zumindest die Aussichtslosigkeit. Das lag an Blake. Er hatte mir versprochen, von nun an jede Nacht bei mir zu verbringen. Den Wendigo schmerzte die Sonne, also suchte er die Stadt erst heim, wenn es dunkel wurde. Anstatt durch die Straßen zu wandern, wollte Blake auf meinem Balkon Wache halten, während ich schlief. Auf diese Weise konnte ich meinen normalen Alltag beibehalten. Nur wenn ein Hilferuf ihn zum Gehen zwang, musste er mich wecken, damit ich selbst auf mich aufpasste. Mit Blakes Worten klang es beinahe einfach. Ich brauchte nur hier zu sitzen und darauf zu warten, dass der Wendigo sich zeigte. Ein einziges *Verschwinde!* würde ausreichen, um diesen Albtraum für immer zu beenden.

Zumindest, wenn ich nicht einschlief und gefressen wurde, bevor Blake wiederkehrte.

„Danke", erwiderte ich leise. „Ich wüsste nicht, was ich ohne dich tun soll."

Es dauerte eine Weile, bis ich den Gedanken herunterkämpfen konnte. Mein Lächeln war ehrlich gemeint, wenn auch dünn. Blakes Plan war ein großes Zugeständnis. Er hatte sich ohne zu zögern meiner Sicherheit verschrieben und würde mich nachts nur noch aus den Augen lassen, wenn es unbedingt nötig war. Ein Teil von mir freute sich unendlich darüber – ich war nicht allein mit meiner Angst und Blake gewann sogar eine Art Zuhause. Ein anderer Teil von mir bedauerte zutiefst, was ich ihm abverlangte. Mein Leben lag in seiner Hand, und das würde ihn antreiben, den Wendigo zu töten. Ich kannte Blake gut genug, um mir dessen ganz sicher zu sein. Er sagte es nicht, doch in seinen Zügen tobte ein Sturm der Wut. Er begegnete mir, als ich in seine Augen spähte, und verwandelte seine Iriden in ein loderndes Feuer.

„Es tut mir leid", fügte ich hinzu. Ein lautloser Satz, der Blakes Miene ein wenig glättete. Seine aufeinandergepressten Lippen lösten sich, ehe er betroffen die Bettdecke beobachtete.

„Du musst dich nicht entschuldigen", antwortete er. „Hätte ich mit dir gesprochen, hättest du den Wendigo nicht für mich gehalten."

Da war es wieder – das unangenehme Thema, das wir beide zu meiden versuchten. Unser Streit von neulich war so offensichtlich anwesend wie eine dritte Person. Er beeinflusste jedes Wort und jede Regung. Ich wollte Blake nicht das Gefühl geben, ihn zu bedrängen, also blieb ich distanziert. Ihm ging es wohl nicht anders. Mir fiel kein anderer Grund ein, warum er nicht einmal seine Maske abnahm. Er ließ mich nicht mehr hinter die Mauer blicken, die der Hirschschädel schuf, und das machte mich sehr traurig. Es schien all das, was wir miteinander erlebt hatten, auf null zu setzen.

Anstatt etwas zu sagen, legte ich die Stirn auf meine Knie. Ich war furchtbar müde und gleichzeitig hellwach. Wann immer ich blinzelte, sah ich vor mir, wie der Wendigo sich auf meinem Balkon zu voller Größe aufrichtete. Ich wusste von Blake, dass das Biest mehr war als ein geistloses Monster. Es war genauso intelligent wie unberechenbar und hatte heute Macht über uns erlangt. Der Gedanke zerrieb meine mühsam aufgebaute Hoffnung.

„Wie konnte er dich imitieren?" Ich hielt die Augen geschlossen, während ich sprach. Diese Frage ging mir nicht aus dem Kopf. „Ich war so sicher, deine Stimme zu hören."

Blake schnaubte wütend. „Das ist eine seiner Fähigkeiten. Er kann die Stimmen derer benutzen, die er verschlungen hat."

Er musste meinen verunsicherten Gesichtsausdruck bemerken, denn seine Kiefer spannten sich.

„Er muss sich einen Ton ausgesucht haben, der meinem möglichst ähnlich klingt", knurrte er. „Damit hat er dich reingelegt."

Ich antwortete nicht. Stattdessen suchte ich nach einem Weg, unsere Niederlage zu verkraften. Es war grotesk, mit welcher Leichtigkeit mich der Wendigo hinters Licht geführt hatte. Ich hatte meinen Fehler beinahe mit dem Leben bezahlt – und mit etwas Pech würde ich das irgendwann noch tun.

„Glaubst du, er wird kommen?“ Ich wandte den Blick nicht ab. Meine Augen waren glasig und voller Angst. „Wird er dich angreifen?“

Darüber dachte Blake eine Weile nach.

„Ich weiß es nicht“, gestand er dann. „Er scheut den Kampf und weicht mir aus, soweit es geht. Es gab Nächte, in denen er mich stundenlang beobachtet hat, ohne näher zu kommen.“

Ich hob noch einmal den Kopf und sah, wie er die Brauen wölbte. Man erkannte es durch die Löcher der Maske.

„Manchmal glaube ich, er will verstehen, wer ich bin“, fuhr Blake fort. „Manchmal bin ich mir aber auch sicher, er wartet auf eine Chance, um mich zu töten.“

Ich verstand, was er sagen wollte. Es ließ sich nicht vorhersehen, ob der Wendigo hier aufkreuzte, solange Blake mich bewachte. Vielleicht hielt er sich die Option nur offen, um uns unter Druck zu setzen. Auf mich *und* die Geister Littlewoods zu achten, würde Blake einiges abverlangen. Im schlimmsten Fall lauerte der Wendigo im Hintergrund und wartete darauf, bis Blake unvorsichtig wurde, um ihn anzugreifen. Der Gedanke hinterließ ein bleiernes Gefühl in meiner Magengrube. Ganz gleich, wo und wann Blake und der Wendigo wieder aufeinandertreffen würden, ein Kampf war unausweichlich – und einer von ihnen würde ihn nicht überleben.

Ich war so sehr in diese Vorstellung vertieft, dass mich Blakes plötzliche Bewegung zusammenzucken ließ. Er war aufgestanden und schritt zur Balkontür.

Einen schrecklichen Moment lang glaubte ich, der Wendigo war zurückgekehrt. Ich sprang auf die Knie, ohne nachzudenken, und war schon halb auf der Flucht. Erst als Blake sich zu mir umwandte, entspannten sich meine Schultern. Er wirkte nicht alarmiert, nur reuevoll.

„Entschuldige“, raunte er. „Ich wollte dich nicht erschrecken.“

Mein Puls raste. „Wohin gehst du?“

Mit einem Mal hatte ich größere Angst davor, dass Blake mich verließ, als vor dem Wendigo selbst. Der Angriff von vorhin schien ein fürchterliches Echo in mir hinterlassen zu haben. Es fühlte sich an, als würde mich die Dunkelheit ersticken. Der Wendigo schien überall zu lauern – in jedem Schatten der Nacht und sogar hinter meinen Lidern.

Blake zögerte. Das war selten ein gutes Zeichen.

„Ich bleibe auf dem Balkon“, meinte er vorsichtig. „Von dort aus kann ich die Straße beobachten. Und du kannst schlafen.“

Ich wusste, seine Idee war aus Fürsorge geboren. Sie hatte aber auch einen Zweck. Solange wir versuchten, nicht über unsere Gefühle zu sprechen, war unser Zusammensein schwierig. Blake wollte nichts Falsches tun, also gab er mir Raum und zog sich zurück. Es war fast ironisch, dass der Wendigo uns ausgerechnet jetzt dazu zwang, Zeit miteinander zu verbringen. Mein Verstand kämpfte gegen meinen Wunsch, mit Blake zusammen zu sein, ganz gleich, ob wir ein Paar waren oder nicht. Es schmerzte, ihn so vorsichtig zu sehen. Die Situation machte nicht nur Blake, sondern auch mich einsam.

„Warte“, flüsterte ich. „Kannst du bitte hierbleiben?“

Es wäre das Richtige gewesen, ihn gehen zu lassen und das Kapitel meiner Sehnsucht endlich zu beenden. Ich konnte nur nicht – nicht heute. Wenn Blake mich jetzt allein ließ, verlor ich den Verstand. Das Gebrüll des Wendigos kehrte zu mir zurück, wann immer eine Sekunde der Stille verging. An Schlaf war nicht zu denken.

„Du musst mir nicht nahekommen, wenn du nicht willst“, fügte ich hinzu. „Aber bitte geh nicht weg.“

Meine Worte hüllten Blake in tiefes Schweigen. Er blieb stehen, sah mich an und ließ mich ahnen, was für einen Eindruck ich erwecken musste. Ich kauerte auf meinem Bett wie ein Kind, das allen Mut verloren hatte. Blake schien dasselbe zu denken, denn er seufzte lautlos. Dann kam er zum Bett, senkte das Knie auf die Matratze und setzte sich zu mir. Als sein Rücken ans Kopfende sank, fand sein Arm meine Schultern und brachte meinen Herzschlag zum Stolpern.

„Keine Angst“, raunte er. „Ich bleibe.“

Er zog mich an sich, bis ich ihm ganz nahe war – nahe genug, um mich an ihn zu lehnen. Er hielt mich, als wäre es das Normalste der Welt, und entfachte ein Chaos in meinem Inneren. Was war geschehen? Bis eben hatte er sichergestellt, auf Distanz zu bleiben. Ich war wie erstarrt.

„Du kannst schlafen", sagte Blake. Sein Atem traf mein Ohr und verkrampfte meine Magengrube. „Dir wird nichts passieren."

Er meinte es ehrlich. Ich spürte es an seiner sanften Stimme und an der Art, wie achtsam er mich berührte. Er schenkte mir genügend Freiheit, um auf Abstand zu gehen, aber zu wenig Raum, um Angst zu haben. Beides zur selben Zeit.

In diesem Moment hätte ich seine Gefühle nicht deutlicher wahrnehmen können. Es tat ihm leid, was passiert war. Er gab sich die Schuld dafür, den Wendigo nicht längst getötet zu haben. Ich kannte Blake gut genug, um mir dessen ganz sicher zu sein. Obwohl er nach unserem Kuss entschieden hatte, Abstand zu halten, brach er seinen Entschluss und tröstete mich.

Ich senkte den Kopf auf seine Halsbeuge. Er sollte nicht sehen, dass ich weinte. Ich war unendlich dankbar und gleichzeitig tieftraurig. Wieso musste es so sein? Warum hatte ich mich ausgerechnet in jemanden verliebt, der kein Teil meiner Welt sein durfte? Es brachte nichts, es zu leugnen. Ich vermisste Blake ununterbrochen und wünschte mir nichts mehr, als bei ihm zu sein. Seine Präsenz erfüllte mich mit Geborgenheit. Wenn er hier war, fand ich den Optimismus, an morgen zu glauben. So als wäre er das Einzige, das in dieser chaotischen Welt Sinn ergab.

Keiner von uns sagte ein Wort. Niemand traute sich, den Moment zu unterbrechen. Ich wusste, Blake tat das alles für mich. Er legte seine Maske nicht ab und wahrte die Beherrschung, während seine Fingerspitzen auf meiner Haut malten. Sie zogen langsame, zärtliche Bahnen, immer darauf bedacht, mich nicht mit seinen Krallen zu verletzen. Mit jedem Schauer, den sie hinterließen, schien der Wendigo ein wenig mehr zu verschwinden. Was blieb, war nur Frieden.

Ich wollte mit ihm reden. Ihm sagen, dass es längst zu spät war, mich von ihm zu trennen – zumindest für mich. Am Ende wagte ich es nicht, denn ich durfte nicht riskieren, dass er mich doch noch verließ.

Stattdessen schmiegte ich mich in das Fell an seinen Schultern und griff nach seinem Shirt, um jedes bisschen seiner Nähe in mir aufzunehmen. Es war nicht mehr wichtig, dass es meine Sehnsucht noch schlimmer machen würde, sobald der Morgen anbrach.

Es gab nur noch diesen Augenblick und diese eine Nacht, bis der Schlaf meinen Kummer vertrieb.

Als ich am nächsten Abend auf Becca wartete, fühlte ich mich wie gerädert. Meine plötzliche Flucht vor dem Wendigo hatte ihre Spuren hinterlassen. Mir tat *alles* weh. Ich fand kaum einen Muskel, der mich tragen wollte, ohne sich ächzend zu beschweren.

Dass ich überhaupt etwas Schlaf bekommen hatte, verdankte ich Blake, auch wenn mir seine nächtliche Gesellschaft wie ein wirrer Traum vorkam. Er war es nicht leid geworden, mich im Arm zu halten, und erst mit dem Morgengrauen aufgebrochen.

Ich senkte die Lider und rieb mir über die Stirn. So sehr ich Blakes Nähe genossen hatte, so ratlos ließ sie mich zurück. Nun wusste ich noch weniger, wie ich mich ihm gegenüber verhalten sollte. Ich konnte nur ahnen, dass seine Entscheidung feststand, weil er seine Maske nicht mehr abnahm. Solange er sein Gesicht verbarg, errichtete er eine Mauer der Distanz. Ich hatte keine Ahnung, was ich dagegen tun sollte. Ich wusste ja nicht einmal selbst, was ich wollte.

Mir blieb nicht viel Gelegenheit, mir den Kopf zu zerbrechen, denn Becca stieg in diesem Moment die Treppe hoch. Ich hörte ihre Schritte so deutlich, als gehörten sie zu einem lebendigen Menschen.

„Und?“, fragte ich, nachdem sie in den Raum getreten war. „Wie geht es ihm?“

Mein Vater war ein weiterer Grund, wieso meine Gedanken heute erstaunlich selten zu Blake wanderten. Er hatte sich einen Husten eingefangen und fühlte sich schlapp, weswegen er noch blasser aussah als ohnehin schon. Das waren zumindest die Symptome, die ich mir selbst zusammenreimte. Wenn Dad krank war oder Probleme hatte, schwieg er wie ein Grab. Ein Arztbesuch war für ihn ausgeschlossen, also hatte ich ihm Tee gebracht und ihn dazu überredet, wenigstens früh schlafen zu gehen. Er war jemand, der nicht gern Schwäche zugab, und sein Mums Tod war es noch schlimmer geworden. Ich konnte nur hoffen, dass er sich morgen besser fühlte.

Becca ließ sich aufs Bett sinken und schenkte mir ein beruhigendes Lächeln.

„Alles okay“, meinte sie. „Er schläft. Und er hat deinen Tee getrunken.“

Ich nickte, ohne etwas zu erwidern. Es war schwer, auf Dad zu achten, weil er einfach nicht mit mir sprach. Er behielt alles für sich, was mich belasten könnte, und spielte viel zu oft den Starken. Bei diesen Themen drang ich einfach nicht zu ihm durch. Lag es an mir, dass ich überall nur gegen Wände stieß?

Becca berührte meine Schulter. Sie saß genau dort, wo Blake gestern so lange verweilt hatte. „Das wird schon wieder. Er ist doch kräftig.“

Ich atmete langsam aus.

„Ich weiß“, erwiderte ich frustriert. „Aber er sagt mir nie, was los ist.“

Sie hörte mir zu, ohne ihren Blick von mir zu nehmen. Ihre Paillettenohrringe fingen das Licht der Deckenlampe und warfen ihre Reflektionen in meine Richtung. Ich war noch nicht dazu gekommen, eine gemütlichere Beleuchtung für den Abend anzumachen.

„Ich denke, er will dir keine Sorgen machen“, sagte sie nachdenklich. „Es ist wahrscheinlich seine Art, für dich da zu sein.“

Ich seufzte. Sobald sich eine passende Gelegenheit bot, würde ich noch einmal versuchen, mit ihm darüber zu sprechen.

„Warum bist du heute eigentlich so früh dran?“, fragte ich neugierig. „Hast du etwas Bestimmtes vor?“

Normalerweise war sie ein richtiges Nachtgespenst und erschien selten vor Mitternacht in meinem Zimmer, um einen schnulzigen Liebesfilm mit mir zu schauen – zum Leidwesen meiner Augenringe. Ein Blick zur Balkontür verriet jedoch, dass es gerade erst dämmerte. Ich konnte die orangefarbenen Wolken erkennen, gefärbt von einer gleißend hellen Abendsonne. Es würde noch mindestens eine Stunde dauern, bis sie gänzlich verschwand und Blake erschien, um seine Wache anzutreten. Zumindest, wenn er sein Versprechen hielt.

„Nein", war Beccas Antwort. „Ich will nach Jacob suchen. Nichts Besonderes."

Sie schürzte die Lippen, bevor sie schelmisch zu grinsen anfing.

„Seit dein Zimmer zur Liebeshöhle erklärt wurde, komme ich lieber etwas früher", fügte sie dann hinzu. „Ich will euch nicht als Sandwich erwischen."

Ich wurde knallrot. Die Hitze stieg mir in die Ohren und breitete sich auf meinem ganzen Gesicht aus. Ich *wusste*, sie wollte mich ärgern, aber ich konnte es einfach nicht verhindern.

„Wir sind nicht zusammen", brummte ich beschämt. „Er besucht mich nur wegen des Wendigos. Blake ist ein Geist und ich bin ein Mensch. Hast du schon vergessen?"

Beccas Miene hätte unbeeindruckter nicht sein können. Ihr Schulterzucken untermalte diesen Eindruck.

„Geister können durchaus gute Partner sein", meinte sie. „Überleg doch mal. Sie essen den Kühlschrank nicht leer, pupsen nicht und lassen keine verschwitzten Socken rumliegen."

Ihre Worte brachten mich beinahe zum Prusten, aber mein Erstaunen war größer. Ich konnte mich nicht daran erinnern, sie je positiv von Blake sprechen gehört zu haben. Mehr noch – ich hörte nicht nur keine Ablehnung. Es kam mir fast vor, als versuchte sie mich mit ihm zu verkuppeln.

Ich wölbte die Brauen. „Ich dachte, du magst Blake nicht."

Bei unserem letzten Gespräch hatte Becca das sehr, sehr deutlich gemacht. Das wusste sie genauso gut wie ich, also dachte sie eine Weile nach.

„Stimmt auch“, ließ sie verlauten. So wie sie dort saß – mit verschränkten Armen und diesem konzentrierten Gesicht – hätte ich glauben können, sie wäre meine Schwester. Phoebe war die einzige Freundin, der ich genauso vertraute wie Becca.

„Aber er passt auf dich auf. Ihm scheint also was an dir zu liegen.“ Beccas Ton wurde milde. „Außerdem kann ich ihn dir doch sowieso nicht mehr ausreden, oder?“

Ich schwieg. Becca hatte ein Talent dafür, ihren Finger auf wunde Punkte zu legen. Sie hatte ja recht. Ich musste ständig an Blake denken, ob ich wollte oder nicht. Es geschah von ganz allein. Ich fragte mich, wo er tagsüber war, wie es ihm ging und ob er in Gefahr schwebte. Und neuerdings zerbrach ich mir immer öfter den Kopf darüber, was er wohl über mich dachte. Meine Nacht an seiner Seite hatte sich unendlich geborgen und richtig angefühlt. Er musste gar nichts dafür tun. Seine Anwesenheit war alles, was ich mir wünschte.

Beccas Stimme wurde ernst.

„Ich bin immer noch der Meinung, dass du dich von ihm fernhalten solltest“, gestand sie. „Er ist mir nicht geheuer. Ich will aber auch nicht jeden Tag in dein trauriges Gesicht sehen.“

Sie zuckte mit den Schultern. Eine betont lockere Geste.

„Du musst selbst entscheiden, was das Richtige ist“, endete sie. „Denk nicht so viel nach.“

Ich kam nicht umhin, ihr ein Lächeln zu schenken. Es war untypisch für Becca, freiwillig ein so schweres Thema anzuschlagen. Das machte deutlich, dass sie sich um mich sorgte. Sie hielt es für das Beste, seinen Gefühlen zu vertrauen und nicht zu viel zu grübeln. In Blakes Fall musste ich zwar auch an die Zukunft denken, aber ihr Rat erreichte mich trotzdem. Ich musste nur herausfinden, was ich damit anfangen sollte.

Ich streckte die Arme aus. Becca verstand die Geste und kam näher, um mich kurz zu umarmen.

„Danke“, murmelte ich. „Ich denke darüber nach.“

Ihr Glucksen verriet, dass sie die Ironie in meiner Antwort verstanden hatte. Als sie sich wieder von mir löste, wirkte sie wie ausgewechselt. Ihr freches Grinsen war zurück.

„Ich werde dann mal gehen“, flötete sie. „Der Märchenprinz ist bestimmt bald da.“

Ich wandte den Blick ab und spähte noch einmal zur Balkontür. Sie wurde von einer neuen Linie aus Salz geschützt, die ich heute Früh gezogen hatte. Auch wenn sie den Wendigo nicht vollständig aufgehalten hatte, verdankte ich ihr mein Leben. Aus diesem Grund hatte ich entschieden, am Montag einen Salzkreis in der Bibliothek zu ziehen – falls Alice in Schwierigkeiten geriet. Hinter dem Regal mit den ausgemusterten Büchern würde Suzanne ihn hoffentlich nicht allzu schnell bemerken. Sie war ein echter Putzteufel.

„Du kannst trotzdem herkommen, wenn du eine Pause brauchst“, sagte ich langsam. Ich wollte, dass Becca das wusste. „Du bist jederzeit willkommen.“

Becca war bereits aufgestanden und im Begriff, zu gehen. Zuvor blieb sie noch einmal stehen und hob die Brauen.

„Okay.“ Sie kicherte vielsagend. „Wenn ich Unterschlupf suche, übernachte ich im Schlafzimmer deines Vaters.“

Ich kam nicht dazu, ihr empört hinterherzurufen. Sie war bereits verschwunden und überließ mich der Stille, um einmal mehr nach ihrem Bruder zu suchen.

Kapitel 20

Blake hielt sein Versprechen und erschien auf meinem Balkon, noch bevor die Sonne vollständig untergegangen war.

Seine dunkle Gestalt im Augenwinkel versetzte mir einen kurzen Stich, doch dieses Mal erschrak ich nicht vor ihm. Seit ich dem Wendigo gegenübergestanden hatte, konnte ich die beiden sicher unterscheiden. Blakes Präsenz wohnte nichts von der grässlichen Gewalt inne, die den Wendigo umgab.

Ich legte das Buch auf den Nachttisch, in dem ich bis eben gelesen hatte. Dann sah ich Blake entgegen. Ich war beinahe sicher, er würde es heute vorziehen, draußen zu bleiben. Er kam jedoch durch die Scheibe, ließ die frische Linie aus Salz hinter sich und blieb erst stehen, als er auf meinem Teppich stand. Er zeigte mir seine menschliche Gestalt, ohne die Hirschmaske abzunehmen.

„Hey“, sagte er zögernd. „Wie geht es dir?“

Seine tiefe Stimme beschleunigte meinen Puls. Ich konnte nichts dagegen tun.

„In Ordnung, denke ich“, gab ich zurück. „Und dir? Hast du ihn gesehen?“

Wir wussten beide, von wem ich sprach. Der Wendigo war gestern nicht aufgetaucht – zumindest nicht, dass ich es mitbekommen hätte. Blakes Kopfschütteln bezeugte es.

„Nein." Er sah aus, als wollte er näherkommen. Ihn verriet nur eine winzige Bewegung, so als unterdrückte er einen raschen Impuls, auf mich zuzutreten. Stattdessen blieb er mitten in meinem Zimmer, drei Meter von mir entfernt. Alles an ihm wirkte unschlüssig.

Sein Anblick weckte den übermächtigen Wunsch in mir, ihn einfach einzuladen. Wenn ich ihn bat, sich zu mir zu setzen und mich zu halten, würde er es tun? Ich wusste es nicht. Ich hätte mich ohnehin nie getraut, ihn danach zu fragen. Meine Angst vor seiner Ablehnung war zu groß.

„Ich weiß nicht, wann er auftauchen wird", fuhr Blake fort. Ich konnte sehen, wie sich seine Faust ballte. „Wenn er es tut, wird er es bereuen."

Sein Ton hätte ernster nicht sein können, also hob ich meine Lippen zu einem Lächeln.

„Ich weiß", flüsterte ich. „Danke."

Es war verrückt. Obwohl Blake direkt vor mir stand, vermisste ich ihn. Ich sehnte mich nach unseren ausgelassenen Gesprächen, nach dem Blick in sein Gesicht und danach, ihm Fragen über die Welt zu stellen, in der nun auch ich lebte. Dieser eine Kuss hatte meine Gefühle so sehr beflügelt – und gleichzeitig war es, als hätte ich durch ihn meinen besten Freund verloren. Nichts war wie vorher. Keine Geste und kein Satz blieben ohne Bedeutung. Wir würden nie wieder so dicht voreinander sitzen wie neulich in der Küche, ohne befangen zu sein. Wir würden einander aus dem Weg gehen, um eine Distanz zu wahren, die keiner von uns wollte.

Mir fehlten die Worte. Auch Blake schwieg, also neigte er den Kopf und spähte in Richtung der Balkontür. Er suchte nach einem Ausweg, bevor sein Blick an etwas hängen blieb – meiner Akustikgitarre. Ich hatte sie vor einer Ewigkeit von einer Freundin meiner Mutter bekommen, war mit Instrumenten aber nie warm geworden. Es musste Jahre her sein, dass ich sie zum letzten Mal aus der Halterung genommen hatte.

„Was ist?", wollte ich wissen. „Hast du mal Gitarre gespielt?"

Ich spürte, wie sich meine Schultern entspannten. Ganz gleich, wie unmöglich es auch erscheinen mochte, ich wünschte mir unsere Freundschaft zurück. Jedes Gesprächsthema war mir recht. Ich wollte nicht, dass er ging.

Ich wollte ihn nicht verlieren.

Blake hob abwehrend die Hände. „Nein. Ich weiß nicht, ob …“

Sein unsicherer Ton brachte mich dazu, aufzustehen und an ihm vorbei zu gehen. Ich musste ihm die Gitarre nur geben, damit er sie anfassen konnte.

„Probier es aus“, schlug ich vor. Mein lockerer Ton sollte ihn aus der Reserve locken. „Ist doch besser, als auf dem Balkon zu sitzen.“

Sein Blick traf mein Gesicht. Weil ich ihm unbeirrt standhielt, griff Blake nach der Gitarre und ließ sich auf den Boden sinken. Er lehnte den Rücken an die Bettkante und hielt das Instrument auf seinem Oberschenkel. Ich hätte schwören können, dass er das schon einmal gemacht hatte. Seine Haltung wirkte kein bisschen unbeholfen.

„Ich bin nicht sicher.“ Er berührte die Saiten sehr vorsichtig mit den Fingerkuppen, damit seine Krallen sie nicht beschädigten. „Ich hatte das Gefühl, mich daran zu erinnern. Sie kam mir bekannt vor.“

Als die ersten leisen Klänge den Raum erfüllten, setzte ich mich neben ihn. Vom Boden aus erlebte ich mein Zimmer aus einer anderen Perspektive, mit der ich mich irgendwie klein fühlte.

„Das ist gut“, antwortete ich. „Das heißt, deine Erinnerungen kommen langsam zurück, oder?“

Er beobachtete das helle Holz der Gitarre.

„Vielleicht“, sagte er. „Zumindest teilweise.“

Während er sprach, verwandelte sich sein loses Zupfen an den Saiten plötzlich in einen Riff. Ich hörte es ganz genau. Die Töne passten zu gut aufeinander, um zufällig zu sein. Blake spielte den Anfang eines Songs, ohne es zu bemerken. Ein solches Detail über ihn herauszufinden, faszinierte mich. Becca wusste noch viel mehr aus ihrem alten Leben als Blake. Dass er einmal Gitarre gespielt haben musste, gab ihm eine Vorgeschichte – etwas Menschliches.

„Weißt du noch mehr?“, meinte ich. Je länger ich ihm zuhörte, desto flüssiger wurde die Melodie. Unser Gespräch schien ihm dabei zu helfen, sich mehr und mehr an die richtigen Handgriffe zu erinnern.

„Nicht viel“, gab er zu. „Ich glaube, ich hatte eine Schwester, aber das ist das Einzige. Der Rest liegt zu tief im Nebel.“

Er schwieg einen Moment.

„Ich erinnere mich nicht einmal an ihr Gesicht."

Seine Worte machten mich sehr nachdenklich. Ich fragte mich, wo Blake gelebt hatte, woran er gestorben war und ob ihm irgendwann wieder einfallen würde, was ihn mit dem Wendigo verband. Bisher wussten wir nur, dass das düstere Monster ihn wohl kurz nach seinem Tod attackiert hatte. Vermutlich war das auch der Grund, warum Blake es unbedingt töten wollte.

„Willst du das überhaupt?" Der Satz verließ meine Lippen wie von selbst. „Dich erinnern?"

Es musste beängstigend sein, irgendwann den eigenen Tod vor Augen zu sehen. Die Angst, den Schmerz und das Ende. Ich war unheimlich froh, den Unfall mit Mum vollständig vergessen zu haben.

Blake verstand, was ich meinte, denn er nahm sich zum Antworten viel Zeit.

„Ich denke schon", erwiderte er schließlich. Seine Stimme klang wie ein leiser Singsang, untermalt von der sanften Melodie der Gitarre. Sie bestand aus langsamen Tönen, die mir zugleich melancholisch und beruhigend vorkamen. Das machte es mir leicht, meine Anspannung gehen zu lassen. Bis vorhin hatte ich befürchtet, dass der Wendigo uns heute attackierte oder, dass Blake mich vergessen und nicht kommen würde. Hier und jetzt waren diese Sorgen weit entfernt. Ich fühlte mich zufrieden, so als hätte ich schon dutzende Male hier gesessen und Blake beim Spielen zugehört. Solange er sich auf die Gitarre konzentrierte, suchte keiner von uns nach Worten. Alles war wie früher.

„Du kannst das wirklich gut", murmelte ich.

Die Ruhe machte mich müde, also hielt ich die Augen geschlossen. Ich folgte den Takten der Musik, ohne zu bemerken, dass ich eindöste. Meine Wahrnehmung schwand, bis nichts mehr übrig war. Nur Blakes rhythmischer Atem, der jede Angst vertrieb, gemeinsam mit den leisen Tönen der Gitarre. Sie verwischten meine Träume, bis mein Kopf an Blakes Schulter sank. Kurz darauf war ich eingeschlafen.

Als ich das nächste Mal die Lider hob, wurde es bereits hell. Jemand hatte mich ins Bett getragen und die Decke wie einen Schutzschild über mir ausgebreitet. Ich musste sie zur Seite schieben, um einen Blick in mein Zimmer werfen zu können, aber Blake war verschwunden. Er hatte sich vermutlich mit der Dämmerung auf den Weg gemacht. So wie es aussah, hatten wir eine weitere Nacht rumgebracht, ohne auf den Wendigo zu treffen.

Ich brauchte etwas, um zu mir zu kommen. Die Gitarre stand wieder in ihrer Halterung in der Ecke, als wäre Blake nie dagewesen. Einzig die Decke auf meinen Schultern bewies das Gegenteil. Seine Fürsorge trieb meinen Puls in die Höhe und half mir, mich aufzurichten.

Eine ganze Weile lang saß ich da, blickte ins Nichts und hing meinen Gedanken nach. Dann spähte ich auf meinen Wecker. Es hatte gerade einmal sieben Uhr geschlagen – kein Wunder, dass ich so müde war. Abgesehen von den gedämpften Geräuschen auf der Straße war es totenstill im Haus, denn Dad schlief noch. Ich hatte trotzdem keine Hoffnung, dass er heute im Bett blieb. Er würde bald aufstehen, um den Sonntag für Hausarbeit zu nutzen, so wie immer. Ich wollte ihm Frühstück ans Bett bringen und wenigstens versuchen, etwas Überzeugungsarbeit zu leisten.

Ich stand auf, streckte den Rücken und ging zum Schrank, um meinen Bademantel anzuziehen. Mir kam die Idee, heute Auflauf zu machen und Dad etwas Gemüse unter zu mogeln. Sonntags musste ich nicht arbeiten, und soweit ich wusste, hatte Phoebe Notdienst. Mir blieb also alle Zeit der Welt, mich um den Haushalt zu kümmern. Viel mehr beschäftigte mich jedoch, was mich nach der Dämmerung erwartete – Blakes Besuch. Sobald es dunkel wurde, würde er seine Nachtwache antreten. Ich konnte es kaum erwarten, ihn Gitarre spielen zu hören, mit ihm zu sprechen und neben ihm einzuschlafen. Seine Gesellschaft wurde mehr und mehr zu einem Ritual, das mich motivierte. Es fiel mir leicht, positiv in den Tag zu starten.

Zumindest, bis ich mich umdrehte und plötzlich in Beccas Gesicht spähte. Sie hatte völlig lautlos mein Zimmer betreten und harrte an der Tür, ohne etwas zu sagen. Ihr Augen wirkten weit aufgerissen und entsetzt.

Als ich sie so sah, geriet ich auf der Stelle in Panik. Ich *wusste*, etwas war passiert. Die Sekunde, bis sie endlich sprach, brachte mich fast um den Verstand.

„Dawn", wisperte sie mit bebenden Lippen. „Dein Vater ist zusammengebrochen."

Ich hatte nicht einmal realisiert, was sie sagte, da eilte ich an ihr vorbei und die Treppe hinab.

Die Küche war leer, aber ich fand Dad im Wohnzimmer. Er lag auf dem Teppich neben dem Sofatisch, das Gesicht nach unten geneigt, und sah aus, als wäre er nicht mehr am Leben. Er musste tatsächlich aufgestanden sein, um Frühstück zu machen – er trug noch immer seinen Pyjama. Der Gedanke rauschte an mir vorbei wie ein Pfeil, während ich neben ihm auf die Knie stürzte. Er war schlaff und schwer wie Blei. Ich schaffte es nicht, ihn umzudrehen.

„Dad." Die Tränen perlten über meine Wangen. *„Dad."*

Ich war so verzweifelt, dass ich nur dasaß und an seinem Arm zerrte, als könnte ich ihm damit helfen. In diesem Moment schien jeder logische Gedanke aus meinem Kopf verschwunden. Meinen Vater so zu sehen, nahm mir den Boden unter den Füßen. Anstatt die Dringlichkeit der Situation zu verstehen, dachte ich an das Krankenhaus und an Mums Beerdigung. An die Einsamkeit.

Ich konnte Dad nicht auch noch verlieren.

Meine Starre endete erst, als Becca erschien. Sie eilte neben mich, ging in die Hocke und sah mich an, bis ich auf sie reagierte. Solange ich meinen Vater berührte, konnte auch sie ihn anfassen. Gemeinsam schafften wir es, ihn umzudrehen und in die stabile Seitenlage zu bringen.

„Er atmet noch", sagte Becca hastig. Sie lehnte mit dem Ellenbogen am Boden und war Dad ganz nahe, um seinem Herzschlag zu lauschen. „Ruf einen Krankenwagen."

Ich hätte nicht gewusst, was ich ohne sie tun sollte. Ich nickte wie in Trance, stand auf und eilte schweigend zum Telefon.

Dad, dachte ich. Ich hatte solche Angst, dass ich Sekunden brauchte, um mich an unsere Adresse zu erinnern. *Bitte nicht.*

Es dauerte kaum 30 Minuten, bis wir die Notaufnahme erreichten. Die Ärzte hatten mir erlaubt, Dad im Krankenwagen zu begleiten, und auch Becca war mitgekommen, bis sie kurz vor dem Krankenhaus ihre Form verloren hatte. Als Dad ins Behandlungszimmer gebracht wurde, blieb mir nichts anderes übrig, als im Warteraum auszuharren.

Ich war verzweifelt. Jede Minute der Ungewissheit schien mich umzubringen. Ich saß auf einem der Stühle, stützte meinen Kopf mit den Händen und starrte auf den gekachelten Boden, ohne mich zu rühren. Ein Herzinfarkt war bereits im Krankenwagen ausgeschlossen worden, aber meine Sorge konnte das kaum schmälern. Ich musste die ganze Zeit daran denken, was geschah, wenn Dad starb, und sah alles noch einmal lebendig vor mir – den Bestatter, den Sarg, die Beerdigung. Die Einsamkeit. Ich konnte das nicht noch einmal durchmachen.

„Hey."

Phoebe nahm meine Hand. Sie saß neben mir und schenkte mir ein aufbauendes Lächeln, das vorsichtig und unsicher wirkte. Als sie gehört hatte, was geschehen war, hatte sie alles stehen und liegen gelassen und war sofort hierhergeeilt. Ich hoffte sehr, dass sie dafür keine Probleme bekommen würde.

„Es wird schon werden", murmelte sie. „Er hat sich bestimmt nur überarbeitet. Du kennst ihn doch."

Ich zwang mich, ihr in die Augen zu sehen. Sie hatte recht. Ich durfte die Hoffnung nicht aufgeben, dass es Dad bald wieder besser ging. Für den Moment blieb mir nichts anderes übrig.

„Gib nicht auf", fügte Phoebe leise hinzu. Drei Worte, die mich tief berührten. Sie trafen einen wunden Punkt, denn ich hatte das Gefühl, versagt zu haben. Seit Mum nicht mehr da war, kümmerte ich mich um Dad, so gut es ging. Offenbar aber nicht genug.

Mein niedergeschlagenes Gesicht musste Bände sprechen, denn Phoebe schlang den Arm um meine Schultern. Sie gab mir die Kraft, die quälende Ungewissheit auszuhalten.

Irgendwann trat eine Krankenschwester hinter uns.

„Ms. Atwood?"

Mein Nachname auf ihren Lippen ließ mich sofort herumfahren. Ich bewegte mich so schnell, dass die junge Frau zusammenfuhr. Sie hatte blondes Haar und trug ein Klemmbrett in der Hand, mit dem sie nach rechts zeigte. Ihr Gesichtsausdruck war milde.

„Sie können jetzt zu ihm", fügte sie hinzu. „Machen sie sich keine Sorgen. Es war nur ein Schwächeanfall."

Meine Beine gehorchten meinen Befehlen nicht. Ich war so erleichtert, dass ich in Tränen ausbrach.

„Was bedeutet das?", flüsterte ich. „Ist er krank?"

Die Schwester warf einen raschen Blick auf das Klemmbrett, bevor sie den Kopf schüttelte.

„Nein." Sie winkte mich mit sich, und so folgte ich ihr zum Zimmer 272. An der Tür stoppte sie und dachte kurz nach.

„Ihr Vater ist überarbeitet", meinte sie. „Wenn man so erschöpft ist, kann eine gewöhnliche Erkältung ganz schön auf den Kreislauf schlagen. Er sollte sich ausruhen und es in Zukunft etwas langsamer angehen lassen."

Sie wölbte die Brauen.

„Wenn man es übertreibt, riskiert man Schlimmeres. Zum Beispiel eine Herzmuskelentzündung."

Ich wusste, sie wollte mir keine Angst einjagen. Es war eine gut gemeinte Warnung, damit Dad besser auf sich achtete. Ich wünschte nur, sie hätte es ihm gesagt und nicht mir.

Die junge Frau wartete darauf, ob ich noch weitere Fragen hatte, aber ich nickte langsam und ließ sie gehen. Sie schritt an Phoebe vorbei, die etwas weiter weg stehengeblieben war, um Dad und mir Privatsphäre zu schenken. Es brachte mich dazu, ihr einen dankbaren Blick zuzuwerfen. Danach straffte ich die Schultern und betrat das Krankenzimmer.

Ich hasste diese Räume. Das Hospital von Littlewood war nicht besonders groß und richtete seine Krankenzimmer freundlich ein, doch ihnen hafteten schlechte Erinnerungen an. Als ich den ersten Fuß über die Schwelle setzte, spürte ich das Echo vieler schlimmer Nächte. Ich musste mich darauf konzentrieren, das Gefühl von Verlust zu vertreiben, das automatisch Besitz von mir ergriff. Ich würde Dad nicht verlieren. Nicht heute.

Ich atmete langsam aus und warf ihm einen Blick zu. Dad lag im Bett, das Gesicht kreidebleich. Abgesehen davon wirkte er, als wäre nichts geschehen. Neben ihm stand ein Infusionsständer, der ihn über eine Kanüle mit Flüssigkeit versorgte. Der Anblick kratzte gefährlich an meiner Beherrschung. Ich wollte meinen Vater nicht unnötig aufregen.

„Dawn." Dads Blick traf mich aus glasigen Augen, in denen Müdigkeit geschrieben stand. „Komm her."

Sein reuevoller Ton war zu viel. Anstatt zu antworten, schluchzte ich und eilte zum Bett, um ihn in die Arme zu schließen. Seine Hände fanden meine Schultern und hielten mich so fest, dass es wehtat.

„Schon gut." Sein Bart kratzte meine Halsbeuge. „Ich bin in Ordnung."

Ich ließ von ihm ab und begutachtete ihn. Seine Wangen waren eingefallen und sein Haar dünn. Es gab keinen Zweifel daran, dass er sich in den letzten Monaten völlig überlastet hatte.

„Dad." Ich setzte mich neben ihn auf die Matratze und sah ihn an. „Das kann so nicht weitergehen."

Das andere Bett war leer, also konnten wir ungestört miteinander reden.

„Du musst besser auf dich aufpassen“, fügte ich langsam hinzu. „Und du musst deinen zweiten Job kündigen.“

Ich wusste, er würde sich weigern. Es hätte ihm nicht deutlicher ins Gesicht geschrieben stehen können. Er runzelte die Stirn und wirkte kein bisschen einverstanden. Sein Kopfschütteln verstärkte diesen Eindruck.

„Es war nur eine Erkältung“, erwiderte er. „Das hat nichts mit der Arbeit zu tun, Schatz.“

Er hob die Hand, um mir sanft eine Strähne hinters Ohr zu schieben, aber ich wich ihm aus. Heute würde dieses Gespräch anders enden. Wenn er so weitermachte, bekam ich beim nächsten Mal sonst vielleicht keine Chance mehr, ihn zu überzeugen. Der Gedanke machte mein Herz so schwer, dass ich für eine Ewigkeit nach Worten suchte.

„Nein“, sagte ich. „Ich habe auch einen Job. Wir werden nicht verhungern, wenn du die Nachtarbeit kündigst.“

Er wölbte die Brauen.

„Darüber haben wir doch schon tausend Mal gesprochen“, meinte Dad schroff. „Ich werde dich ganz sicher nicht die Kunsthochschule schmeißen lassen, um Geld für die Miete zu verdienen. Kümmere dich lieber darum, für den Führerschein zu sparen.“

Seine Stimme wurde mit jedem Satz lauter. Es klang beinahe so, als kämpfte er verbal gegen etwas, das er schon lange selbst eingesehen hatte. Ich konnte mir vorstellen, wie schwer das für ihn sein musste. Ich war alles, was er noch hatte, und er wollte mir ein erfolgreiches Leben ermöglichen. Wahrscheinlich glaubte er sogar, Mum zu enttäuschen, wenn ich nicht auf die Kunsthochschule ging.

„Aber …“ Ich hatte keine Ahnung, was ich tun konnte, um ihn endlich umzustimmen. Letztendlich blieb mir nichts anderes übrig, als ehrlich zu sein. Auch, wenn es ihm das Herz brach.

„Merkst du nicht, dass dich das umbringt?“, fragte ich gereizt. „Die langen Schichten, der wenige Schlaf. Die körperliche Arbeit. Wie lange soll das noch so weitergehen?“

Er dachte einfach nicht an mich. Er konzentrierte sich ausschließlich auf das Ziel vor seinen Augen. Ich wusste, er hatte es sich gesetzt, nachdem Mum uns verlassen hatte. Es war wie ein Krampf. Ein Anker, den er sich nicht loszulassen traute, weil er ihm Kraft gab. In diesem Moment wurde mir klar, dass mein Vater sich zu Tode arbeitete, um nicht zur Ruhe zu kommen – um nicht zu akzeptieren, dass von nun an alles anders war.

Meine Tränen tropften auf die Bettdecke. Sie machten Dad derart sprachlos, dass er mich nur schweigend beobachtete.

„Du wirst älter, Dad“, flehte ich. „Was soll ich machen, wenn du dich irrst? Was, wenn ich dich irgendwann im Wohnzimmer finde und dir nicht mehr helfen kann?“

Er zuckte zusammen, als hätte ich ihm einen Stich versetzt. Es konnte mich jedoch nicht mehr davon abbringen, weiterzusprechen.

„Bitte fang endlich an, auch mal an dich zu denken“, flüsterte ich. „Kein Studium und keine Schule der Welt machen mich glücklich, wenn ich dich verloren habe.“

Meine Worte legten eine lange, angespannte Stille über den Raum. Niemand sagte ein Wort, und es kam mir vor, als wäre Dad noch blasser geworden. Sein Blick traf mich aus eingesunkenen, tieftraurigen Augen.

„Dawn“, raunte er. Der Schrecken klang mit jeder Silbe auf seinen Lippen mit. „Ich würde nicht ... Ich wollte nur, dass du ...“

Er wusste nicht, was er sagen sollte. Am Ende hob er die Arme und zog mich zu sich, um mich noch einmal zu umarmen. Als mein Kopf gegen seine Schulter sank, hörte ich sein trockenes Schluchzen.

„Es tut mir leid“, flüsterte er. „Ich wusste nicht, dass du dich so fühlst. Ich würde dich nie im Stich lassen.“

Nun war ich diejenige, die ihn ganz festhielt. Meine Finger lagen auf harten Schulterblättern, die deutlich unter Dads Haut hervorragten. Mir war nicht aufgefallen, dass er Gewicht verloren hatte.

„Ich brauche kein Geld fürs Studium“, sagte ich. „Lass uns einfach zusammenhalten, ja?“

Das war alles, was ich wollte – und alles, was er für mich tun musste. Solange er bei mir blieb, war meine Welt in Ordnung. Die letzten Monate hatten mich gelehrt, die Zeit unseres Zusammenseins zu genießen. Alles andere kam an zweiter Stelle.

Dad nickte, ohne etwas zu sagen, und warf seine Tränen auf meine Halsbeuge. Ich hatte ihn seit einer Ewigkeit nicht mehr weinen sehen.

Nicht, seit Mum fort war. Es fühlte sich befreiend an, so als wäre ein Knoten geplatzt, den er viel zu lange mit sich herumgetragen hatte.

Der Gedanke brachte mich dazu, mich schweigend an ihm zu vergraben. Nichts war mehr wichtig. Ich hatte zum ersten Mal das Gefühl, endlich das tun zu können, was ich mir die ganze Zeit gewünscht hatte.

Ich war für ihn da.

Kapitel 21

Als ich das Krankenhaus verließ, atmete ich tief durch. Nun war ich allein aus der großen Glastür getreten, denn Phoebe hatte sich auf den Weg zurück zur Tierklinik gemacht. Auch von Becca fand sich keine Spur. Zwar war der Himmel mit dichten Wolken bedeckt, aber das Tageslicht blieb wohl trotzdem hell genug, damit sich meine Freundin vorerst nicht manifestieren konnte. Meine einzige Gesellschaft waren ein paar Passanten, die unbesorgt und gut gelaunt an mir vorbeimarschierten. Ein Sonntag wie heute war die perfekte Gelegenheit, sich zu amüsieren. Ich konnte die lange Schlange vor dem Café an der Ecke sehen und fühlte mich, als steckte ich in einer Zeitschleife.

Seit Mum gestorben war, schien mich das Schicksal immer wieder zum Krankenhaus zu führen. Es kam mir beinahe vor, als haftete ein Fluch an uns. Vor dem Autounfall hatten wir diesen Ort nie betreten – und nun gab es ständig einen Grund, alte Wunden aufzureißen. Dieses Gefühl lag auf meinen Schultern wie ein dunkler Schleier, der mich von den anderen Menschen unterschied. Während sie sich mit Freunden trafen und im Licht wandelten, stand ich in der Dunkelheit und wusste kaum, wohin ich gehen sollte.

„Dawn."

Eine dumpfe Stimme riss mich aus den Gedanken. Ich fuhr herum, weil ich glaubte, Dad hätte das Krankenhaus verlassen, aber die Glastüren hatten sich nicht geöffnet. Stattdessen fiel mein Blick auf meinen

Schatten. Ich hätte schwören können, dass er sich bewegte. Außerdem bemerkte ich zwei seltsame, rote Lichter. Es waren strahlende Pupillen, die mir direkt entgegenspähten.

„Blake", wisperte ich. Mir war sofort klar, dass es sich um ihn handelte. „Wo bist du?"

Seine Anwesenheit nahm ein unglaubliches Gewicht von meinen Schultern. Das machte mir erst wirklich klar, wie einsam ich mich bis eben gefühlt hatte.

„Die Sonne schmerzt", gab Blake zu. Seine Stimme drang klar und deutlich an meine Ohren, obwohl ich ihn nicht sehen konnte. „Ich bleibe in deinem Schatten."

Das erklärte zumindest, wieso mein Schatten nun rote Augen hatte.

„Was ist passiert?", fügte Blake an. „Du hattest große Angst. Ich konnte sie spüren."

Seine Worte rührten mich. Meine Sorge um Dad musste derart stark gewesen sein, dass sie Blake wie einen Hilferuf erreicht hatte. Er war sofort herbeigeeilt, um mir beizustehen.

Anfangs sperrte ich mich davor, ihm von Dads Zusammenbruch zu erzählen. Es fiel mir schwer, die Szenen von vorhin noch einmal aufzuwühlen.

„Mein Vater hatte einen Schwächeanfall", murmelte ich schließlich. „Er musste ins Krankenhaus."

Blakes angespannte Stille sprach Bände.

„Das tut mir leid", gab er zurück. „Wie geht es ihm?"

Seine Frage brachte mich dazu, kehrt zu machen. Blakes rote Augen begleiteten mich den Bürgersteig entlang und bis zur Bushaltestelle, an der bereits zwei ältere Männer warteten. Es wurde Zeit, nach Hause zu fahren. Dad schlief und brauchte vorerst Ruhe.

„Er wird wieder." Mein Ton war so fest, als wollte ich mich selbst überzeugen. „Ganz bestimmt."

Einer der Männer warf mir einen raschen Blick zu. Er musste bemerkt haben, dass ich mit mir selbst sprach, also hob ich die Hand und presste den Zeigefinger auf mein Ohr. Es signalisierte der Umgebung, dass ich eines dieser neumodischen Geräte zum Telefonieren benutzte – hoffte ich zumindest. Ich hatte im Internet recherchiert, um die bestmögliche Tarnung zu finden. Bisher hatte es immer funktioniert.

„Wohin gehst du jetzt?“, wollte ich wissen. Der Gedanke daran, Blake zu verabschieden, machte mein Herz schwer. Ich wollte heute nicht allein sein, und Blake schien das zu bemerken. Der Schein seiner Iriden verschwand kurz aus meinem Schatten, so als senkte er die Lider und dachte nach. Kurz darauf sah er mir wieder entgegen.

„Ich werde dich begleiten“, sagte er.

Es dauerte etwa eine halbe Stunde, bis wir mein Zuhause erreichten. Es war ein seltsamer Gedanke, mit Blake in meinem Schatten zu reisen, und so ganz verstand ich auch noch nicht, wie das funktionierte. Völlig unbeschadet schien er den Sonnenschein jedenfalls nicht zu überstehen, denn er hatte sich die Busfahrt über sehr ruhig verhalten. Mir blieb nur zu hoffen, dass es ihm drinnen etwas besser gehen würde.

Als ich den Schlüssel aus meiner Tasche zog, zögerte ich. Mich erwartete ein leeres Haus, und heute fürchtete ich den Anblick mehr als je zuvor. Vielleicht sogar mehr als nach Mums Tod. Ich konnte einfach nicht aufhören, mir auszumalen, dass mein Leben von jetzt an so verlaufen könnte. Wenn ich Dad verlor, hatte ich keine Familie mehr. Ich würde Nacht für Nacht in dieser traurigen Wohnung einschlafen, in die niemand außer mir zurückkehrte.

Nachdem ich die Tür geöffnet hatte, stand ich eine ganze Weile nur da, ohne einen Schritt über die Türschwelle zu machen. Meine Augen wanderten über den Herd und zum verlassenen Esstisch im Wohnzimmer, untermalt vom Surren des Kühlschranks. Es war so still, dass mir das Geräusch unnatürlich laut erschien.

„Dawn.“

Blake befreite sich aus meinem Schatten. Seine hochgewachsene Gestalt erschien in meinem Augenwinkel und erschreckte mich, ehe ich seine Hand auf meiner Schulter spürte. Es war dieselbe Geste wie neulich, als wir gemeinsam am Tresen gesessen hatten – eine achtsame Berührung, um mir Trost zu spenden. Nur mit dem Unterschied, dass sie mir heute viel vertrauter vorkam. Sie entflammte meine Sehnsucht so sehr, dass meine Beherrschung wie ein Kartenhaus über mir zusammenfiel. Ich schaffte es gerade noch, meine Lippen zu verdeckten, bevor die ersten Schluchzer die Küche erfüllten.

„Schon gut“, flüsterte Blake. Seine Finger ruhten noch immer auf meiner Schulter, also zog er mich näher, bis meine Stirn an sein Schlüsselbein sank. „Der Schreck sitzt dir in den Knochen.“

Ich konnte nicht mehr tun, als schweigend zu nicken. Blake spürte es an seiner Brust, weil ich mein Gesicht in seinem Shirt vergrub, und schlang die Arme fast ungnädig um meinen Körper. Seine Nähe machte meine Knie weich und raubte mir jeden Elan. Ich brauchte diese Sekunde der Ruhe. Einen Moment, in dem er meine Wahrnehmung ganz und gar erfüllte. Ich konzentrierte mich nur auf ihn, auf seinen vertrauten Geruch und auf den leisen Bass seines Herzens. Er half mir, mich zu sammeln und weiterzumachen.

„Dein Vater wird es schaffen.“ Blakes Stimme ertönte direkt an meinem Ohr. „Seine Lebensenergie fühlt sich stabil an. Er ist nur sehr erschöpft.“

Ich wollte ihm glauben. Ich wünschte mir, Dad bald wieder zu haben und diese schreckliche Kälte zu vergessen. Es war nicht einmal Nachmittag, aber ich fühlte mich uralt. Mir fehlte die Kraft, Blake gehen zu lassen. Ich schloss die Augen, spürte ihn und kämpfte mit tiefen, langsamen Atemzügen gegen meine Tränen, bis ich mich besser fühlte. In dieser Zeit hielt mich Blake, als hätte er nie etwas anderes getan.

So als hätte er nie entschieden, mir fernzubleiben.

Blake und ich verbrachten den Tag allein. Von Becca war auch nach dem Sonnenuntergang keine Spur, also vermutete ich, sie blieb bei Dad und sah nach dem Rechten. Die Krankenschwester hatte mir gesagt, dass er morgen noch einige Untersuchungen bekam und im besten Fall übermorgen entlassen wurde. Blakes Trost hatte es geschafft, mich positiv zu stimmen, und so versuchte ich nach vorn zu sehen.

Obwohl die Sonne ihn schmerzte, ließ Blake mich nicht aus den Augen. Er sah mir beim Kochen zu, leistete mir Gesellschaft und zupfte an den Saiten meiner Gitarre, während ich zu zeichnen versuchte. Wir sprachen nicht über Geister und auch nicht mehr über Dads Schwächeanfall, sondern über ganz gewöhnliche Sachen – über meine Arbeit in der Bibliothek, über Suzanne, über Phoebe. Sogar über Mum. Ich wusste nicht mehr, wann der Wendigo zuletzt so lange aus meinen Gedanken verschwunden gewesen war. Heute schien er nicht der Grund zu sein, dass Blake in meiner Nähe blieb. Er tat es, um für mich da zu sein, und nahm damit allmählich die Sorgen von meinen Schultern.

Zumindest, bis ich einschlief.

Ich lag an Blakes Seite, genauso wie in der Nacht seiner ersten Wache. Er harrte neben mir, den Hinterkopf gegen das Bettende gelehnt, und verfolgte eine leise Dokumentation im Fernsehen, ohne mich zu berühren. Ich hatte das Gerät angelassen, um Blake etwas Zerstreuung zu schenken. Außerdem half mir das Licht, mich zu entspannen, genauso wie Blakes Gesellschaft. Solange er neben mir saß, fiel es mir viel leichter, mich zu entspannen.

Heute spürte ich ganz deutlich, dass er kein Mensch war. Er zuckte nie mit den Fingern, wechselte niemals seine Liegeposition und atmete nur aus Gewohnheit. Ich kannte das schon von Becca, aber bei Blake fiel es stärker auf, weil Becca so energiegeladen war. Das Einzige, das sich normal anfühlte, war das gedämpfte Auf und Ab seines Brustkorbs. Jeder seiner Atemzüge echote im bleichen Kalk seiner Maske und bildete einen melodischen Rhythmus, der mich eindösen ließ.

Im Traum begegnete ich dem Wendigo. Heute war es jedoch nicht ich, die ihm zum Opfer fiel, sondern Dad. Ich sah lebendig vor mir, wie sich der Wendigo ihm näherte. Er stapfte mit schwerfälligen Schritten durch die kahlen Flure des Krankenhauses und erfüllte sie mit ihrem Poltern, während er Dads Zimmer ansteuerte. Ich wusste sehr genau, dass die geschlossene Tür ihn nicht aufhalten würde. Mein Vater befand sich direkt dahinter, erschöpft und wehrlos, und ich konnte nichts für ihn tun. Der Traum schenkte mir keinen Körper, damit ich mich vor ihn werfen konnte. Alles, was ich tat, war zuzusehen. Ich beobachtete, wie der Wendigo seine dunklen Hufe voransetzte und wie sein Atem die Wände zu Eis kristallisierte, bevor er die Klauen hob und nach der Türklinke griff. Es war derselbe Moment, in dem mich ein spitzer Schrei zusammenfahren ließ – zuerst im Traum und dann überall um mich herum.

Ich war binnen einer Sekunde wach. Das schrille Geräusch schien real, denn es erfüllte mein Zimmer. Ich riss die Augen auf, zu Tode erschrocken, und bemerkte Blake direkt über mir. Er stützte den Ellenbogen auf die Matratze und begrub mich fast unter seinem Gewicht. Er war so nahe, dass ich sein dunkles Shirt an meiner Wange spürte.

Ich sah mit hämmerndem Puls zu ihm auf. Der Schein seiner mattroten Iriden verbreitete ein diffuses Licht im halbdunklen Raum, das ihn unheimlich und unberechenbar wirken ließ.

„Blake." Meine dünne Stimme gehörte nicht mir selbst. „Was ...?"

Ich hatte keine Angst vor ihm. Das wurde mir klar, noch bevor mir auffiel, wohin sein Blick sich richtete. Er fixierte nicht mich, sondern die Wand hinter mir. Ein wirres Detail, das viel zu lang brauchte, um zu mir durchzudringen. Erst, als ich den Kopf neigte und ihm folgte, ließ mich die Müdigkeit los. Sie verschwand abrupt, als ich die fremde Kreatur auf dem Bettpfeiler bemerkte.

Ich traute meinen Augen kaum. Das Wesen sah aus wie ein dürrer, haarloser Affe und war zweifelsohne ein Geist. Es starrte uns aus riesigen, blutunterlaufenen Augen entgegen, während es sich vor Schmerz krümmte. In seiner Brust klaffte ein gewaltiges Loch, das Blakes Krallen verursacht haben mussten. Er hielt seinen linken Arm noch immer erhoben – bereit, erneut zuzustechen. Das schien jedoch nicht nötig zu sein. Mir blieb kaum ein Atemzug, um die Gestalt des Geistes zu realisieren, weil er sich auflöste. Sein Körper zerstob zu feinem Nebel und schwebte davon, um mit dem Echo seiner Stimme zu verschwinden. Was blieb, war nur Stille, durchdrungen von den leisen Geräuschen des Fernsehers.

Ich wusste nicht, wie lange ich schwieg. Ich wagte es kaum, mich zu rühren, bis sich Blakes Anspannung löste. Er rollte sich zurück auf die rechte Seite des Bettes und schüttelte seine Klauen aus, obwohl das Blut der Kreatur längst fort war. Es hatte sich gemeinsam mit ihrem Körper in Luft aufgelöst.

„Tut mir leid", raunte Blake. „Ich wollte dich nicht erschrecken."

Ich richtete mich auf. Nur ein wenig, um ihm in die Augen sehen zu können.

„Was war das?", wisperte ich. Mein Herz hämmerte ungnädig gegen meine Brust. „Du ... hast es getötet."

Ich erkannte keine Spur der Reue in seinem Blick.

„Ein Nachtmahr", erwiderte Blake. „Sie ernähren sich von der Energie schlafender Menschen und verursachen schlimme Albträume."

Er schwieg, als suchte er nach Worten.

„Es sind Parasiten", fügte er hinzu. „Wenn sie einen Wirt gefunden haben, bleiben sie lange an einem Ort. Sie sind der Grund dafür, dass manche Menschen keine Ruhe finden."

Es fiel mir wie Schuppen von den Augen.

„Wie Dad", flüsterte ich. „Glaubst du, der Nachtmahr hat ihn heimgesucht? Er schläft kaum, seit Mum tot ist. Und er hat Albträume."

Blake wölbte die Brauen. Ich erkannte es durch die Löcher in seiner Maske.

„Das wäre möglich", gab er zu. „Der Hunger muss den Nachtmahr umgetrieben haben, weil dein Vater nicht da ist. So hat er sich hierher verirrt."

Ich atmete aus. Es kostete mich alle Beherrschung, nicht schon wieder in Tränen auszubrechen. Der Gedanke daran, was mein Vater in den letzten Monaten durchgemacht haben musste, war furchtbar.

„Hey." Blake sah mir ernst ins Gesicht. Sein Blick fesselte meinen. „Du konntest es nicht wissen."

„Aber ...", erwiderte ich. „Ich hätte ihn doch sehen müssen. Und Becca auch."

Blake schüttelte mit dem Kopf.

„Nachtmahre sind schwach, also können sie sich sehr gut tarnen", sagte er. „Selbst, wenn er in deinem Zimmer gelebt hätte, wäre er mir nicht sofort aufgefallen. Sie werden nur sichtbar, während sie sich nähren."

Nähren, dachte ich. Deswegen hatte ich also diesen schrecklichen Traum gehabt. Ein Nachtmahr hatte sich an mir vergriffen – und obwohl ich Geister sehen konnte, hatte ich rein gar nichts gespürt. Nichts als Angst und die düstere Stimmung meines Albtraums.

Blake bemühte sich, mir ein Lächeln zu schenken. Es war mitfühlend und sollte mich beruhigen. „Es ist nicht deine Schuld. Mach dir keine Vorwürfe."

Ich nickte vorsichtig. Ich war mir völlig sicher, dass der Nachtmahr Dad gequält hatte, aber er war bestimmt nicht der einzige Grund für seinen Zusammenbruch. Ohne seinen zweiten Job und den Nachtmahr, der ihm nachts die Erholung raubte, war Dad hoffentlich bald wieder auf den Beinen.

„Wenigstens ist er weg", seufzte ich. „Danke."

Blake wirkte zufrieden.

„Alles ist gut", versicherte er. „Du kannst weiterschlafen. Ich passe auf."

Ich neigte den Kopf, um ihm entgegen zu spähen. In diesem Moment war meine Sehnsucht nach ihm unerträglich, obwohl er mir so nahe war – oder vielleicht auch deswegen. Ich hätte alles dafür getan, um mich noch einmal an seine Brust schmiegen und mich von ihm halten zu lassen. So sehr ich auch versuchte, vernünftig zu sein, so wenig wollten meine Gefühle diese Entscheidung akzeptieren. Mich von Blake fernzuhalten, änderte nichts an ihnen. Dadurch wurde alles nur noch schwerer.

„Darf ich dich was fragen?", murmelte ich. An Schlaf war jetzt ohnehin nicht mehr zu denken.

„Warum nimmst du deine Maske nicht mehr ab?", wollte ich wissen. „Willst du nicht, dass ich dein Gesicht sehe?"

Meine Frage legte eine lange Stille über uns. Blake schwieg so eisern, dass ich fürchtete, ihn jeden Augenblick aufstehen und gehen zu sehen. Am Ende holte er tief Luft und schien seine Antwort so lange hinauszuzögern wie möglich.

„Ich versuche, das Richtige zu tun", gab er zu. Er sprach langsam und sehr bedacht. „Es fällt mir schwer, dir nicht nahe zu kommen."

Seine Worte sandten einen feuerheißen Schauer durch meine Glieder. Ich sah Blake nur im Profil und die Maske verbarg die Hälfte seiner Züge, aber ich verstand trotzdem, was er meinte. Er versuchte, sich zu bezähmen, indem er sich unter dem Schädel verbarg. Wenn er ihn trug, konnte er mich nicht küssen, weil der knöcherne Oberkiefer Abstand zwischen uns brachte. Damit verhinderte Blake, einem Impuls nachzugeben. Die Vorstellung machte mich unvergleichlich nervös. Es fühlte sich an, als antwortete mein Unterbewusstsein auf genau das, was er sich so sehr verbot. Jeder Muskel meines Körpers flimmerte.

„Blake …" Ich wusste nicht, was ich dazu sagen sollte. Es wäre falsch gewesen, ihn zu überreden, und genauso falsch, ihm zuzustimmen. „Glaubst du wirklich, du bist schlecht für mich?"

Er lächelte milde, aber mutlos.

„Wie könnte ich es nicht sein?", erwiderte er nüchtern. „Du gehörst ins Licht. Zu den Lebenden."

Er verstummte kurz.

„Ich bin der Tod", fuhr er leise fort. „Wo ich bin, droht Gefahr. Der Wendigo. Die Jäger. Wenn du bei mir bist, könnte ich nie dafür garantieren, dich nicht in die Sache hineinzuziehen. Ich weiß nicht einmal, wie lange ich noch auf dieser Ebene bleiben kann."

Meine Lippen bebten, denn es schmerzte mich, wie negativ er von seiner Existenz sprach. Auch wenn er ein Geist war, konnte er nichts dafür, dass es Seelenfresser und den Wendigo gab. Blake war nur so mutig, sich ihnen entgegenzustellen, um die Wehrlosen zu beschützen. Wie hätte ich ihn dafür verurteilen können? Nicht er war schuld daran, dass ich Geister sehen konnte, sondern mein Unfall mit Mum.

Ich wollte ihn darum bitten, nicht so streng mit sich ins Gericht zu gehen, aber er ließ mir keine Gelegenheit. Er sprach weiter, bevor ich etwas sagen konnte, und sah mich eindringlich an.

„Dawn. Du bedeutest mir so viel", flüsterte er. Jedes Wort, das über seine Lippen kam, schien vor Hitze zu lodern. „Du hast mich aus der Finsternis befreit. Ohne dich wäre ich nicht hier."

Er sah meine gewölbten Brauen und spannte die Kiefer.

„Ich hatte mich verloren", raunte Blake. „Ich war nur noch eine leere Hülle, bis du mich angesprochen hast – damals in der Gasse."

Ich konnte nicht anders, als mich an diese verhängnisvolle Nacht zurückzuerinnern. Der Seelenfresser, mein gebrochenes Bein, und Blake.

Es stimmte. Der Blake, mit dem ich heute sprach, war nicht derselbe wie vor sechs Monaten. Zu dieser Zeit hatte er kaum ein klares Wort zustande gebracht und dieselbe Kälte verbreitet wie ein böser Geist. Heute war er zu einem Menschen mit Gefühlen geworden. Zu einem Menschen, der ein klares Ziel vor Augen hatte und alles dafür riskierte.

Zu einem Menschen, in den ich mich verliebt hatte.

„Ich werde dir ewig dankbar sein, Dawn." Blake senkte die Lider, als wollte er sich mir ergeben. „Ich habe zu große Angst davor, dein Herz zu brechen oder dich ins Verderben zu stürzen. Solange ich existiere, will ich dich beschützen. Vor dem Wendigo, vor den Toten und vor mir selbst, wenn es nötig ist."

Es brachte nichts mehr, gegen die Tränen zu kämpfen. Ich spürte sie auf meinen Wangen, während ich vergebens nach Worten suchte. Blakes Geständnis wog unendlich schwer. Ich hätte mir nie ausmalen können, dass er so viel für mich empfand. Ich war der Auffassung gewesen, er hätte die Notbremse gezogen, weil es sonst zu schwierig wurde. Letztendlich war ich ihm jedoch zu wichtig, um auch nur das geringste Risiko einzugehen. Selbst, wenn es darin bestand, mit mir zusammen zu sein.

Ich war derart sprachlos, dass Blake den Kopf senkte. Er fixierte meine Hände, die reglos auf der Bettdecke lagen.

„Du hast das nicht verdient", meinte er. „Ich bin nicht echt."

Ich brauchte viel zu lange, um eine Antwort zu formulieren. Da waren tausend Gedanken in meinem Kopf, die sich kaum in eine logische Reihenfolge bringen ließen. Allen voran die Klarheit, dass Blake meine Gefühle erwiderte. Sie machte meine Kehle furchtbar trocken. Nichts, das ich hätte sagen können, schien gut genug. Ich blickte ihn an, suchte in seinen Zügen und wünschte, er könnte das Chaos in mir auffangen. Er sah sich als einen düsteren Schatten, den Gefahr umgab, aber ich hatte gelernt, hinter diese Fassade zu blicken. Für mich war er nur Blake. Alles andere ließ sich irgendwie lösen.

„Blake", sagte ich schließlich. Ich wusste noch immer nicht, was zu tun war, also tat ich dasselbe wie neulich unter der Straßenlaterne. Ich sagte die Wahrheit.

„Für mich bist du echt“, flüsterte ich. „Du bist das Beste, das mir seit Langem passiert ist.“

Ich musste durchatmen, um nicht den Faden zu verlieren.

„Mit Mums Tod ist mein ganzes Leben in sich zusammengefallen. Ich wurde von Geistern angegriffen und hatte keine Ahnung, was mit mir passiert.“

Ich spürte, dass er mich beobachtete. Seine Iriden fixierten mein Gesicht und wirkten im Halbdunkel wie matte Glut. Ihr Anblick ließ mich daran denken, wie er mich zum Friedhof begleitet hatte. Er hatte mir beigebracht, mich verborgen zu halten und Geistern auszuweichen. Ich würde ihm dafür ewig dankbar sein. Er hatte mir ein normales Leben ermöglicht – und beschützte nicht nur mich, sondern auch all die Geister vor dem sicheren Tod. Die ständige Bedrohung durch die Seelenfresser hatte nicht Blake über uns gebracht. Er war derjenige, der versuchte, sie abzuwehren. Immer wieder.

„Verstehst du?“, fragte ich. „Du hast mich nicht in diese Welt hineingezogen. Ich war in ihr gefangen, bis du mir gezeigt hast, wie ich mich zurechtfinde.“

Es stimmte. Ganz gleich, wie ich es auch drehte, Blakes Logik hatte einen Fehler. Seine Nähe mochte riskant sein, aber ohne ihn war die Gefahr viel größer. Die Tatsache, wie einfach der Wendigo sich Zutritt zu meinem Haus verschafft hatte, machte das unbestreitbar klar. Die Würfel waren längst gefallen. Blake hatte entschieden, auf mich aufzupassen, und ich war entschlossen, ihn nicht seinem Schicksal zu überlassen. Der Kampf gegen den Wendigo war schon lange nicht mehr seiner. Es war unserer. Nicht allein Blake zuliebe, sondern auch für Becca, für meine Mutter und für ganz Littlewood.

Ich schenkte ihm ein Lächeln. Zum ersten Mal, seit Blake sich von mir entfernt hatte, fühlte ich mich zufrieden. Ich hatte endlich die Gelegenheit gefunden, ihm zu sagen, was in mir vorging.

„Ich will für dich da sein“, gestand ich. „Genauso wie du für mich.“

Er schwieg. Der Ausdruck in seinen Iriden blieb unergründlich, genauso wie jeder Gedanke hinter seiner Stirn. In diesem Moment schien es völlig still um uns zu sein. Ich hörte das leise Gemurmel des Fernsehers nicht mehr und kein Laut drang durch die Fensterscheibe. Alles, was ich wahrnahm, war Blakes Atem. Er rasselte unstet und ohne echten Rhythmus über seine Lippen, so als kämpfte er einen Krieg in seinem Inneren, den er nicht nach außen ließ. Einen Herzschlag später beugte er sich zu mir. Der Hirschschädel verschwand und gab sein Gesicht frei, bevor er seine Lippen auf meine legte.

Sein Kuss schmeckte völlig anders als beim letzten Mal. Heute fühlte er sich an wie das Ende einer viel zu langen Reise. Die Sehnsucht schlug mir entgegen wie ein loderndes Feuer, als unsere Zungen sich berührten. Sie setzte jeden Millimeter meines Körpers unter Strom. Mein Atem peitschte gegen Blakes Wangen und paarte sich mit seinem, während ich sein Shirt packte und ihn zu mir zog. Es war eine Aufforderung, die Blake sofort verstand. Er rollte sich über mich, drückte mich mit seinem Gewicht in die Kissen und ließ mich beinahe völlig unter sich verschwinden. Dabei suchte er so hungrig nach meinen Lippen, dass sein neuerlicher Kuss mein Herz zum Hämmern brachte. Er raubte mir die Sinne und sog jede Leidenschaft in sich auf, die Blake sich zu nehmen traute.

„Blake.“ Meine Worte trieben seine Lippen auf Abstand – gerade so viel, dass sie mich noch immer berührten. „Bitte.“

Ich konnte mich nicht fallen lassen. Nicht jetzt. Nicht so. Blakes Nähe war alles, was ich mir wünschte. Ich wusste nicht, was ich tun sollte, wenn er mir wieder das Herz brach.

Wenn er noch einmal entschied, mir fernzubleiben.

„Bitte, Blake“, flüsterte ich. „Wenn du wieder gehst … dann tu das nicht.“

Sein rasselnder Atem verschwand. Anstatt etwas zu sagen, lehnte er die Stirn an meine, vollends konzentriert. Er hatte meine Bitte verstanden, und sie zwang ihn zu einer Entscheidung.

Ich konnte mich nicht daran erinnern, eine Antwort je so sehr gefürchtet zu haben. Blake schwieg für Sekunden, die sich wie Stunden anfühlten. Irgendwann neigte er jedoch den Kopf. Seine Nasenspitze berührte meine Stirn, fuhr meine Wange hinab und stieß zärtlich gegen meine Lippen. Dann küsste er mich noch einmal.

Ich wusste, es war seine Antwort. Aus der wilden Gier war eine sanftmütige Geste geworden, für die er sich bezähmte. Dieser Kuss bedeutete mehr als Sehnsucht und Leidenschaft. Er bedeutete Liebe. Das erfüllte mich mit so großer Euphorie, dass ich jeden Zweifel fallen ließ. Ich griff nach seinem Nacken und grub die Hand in sein Haar, woraufhin das Feuer sofort zurückkehrte.

Es war, als gäbe es kein Morgen und kein Gestern. Ich schloss die Augen, berauscht von Blakes Nähe, und spürte seine Lippen an meiner Haut. Sie zogen eine feuchte Spur über meinen Hals und trieben meine Hände unter sein Shirt. Ich wollte mir jede Kontur und jede Unebenheit seines Körpers einprägen. Meine Fingerspitzen fanden fast nichts, das an seine animalische Form erinnerte – nur das dünne Fell an seinen Schultern und einen muskulösen, männlichen Rücken, der unter meinen Berührungen erschauerte. Sie führten mich über seine Rippen und seine Wirbelsäule entlang, bis ich den Bund seiner Jeans erreichte.

Es war derselbe Moment, in dem die Dinge sich verselbstständigten. Blake krümmte sich und streifte sein Shirt ab, um es achtlos auf den Boden werfen. Kurz darauf zog er an meinem Oberteil, bis ich den Kopf neigte und ihm gestattete, mich davon zu befreien.

Ich war wie in Trance. Nichts spielte eine Rolle. Ich hatte sogar meine Narbe völlig vergessen und wie sehr ich mich für sie schämte. Ich spürte nur Blakes Hände auf meiner Haut und seine Zähne an meinem Schlüsselbein. Das Laken, das Bett und jedes bisschen Sauerstoff in meinen Lungen brannten vor Hitze. Blakes Nähe berauschte mich so sehr, dass ich alle Zweifel über Bord warf. Meine Hand lag noch immer an seinem Gürtel, denn ich wollte ihn entfernen. Ich brauchte ein klein wenig Überwindung. Einen Funken, der mich über die Grenze trieb. Ich fand ihn, als Blakes Lippen meinen Bauch erreichten. Seine Fingerkuppen folgten ihnen und schoben sich in meinen Hosenbund – zu bestimmt für einen Zufall, aber zu achtsam für eine Aufforderung. Dabei beugte er sich über mich und kitzelte meine Haut mit seinem Atem, während er die Zunge in meinen Nabel tauchte. Der Schauer stellte jedes Haar an meinem Körper auf und schloss meine Hand um seine Gürtelschnalle.

Ich kam nicht dazu, sie zu öffnen. Blake erstarrte plötzlich zur Salzsäule und beendete abrupt unseren Kuss. Seine Muskulatur verkrampfte unter meinen Händen und stoppte seine Bewegungen, als hätte ihn der Schlag getroffen. Es ließ die Spannung zwischen uns sofort verschwinden. Anstatt mich noch einmal zu küssen, seufzte Blake lautlos auf meine Haut und presste seine Lippen gegen meine Schulter.

„Was ist los?“ Ich erlag der Angst, er hätte es sich doch noch anders überlegt. Nur der sanfte Ton seiner Stimme überzeugte mich vom Gegenteil.

„Ich muss gehen“, raunte er. Sein Atem traf mein Ohr und entfachte das Feuerwerk in mir erneut. „Ein Hilferuf.“

Eine ganze Weile lang verschloss ich mich davor, was das bedeutete. Blake hatte sich bereits aufgerichtet, um sein Shirt überzuziehen, bis mein Verstand ihm endlich folgen konnte.

„Jetzt?“, wisperte ich. Natürlich war das eine dumme Frage. Blake lebte auf Abruf – allzeit bereit, einem Geist zu Hilfe zu eilen, der in Gefahr war. Seelenfresser zeigten sich bevorzugt nachts, also konnte Blake jederzeit gerufen werden, sobald die Sonne unterging.

„Tut mir leid.“ Er sah mir entgegen. Das Leuchten seiner Augen war gemeinsam mit seiner Maske verschwunden. Zurück blieb der Blick aus dunkelroten Iriden, in den ich mich so sehr verliebt hatte. Er streifte meinen nackten Oberkörper und dann mein Gesicht, also streckte ich die Hand nach ihm aus. Es war eine stumme Bitte, zu mir zurückzukehren und mich zu küssen. Nicht nur, weil es mir peinlich war, von ihm gesehen zu werden, sondern weil ich Abschied nehmen wollte.

Blake leistete Folge, beugte sich hinab und schenkte mir einen innigen Kuss. Auf seinen Lippen tanzte schwelende Lust.

„Bleib hier“, sagte er. „Ich bin so schnell zurück, wie ich kann.“

Seine Anweisung erfüllte mich mit Angst. Ich sprang so schnell auf, als hätte man mich mit Eiswasser übergossen.

„Warte“, japste ich. „Der Wendigo! Ich ...“

Er berührte meine Wange, bedacht darauf, mich nicht mit seinen Krallen zu verletzen. Sie gruben sich in mein Haar und stoppten an meinem Hinterkopf.

„Ich bin bald wieder da“, versprach er. „Bis dahin musst du wachbleiben. Beobachte die Balkontür. Wenn er wirklich auftaucht, rufst du ihm zu, dass er verschwinden soll.“

Blake schenkte mir ein aufbauendes Lächeln.

„Dann ist der Spuk vorbei.“

Ich atmete tief durch. Das war nicht die richtige Zeit, um mich an Blake zu klammern. Dort draußen war jemand wirklich in Gefahr. Wenn ich Blake noch länger aufhielt, konnte es zu spät sein. Wir hatten unseren Plan schon mehrmals durchgesprochen. Solange ich die Umgebung im Auge behielt und nicht einschlief, würde mir nichts passieren. Der Balkon war der schnellste Einstieg ins Haus, und mein Bett stand an der gegenüberliegenden Seite der Wand. Sobald der Wendigo erschien, brauchte es nur ein einziges Wort, um ihn zu vertreiben.

„Okay.“ Ich nickte langsam. „Pass auf dich auf.“

Meine Worte vertrieben die Sorge aus Blakes Zügen. Sein Unwille, zu gehen, war trotzdem überdeutlich.

„Du auch.“

Er verschwand durch die Scheibe der Balkontür. Ich blieb allein zurück – durchweicht von grenzenloser Unruhe, die nichts mit dem Wendigo zu tun hatte.

Kapitel 22

In den nächsten Stunden fiel es mir leicht, wachzubleiben. Ich saß im Bett, den Rücken ans Kopfende gelehnt, und kämpfte vergebens gegen die Hitze in meinen Wangen.

Ich dachte ununterbrochen an Blake. An seine Küsse, den Geruch seines Parfüms und daran, wie achtsam er mich berührt hatte. Jeder Gedanke an seine Lippen beschleunigte meinen Puls und befeuerte meine Verlegenheit. Ich war bisher noch keinem Mann so nahegekommen, aber das schien vorhin überhaupt keine Rolle gespielt zu haben. Mehr noch – ich war sogar davon überzeugt gewesen, vorerst allein zu bleiben, weil ich mich nicht *zeigen* konnte. Ich schämte mich einfach zu sehr für die Narbe auf meinem Rücken. Blake hingegen hatte mir keine Gelegenheit gegeben, darüber nachzudenken. Er hatte mich so selbstverständlich von meinem Shirt befreit, als wäre es das Normalste der Welt.

Ich konnte immer noch nicht glauben, wie viel heute geschehen war. Noch gestern hatten wir vermieden, über unseren Kuss zu sprechen, und heute hatte uns einzig der Hilferuf davon abgehalten, aufs Ganze zu gehen. Blakes Körpergeruch schien noch immer an mir zu haften. Waldbeeren, Zedernholz und dunkler Moschus. Er versetzte mich in einen Rausch, wann immer ich mich auf ihn konzentrierte, und ließ mich unruhig durch die Balkontür spähen.

Ich würde heute Nacht definitiv kein Auge zumachen.

Suzanne war entsetzt zu hören, was mit Dad geschehen war. Eigentlich hatte ich ihr versprochen, ihr beim Staubwischen zu helfen, aber in der Hinsicht war sie rigoros. Sie gab mir zwei Tage frei, um den Schock zu verdauen. Eine Widerrede duldete sie nicht, also verbrachte ich den Montag damit, mich um den Haushalt zu kümmern – wenn auch sehr, sehr langsam – und danach mit Phoebe einen viel zu starken Kaffee zu trinken.

Blake war erst im Morgengrauen zurückgekehrt, deswegen hatte ich kaum drei Stunden Ruhe gefunden. Ich hatte sie mit dem Kopf auf seiner Brust und mit seinem Herzschlag unter meinem Ohr verbracht, während Blake mir von seinem Kampf erzählt hatte. Es war ihm gelungen, den Geist eines alten Mannes zu retten. Unzufrieden war Blake jedoch trotzdem, weil ihm etwas Sorgen bereitete.

Ich wollte ihn dazu bringen, mir ins Licht zu folgen, hatte er gesagt. *Aber er konnte es nicht sehen. So als wäre es nicht mehr da.*

Diese beiden Sätze begleiteten mich den ganzen Tag. Ich dachte über sie nach, als ich mit Phoebe im Café saß und auch, nachdem ich Dad im Krankenhaus besucht hatte. Seine erste Nacht ohne den Nachtmahr schien ihm sehr gut getan zu haben. Er hatte keine Augenringe mehr und viel mehr Farbe im Gesicht. Der Anblick erleichterte mich so sehr, dass ich endlich daran glauben konnte, Dad bald wieder wohlbehalten bei mir zu haben. Bis es soweit war, würden noch zwei Tage vergehen, also putzte ich die Küche und machte einen gewaltigen Auflauf, um ihn portioniert einzufrieren. Dad konnte ihn einfach auftauen, wenn er Hunger bekam und ich noch in der Bibliothek war.

Nachdem ich abends aus der Wanne gestiegen war, setzte ich mich schließlich an den Schreibtisch und begann zu zeichnen. Es wäre wohl besser gewesen, stattdessen etwas Schlaf nachzuholen, aber ich fühlte mich zum ersten Mal seit langer Zeit inspiriert. Ich stützte den Ellenbogen auf die Tischplatte und meine Stirn mit der Hand, ohne den Stift auch nur kurz abzusetzen. Er flog übers Papier und hinterließ hauchfeine, graue Linien, die den Umriss von Blakes animalischer Gestalt formten. Ich wollte das Bild an meiner Wand erneuern, weil die Proportion seines Schädels nicht stimmte. Die neue Version sollte ihn außerdem nicht mehr in der Nacht zeigen, sondern bei Sonnenaufgang. Ich hatte das Gefühl, dass das zarte Sonnenlicht Blake eher gerecht wurde als Finsternis.

Ich zeichnete ihn auf einem Dach, mit geöffnetem Maul und bereit zum Angriff. Ich versuchte jedes Detail abzubilden, das ich mir eingeprägt hatte – die leuchtenden Augen, die außenliegende Wirbelsäule und das Fell an seinen Schultern, das zu einem buschigen Kragen wurde, sobald er in seine Kampfform wechselte. Obwohl ich sie noch nicht oft gesehen hatte, schien ich sie auswendig zu kennen. Ein Teil von mir fürchtete sich vor ihr, weil sie sich so sehr von Blake unterschied, aber ich bewunderte sie auch. Es kam mir vor, als fand ich Blakes Charakter in jeder seiner Verwandlungen wieder. Seine menschliche Gestalt strahlte die Sanftmütigkeit aus, die ich so sehr an ihm schätzte. Das Biest machte hingegen deutlich, wie stark und gnadenlos er sein konnte. Ein Held, der zum Monster wurde, wann immer die Umstände es verlangten.

Die Minuten flogen dahin. Ich war völlig konzentriert auf das Bild und hatte bereits angefangen, die Skizze mit Tinte nachzuzeichnen. Nebenbei dachte ich darüber nach, was genau Blake eigentlich war. Geister wie Becca konnten tagsüber eher selten erscheinen, weil es sie zu sehr anstrengte, sich über den Lärm der Welt hinwegzusetzen. Mit Blake verhielt es sich etwas anders, denn ihn schmerzten die Sonnenstrahlen. Ich fragte mich, ob es damit zu tun hatte, dass er sich schon halb in einen Seelenfresser verwandelt hatte. Bedeutete das, Seelenfresser waren gänzlich andere Wesen? Wie kam es überhaupt dazu, dass Geister zu Ungeheuern wurden? Das waren Fragen, die mir selbst Blake nicht beantworten konnte – und er wusste ebenso wenig, wieso sich immer mehr Geister davor sperrten, ins Licht zu gehen. Man hätte meinen können, dass jede Seele nach Erlösung suchte. Laut Blake reichten aber immer geringere Gründe, um die Toten von Littlewood in unserer Ebene zu halten. Auf diese Weise waren sie nicht nur potenzielle Beute für die Seelenfresser, sondern auch für den Wendigo. Ich versuchte mir einen Reim auf ihr Verhalten zu machen, doch mir wollte nichts einfallen – außer, dass es vielleicht an einer natürlichen Ursache lag. Vielleicht gab es gerade Sonnenstürme oder eine seltene Planetenkonstellation. Phoebe interessierte sich für solche Sachen, deswegen wusste ich, was für einen großen Einfluss sie auf die Erde haben konnten. Wenn wir uns das nächste Mal sahen, musste ich sie unbedingt danach fragen.

Ich bemerkte kaum, dass ich beim Zeichnen eindöste. Meine Hand bewegte sich immer langsamer und mein Kopf wurde immer schwerer. Als ich die Lider senkte, blieb nur Dunkelheit zurück, in der jedes Geräusch im Raum viel lauter erschien. Ich hörte das weit entfernte Brummen eines Motors und das dumpfe Stöhnen des Windes, der seinen Atem durch das angekippte Fenster trieb. Er roch nach der würzigen Note eines baldigen Regens und versetzte die Gardine in Bewegung. Ich spürte, wie ihr Saum mein Gesicht berührte – so zart, dass ich nicht sicher war, ob ich es mir einbildete. Ich erwachte erst, als ich plötzlich ein Geräusch hörte. Er ertönte direkt vor mir und ließ meine Lider nach oben schnellen.

Es war Blake. Er kniete auf der Tischplatte, als hätte ihn ein Sprung durchs Fenster gebracht, und sah mir direkt entgegen. Die Kerze auf dem Fensterbrett beleuchtete ihn von hinten und tauchte sein Gesicht in flackernde Schatten, einzig erhellt von feuerroten Iriden hinter der blassweißen Maske. Ich hatte nicht mitbekommen, dass es dunkel geworden war.

Eine Weile lang spähte ich Blake nur entgegen. Mir fehlte die Orientierung. Ich war beinahe sicher, noch zu träumen, bis er die Stimme erhob. Er saß auf dem Tisch und überragte mich um mehr als einen Kopf.

„Hey", flüsterte er, gefolgt von einem matten Lächeln. „Hast du geschlafen?"

Ich musste nicht über eine Antwort nachdenken. Blake wusste ohnehin, dass ich eingedöst war, und ich konnte seinen Tadel verstehen.

Ich hatte Glück, dass *er* mich überrascht hatte und nicht der Wendigo. Ich war unvorsichtig geworden.

„Tut mir leid." Ich rieb meine Augen. „Ich habe kaum geschlafen. Ich muss irgendwie weggedöst sein."

Seine Miene wurde mitfühlend. Dabei hob Blake die Hand und griff nach seiner Maske, um sie abzustreifen. Ich beobachtete aus nächster Nähe, wie sie verschwand. Sie zerfiel zu Staub, weil er es so wollte, und rieselte wie Asche zu Boden. Einen Atemzug später war nichts von ihr übrig.

Nun konnte ich Blake ungehindert ansehen. Darauf hatte ich den ganzen Tag gewartet. Ich beobachtete seine schmalen Lippen und das hellblonde Haar, das ihm in die Stirn fiel, bevor sich unsere Blicke trafen. Es fühlte sich an wie ein elektrischer Impuls – ein Funke, der jede Kälte in mir vertrieb. Er gab mir das Gefühl, zu Hause zu sein. Ich wollte mich an Blake schmiegen und alle Gedanken gehen lassen. Hier und jetzt, an diesem Abend, wurde mir klar, dass ich mich unsterblich in Blake verliebt hatte. So sehr, dass es mir beinahe Angst machte.

So sehr, dass ich das Leben mit ihm nicht mehr missen wollte.

„Komm", sagte Blake. Es war eine Aufforderung, mit der er vom Tisch sprang und mir die Hand entgegenstreckte. „Ich bin hier. Du kannst jetzt schlafen."

Ich schüttelte den Kopf. Es geschah aus purem Reflex.

„Nein", gab ich zurück. „Ich will noch nicht schlafen. Ich habe den ganzen Tag auf dich gewartet."

Das war das Einzige, das ich an Blakes und meiner Beziehung bedauerte – unsere unterschiedlichen Aktivitätszeiten. Blake konnte mich nur bei Nacht besuchen. Ihm zuliebe hätte ich meinen Rhythmus umgestellt und tagsüber geschlafen, aber mein Job in der Bibliothek machte es schwierig, auf einmal zum Vampir zu werden. Zudem wollte ich mich um Dad kümmern. Mir blieb wohl nichts anderes übrig, als mit etwas Übung und einem täglichen Mittagsschlaf von jetzt an später ins Bett zu gehen. Auf diese Weise hatten wir wenigstens etwas Zeit für uns.

Meine ehrlichen Worte setzten Blake in Bewegung. Er trat noch einmal zum Schreibtisch, bis er neben mir stand. Als er sich zu mir beugte, hob ich den Kopf und schloss die Augen. Sein Kuss schmeckte nach ungezähmter Zuneigung, aber auch nach der süßen Verführung der Müdigkeit. Obwohl ich mich weigerte, reagierte mein Körper auf diese Einladung. Die Vorstellung, neben Blake einzuschlafen, war wundervoll.

„Dann leg dich wenigstens hin." Er blieb so nahe, dass ich jedes Wort an meinen Lippen spürte. „Damit du nicht krank wirst."

Er ließ mir keine Gelegenheit, ihm zuzustimmen. Er griff bereits nach meiner Hüfte, hob mich an und trug mich zum Bett. Es ging so schnell, dass ich mich vor Schreck an seinen Nacken klammerte.

„Schon gut", lachte ich. „Du hast gewonnen."

Bevor ich mich in die Bettdecke rollte, gab ich Blake meine Gitarre. Ich hatte ihn bisher nur selten spielen hören, und heute kam mir die leise Melodie viel schöner vor als das Gemurmel des Fernsehers.

Blake schien nichts dagegen zu haben. Er saß entspannt in meinem Bett, hielt die Gitarre auf seinem Oberschenkel und zupfte vorsichtig an den Seiten. Im Vergleich zum letzten Mal war sein Spiel viel geschmeidiger geworden. Je öfter er das Instrument in der Hand hielt, desto besser ging er damit um. Er musste in seinem Leben sehr musikalisch gewesen sein.

Ich war noch immer fest entschlossen, nicht allzu schnell einzuschlafen. Es gab eine Menge, dass ich Blake fragen wollte – über die Seelenfresser und über ihn. Ich hatte mir Gedanken darüber gemacht, wieso manche Geister das Licht nicht mehr sehen konnten, und wollte meine Ideen mit ihm austauschen. Für den Augenblick brachte ich es jedoch nicht über mich, ein so ernstes Thema anzuschlagen. Ich genoss es zu sehr, bei ihm zu sitzen und ihm zuzuhören. Ich hatte den Kopf auf seine Halsbeuge gelegt und füllte meine Lungen mit seinem Duft. Das Fell an seinen Schultern ragte aus dem Kragen seines Shirts und kitzelte meine Wange. Es fühlte sich viel weicher an, als es aussah. Wie das Fell eines Hundes oder eines Wolfes.

„Ich mag das Lied", murmelte ich. „Ich wüsste gern, wie es heißt."

Blake hörte mir zu, ohne zu unterbrechen. Wenn ich mich nicht täuschte, spielte er einen viel längeren Loop als vorher. Er schien sich allmählich auch an den Rest der Melodie zu erinnern.

„Ich habe es leider vergessen“, gab Blake zu. „Vielleicht fällt es mir irgendwann wieder ein.“

Ich öffnete die Augen und beobachtete seine Finger. Man merkte es Blakes Spiel nicht an, aber er musste sehr vorsichtig sein. Er durfte die Saiten nur mit dem unteren Teil seiner Fingerkuppen berühren, um sie nicht mit den Krallen zu zerschneiden. Sie gehörten zu den wenigen Details, die auch in seiner menschlichen Form noch an das Biest erinnerten, zu dem er werden konnte. Sie, das Fell und die Hälfte der Schädelmaske, die er mittlerweile abstreifen konnte. Es warf die Frage in mir auf, ob Blake auch lernen würde, den Rest verschwinden zu lassen.

„Was ist?“ Blake musste meinen konzentrierten Blick bemerkt haben, denn er hörte auf zu spielen. Die plötzliche Stille verbreitete Anspannung.

Ich schüttelte den Kopf. „Ich habe deine Krallen angesehen.“

Er ballte die Faust, noch während ich sprach. Es war dieselbe, die ich bis eben fixiert hatte. Nun wirkte Blake beschämt und distanziert.

„Nicht …“ Er war im Begriff, die Gitarre wegzulegen. Ich verstand die Welt nicht mehr, also hob ich den Arm und umgriff seine Finger. Ich erwartete beinahe, dass er sie mir entzog, doch er tat es nicht. Er hielt still und rührte sich nicht, um mich nicht zu verletzen. Seine Hand war viel größer als meine, selbst ohne seine Krallen.

„Ich habe keine Angst“, sagte ich leise. Das war die Wahrheit. Ich wusste, wie sehr sich Blake beherrschte – und ich fand nichts Negatives an seiner ungewöhnlichen Erscheinung. Seit ich mich daran gewöhnt hatte, fühlte sie sich aufregend und mystisch an.

„Ich frage mich nur, wer du bist“, fügte ich hinzu. „Ich möchte alles über dich wissen.“

Meine Worte schienen ihn zu erweichen. Seine Körperhaltung entspannte sich, als er die Gitarre auf den Boden sinken ließ.

„Ich kann mich kaum erinnern“, erwiderte er. „Die Bilder kommen nur sehr langsam zurück.“

Er lehnte den Hinterkopf gegen die Bettkante und spähte zur Decke, als fände er dort all die Antworten, nach denen er suchte. Ich wünschte mir, dass sie bald zu ihm zurückkehrten. Jeder Mensch wollte wissen, woher er kam und was ihn ausmachte. Es gehörte zu unserer Natur.

Selbst, wenn seine Familie von damals längst tot war, half es Blake vielleicht, ihr Grab zu besuchen. Für den Moment hatte er nicht einmal einen Nachnamen, der ihm einen Anhaltspunkt verschaffte.

„Weißt du mittlerweile etwas mehr?“, flüsterte ich. Ich war neugierig und wollte ihm helfen, das Geröll zu räumen, unter dem seine Erinnerungen verschüttetet lagen. Ich fürchtete allerdings, zu weit zu gehen und ihn zu quälen.

Blakes Kiefer spannten sich und machten meine Befürchtung zur Realität.

„Ich erinnere mich nur an Bahngleise“, gestand er. „Und an die Augen des Wendigos.“

Seine schlichte Erzählung schien Unheil über uns zu bringen. Wann immer ich den Namen des Wendigos hörte, war mir, als spürte ich seinen eisigen Atem. Er erfüllte meinen Körper mit Kälte und ließ mich innerlich erfrieren. Der Gedanke an seine leuchtenden Augen und sein wütendes Gebrüll brachte mich dazu, mich enger an Blake zu drängen. Seine Schulter reichte nicht mehr. Ich wollte ihm näher sein – so nahe wie möglich. Blake spürte das, denn er zog mich zu sich und schob sein Bein an mir vorbei. Nun saß ich in seinem Schoß, umgeben von seinen Armen. Es gab nur noch ihn, seinen Herzschlag und die Wärme der Decke. Ich hatte mich noch nie so behütet gefühlt.

„Es war immer dunkel und finster“, fuhr Blake fort. Sein sanfter Ton passte nicht zu dem, was er sagte. „Jahrelang.“

Ich hob den Kopf und suchte in seinen Zügen. Ich versuchte zu ergründen, was in ihm vorging, und spürte seine Lippen auf meiner Stirn. Er zog den Kuss in die Länge und löste seine Lippen so langsam von meiner Haut, als könnte ich zerbrechen.

„Aber dann hat sich alles verändert“, flüsterte Blake. Sein inniger Blick befeuerte meinen Puls. „Ich habe den Sonnenaufgang gefunden.“

Ich konnte spüren, wie mir die Hitze ins Gesicht stieg. Ich war tief berührt, denn ich verstand, worauf Blake anspielte. Er sprach davon, dass ich ihn noch einmal zurückgeholt hatte, bevor er zu einer Hülle geworden war. Es war ein Wortspiel, weil Dawn genau das bedeutete. Sonnenaufgang.

Anstatt etwas zu sagen, streckte ich mich und verschloss Blakes Lippen mit einem Kuss. Seine Hand fand meinen Nacken und hielt mich fest, als wollte er mich nie mehr gehen lassen. Es dauerte eine Ewigkeit, bis wir uns voneinander lösten.

„Blake." Ich suchte nach seiner Hand. Er zuckte zurück, doch ich ließ ihn nicht gewähren und verschränkte unsere Finger. Dann lehnte ich mich an seine Brust, seinem Herzschlag ganz nahe. Er sollte wissen, dass ich ihn akzeptierte, wie er war. Ganz gleich, was damals auch geschehen sein mochte – ob er halb Seelenfresser war oder nicht – für mich spielte es keine Rolle. Alles, was zählte, war er.

„Ich wünschte, ich hätte verhindern können, was dir passiert ist", murmelte ich. Meine Wange sank gegen seine Schulter. „Aber ich bin froh, dass du jetzt hier bist."

Nun war es Blake, der nach einer Antwort suchte.

„Ich auch", wisperte er. Zwei kleine Worte, die über seine Lippen flatterten, bevor Blake mich noch einmal küsste. Während ich die Lider senkte, wurde mir bewusst, wie wichtig mir plötzlich die Nacht war. Ich fürchtete sie nicht mehr, sondern sehnte sie herbei. Solange es dunkel blieb, durfte ich mich in Blakes Nähe verlieren und loslassen. All die Sorgen und Probleme, die mir am Tag folgten, verschwanden für diese Zeit aus meinem Verstand. Blake und ich hatten unsere Bastion gefunden, in die kein Monster der Welt eindringen konnte. Ein kleines Paradies, das nur uns gehörte.

Ein Paradies, das mir die Stärke verlieh, alles andere durchzustehen.

Dienstag war ein besonderer Tag. Dad hatte seine letzte Untersuchung überstanden und wurde daraufhin offiziell aus dem Krankenhaus entlassen. Den Ergebnissen zufolge lag seinem Schwächeanfall keine Krankheit zugrunde, und so kam er mit dem Versprechen nach Hause, seinen Zweitjob zu kündigen. Von nun an würde er nachts durchschlafen und nur tagsüber das Haus verlassen.

Ich hatte bis zuletzt nicht geglaubt, dass er sich daran halten würde. Meine eindringliche Bitte musste ihn tatsächlich erreicht haben. Ich konnte kaum ausdrücken, wie sehr ich mich darüber freute.

Weil Dad krankgeschrieben war, übernahm ich ein paar Besorgungen. Wir brauchten frisches Gemüse und Fleisch, damit ich einen Eintopf kochen konnte. Außerdem hatte mein Vater mich gebeten, seine Kündigung zur Post zu bringen, weil sie auf dem Weg lag. Er wollte die Sache so schnell wie möglich hinter sich haben.

Weil ich eine Weile lang am Postschalter warten musste, spähte ich gedankenversunken aus dem Fenster. Ich war immer noch ziemlich müde, weil ich mich für Blake so lange wachhielt. Allmählich schien mein Körper sich aber daran zu gewöhnen – nicht zuletzt, weil Blake mir Sicherheit schenkte. Seit ich Geister sah, war mein Schlaf unruhig geworden und ich erinnerte mich sehr undeutlich an meine Träume. Jetzt, mit Blake als meinen Wächter, hatte sich das verändert. In seiner Nähe schlief ich so tief, dass ich nicht einmal aufwachte, wenn er mich im Morgengrauen verließ.

„Was kann ich für sie tun?“

Die Stimme der Postangestellten holte mich zurück ins Jetzt. Sie begrüßte einen großgewachsenen Mann, der vor mir an der Reihe war, und sprach so laut, dass ich jedes Wort hörte.

„Ich möchte ein Paket abholen“, meinte er. Seine Stimme klang jünger, als ich ihn von hinten eingeschätzt hätte. „Es müsste für Jacob Miller hinterlegt worden sein.“

Im ersten Moment verstand ich nicht, wieso mein Herz auf einmal zu rasen anfing. Ich stand nur da, benommen vor Aufregung, und starrte auf den breiten Rücken einer Person, die ich noch nie zuvor gesehen hatte.

Die Frau am Schalter hatte ihm längst sein Päckchen übergeben und eine Unterschrift erhalten, bis es mir endlich klarwurde.

Jacob, dachte ich. *Jacob Miller.*

Dieser Mann hieß genauso wie Beccas Bruder.

Das musste ein Irrtum sein. Nicht nur der Vorname, sondern auch der Nachname passte, aber laut Becca war Jacob ein kleiner Junge. Meine Zeichnung wollte nicht mit dem hochgewachsenen Mann zusammenpassen. Zumindest, bis er sich umdrehte und ich sein Gesicht sah. Er hatte dieselbe Augenpartie, die Becca mir beschrieben hatte. Dasselbe dunkle Haar. Die gleiche Augenfarbe.

Ich wusste nicht, was ich tun sollte. Ich zögerte so lange, dass Jacob mir beinahe entwischte. Er schritt zur Tür, also tat ich es ihm gleich und folgte ihm auf den Bürgersteig.

„Warten Sie." Es war mir schrecklich peinlich, ihn einfach anzusprechen. Hoffentlich dachte er nicht, ich baggerte ihn an. „Ich muss Sie was fragen."

Jacob sah mir entgegen. Die Art, wie er den Kopf schieflegte, erinnerte mich an Becca und machte meine Nervosität noch größer. Konnte es wirklich sein, dass ich ihn gefunden hatte? Einfach so, ohne nach ihm zu suchen?

„Sie sind doch Jacob Miller, oder?", meinte ich. „Hatten sie eine Schwester namens Becca?"

Ich konnte sehen, wie sein Gesicht entgleiste. Seine freundlichen Züge verwandelten sich in eine starre Maske, die ich viel zu gut kannte. Es war die Miene eines Menschen, der jemanden verloren hatte.

„Ja", antwortete er. Er brauchte etwas, um seine Stimme wiederzufinden. „Woher wissen Sie das?"

Er musterte mich.

„Becca ist schon sehr lange tot", fügte er hinzu und wölbte die Brauen. „Seit 22 Jahren. Sie war ungefähr in Ihrem Alter, als sie verunglückt ist."

Und damit löste sich das Rätsel um Jacob in Rauch auf. Becca hatte ihn nicht gefunden, weil sie nach einem Kind oder einem Teenager gesucht hatte. In Wahrheit hatte sie offenbar die Zeit vergessen und weilte schon viel länger unter Littlewoods Seelen, als sie geglaubt hatte. Ihr Unfall war länger her, als ich lebte.

Die Vorstellung machte mich unheimlich traurig. Für Becca wäre es bestimmt ein Schock, dass ihr Bruder schon erwachsen war.

Mir fiel auf, dass ich mir keine Gedanken darüber gemacht hatte, wie ich Jacob die Sache erklären sollte. Ich konnte ihm schlecht sagen, dass mich der Geist seiner Schwester darum gebeten hatte, ihn zu finden. Auch ihr Vorhaben, einen Brief für ihn zu schreiben, hatte Becca bisher noch nicht in die Tat umgesetzt. Mir blieb nichts anderes übrig, als mir eine Ausrede einfallen zu lassen.

„Ach ...", sagte ich vorsichtig. „Meine Mutter hat Becca gekannt. Sie war in der Parallelklasse, wenn ich mich richtig erinnerte."

Ich biss mir auf die Lippe.

„Sie ist letztes Jahr gestorben."

Es war seltsam. Obwohl ich Jacob noch nie gegenübergestanden hatte, fühlte ich mich mit ihm verbunden. Nicht nur, weil ich ihn so lange gesucht hatte und überglücklich war, Becca die Nachricht überbringen zu können. Wir beide hatten dasselbe durchgemacht. Auf eine seltsame Art war es aufbauend, ihm von Mums Tod zu erzählen.

Er wirkte untröstlich. „Das tut mir sehr leid. Mein herzliches Beileid."

Ich schenkte ihm ein Lächeln. Bei dieser Gelegenheit warf ich einen raschen Blick auf das Paket. Er trug es unter seinem Arm, also kostete es mich einige Mühe, die Adresse zu entziffern, ohne zu auffällig zu sein. Er lebte tatsächlich noch in Littlewood. Ich musste im Internet nachschauen, wo sich die Straße befand.

„Ihnen auch", meinte ich. „Becca wäre bestimmt froh, wenn sie wüsste, dass es Ihnen gut geht."

Ich hoffte, damit nicht ins Fettnäpfchen getreten zu sein. Immerhin wusste ich nicht genau, ob es Jacob wirklich gut ging, nur weil er in der Post auftauchte.

„Ja", antwortete er. „Ich gehe oft zu ihrem Grab. Sogar mit meiner Tochter."

Er lächelte ebenfalls.

„Sie heißt Becca", fügte er dann hinzu.

Seine Worte trieben mir die Tränen in die Augen. Er hatte sein Kind nach ihr benannt. Ich musste meine Lippen verdecken, damit er sie nicht zittern sah. Mein trockenes Schluchzen verschwand unter dem Lärm der vorbeifahrenden Autos.

„Alles Gute für Sie“, flüsterte ich. „Passen Sie auf sich auf.“

Jacobs Nicken war rechtschaffend und ehrlich. „Sie auch.“

Als er sich umdrehte, um nach Hause zu gehen, blieb ich noch eine Weile stehen und sah ihm nach. So wie es aussah, kam er zurecht. Er trauerte um seine Schwester, doch er hatte Menschen gefunden, die ihn liebten und ihm Halt schenken. Ich musste an Dad denken, an Phoebe, an Becca und an Blake. Sogar Suzanne kam mir in den Sinn. Solange es jemanden gab, der einem nahestand, ging es irgendwie weiter.

Ich trocknete mein Gesicht mit dem Ärmel meiner Jacke. Jacob zu treffen hatte mich sehr berührt. Ich musste tief durchatmen und mich eine Weile sammeln, bevor ich mir seine Adresse notieren und ins Postamt zurückkehren konnte.

Kapitel 23

Es dauerte einige Tage, bis Becca mich besuchte. In dieser Zeit war Dad zurückgekehrt – erschöpft, aber wohlauf – und vertrieb die stille Einsamkeit, die mir so an die Nieren gegangen war. Auch Blake hatte seinen abendlichen Wachdienst angetreten, wenn auch vorerst auf dem Dach. Er wollte Becca und mir Privatsphäre schenken, weil sie sich noch immer vor ihm fürchtete.

An diesem Abend fühlte ich mich glücklich. Nicht nur, weil Becca endlich ihren Bruder wiedergefunden hatte. Mit ihr, meinem Vater und Blake im Haus kam es mir so vor, als wäre eine Familie zusammengekommen. Die wichtigsten Menschen, die es in meinem Leben gab, abgesehen von Phoebe.

„Ich kann es einfach nicht fassen." Becca riss ein Taschentuch aus dem Spender, den ich ihr gegeben hatte, und trocknete ihr tränenüberströmtes Gesicht. Sie weinte ununterbrochen, seit Jacobs Name gefallen war.

„Ich habe mir die Augen aus dem Kopf gesucht." Sie schnaubte geräuschvoll. „Und Jacob ist einfach schon erwachsen."

Ich rieb ihre Schulter. Wir saßen nebeneinander auf dem Teppich und spähten auf die Flamme des kleinen Teelichts, das ich für Mum angezündet hatte. Sie war meinem Ruf noch immer nicht gefolgt, aber ich gab nicht auf. Die Kerze im Fenster war zu einem Ritual geworden, an dem ich festhalten wollte. Solange, bis Mum den Weg zu unserem Haus fand.

„Das muss ein Schock für dich sein", sagte ich. „Wenigstens geht es ihm gut. Er hat deinen Tod verkraftet und dich trotzdem nie vergessen."

Becca schnaubte noch einmal.

„Ja. Ich hätte schwören können, der Unfall wäre vor zwei Jahren passiert. Vielleicht vor fünf", erwiderte sie unzufrieden. „Aber 22 Jahre! Kannst du dir das vorstellen? Ich wäre schon über 40!"

Ich kam nicht umhin, ihr ein mattes Lächeln zu schenken. Das war typisch Becca. So sehr sie die Sache mit ihrem Bruder auch berührte, sie war nicht der Typ, der Gefühle zu lange offen zeigte. Becca zog es vor, ihren Schmerz selbst zu verarbeiten. Ihre vergnügte und unbeschwerte Art war ehrlich, doch sie diente auch als Schutzpanzer. Bis heute hatte ich deswegen nicht geahnt, *wie* wichtig Jacob ihr wirklich war. Sie hatte noch nie eine Träne in meiner Anwesenheit vergossen. Kein einziges Mal.

Ich seufzte lautlos. Da wartete ein Thema, das sich nicht länger aufschieben ließ. Es spukte mir schon die ganze Zeit im Kopf umher.

„Ich habe nach seiner Adresse gesucht", gab ich Becca zu verstehen. „Jacob wohnt nur einen Block von der Bibliothek entfernt. Ich habe dir die Hausnummer aufgeschrieben."

Mich traf ein Blick aus glasigen, grünen Augen. Becca sah aus, als wollte sie mich zum Dank umarmen, zögerte allerdings. Sie wusste, dass ich noch nicht fertig war. Ich erkannte es an ihren gewölbten Brauen.

„Ich nehme an, du wirst ihn besuchen", fügte ich vorsichtig hinzu. „Und dann ins Licht gehen."

Ich war bemüht darum, keine Wertung in meinen Ton zu legen. Es war ganz normal, dass Geister sich eines Tages von dieser Welt verabschiedeten. Becca war schon viel zu lange hier. Nachdem sie ihren Bruder gefunden hatte, gab es nichts, das sie noch hielt. Wenn sie sich dazu entschied, ins Licht zu gehen, konnten ihr der Wendigo und die Seelenfresser nichts mehr anhaben.

Becca schwieg für eine lange Zeit. Dabei nagte sie an ihrer Unterlippe und fixierte mich, als versuchte sie, meine Gedanken zu ergründen.

„Ich will auf jeden Fall nach ihm sehen", gab sie zu. Ihre Stimme war sehr leise geworden. „Und vielleicht ein paar Tage bei ihm bleiben. Oder Wochen."

Sie schenkte mir ein flüchtiges Lächeln.

„Ich muss doch meine Nichte kennenlernen“, merkte sie an. „Irgendwann gehe ich auch ganz sicher ins Licht. Bis dahin bleibe ich bei dir.“

Die Stille zwischen uns wog schwer. Ich war hin- und hergerissen zwischen meiner Freude und meinem schlechten Gewissen. Ich wollte nicht, dass Becca glaubte, wegen mir hierbleiben zu müssen. Ich liebte sie wie eine Schwester und würde mit Sicherheit genauso um sie trauern wie um Mum, doch das war der Lauf der Dinge. Ich wollte, dass sie sich endlich in Sicherheit brachte. Mit jeder Sekunde, die sie auf der Erde blieb, riskierte sie, gejagt und gefressen zu werden.

„Becca“, wisperte ich. Nun war ich selbst den Tränen nahe. „Du musst nicht …“

Sie schüttelte mit dem Kopf.

„Ich weiß“, erwiderte Becca sanft. „Aber ich tue es für mich. Jetzt, wo ich Jacob endlich wiederhabe, will ich nicht sofort verschwinden.“

Sie sah mich an. In ihren Zügen fand ich nichts als Ehrlichkeit.

„Ich möchte noch etwas mehr Zeit mit ihm“, sagte sie. „Und mit dir. Ich bin noch nicht bereit, Lebewohl zu sagen.“

Ich schluckte schwer. Anstatt etwas zu erwidern, griff ich nach einem Taschentuch, denn es ließ sich nicht mehr verbergen, dass ich weinte. Becca kommentierte meine Geste, in dem sie ihre Arme um mich schlang. Sie hielt mich so fest, dass es wehtat.

„Du bist die beste Freundin, die ich je hatte“, flüsterte Becca. „Na ja, zumindest, an die ich mich erinnern kann.“

Als sie von mir abließ, grinste sie wieder.

„Ich kann dich nicht einfach allein lassen. Du brauchst meinen Rat. Ich bin dein Coach in Sachen Geister. Nur ich kann dir wirklich nahebringen, wie man sich als totes Mädchen so fühlt.“

Sie zog einen Flunsch.

„Blake ist immerhin ein Kerl. Männer sind höchstens halb so emotional wie wir.“

Ich lachte und schluchzte gleichzeitig. Ich wusste, ich hätte ihr diesen Entschluss ausreden müssen. Wohin auch immer das Licht sie führen würde, dort ging es ihr besser – und es war sicher. Wenn ich eines Tages starb, hatten wir noch genug Zeit, um über alles Mögliche zu reden. Ich brachte es nur einfach nicht über mich, Becca wegzuschicken. Es würde mir leichter fallen, nachdem sie Jacob besucht hatte und zufrieden war. Das versuchte ich mir zumindest einzureden. Für den Moment begnügte ich mich damit, den Augenblick mit Becca zu genießen und schob den Gedanken an unseren Abschied fort. Dafür war auch noch in einem Monat Zeit. Oder in zwei.

„Becca", raunte ich. „Danke. Für alles."

Ihre zweite Umarmung fühlte sich erleichtert und irgendwie positiv an. Fast so, als war Becca genauso froh wie ich, unser Lebewohl zu vertagen.

„Dir auch, Süße", meinte sie. „Ich mache mich jetzt auf den Weg zu Jacob. Es wird Zeit für einen Urlaub bei meiner Nichte."

Sie zwinkerte mir zu und sprang auf die Füße.

„Vielleicht schaffe ich es ja, ihr Hallo zu sagen, während sie träumt", fügte sie hinzu. Ich konnte ihr ansehen, wie aufgeregt sie war, also nickte ich, um ihr Mut zu machen. Becca reagierte darauf, in dem sie einen raschen Blick zur Balkontür warf.

„Viel Vergnügen", flötete sie. Sie wusste, dass Blake draußen wartete, aber das schien ihr nichts mehr auszumachen. Sie hatte meine Gefühle für ihn in den letzten Wochen akzeptiert. Vermutlich, weil er uns neulich gerettet hatte, oder vielleicht, weil es sie beruhigte, mich nicht ganz allein zurückzulassen. Was es auch war, es warf keinen Schatten auf Beccas Züge. Sie wirkte nur zufrieden, bis sie vor meinen Augen verschwand.

Sie ließ ein leeres Zimmer zurück, dessen Stille mir heute nicht mehr gespenstisch vorkam. Das Surren des Fernsehers drang durch die Wand, weil Dad noch wach war, und ich hörte leise Schritte hinter mir.

Während ich das Taschentuch nahm und meine letzten Tränen trocknete, sank Blake neben mir auf die Knie.

„Dawn", sagte er. „Alles in Ordnung?"

Seine dunkelroten Iriden fixierten mich voller Mitgefühl, weil er wohl nicht umhingekommen war, das Gespräch zu belauschen. Sie zu sehen, war jeder Trost, den ich brauchte. Blakes Gesellschaft half mir dabei, die

Melancholie abzustreifen. Ich konnte Beccas Abschied betrauern, wenn er gekommen war – und ich wusste, Blake würde mir beistehen.

Ich schenkte ihm ein Lächeln. „Ja. Ich bin traurig, aber so ist das nun mal."

Er wurde befangen. Seine Stirn legte sich in tiefe Falten.

„Es tut mir leid, dass ich dir dasselbe antue", flüsterte Blake. „Die Zeit wird auch mich irgendwann dazu zwingen, weiterzuziehen, auch wenn ich es nicht will."

Ich beobachtete ihn, ohne meine Augen auch nur einen Moment von ihm zu lösen. Es war offensichtlich, dass Blake sich Vorwürfe machte. Dafür, dass er ein Geist war – und dafür, dass er glaubte, mir irgendwann das Herz zu brechen. Seit ich mit Jacob gesprochen hatte, war mir jedoch etwas klargeworden. Nicht zu wissen, wie viele Jahre Blake auf der Erde blieben, machte ihn nicht anders als jeden Menschen. Wer wusste schon, wann seine Zeit gekommen war? Heute konnte das Leben normal sein, und morgen alles vorbei. Ich hatte es bei Mum gesehen und bei Becca. Wenn es das Schicksal gut mit uns meinte, konnte ich neben Blake alt werden. Wenn nicht, war vielleicht sogar ich diejenige, die vor ihm gehen musste. Zum ersten Mal überhaupt hatte ich das Gefühl, etwas aus diesen tragischen Geschichten gelernt zu haben.

Den Augenblick zu genießen, solange er da war.

Ehe ich antwortete, fasste ich nach Blakes Wangen. Im Licht der Deckenlampe erkannte ich seine hellen Bartstoppeln, die meine Haut kitzelten.

„Wir sterben alle irgendwann", sagte ich. „Und wir sehen uns doch im Licht wieder, oder?"

Meine Ansicht schien ihn zu erstaunen, denn Blakes Arme schlossen sich um meine Taille. Er zog mich näher, bis ich auf seinen Schoß rutschte. Meine Hüfte stieß gegen seine und verursachte ein brennendes Prickeln in meiner Magengrube.

„Natürlich", erwiderte er. Ein heiseres Wispern, das direkt auf meine Kehle traf, dicht gefolgt von einem leidenschaftlichen Kuss. Er bemächtigte sich meiner Haut, dann meinem Ohr und schließlich meiner Lippen. Ich konnte nicht ausdrücken, wie sehr ich diese Momente genoss.

Nichts, was wir taten, stillte meine Sehnsucht. Jeder Kuss und jede Umarmung schienen mich nur noch mehr zu verzehren. Wir waren uns bisher nicht nähergekommen als neulich Abend, aber ich wollte dieses Feuer heute nicht herausfordern. Die Sache mit Becca hing mir nach. Ich wünschte mir, dass Blake mich hielt und mit mir sprach, bis ich einschlief.

„Ich habe Schokolade gekauft", murmelte ich. „Ich könnte dich füttern."

Meine Bemerkung ließ Blake glucksen. Der Laut sprang durch seinen Brustkorb und erfüllte mich mit Euphorie.

„Da kann ich nicht Nein sagen", gab er zu. „Hast du noch mehr geplant? Soll ich für dich spielen?"

Ich wusste, dass er die Gitarre meinte. Ich hatte gestern ein paar Noten aus dem Internet ausgedruckt, um Blake ein wenig Varietät zu ermöglichen. So wie es aussah, war ihm einst beigebracht worden, sie zu lesen. Er brauchte nur noch etwas Übung, um sich zu erinnern.

„Wenn du willst." Meine Nase berührte seine, weil ich sacht mit dem Kopf schüttelte. „Solange du da bist, bin ich mit allem zufrieden."

Ich konnte spüren, wie er lächelte. Dabei tat er so, als müsste er intensiv über meinen Vorschlag nachdenken.

„Das lässt sich einrichten."

In dieser Nacht weckte mich Blake aus dem Tiefschlaf. Da war eine zarte Berührung, die sich durch meine Träume kämpfte, begleitet von seiner leisen Stimme.

„Dawn."

Ich versuchte, den Kopf wegzudrehen, aber er ließ mich nicht. Seine Hand lag an meiner Wange und hielt mich fest, bis ich endlich die Augen öffnete. In der Dunkelheit des Zimmers war seine Gestalt nur ein fahler Umriss, der sich über mich beugte.

„Dawn“, wiederholte er. Seine Stimme klang zärtlich, wenn auch dringlich. „Wach auf.“

Mir fehlte jede Orientierung. Mein Verstand beschäftigte sich noch immer mit dem, was ich geträumt hatte – irgendeine wirre Geschichte über Phoebe und einen weißen Hund. Ich war so darauf konzentriert, dass ich Blakes Worte verzögert aufnahm.

„Was?“, murmelte ich. „Ist was passiert?“

Ich verstand es erst, als er mir einen Kuss schenkte. Er schmeckte nach Abschied und holte mich ins Jetzt, noch bevor Blake von mir abließ.

„Jemand ruft mich“, flüsterte er. „Ich versuche, schnell zurück zu sein.“

Er wirkte besorgt.

„Schaffst du es, wachzubleiben?“

Ich atmete tief durch. Es fiel mir unendlich schwer, die Trägheit des Schlafens abzuschütteln. Ich fror und meine Lider fühlten sich tonnenschwer an. Alles in mir verlangte, sich in die Decke zu rollen und weiterzuschlafen, auch wenn ich wusste, dass das keine Option war. Ich musste Wache halten. Ohne Blake gab es niemanden, der mich vor dem Wendigo beschützte.

„Ja.“ Ich nickte. „Ich bin wach.“

Er zögerte viel länger als letztes Mal. Mich allein zu lassen, bereitete ihm großes Unbehagen. Ich musste ziemlich müde aussehen.

„Es ist okay“, fügte ich hinzu. „Sei vorsichtig.“

Vermutlich hätte Becca über uns gelacht. Wir klebten aneinander wie zwei verliebte Teenager und machten uns ständig Sorgen. Blake hatte Angst um mich, während ich nur hier sitzen und den Balkon beobachten musste – und ich fürchtete, dass ihm etwas geschah, obwohl er sich in ein reißendes Biest verwandelte. Uns war nicht mehr zu helfen.

Der Gedanke brachte mich zum Kichern. „Nun geh schon.“

Ich schaffte es, ihn zu überzeugten. Ein kraftvoller Sprung brachte ihn auf den Balkon, von wo aus er einen achtsamen Blick über die Umgebung warf. Eine letzte Prüfung, um sicherzustellen, dass der Wendigo nicht in der Nähe war. Danach verschwand Blake aufs nächste Dach, um seinen Weg anzutreten. Ich wusste nicht, wohin er ihn führen und gegen wen Blake würde kämpfen müssen. Ich hoffte nur, dass der Seelenfresser keine allzu große Gegenwehr leistete.

Und, dass Blake nicht auf den Wendigo traf.

Nachdem Blake verschwunden war, lehnte ich mich mit einem Seufzen zurück. In meiner Brust schlugen zwei Herzen. Eines davon wusste, dass wir den Wendigo so schnell wie möglich ausschalten mussten. Das andere Herz sträubte sich immer mehr gegen den Gedanken, zuzulassen, dass sich Blake zum Werkzeug dieser Mission machte. Der Wendigo war mehr als ein einfacher Geist und mehr als ein Seelenfresser. Er war in der Lage, Blake enormen Schaden zuzufügen – das hatte ich bei ihrem letzten Zusammentreffen gesehen. Das Monster wusste sicher längst, dass ich Blakes Schwachpunkt war, und würde ihn zu nutzen versuchen. Ich fürchtete nichts mehr, als dass Blake sich ihm eines Tages stellte und den Kürzeren zog.

Ich hasste es, nicht zu wissen, was in diesem Moment geschah. Ob Blake den Geist in Not schon gefunden hatte. Ob er kämpfen musste. Es befeuerte meine Unruhe und ließ mich vor Kälte zittern. Das dunkle Zimmer tat sein Übriges, also beugte ich mich zur Seite und knipste die Nachttischlampe an.

Ihr gelber Schein vertrieb die Schatten und machte es mir leichter, mich zu entspannen. Wenn ich mich richtig erinnerte, hatte Blake erzählt, dass der Wendigo ihn mied. Aus irgendeinem Grund wollte er keinen Kampf mit ihm provozieren. So sehr ich mir auch wünschte, dass der Albtraum bald vorbei sein mochte, hier und heute war ich froh darum. Es bedeutete, dass Blake in dieser Nacht vermutlich keine Gefahr drohte, abgesehen von dem Seelenfresser.

Ich zog die Decke enger um mich und kämpfte gegen meine Augenlider. Sie fühlten sich mit jeder Minute schwerer an und wollten mir nicht gehorchen. Ich ertappte mich dabei, wie mein Kopf zur Seite sank und setzte mich wieder auf, um am Ende doch den Kürzeren zu ziehen.

Meine Gedanken verwandelten sich ganz langsam in neue Träume, bis mich der Schlaf zurück ins Nichts zog.

Als ich das nächste Mal aufwachte, klingelte mein Telefon. Ich benutzte es als Wecker, der mir jeden Morgen um acht Uhr einen Rock Song vorspielte. Die E-Gitarre erschreckte mich so sehr, dass ich das Handy beinahe vom Nachttisch warf. Kurz darauf sank ich wieder in die Kissen und stöhnte.

Ich war eingeschlafen. *Allein*. Und so wie es aussah, hatte ich mehr Glück als Verstand, denn der Wendigo hatte mich heute Nacht nicht heimgesucht. Blake musste außer sich gewesen sein, als er zurückgekommen war. Ein Gedanke, bei dem ich den Kopf neigte und einen Blick nach links warf. Blakes Seite des Bettes war leer. Er musste mit dem ersten Sonnenstrahl verschwunden sein.

Oder war er gar nicht hier gewesen?

Ich wölbte die Brauen. Meine Zweifel halfen mir, mich aufzusetzen und einen klaren Kopf zu bekommen. Ganz gleich, wie spät Blake auch hier erschienen sein mochte, er hätte mich ganz sicher geweckt. Allein schon, um mir Entwarnung zu geben – und mich zu rügen. Ich kannte ihn gut genug, um das zu wissen. Ein einziger Kuss hätte ausgereicht, um zumindest meine Sorgen zu zerstreuen. Es gab jedoch nichts, woran ich mich erinnerte. Keine Schritte, keine Berührung, kein leises Wort.

Ich wurde unruhig. Wahrscheinlich hatte ich Blakes Gesellschaft einfach verschlafen. Ich war fest entschlossen, nicht in Panik zu geraten und abzuwarten, bis sich die Sache geklärt hatte. Heute Abend würde ich wissen, was geschehen war. Nur die nagende Sorge in mir ließ sich damit nicht beruhigen. Sie fühlte sich an wie ein Omen, so als gäbe es etwas, das ich außer Acht gelassen hatte.

So als spürte ich eine Bedrohung, die viel schlimmer war als der Wendigo.

Ich nutzte die meiste Zeit meiner Schicht, um die Bücher aus der neuen Lieferung zu sortieren. Unsere Bibliothek wurde gut besucht, zumindest für Littlewoods Verhältnisse, also wurden die Bücher von vielen Menschen ausgeliehen und verschlissen schnell. Suzanne bestellte deswegen regelmäßig neue Exemplare, die sortiert, gelistet und eingeräumt werden wollten. Das kam mir gerade recht, weil Suzanne dafür am Tresen stand. Für den Kundenkontakt fühlte ich mich heute viel zu zerstreut.

Während ich die Kisten auspackte und deren Inhalt auf dem langen Tisch im Lagerraum verteilte, versuchte ich nicht ununterbrochen an Blake zu denken. Je länger der Tag andauerte, desto sicherer war ich, dass etwas nicht stimmte. Nicht nur, weil mein Gefühl es mir sagte. Ich hatte es darauf ankommen lassen und Blake um Hilfe gerufen. Seitdem waren Stunden vergangen, und es gab noch immer keine Spur von ihm. Die Sonne mochte ihn schmerzen, aber das hielt ihn normalerweise nicht davon ab, einem Hilferuf zu folgen. Die ganze Zeit über versuchte ich, nicht zu formulieren, was das bedeutete. Ich scheiterte jedoch kläglich. Bis meine Schicht vorbei war, steigerte sich meine Sorge ins Unermessliche, denn meine schlimmste Befürchtung schien zur Realität geworden zu sein.

Blake war fort – und ich hatte keine Ahnung, ob er dem Wendigo begegnet war.

Nach der Arbeit entschied ich, ihn suchen zu gehen.

Ich wusste, wie verrückt das klang. Auch wenn der Septemberhimmel heute von Wolken bedeckt war, verschwand die Sonne erst in etwa drei

Stunden am Horizont. Bis dahin hielt das Licht die meisten Geister davon ab, sich zu zeigen. Das galt auch für Blake, der tagsüber nur im Notfall erschien. Es gab keinen festen Ort, an dem er lebte, also hatte ich nicht einmal die Möglichkeit, ihn besuchen. Mir blieb nichts anderes übrig, als umherzuirren und zu hoffen, dass er mich doch noch hörte.

Wenn ich so darüber nachdachte, wusste ich viel zu wenig über ihn. Wo versteckte er sich, um auf die Dämmerung zu warten? Verlor er in dieser Zeit seine feste Form? Und wieso konnte er in meinem Schatten reisen, Becca aber nicht? Da waren tausend Fragen in meinem Kopf, die immer vehementer nach einer Antwort verlangten. Bisher hatte ich mich damit begnügt, dass Blake eben Blake war und sich von den anderen unterschied. Seit ich meine Gefühle für ihn zulassen durfte, schien das allerdings nicht mehr zu reichen. Ich wollte mehr über ihn erfahren.

Genug, um keine Angst haben zu müssen, ihn zu verlieren.

Blake, dachte ich. *Wo bist du?*

Ich streunte ohne festen Plan durch die Gassen der Stadt, um es ihm leichter zu machen, mit mir zu sprechen. Dabei achtete ich darauf, in möglichst leere Straßen einzubiegen. Jedes Auto und jeder Lärm erschwerten die Verbindung mit der Welt der Toten. Es war seltsam, wie wenig mir dieser Gedanke ausmachte. In den letzten 12 Monaten war ich in Panik geraten, sobald ich mich allein irgendwo wiedergefunden hatte, und jetzt suchte ich die Einsamkeit. Für den Moment fiel es mir nicht auf. Ich war zu sehr auf meine Suche konzentriert, wenn auch erfolglos.

Am Ende entschied ich, in der Lagerhalle nachzusehen, in der wir uns vor dem Wendigo versteckt hatten. Sie lag im Industriegebiet am Rand von Littlewood und war mein letzter Anhaltspunkt. Laut Becca wirkten alte oder verlassene Gebäude erholsam auf Geister, weil es dort keine störenden Energien gab. Das war wohl auch der Grund dafür, dass es in Burgen spukte.

Meine Enttäuschung war groß, als ich die Lagerhalle erreichte. Sie war so verlassen wie in jener Nacht, in der ich sie gefunden hatte. Blake schien sich in Luft aufgelöst zu haben.

„Blake!", rief ich. „Antworte mir!"

Der Anblick der offenen Tür trieb einen Schauer über meinen Rücken. Er erinnerte mich an rote Augen, an Dunkelheit und an schreckliche Angst. Ich musste mich beherrschen, um nicht ständig über meine Schulter zu spähen. Dieser Ort fühlte sich an wie ein Déjà-vu. Hier schienen das Gebrüll des Wendigos und das dumpfe Geräusch seiner Hufe nicht fern. Mein Verstand verlangte, schnellstmöglich zu verschwinden, also machte ich kehrt und ließ die Schultern hängen. Ich war am Boden zerstört. Meine Fähigkeit, Geister zu sehen, war mir noch nie so nutzlos vorgekommen. Ich konnte nicht einmal Blake finden, obwohl er vielleicht meine Hilfe brauchte.

Dawn.

Ich war schon im Begriff, rechts abzubiegen, als ich stoppte. Mein Herz hämmerte in doppelter Geschwindigkeit.

„Blake.“ Ich bemerkte nicht, dass ich laut mit ihm sprach. Stattdessen blickte ich mich um und suchte vergebens nach seiner Gestalt. Ich war ganz sicher, seine Stimme gehört zu haben.

Ich behielt recht. Auf dem Asphalt erschienen zwei rote Lichter – Blakes Augen. Er versteckte sich in meinem Schatten, genauso wie neulich.

„Es tut mir leid“, raunte er. Seine Stimme klang blechern und endlos weit entfernt. „Du hattest Angst um mich.“

Ich schwieg, denn mir fehlten die Worte. Ich schwankte zwischen Wut und grenzenloser Erleichterung. Ich hatte wirklich befürchtet, ihn an den Wendigo verloren zu haben.

„Wo bist du gewesen?“, fragte ich. „Ich habe dich gerufen, aber du bist nicht gekommen.“

Er schwieg betreten.

„Ich weiß“, gab er zu. „Ich habe nach dir gesehen. Ich konnte mich dir nur nicht nähern.“

Ich verstand die Welt nicht mehr.

„Wieso nicht?“, wollte ich wissen. „Was ist passiert?“

In diesem Moment verfluchte ich, Blake nicht ins Gesicht sehen zu können. Der matte Schein seiner Iriden verriet nichts über das, was in ihm vorging. Ich konnte ihm nicht helfen, wenn ich nicht wusste, was ihn quälte.

„Bitte", fügte ich leise hinzu. Das schien ihn zu erweichen, denn die Distanz in seiner Stimme verschwand. Nun klang er nur noch betrübt und sehr erschöpft.

„Ich ... hatte mich nicht gut im Griff", raunte Blake. „So wie neulich."

Anfangs konnte ich ihm nicht folgen. Ich brauchte ein paar Sekunden, um zu verstehen, was er meinte. Ich erinnerte mich an seinen Kampf vor unserem Haus. Nachdem er Becca und mich gerettet hatte, war etwas mit Blake geschehen. Er hatte seltsam wütend gewirkt – und *unkontrolliert*. Sein wütendes Knurren hatte sich sogar gegen mich gerichtet, weil ich nähergekommen war.

Mir wurde kalt. Ich wusste nicht wieso, aber in mir regte sich ein Gefühl der Gefahr. Dasselbe, das mich seit heute Morgen nicht losließ. Fürchtete er wirklich, mir etwas anzutun? Beim letzten Mal war Blake sofort zu sich gekommen. Nun versteckte er sich seit Stunden und fühlte sich offenbar noch immer nicht stabil genug, um mir gegenüberzutreten.

„Wird es schlimmer?" Es gab keinen echten Grund, ihn das zu fragen. Nur einen schrecklichen Verdacht, den Blakes eisernes Schweigen befeuerte. Seine leuchtenden Iriden lagen unverwandt auf mir, doch er erwiderte nichts.

„Wird es schlimmer?", wiederholte ich. Mein Ton machte deutlich, dass ich ohne eine Antwort nicht gehen würde. Er konnte mich nicht länger im Ungewissen lassen.

„Nein", sagte Blake schließlich. „Mach dir keine Sorgen."

Der Schein seiner Pupillen verschwand aus meinem Schatten. Ich konnte nichts dagegen tun.

„Ich komme zu dir, sobald es geht", fügte Blake an. Ein letzter Satz, mit dem seine Anwesenheit mich verließ. Ich spürte es ganz deutlich. Von jetzt auf gleich schien die Straße schrecklich leer. Blakes Präsenz war fort, und mit ihm die wenigen beruhigenden Worte, die er mir zugeflüstert hatte. Ich blieb allein zurück, mit verkrampften Schultern und bebenden Lippen.

Ich war mir noch nie so sicher gewesen, dass er log.

Kapitel 24

Ich verbrachte den Abend mit Dad. Wir saßen vor dem Fernseher im Wohnzimmer, aßen Pizza vom Lieferservice und sahen die Wiederholung eines ziemlich guten Footballspiels, das letzten Sommer stattgefunden hatte. Nichts konnte das Blut meines Vaters so sehr in Wallung bringen wie Sport. Ich genoss es, ihn so energetisch zu sehen. Seine Gesellschaft fühlte sich tröstend an und half mir, meine Sorgen um Blake für eine Weile zu vergessen.

Ich beobachtete, wie Dad mit den Käsefäden seiner Pizza kämpfte. Eigentlich war ich bemüht, ihm gesundes Essen zu servieren, seit er im Krankenhaus gewesen war. Pizza gehörte nicht dazu, schon gar nicht, wenn der Belag keinerlei Gemüse enthielt. Ich ließ die Ausnahme nur durchgehen, weil Dad sie so sehr liebte.

„Dad", sagte ich. Ich balancierte meinen Pizzakarton auf der Hand, um keine Paprikastücken auf den Teppich fallen zu lassen. Mum wäre stolz auf mich. „Kann ich dich was fragen?"

Dad nickte wortlos. Er starrte gebannt auf den Bildschirm, aber ich wusste, dass er trotzdem zuhörte. Es fiel mir schwer, die richtigen Worte zu finden. Er sollte nicht misstrauisch werden.

„In deiner Beziehung mit Mum …", meinte ich vorsichtig. „gab es da auch Sachen, die ihr euch nicht erzählt habt?"

Mein Versuch missglückte, denn er *wurde* misstrauisch. Sein Blick huschte zu mir, als hätte ich einen Alarmknopf gedrückt.

„Beziehung?“, meinte er. „Hast du etwa einen Freund? Wieso hast du mir das nicht erzählt?“

Ich lächelte matt. Es gab wenig, wovor sich Dad mehr fürchtete, als vor einem Treffen mit meinem ersten festen Freund. Er graulte sich davor, seit ich denken konnte. Jetzt, da Mum nicht mehr da war, musste ihm die Vorstellung noch schwerer fallen. Nicht, weil er es mir nicht gönnte, sondern weil er mich beschützen wollte. Er fürchtete sich vor Episoden mit Liebeskummer, vor ungewollten Schwangerschaften und davor, mich zu schnell heiraten und ausziehen zu sehen.

Ich zuckte mit den Schultern. Eine bemüht desinteressierte Geste.

„Nein“, gab ich zurück. „Ich lese gerade ein Buch, das Suzanne mir empfohlen hat, und will die Charaktere verstehen.“

Ich musste kurz unterbrechen, weil tausende von Zuschauern einen Touchdown bejubelten.

„Ich habe mich gefragt, wie viele Geheimnisse in einer Beziehung normal sind“, fügte ich hinzu. „Und ob sie bedeuten, dass man einander nicht vertraut.“

Darüber dachte er eine Weile nach. Währenddessen kaute er unermüdlich auf dem Rand seiner Pizza, der ein wenig zu dick geraten war.

„Es gibt schon Sachen, die man für sich behält“, brummte Dad. „Zum Beispiel, wenn man sich dafür schämt. Oder wenn man dem anderen keine unnötigen Sorgen machen will.“

Er stellte seinen Karton zurück auf den Sofatisch. Aufgeklappt war er so gewaltig, dass er die gesamte Tischplatte einnahm.

„Deine Mutter und ich haben immer versucht, ehrlich zu sein“, stellte Dad dann fest. „Wenn es Probleme gibt, sollte man offen darüber reden. So lässt sich alles lösen.“

Er zwinkerte mir zu.

„Aber das ist für ein Buch nicht dramatisch genug, schätze ich. Da braucht es Konflikte, Dramen und das ganze Zeug.“

Es gefiel mir, wie er darüber sprach – und wie einfach seine Logik war. Solange man offen miteinander redete und dem anderen Vertrauen schenkte, konnte man jedes Problem lösen. Dads Ratschlag ließ sich entnehmen, wie er und Mum gelebt hatten. Es hatte selten Streit gegeben und niemals Geschrei. Genau dasselbe wünschte ich mir für Blake und mich. Er sollte wissen, dass ich unerschütterlich zu ihm hielt. Auch wenn er sich schämte, oder wenn sein Verhalten eine reine Vorsichtsmaßnahme war. Anstatt verletzt zu sein, wollte ich einfach mit Blake sprechen.

„Danke, Dad", sagte ich. Es fühlte sich an, als hätte er mir eine neue Draufsicht geschenkt. Eine Perspektive, die mich etwas klarer sehen ließ.

„Ich glaube, ich habe gerade eine Menge verstanden", fügte ich hinzu. Meine Worte entlockten Dad ein zufriedenes Nicken, auch wenn er längst wieder auf das Spiel konzentriert war.

Als Blake zu seiner nächtlichen Wache auf meinem Balkon erschien, war ich unendlich erleichtert, ihn zu sehen. Auf meinem Nachttisch brannte heute eine zweite Kerze, in deren Schein ich mit Phoebe chattete. Wir waren für morgen Nachmittag verabredet, weil Suzanne mir freigegeben hatte. Sie machte Inventur und ließ die Bibliothek deswegen geschlossen.

Mit Blakes Erscheinen wünschte ich Phoebe eine gute Nacht und legte das Telefon beiseite. In dieser Zeit kam Blake auf mich zu und hielt in der Mitte des Zimmers inne. Seine Schritte wirkten so achtsam, als fürchtete er noch immer, nicht Herr seines Körpers zu sein. Oder, als wusste er nicht, ob er willkommen war.

Ich setzte mich auf und streckte die Hand aus. Es war eine Einladung, zu mir zu kommen. Blake leistete ihr Folge, stoppte am Bettrand und fasste nach meinen Fingern.

„Bist du okay?", flüsterte ich. „Hast du Schmerzen?"

Seit meinem Gespräch mit Dad war mir viel durch den Kopf gegangen. Ich hatte mich vorhin verletzt und irgendwie einsam gefühlt, weil Blake mir nicht die Wahrheit gesagt hatte. Mittlerweile war mir jedoch klargeworden, dass unsere Beziehung nicht nur für mich Neuland war. Blake erinnerte sich nicht an sein altes Leben. Ich war der erste Mensch, mit dem er seit seinem Tod überhaupt regelmäßig Kontakt hatte.

Er schüttelte den Kopf. Dabei berührte er seine Maske und ließ sie verschwinden, damit ich sein Gesicht sehen konnte. Im Kerzenlicht wirkte es fahl und besorgt.

„Es tut mir leid", raunte er. „Ich wollte nicht, dass du ..."

Sein Blick suchte meinen. Es war offensichtlich, dass ihm die Worte fehlten.

„Ich wollte nicht, dass du Angst vor mir hast", ergänzte er. Es war ein fast lautloser Satz, den ich nur verstand, weil er mir so nahe war. Er brachte mich dazu, an seiner Hand zu ziehen, bis seine Knie auf die Matratze sanken. Dann schlang ich die Arme um seinen Nacken. Der Duft seiner Haut nahm jede Schwere von mir.

„Ich hatte Angst um *dich*", flüsterte ich. „Ich dachte, der Wendigo hat dich überrascht."

Seine Arme schossen in die Höhe. Er hielt mich so fest, dass es wehtat. Sein Atem traf meine Haut und ließ mich erschauern. Ich hätte schwören können, dass er sich kälter anfühlte als gestern Nacht.

„Ich weiß", gab er leise zurück. „Ich hätte dir Bescheid geben sollen."

Er schien sich noch immer dagegen zu sträuben, mit mir zu sprechen. Ich bemerkte es an seinem Ton und an seiner gespannten Muskulatur. Obwohl er ein Geist war, reagierte sein Körper auf seine Gedanken. Es fühlte sich an, als flimmerte jede seiner Zellen. Er schien ein Feuer in seinem Inneren zu bekämpfen, das nach draußen wollte. Der Gedanke grub meine Nägel in sein Shirt.

„Was passiert mit dir?", wollte ich wissen. „Sag es mir. Nur so kann ich dir helfen."

Ich lehnte die Stirn an sein Schlüsselbein und ließ nicht von ihm ab. Sein Herzschlag polterte unruhig gegen seine Brust.

„Ich weiß es nicht", wisperte er. Seine Hand fand meinen Haarschopf und fuhr hinab, bis sie meine Schulterblätter erreichte. Es war das erste Mal seit einer Ewigkeit, dass mich eine Berührung an dieser Stelle nicht auf Abstand brachte. Hier und jetzt war meine Narbe völlig unwichtig geworden.

„Manchmal verliere ich die Kontrolle", gab Blake zu. „Dann muss ich mich zurückziehen und mich sammeln, bis es mir besser geht."

Ich ließ von ihm ab, um ihm ins Gesicht zu sehen. Nun war die Gegenwehr aus seinen Zügen verschwunden.

„Was genau bedeutet das?", hakte ich vorsichtig nach. „Kannst du es erklären?"

Er zögerte.

„Es geschieht, seit ich denken kann", meinte er, gefolgt von einem schiefen Lächeln. Wir wussten beide, dass er sich an kaum mehr als die letzten acht Monate seiner Existenz erinnerte. „Meist, wenn ich einen besonders starken Seelenfresser verschlinge."

Ich war bemüht, jede Reaktion auf seine Erzählung zu vermeiden. Es kostete mich Überwindung, mir vorzustellen, wie er eines dieser Ungeheuer auffraß. Ich war bereits Zeuge dessen geworden – zwei Mal – und der Anblick war grausig. Es passte nicht zu demjenigen, der Blake normalerweise war. Wenn er den Kampf aufnahm, wurde er zu jenem düsteren Wesen, in das er sich beinahe gänzlich verwandelt hätte.

Blake schien meine Gefühle aufzufangen, denn er forschte kritisch in meinem Blick. Seine Brauen waren gewölbt, seine Kiefer gespannt. Er sollte nicht fürchten, mich zu verschrecken, also nahm ich seine Hand und hielt sie fest.

„Was passiert dann?", fragte ich. Es war verrückt, aber ich hatte mich ihm nie näher gefühlt. Wir saßen voreinander auf dem Bett, bestrahlt vom Kerzenschein, und sprachen über seine Sorgen. Es war ein Beweis dafür, dass er mir vertraute.

„Ich verschlinge sie, um meinen Hunger zu stillen." Während er sprach, fixierte er die Bettdecke. Ein Ausdruck der Scham. „Aber manchmal wird er dadurch schlimmer. Er nimmt so sehr zu, dass er meine Gedanken verwischt."

Er atmete hörbar aus.

„In diesem Zustand fällt es mir schwer, mich zu beherrschen. Der Hunger treibt mich zu Dingen, die ich sonst nie tun würde."

Ich spürte die unsichtbare Bedrohung in seinen Worten. Ich hatte erlebt, wie Seelenfresser sich verhielten. Es waren unkontrollierbare Bestien, die der Hunger nach Energie in den Wahnsinn getrieben hatte. Auch, wenn Blake nur böse Geister fraß, erfüllte er alle Kriterien dafür, selbst zu einem Seelenfresser zu werden. Er ernährte sich von Seelen, wandelte auf dieser Ebene und konnte aus irgendeinem Grund nicht ins Licht. Vermutlich, weil seine Pflicht ihn hielt, den Wendigo zu töten – oder, weil er als halber Seelenfresser keine Erlösung mehr finden konnte.

Ich umgriff seine Hand noch fester. Seine Finger verschränkten sich mit meinen.

„Glaubst du, du würdest mich angreifen?", murmelte ich. Ich musste wissen, woran wir waren. Ob es etwas gab, das ich tun konnte. „Hilft es dir, mit mir zu sprechen? So wie neulich?"

Er wusste, ich meinte den Tag, an dem seine Schädelmaske unter meiner Berührung zerbrochen war.

„Ich weiß es nicht", sagte Blake und schüttelte den Kopf. Jeder Satz auf seinen Lippen klang wie ein Schwur. „Ich will es nicht riskieren, dir in diesem Zustand noch einmal gegenüberzustehen."

Er hob seine freie Hand, um sanft meine Wange zu umfassen. Damit vertrieb er die Erinnerung an sein dunkles Grollen, das sich damals direkt gegen mich gewandt hatte. So wie es aussah, hatte Blake mich tatsächlich fast attackiert. Beccas Angst war begründet gewesen.

„Seit du mich geweckt hast, suche ich nach meinen Erinnerungen", meinte Blake. „Wenn ich sie wiederfinde, kann ich die Verwandlung vielleicht rückgängig machen. Vielleicht habe ich aber auch etwas verloren, das sich nicht zurückholen lässt."

Anstatt etwas zu sagen, nickte ich. Es machte Sinn. Als halber Seelenfresser profitierte Blake von einer Kraft, die ein normaler Geist nicht hatte. Er konnte das Biest in sich nach außen kehren, um gegen böse Geister und sogar gegen den Wendigo zu kämpfen. Es wäre nur logisch, wenn er dafür einen Preis zahlen musste. Das konnte bedeuten, dass er für den Rest seiner Existenz um sein Gleichgewicht kämpfen musste, weil sich der Prozess nicht umkehren ließ. Der Gedanke bedrückte mich sehr, aber ich versuchte, positiv zu denken. Angesichts dessen, dass sich Blake immer wieder an Bruchstücke aus seinem Leben erinnerte, schien seine Verwandlung zumindest nicht fortzuschreiten. Das war alles, was zählte. Mit dem Rest würden wir schon irgendwie klarkommen.

Blake schenkte mir ein Lächeln. Es war unsicher und erreichte seine Augen nicht.

„Ich brauche etwas Zeit, um mich selbst zu verstehen", endete er. „Bis dahin muss ich mich zurückziehen, wenn ich zu einer Gefahr für dich werde."

Sein Lächeln erstarb. Was zurückblieb, war nur Furcht. Sie lauerte wie ein dunkler Abgrund in seinen Zügen.

„Kannst du damit leben?", flüsterte er.

Es war mehr als eine einfache Frage. Ich wusste es, weil plötzlich meine Lippen bebten und mir der Kloß im Hals den Atem raubte. Blake ließ mir einen Ausweg. Ein einziges Wort, das ich sagen konnte, um unsere Verbindung abzubrechen. Er hätte es mir vermutlich nicht einmal übelgenommen. Anstatt mich um Unterstützung und Verständnis zu bitten, gab er mir die Möglichkeit, mich vor ihm zurückzuziehen.

Er tat dasselbe wie immer. Er stellte das Schicksal der anderen vor sein eigenes.

Ich beugte mich vor und umarmte ihn noch einmal. Meine Antwort stand fest, noch bevor die Tragweite seiner Worte zu mir durchdrang.

„Natürlich", wisperte ich an seiner Halsbeuge. „Ich bin immer für dich da. Egal in welchem Zustand."

Hatte er wirklich geglaubt, ich würde ihn im Stich lassen? Nach allem, was er für mich getan hatte – nach allem, was wir erlebt hatten – machte mir ein Wutausbruch keine Angst. Seit Mum gestorben war, lebte ich in einer Welt aus Geistern und Ungeheuern. Ganz egal, was Blake auch sein mochte, für mich war er Blake. Ich wollte ihm helfen, seine Bürde zu tragen. Ich hätte keine Sekunde an seiner Menschlichkeit zweifeln können.

Für eine lange Zeit blieb es still zwischen uns. Blake saß da und hielt mich, als gab er mir noch immer die Gelegenheit, meine Meinung zu ändern. Irgendwann senkte er jedoch den Kopf und vergrub sein Gesicht an meiner Schulter. Ein letzter, tiefer Atemzug schien seine Anspannung endgültig abzustreifen.

„Ich danke dir, Dawn", sagte er.

Nachdem ich tags darauf den Nachmittag mit Phoebe verbracht hatte, beschloss ich, noch einmal in der Bibliothek vorbeizuschauen.

Die Dämmerung hatte bereits begonnen, den Himmel in sattem Orange zu färben, und die Sonne verschwand am Horizont. Es fühlte sich an, als breitete der Schleier der Nacht seine Stille über der Stadt aus. Die Stimmen der Passanten verstummten gemeinsam mit ihren hektischen Schritten, und zurück blieb der Gesang der letzten Vögel, der mich über den Bürgersteig begleitete.

Ein Blick zum Himmel ließ mich seufzen. Ich musste mich erst daran gewöhnen, nun wieder früher nach Hause zu müssen. Auch wenn Blake mir beigebracht hatte, mich möglichst unbemerkt unter Geistern zu bewegen, vermied ich es, nachts allein unterwegs zu sein. Im Sommer war das kein Problem, aber der Herbst schränkte meine Freiheit ein. In ein paar Wochen würde Suzanne mich wohl wieder von den Abendschichten freisprechen. Seit ich im letzten Winter angegriffen worden war, stellte sie sicher, mich vor Einbruch der Dunkelheit daheim zu wissen.

Heute setzte ich mich dem Risiko bewusst aus – wenn auch nur, weil die Bibliothek gerade einmal zwei Straßen von dem Café entfernt lag, in dem ich mit Phoebe gesessen hatte. Wie ich Suzanne kannte, hockte sie noch immer am Tresen und kümmerte sich um die Inventur, also wollte ich ihr einen Kaffee vorbeibringen und bei dieser Gelegenheit ein Buch ausleihen. Wir besaßen ein ganzes Regal voller *seltsamer* Bücher, wie Suzanne sie nannte. Ich hatte sie mir bisher nie näher angesehen, abgesehen von der Lektüre über Rituale. Ich hoffte, Informationen über Seelenfresser zu finden, denen man glauben konnte, denn im Internet war ich wenig erfolgreich gewesen. Die meisten Seiten über Ungeheuer bezogen sich auf RPGs, Videospiele und Gruselfilme. Wenn ich ein sehr altes Buch fand, standen die Chancen vielleicht besser. Mit etwas Glück fanden wir sogar heraus, ob der Wendigo einen Schwachpunkt hatte. Zumindest, wenn die *seltsamen* Bücher ein Fünkchen Wahrheit bereithielten.

Als ich die Bibliothek erreichte, griff ich nach der Türklinke und stutzte. So wie es aussah, hatte ich mich getäuscht. Die Tür war abgeschlossen, also musste Suzanne bereits auf dem Heimweg sein. Wenn sie nicht alles hingeworfen und entschieden hatte, morgen weiter zu machen, hatten wir uns wohl knapp verpasst. Das war wirklich schade, weil ich ihren Lieblingskaffee dabeihatte, aber es gab mir auch die Gelegenheit, ungestört nach dem richtigen Buch zu suchen.

Ich spähte kurz über meine Schulter, um sicherzugehen, noch unter dem Schutz der Sonnenstrahlen zu stehen. Dann zog ich den Schlüsselbund aus meiner Jeans und öffnete die Tür.

Die Bibliothek war gänzlich leer und ein wenig unheimlich. Von jetzt auf gleich umgab mich noch Stille, denn die dicken Mauern verschluckten jeden Lärm. Auch vom restlichen Tageslicht war hier drinnen wenig zu spüren. Das lag vor allem an den hohen Regalen, die düstere, ausladende Schatten warfen. Es war verrückt, wie Suzannes Anwesenheit die Atmosphäre veränderte. Solange sie da war, wirkte die Bibliothek warm und einladend – fast so, als vermochte nur sie diesen alten Riesen zu zähmen.

Ich nippte an dem Kaffee in meiner Hand und wanderte durch die Reihen. Die Bücher, nach denen ich suchte, befanden sich an der äußeren rechten Seite. Es war dieselbe, an der sich Alice am meisten aufhielt, auch wenn es heute keine Spur von ihr gab. Ich war die einzige Menschenseele in der Bibliothek und schickte mit jedem Schritt ein Echo durch den Raum, während mein Blick über die Einbände huschte. Es gab sie in allen möglichen Farben und Formen. Ich entdeckte Bücher mit rotem

Ledereinband und welche, deren Papier derart vergilbt aussah, dass Suzanne sie bei der nächsten Kontrolle vermutlich aussortierte.

Irgendwann blieb meine Aufmerksamkeit hängen. Da war eine Enzyklopädie, die sich mit Monstern und Mythen aus der ganzen Welt beschäftigte. Zufälligerweise stand das Buch direkt neben dem mit den Ritualen, in dem ich neulich geblättert hatte. Der Einband wirkte ziemlich alt und war mit dunkelblauen Lettern bedruckt. Laut des Klappentextes gab es ein Kapitel über böse Kreaturen, also entschied ich, es mitzunehmen.

Mit meiner Beute unter dem Arm und einem leeren Kaffeebecher schritt ich zum Ausgang zurück. Ich war schon im Begriff, über die Türschwelle zu treten, als ein Geräusch mich stoppen ließ. Es klang wie der dumpfe Knall eines Buches, das aus dem Regal gefallen war. Als ich herumfuhr, entdeckte ich auf den ersten Blick jedoch nichts. Vor mir lag eine leere Bibliothek, deren einsamer Tresen auf Besucher wartete. Alles war wie immer, bis ich ihn plötzlich hörte.

Einen dumpfen, grollenden Atem direkt hinter mir.

Für den Moment schien die Zeit stehenzubleiben. Ich wuchs am Boden fest und starrte ins Nichts, obwohl ich den fremden Atem nicht bloß hörte. Ich konnte ihn auch *spüren*. Er traf meinen Hinterkopf, brandete an meinem Nacken und berührte meine Haut wie feuchte, glühend heiße Fingerspitzen. Der Schauer erfüllte jeden Millimeter meiner Wahrnehmung und brachte mich dazu, endlich nach hinten zu sehen.

Es war ein Monster, das Seelen fraß. Dessen hätte ich mir nicht sicherer sein können. Aus der Nähe sah ich nur dunkle Augenhöhlen und eine weiße Maske, deren Anblick meinen Puls in die Höhe trieb. Einen Herzschlag später bemerkte ich seinen langen Körper. Er ragte durch die Wand der Bibliothek und bis auf die Straße, getragen von unzähligen, kleinen Beinen. Ich wusste sofort, dass es dasselbe Ungeheuer war wie damals.

Der Seelenfresser, der mich letzten Winter beinahe getötet hatte.

Ich war wie erstarrt. Anstatt wegzulaufen, sah ich dem Wesen ins Gesicht und konnte nicht glauben, dass das wirklich geschah. Mein Verstand schien sich jedes seiner Details eingeprägt zu haben, denn ich sah die Szenen aus jener Nacht lebendig vor mir. Seine scharfen Zähne. Das puppenhafte Gesicht. Die Art, wie schwerfällig es auf mich zugekrochen war. Es fühlte sich an, als saß ich wieder dort im Schnee – verzweifelt und ohne jeden Schutz. Es dauerte fast zu lange, bis mein Impuls zur Flucht zurückkehrte.

Hier und heute war ich gesund. Hier und heute konnte ich ihm vielleicht entkommen.

Mehr musste ich nicht wissen. Ohne darauf zu achten, was das Monster tat, fuhr ich herum und flüchtete in die Bibliothek. Es brachte das Biest dazu, mich endgültig zu bemerken. Ich hatte kaum das erste Regal erreicht, da setzte es sich in Bewegung und erfüllte das Gebäude mit dem Hämmern seiner Beine, um mir nachzujagen.

Kapitel 25

Meine einzige Chance war der Salzkreis im Nebenraum. Ich hatte ihn vor Wochen errichtet, um Alice zu beschützen, und heute rettete er ausgerechnet mir das Leben. Zumindest, wenn er stark genug war, um den Seelenfresser abzuwehren, bis Blake kam.

Ich würde es bald herausfinden, da das Monster den einzigen Ausgang blockierte. Es schoss mir hinterher wie eine riesige Schlange, brüllte vor Wut und zwang mich dazu, in den Lagerraum zu hetzen. Ich war so konzentriert darauf, dass ich den Lärm anfangs nicht bemerkte. Es war das Poltern unzähliger Bücher, die aus den Regalen stürzten, dicht gefolgt von ohrenbetäubendem Scheppern.

Es durchzuckte mich wie ein Schuss. Mein Blick flog über die Gestalt des Seelenfressers und heftete sich auf sein weit geöffnetes Maul, während die schiere Wucht seiner Bewegungen die Bibliothek verwüstete. Ich beobachtete, wie eines der Regale zerbarst und eine Lawine aus Büchern zu Boden schickte. Ein einziger Schwanzhieb reichte aus, um das Sofa an die Wand zu schleudern. Mit einem Mal verwandelte sich jeder vertraute Gegenstand in ein Geschoss, das meine Flucht jederzeit beenden konnte. Ich blieb in Bewegung, aber ich fühlte mich völlig leer. Ich verstand nicht, was hier vor sich ging.

Dieser Seelenfresser konnte Dinge berühren – und sie zerstören.

Als ich den Lagerraum erreichte, starb meine Hoffnung. Ich hastete durch den Türrahmen, einzig auf die hintere Ecke konzentriert. Ich hatte an dieser Stelle den Salzkreis errichtet, doch er war verschwunden. Alles, was ich sah, waren blanke Fliesen. Suzanne musste ihn entfernt haben.

Meine Schritte stoppten. Es geschah von ganz allein, obwohl das Monster unaufhaltsam näherkam. Das rhythmische Geräusch seiner Beine wurde zu einem Sturm aus Lärm, der jeden sinnvollen Plan in meinem Kopf übertönte. Ich stand da, weinte Tränen der Panik und wusste, dass das Biest mich fressen würde. Am Ende war es nur der Gedanke an Blake, an Phoebe und an Dad, der mich noch einmal in Bewegung setzte. Ich durfte nicht einfach sterben, also rannte ich weiter.

Es fühlte sich unmöglich an, einen Ausweg zu finden. Ich hatte keine Ahnung, wieso der Seelenfresser plötzlich Gegenstände berühren konnte, aber kein Möbelstück war vor ihm sicher. Was auch immer ihm im Weg stand, war nicht mehr als eine halbherzige Barrikade. Als ich zum Ende des Raumes eilte, flogen Holzsplitter und Papierfetzen durch die Luft, deren Anblick meine Lippen zum Beben brachte. Suzannes Lebenstraum wurde in Grund und Boden gestampft, und ich konnte nichts dagegen tun.

Es war reines Glück, dass der Lagerraum ein kleines Fenster besaß. Kurz bevor der Seelenfresser den Türrahmen durchbrach, lief ich nach rechts, schloss die Augen und sprang. Mir folgte der ohrenbetäubende Schrei meines Verfolgers, verschluckt vom Klirren der Scheibe. Dann prallte ich hart auf den Asphalt.

Von jetzt auf gleich kehrte das Tageslicht zurück. Es berührte tröstend mein Gesicht, als ich die Augen aufschlug. Ich hatte mich so gut es ging mit den Armen geschützt und schien okay zu sein. Nur meine Ellenbogen surrten vom Aufprall – ein unwichtiges Detail im Hintergrund. Ich hatte keine *Zeit*. Der Seelenfresser war direkt hinter mir und konnte jede Sekunde durch die Hauswand springen, um sich auf mich zu stürzen. Die Vorstellung gab mir die Sporen, trieb mich in die Höhe und die Straße hinab.

Blake, dachte ich. *Blake. Blake!*

Ich war nicht einmal sicher, wohin ich flüchten sollte. In der Nähe gab es viele Geschäfte und kaum bewohnte Häuser. Selbst wenn ich eines fand, verschlang mich der Seelenfresser, bevor man mir die Tür öffnete.

Ich dachte darüber nach, in eine der Gassen zu fliehen und mich dort zu verstecken, bis ich etwas im Augenwinkel entdeckte. An der linken Straßenseite stand ein dunkelhaariger Mann, der mir hastig zuwinkte.

„Schnell!", rief er. „Komm her!"

Ich wusste sofort, dass er ein Geist sein musste. Nicht, weil ich Tote besser von Lebenden unterscheiden konnte als vorher, sondern aufgrund seiner Kleidung. Sie wirkte derart altmodisch, dass es keinen Zweifel gab. Der Mann trug einen schwarzen Anzug und einen dazu passenden Zylinder, der mich an alte Gemälde erinnerte. Sein dunkler Schnurrbart verbarg den Blick auf seine Oberlippe.

Ich verlor keine wertvolle Sekunde daran, mich noch einmal umzuschauen. Ich konnte das Getrampel des Seelenfresser hören. Aus diesem Grund verwarf ich mein Misstrauen und schloss mich dem Geist an.

Er führte uns in eine schmale Seitenstraße, vorbei an einem Lokal, das frisch geschlossen hatte. Dann bog er ab und deutete auf die Hintertür des Gebäudes.

„Geh hinein", forderte er. „Beeil dich."

Ich zögerte. Das Haus sah verlassen aus, aber ich wollte nicht einbrechen. Es kostete mich Überwindung, auch wenn ich wusste, was auf dem Spiel stand. Als ich nach dem Türknauf griff, fiel mir auf, dass er sich drehen ließ. Die Tür war nicht verriegelt.

Der Geist bemerkte meine Skrupel. Er schob mich kurzerhand über die Schwelle, und so blieb mir nichts anderes übrig, als die Tür ins Schloss fallen zu lassen. Ihr Klappen war ein furchtbar endgültiges Geräusch, das mich nervös machte. Ich hatte keine Ahnung, wieso dieser Mann mir half – sicher war nur, dass er vermutlich das kleinere Übel war als der Seelenfresser.

Ich wandte mich um. Mein Instinkt verbot mir, ihm den Rücken zuzudrehen.

„Wer bist du?", wollte ich wissen. „Warum hast du mich gerettet?"

Anstatt zu antworten, schenkte er mir ein Lächeln. Es malte kleine Falten unter seine Augen und kräuselte seinen dunklen Schnurrbart, der sauber gestutzt aussah. Nichts an ihm wirkte gefährlich.

„Ich heiße Victor." Er hob mit großer Geste seinen Zylinder. „Ich wollte dir nur helfen, junge Dame."

Sein Blick verfinsterte sich.

„Ich habe gesehen, dass der Jäger dich verfolgt", fügte er hinzu.

Jäger, dachte ich. Er musste mitbekommen haben, wie das Ungeheuer in die Bibliothek gestürmt war.

Ich atmete langsam aus.

„Danke", sagte ich schnell. „Glaubst du, er wird uns hier nicht finden?"

Wir standen in einem schmalen Flur, in dem es nicht mehr gab als eine alte Kommode und eine breite Wendeltreppe. Sie führte in die zweite Etage und war ziemlich verstaubt. Der Boden war mit dutzenden Federn übersät, weil vermutlich Tauben im Obergeschoss nisteten.

Der Geist schüttelte den Kopf.

„Er kann nicht hinein", versicherte er. „Das Haus ist bewohnt. Der Besitzer ist nicht hier, aber es gehört noch immer ihm. Deswegen kann es kein Toter mit bösen Absichten betreten."

Jetzt verstand ich, wieso er mich hierhergeführt hatte. Vermutlich hatte ihm dieser Ort selbst schon einmal das Leben gerettet.

„Verstehe", flüsterte ich. Mein Puls raste unaufhörlich. So sehr, dass mir schwindlig wurde. Ich musste mich an der Kommode abstützen und meine Gedanken sortieren. Einerseits wünschte ich mir nichts sehnlicher, als dass Blake kam und dieses Ungetüm zur Strecke brachte. Ich fürchtete aber auch um seine Sicherheit, so wie ich es immer tat – und seit unserem Gespräch fürchtete ich zusätzlich, dass er die Kontrolle verlor.

„Fühlst du dich nicht wohl?", fragte Victor vorsichtig. Ich schätzte ihn auf Mitte 40, auch wegen der silbernen Strähnen in seinem dunklen Haar. Er schien darüber nachzudenken, mich zu stützen, entschied sich jedoch dagegen. Stattdessen deutete er mit einem Kopfnicken geradeaus. An der Nordseite des Flurs gab es eine Tür, die in einen großen Raum führte.

„Dort gibt es ein Sofa", meinte der Geist versöhnlich. „Du solltest dich setzen."

Mir war nicht danach, mich auszuruhen. Nicht, wenn ich wusste, was für ein Kampf vor Blake lag. Damals, nachdem der Seelenfresser mir das Bein gebrochen hatte, schien er vor Blake die Flucht ergriffen zu haben.

Ich konnte nur hoffen, dass das ein gutes Zeichen war. Letztendlich bewegte ich mich aber trotzdem Richtung Sofa, weil es in diesem Zimmer ein Fenster gab. Es zeigte genau zur Straße und gab mir die Gelegenheit, Ausschau zu halten.

Als ich mich ihm näherte, schien mein Herzschlag auszusetzen. Ich blieb hinter dem Sofa, die Hände auf das alte Polster gelegt, und spähte reglos durch die Scheibe. Der Seelenfresser war hier. Er stand auf der Straße, kaum zwei Meter von uns entfernt. Seine leeren Augenhöhlen waren direkt auf mich gerichtet. Er verharrte dort und beobachtete uns, weil er wusste, dass er nicht hineinkonnte. Wie ein Raubtier, dass auf seine Chance wartete. Sein massiger, schwarzer Körper füllte die halbe Straße und ragte bis auf den Gehweg.

Ich schluckte schwer. Meine Knie zitterten wie Espenlaub. Es fühlte sich genauso an wie letzten Winter. Der Seelenfresser schien nichts zu verbreiten als Dunkelheit. Ich blickte in einen Abgrund, in dem der Tod lauerte, ohne Gnade und ohne Herz. Hätte ich es nicht besser gewusst, hätte ich geglaubt, das Wesen wäre nicht am Leben – nicht einmal als Seele.

Victor trat hinter mich.

„Wir müssen Geduld haben, bis er verschwindet", ließ er verlauten. „Mehr können wir nicht tun."

Ich erkannte keine Furcht in seiner Stimme. Besorgnis, aber keine Angst. Wie konnte es sein, dass ihn der Anblick des Wesens nicht aus der Fassung brachte? Wann immer ich es zu lange ansah – wann immer ich darüber nachdachte, wie fokussiert es darauf wartete, uns zu töten – brachte mich der Gedanke fast um den Verstand. Victors beherrschte Ruhe machte mir einmal mehr klar, wie düster und gefährlich die Welt der Geister war. Er musste so etwas schon dutzende Male erlebt haben.

„Er wird kommen, um uns zu helfen", wisperte ich. Jede Faser meines Körpers war so angespannt, dass ich meine Augen nicht von dem Seelenfresser lösen konnte. Er starrte mir ins Gesicht, ohne sich ein einziges Mal zu regen.

„Der Nachtwandler", fügte ich hinzu. „Blake."

Victors Schweigen war eisern. Ich nahm an, dass er Blake misstraute, so wie alle anderen. Erst als er antwortete, wurde mir klar, dass er Blake gar nicht kannte.

„Wer sollte einem Jäger dieser Größe gewachsen sein?“, fragte er besorgt. „Bist du ganz sicher?“

Ich nickte langsam. Jedes Wort auf meinen Lippen fühlte sich an, als sollte es mir selbst Mut zusprechen.

„Er wird kommen“, versprach ich.

Bis Blake erschien, verharrten Victor und ich in dem alten Raum. Er musste einmal als Wohnzimmer fungiert haben, denn hier und da entdeckte ich die Umrisse von Möbelstücken unter dicken Planen. Eines sah aus wie ein Schreibtisch, das andere wie eine kleine Schrankwand. Es warf die Frage in mir auf, warum der Besitzer gegangen war, und wieso er die Dinge hiergelassen hatte.

Victor setzte sich zu mir. Er hielt einen respektvollen Abstand und stützte seine Hände auf seine Knie. Genauso wie ich versuchte er, nicht ständig aus dem Fenster zu blicken. Das Monster hatte sich mittlerweile aus seiner Starre gelöst und umrundete das Gebäude, um einen Weg hinein zu suchen. Ich wusste, es würde keinen Zutritt finden, aber ich hatte trotzdem schreckliche Angst. Jedes Poltern, das sein schwerfälliger Körper verursachte, ließ mich zusammenfahren. Mir ging einfach nicht aus dem Kopf, wie es die Bibliothek zugerichtet hatte. Wenn es tatsächlich in der Lage war, Schaden in meiner Welt anzurichten, was hielt es dann davon ab, einfach die Wand einzureißen? Die Vorstellung trieb Schauer um Schauer über meinen Rücken, während ich die Augen schloss und betete, dass Blake bald da sein würde.

„Darf ich dich etwas fragen?“, meinte Victor irgendwann. Es konnten kaum mehr als zehn Minuten vergangen sein, doch sie kamen mir vor wie Stunden.

Ich nickte, also fuhr Victor nachdenklich über seinen Schnurrbart.

„Du bist am Leben, oder?“, sagte er. „Wie kommt es, dass du uns sehen kannst? Normalerweise bleiben wir deiner Welt verborgen.“

Ich kam nicht umhin, Victor ein mattes Lächeln zu schenken. Er hatte etwas sehr Sympathisches, weil er so höflich und vorsichtig war. Seine Ausdrucksweise erinnerte mich an die historischen Liebesfilme, die Mum manchmal geschaut hatte.

„Das stimmt“, erwiderte ich langsam. Er hatte es ohnehin bemerkt, also konnte ich auch ehrlich sein. „Ich hatte einen Unfall. Seitdem stecke ich fest.“

Ich sah wieder aus dem Fenster. Von dem Seelenfresser war keine Spur mehr.

„Zumindest sagt das Blake“, fügte ich an.

Victor sah mir unverwandt ins Gesicht. Er wirkte hochkonzentriert.

„Dieser Blake ... Ist er ein Geist?“, wollte er wissen.

Ich nickte noch einmal.

„Ein Seelenfresser. Seine Verwandlung wurde aufgehalten, deswegen kämpft er für die Toten von Littlewood.“ Ich schwieg kurz. „Und für mich.“

Victors ungläubiger Gesichtsausdruck entging mir nicht. Wahrscheinlich zweifelte er an, dass es einen so heldenhaften Menschen wirklich gab – jemanden, der sich für andere in Gefahr brachte.

Jemanden, der sich freiwillig diesen fürchterlichen Ungeheuern entgegenstellte.

Als Blake die Straße erreichte, bemerkte ich ihn sofort. Er huschte wie ein düsterer Schatten über den Asphalt, zu schnell und zu geschmeidig, um der Seelenfresser von eben zu sein. Von dem Ungeheuer war noch immer keine Spur, aber Blake würde es mit Sicherheit finden.

Ich sprang vom Sofa und eilte zur Scheibe, um Blake ein Signal zu geben. Er war auf dem Bürgersteig zum Stehen gekommen und sah sich suchend um, bis er mich entdeckte. Ich konnte ihn nicht hören, also packte ich den Griff, um das Fenster zu öffnen.

Mir strömte laue Abendluft entgegen, aber auch ein eisig kalter Windzug – Blakes Atem. Er stand direkt vor dem Fenster und fixierte mich aus glühenden Iriden. Die Finsternis verschluckte jedes Detail seiner Gestalt, denn er hatte seine Kampfform angenommen.

„Blake.“ Mein Atem beschlug die Fensterscheibe. „Sei vorsichtig. Er ist irgendwo in der Nähe.“

Er gab keine Antwort, doch er hörte mir zu.

„Es ist der von damals“, raunte ich. „Der, der mich angegriffen hat.“

Es war verrückt. Obwohl Blakes Gesicht vollständig von dem Hirschschädel verdeckt war, spürte ich, dass diese Information etwas in ihm auslöste. Wie ein Stromstoß, der Blake kurz zusammenfahren ließ, bevor er sich drohend langsam zur Seite drehte. Er verlor keine Zeit, sondern sondierte die Umgebung und schien im Begriff, sich auf die Suche zu machen. Kein Wort verließ seine Kehle. Alles, was ich hörte, war Victors entsetztes Keuchen. Ich hatte ihn fast vergessen.

Als ich einen Blick zurückwarf, sah ich geradewegs in sein Gesicht. Er stand vor dem Sofa, die Augen weit aufgerissen. Die Angst in seinen Zügen war unmissverständlich.

„Was hast du getan?“, fragte er erschüttert. „Du hast ihn hierhergebracht!“

Im ersten Moment glaubte ich, er verwechselte Blake mit dem Seelenfresser. Ich hätte es ihm nicht verübeln können, denn in dieser Gestalt ähnelte Blake einem normalen Geist kein bisschen. Sein schwarzer Körper und der weiße Schädel sendeten ein eindeutiges Signal. Mir wurde jedoch bald klar, dass ich Victor missverstanden hatte. Er meinte nicht den Seelenfresser, sondern etwas ganz anderes. Etwas, vor dem er sich *wirklich* fürchtete.

Er stolperte zurück und verlor seinen Zylinder, während er aufs Sofa sank. Seine Beine gaben nach.

„Dieser Geist …“, stammelte er. „Er ist nicht dein Freund, Mädchen. Er wird dich verschlingen, sobald du ihm den Rücken zukehrst.“

Ich war nicht darauf gefasst, wie sehr mich seine Äußerung schmerzte. Ich wusste, er meinte es gut, aber es versetzte mir trotzdem einen Stich. Mehr noch, weil Blake vor mir stand und jedes Wort hören konnte. Man hielt ihn für den Wendigo. Wieder.

„Victor …“ Ich hatte keine Ahnung, wie ich es erklären sollte. Die Sache war einfach zu komplex. Er hatte ja recht. Streng genommen war Blake ein gefährlicher Geist. Er konnte nicht einmal dieses Haus betreten, ohne von dessen Besitzer eingeladen zu werden, genauso wie der echte Wendigo.

Ich schüttelte mit dem Kopf. Eine verzweifelte Geste.

„Er wird uns nichts tun“, versicherte ich. „Er gehört zu uns. Glaub mir.“

Victor wirkte wenig überzeugt. Es machte mich beinahe wütend. Nur weil Blake die falsche Maske trug, hieß das nicht, dass er böse Absichten hatte. Er konnte nichts dafür, dass er so aussah.

„Ich erkläre es dir, wenn ...“

Es gelang mir nicht, auszusprechen. Ich war mittendrin, als ich mich plötzlich etwas unterbrach – das kehlige Schreien des Seelenfressers. Der Lärm explodierte in meinen Ohren und schien die gesamte Straße in Besitz zu nehmen. Ich hätte schwören können, die Vibration der Fensterscheiben zu spüren, und blickte nach draußen. Dort konnte ich das Ungeheuer sehen. Es hatte die Gasse neben dem Gebäude verlassen und schoss wie ein Torpedo auf uns zu, seine Augen in tödlicher Effizienz auf Blake gerichtet.

Mein Atem stoppte. Ich hatte kaum realisiert, dass das Wesen zurückkehrte, als Blake sich ihm entgegenstellte. Seine Stimme verwandelte sich in ein tiefes, dunkles Grollen.

„Weg vom Fenster, Dawn“, sagte er tonlos. Dann setzte er sich in Bewegung und nahm den Kampf auf.

Es fiel mir schwer, einen klaren Gedanken zu fassen. Meine Nägel gruben sich in das alte Fensterbrett, während ich Blakes Gefecht beobachtete. Dabei spürte ich Victor unruhig auf- und abgehen. Er wusste genauso wenig wie ich, was er tun sollte, doch mir fehlte die Konzentration, um auf seine Zweifel einzugehen. Ich war zu gefesselt von dem Anblick, den Blake und der Seelenfresser mir boten.

Obwohl das Monster so klobig war, bewegte es sich extrem geschmeidig. Vorerst entdeckte ich keinen Hinweis darauf, dass es diese Ebene berühren konnte, denn es verschmolz mit den Mauern und nutzte sie, um Blakes Angriff zu entgehen. Blake folgte ihm auf allen Vieren, wodurch die beiden aus meinem Sichtfeld verschwanden. Alles, was blieb, war das martialische Hämmern ihrer Angriffe.

Im Versuch, ihre Gestalten zu erhaschen, presste ich das Gesicht gegen die Scheibe. Ich wagte mich kaum zu blinzeln. Das brachte auch Victor dazu, näherzukommen. Seine Miene sprach von Unwohlsein, so als fürchtete er, Blakes nächstes Opfer zu werden.

„Er kämpft auch für dich“, murmelte ich. Meine Wut war verraucht. „Er hat es nicht verdient, so behandelt zu werden.“

Ich stellte mir vor, wie oft ich ein Gespräch wie dieses noch führen würde. Mit Becca, mit Victor und mit wem auch immer. Jeder, der Blake traf, hielt ihn automatisch für etwas Böses. Ich hätte mir nichts mehr wünschen können, als dass er seine Maske ablegte und allen zeigte, wie menschlich er war. Solange es Seelenfresser gab, zwangen sie ihn immer wieder in die Form, die andere Geister so sehr fürchteten.

Victor klang untröstlich.

„Ich weiß“, gab er zu. Nichts an seinem Ton wirkte anfeindend oder stur. „Die Frage ist, wie lange er das noch tun wird.“

Ich löste mich von der Scheibe. Ganz kurz nur, um Victor in die Augen zu sehen. Er hatte dunkelbraune Iriden, die aus der Ferne fast schwarz erschienen. In ihnen erkannte ich große Sorge.

„Du hältst ihn für den Wendigo“, stellte ich fest. „Du irrst dich. Ich habe selbst gesehen, wie er gegen ihn gekämpft hat.“

Er wölbte die Brauen.

„Wie ist dein Name?“, fragte er. „Ich kenne ihn nicht.“

Ich atmete langsam aus. Die Anspannung in mir wurde unerträglich. „Dawn.“

Victor nickte langsam. Sein ernstes Gesicht verknotete meine Magengrube.

„Dawn“, meinte er. „Es gibt mehr als einen Wendigo. Nur, weil dein Freund noch nicht zu einem geworden ist, muss es nicht so bleiben.“

Mir war, als spürte ich ein dunkles Omen. Es saß auf meinen Schultern und schnürte mir die Kehle zu.

„Was soll das heißen?“, antwortete ich. „Wie soll er zu einem Wendigo werden?“

Victor seufzte lautlos.

„Ich weiß es nicht“, gestand er. „Aber ich bin seit fast 100 Jahren tot und noch nie einem Seelenfresser wie deinem Freund begegnet. Ich erkenne einen Wendigo, wenn ich ihn sehe.“

Er neigte den Kopf. Mir fiel nur deshalb auf, dass Blake und der Seelenfresser zurückkehrten. Sie sprangen aus dem Asphalt, als durchstießen sie eine Wasseroberfläche. Der Seelenfresser erschien zuerst, dicht gefolgt von Blake. Als ich die beiden bemerkte, stockte mir der Atem.

Ich hätte das Ungeheuer beinahe nicht erkannt. Von seiner majestätischen, gefährlichen Gestalt war nichts mehr übrig. Sein raupenartiger Körper war übersät von Bisswunden, die zweifelsohne von Blakes Kiefern stammten. Seine scharfen Zähne hatten überall Spuren hinterlassen, selbst auf der schneeweißen Maske. Das Monster wehrte sich nicht mehr und zappelte am Boden wie ein hilfloser Wurm. Ich brauchte eine Ewigkeit, um zu verstehen, wieso. Wo noch zuvor dutzende, wenn nicht hunderte kleiner Beine gewesen waren, fand ich nur noch Fetzen. Sie waren einfach fort, so als hätte sie jemand mit Gewalt herausgerissen. Der Seelenfresser konnte nicht mehr tun, als sich mit letzter Kraft voranzuschleifen – weg von Blake. Ich hätte es nie für möglich gehalten, aber die Angst sprach aus jeder Pore seiner Existenz. Ich spürte sie an der Art, wie verzweifelt das Wesen fortzukriechen versuchte und darin, wie es zurücksah. Es zeigte keine sichtbare Miene und wirkte doch, als blickte es seinem Henker entgegen.

Im selben Moment sah ich Blake, der sich von hinten näherte. Er schritt mit fast drohender Ruhe auf den Seelenfresser zu, befleckt von Blut, das nicht ihm gehörte. Seine Iriden glühten wie Feuer und fokussierten sich auf den Feind.

Ich wusste, was geschehen würde. Es überkam mich wie eine schreckliche Vorahnung, noch ehe Blake den geschundenen Seelenfresser erreichte. Was folgte, konnte ich nicht mitansehen, doch dem gellenden Schrei der Kreatur entkam ich nicht. Das Wesen schrie vor Schmerz, als Blake es mit beiden Klauen packte und entzwei riss. Ich hatte keine Ahnung, woher er die Kraft nahm, einen so viel größeren Körper einfach zu zerstören. Er nahm sich nicht einmal Zeit, den Seelenfresser zu töten, sondern verschlang ihn ohne Eile. Zuerst die eine Hälfte, dann die andere.

Das grässliche Geräusch erfüllte die Stille und ließ mich zittern. Mir war schrecklich kalt. In all seinen Kämpfen hatte ich Blake nie derart gnadenlos erlebt. Ich wurde das Gefühl nicht los, dass er dem Seelenfresser absichtlich Leid zufügte. Ich konnte es nicht verstehen, bis ich mich an unser letztes Gespräch erinnerte.

Der, der mich angegriffen hat.

Meine Worte an Blake – und sein Schweigen. War das meine Schuld? Verhielt er sich so, um sich zu rächen? Ich war den Tränen nahe, als ich Victors Hand auf meiner Schulter spürte.

„Es tut mir leid", flüsterte er. „Siehst du es denn nicht? Der Wendigo und er ... Sie sind gleich. Sowohl ihr Aussehen als auch ihr Wesen."

Ich verfluchte ihn. Dafür, dass er recht hatte. Dafür, dass Blake dieses Verhalten ausgerechnet jetzt zeigte. Dafür, dass ich ihm zu glauben anfing. Es stimmte. Blakes gehörnter Schädel, seine Klauen, seine rotleuchtenden Augen. Er war dem Wendigo so unheimlich ähnlich, dass ich das Ungeheuer schon mehr als einmal mit ihm verwechselt hatte.

Ich senkte die Lider.

„Ich glaube an ihn", flüsterte ich. Ich durfte nicht aufhören, mich daran festzuhalten. „Nicht sein Aussehen zählt, sondern seine Seele."

Victor schien zu bemerken, dass ich mit dem Rücken zur Wand stand. Er ließ meine Schulter los und verharrte neben mir, ohne weiterzusprechen. Stattdessen stand er mir bei und ertrug mit mir, wie Blake den Seelenfresser in sich aufnahm.

„Ich bete für dich, Mädchen", sagte Victor irgendwann. Es bedurfte keiner Antwort, aber es machte meine Verzweiflung noch größer.

Es war, als hätten mir die Ereignisse dieses Tages die Scheuklappen abgerissen. Da waren tausend Gedanken in meinem Kopf. Manche blieben zuversichtlich, weil Blakes Verwandlung nicht unbedingt fortschreiten musste – die anderen fürchteten, etwas Entscheidendes übersehen zu haben. Was, wenn Blake und ich seinen Zustand falsch interpretiert hatten?

Was, wenn er tatsächlich kein halber Seelenfresser war, sondern ein halber Wendigo?

Kapitel 26

Der Abend zwischen Blake und mir verlief sehr still. Er saß auf dem Teppichboden und spielte dasselbe Lied auf der Gitarre, welches ich bereits kannte. Im Gegensatz zu sonst kam es mir jedoch mutlos und traurig vor.

Ich beugte mich über den Schreibtisch und kritzelte in mein Notizbuch, ohne Blake anzusehen. Es fiel mir unendlich schwer, die richtigen Worte zu finden. Mein Verstand war noch immer mit den Szenen dieses Tages beschäftigt. Ich dachte an den Seelenfresser, an die zerstörte Bibliothek und an das grausige Ende, welches die Kreatur gefunden hatte. Es war grotesk, aber ich hatte Mitgefühl. Niemand hatte es verdient, zu leiden.

„Dawn." Blake hörte auf zu spielen. Die plötzliche Stille schreckte mich aus meinen Gedanken. „Was ist?"

Er hatte mein Schweigen bemerkt – natürlich. Es brachte mich dazu, ihm einen Blick zuzuwerfen. Er saß hinter mir, also spähte ich über meine Schulter. Ich war bemüht, ihn nichts ahnen zu lassen. Weder, dass mich seine Brutalität verstört hatte, noch, dass Victors Worte mich beunruhigten. Ich wollte Blake nicht immer wieder das Gefühl geben, nicht genug zu sein. Was Blake war oder was er fühlte ließ sich nicht einfach ändern.

„Nichts", gab ich zurück. Ein schütteres Wort, dem es an Überzeugungskraft mangelte. „Ich habe nachgedacht."

Das war nicht gelogen. Seit ich den Bleistift in die Hand genommen hatte, grübelte ich. Von hier aus konnte Blake das Papier nicht sehen, deswegen hatte ich meinen Gedanken freien Lauf gelassen. Nun füllten Skizzen von Blakes Kampfform die Doppelseite des Notizbuchs – und ein Bild des Wendigos. Die Zeichnungen waren sehr grob, aber sie taten ihren Zweck. Sie führten mir vor Augen, was ich die ganze Zeit über verdrängt hatte. Nicht nur Blakes gehörnter Schädel glich dem Wendigo, sondern auch seine Gestalt. Sein dunkler Körper, sein Fellkragen, seine Krallen. Sie beide hatten Hufe an den Hinterbeinen, und beide versprühten Kälte. Außerdem fiel mir auf, dass der Wendigo dieselbe, außenliegende Wirbelsäule hatte wie Blake.

Ich seufzte lautlos. Ich hoffte noch immer, dass das ein Zufall war, weil sich Seelenfresser untereinander ähnelten. Je länger ich die Skizzen ansah, desto deutlicher wurde mir allerdings bewusst, dass Victor recht hatte. All die Seelenfresser, die ich je gesehen hatte, hatten vollkommen verschieden ausgesehen. Blake und der Wendigo waren sich dagegen so ähnlich, dass sie hätten verwandt sein können. Es hätte sogar erklärt, wieso gewöhnliche Seelenfresser Blake so chancenlos unterlegen waren.

Ich schüttelte reflexartig den Kopf. Es ärgerte mich, dass mich Victors Kommentar so aus der Bahn warf. Wäre er nicht so offen um mich besorgt gewesen, hätte ich mich darauf konzentrieren können, wütend zu sein. Ich schaffte es nur einfach nicht, seine Bedenken in den Wind zu schießen.

„Hey." Blake legte die Gitarre beiseite und klopfte auf den Teppich. Seine Hand ging glatt hindurch und verursachte kein Geräusch. „Komm her."

Ich klappte das Notizbuch zu. Dann stand ich auf und ließ mich neben ihm nieder, um meinen Kopf an seine Halsbeuge zu lehnen. Wann immer ich mich an ihn drängte, hatte ich das Gefühl, in Sicherheit zu sein. Ich konnte die Augen schließen und alles um uns herum vergessen. Mit Blake zusammen zu sein, vermochte jeden dunklen Gedanken fortzuwischen.

Er schlang den Arm um meine Taille. Seine Wange lehnte an meinem Haarschopf.

„Es tut mir leid", raunte er. „Dass ich so lange gebraucht habe, um zu dir zu kommen."

Ich nahm seine Hand. Seine Krallen berührten meine Haut und hinterließen ein kaum spürbares Prickeln.

„Du hast mich gerettet", erwiderte ich. „Das ist alles, was zählt."

Das hatte er – und ich wollte es nicht vergessen. Ganz gleich, was auch geschehen war, Blake hatte mir wieder einmal das Leben gerettet.

„Ich kann immer noch nicht glauben, dass der Seelenfresser *wirklich* da war", fügte ich hinzu. Es war eines der Dinge, die mich am meisten beschäftigten. „Er hat alles kurz und klein geschlagen."

Blakes Kiefer spannten sich. Ich konnte es deutlich spüren.

„Ich auch nicht", gab er zu. „Aber er ist nicht der Erste."

Ich wölbte die Brauen, ohne mich von Blake zu lösen. Unser Körperkontakt half mir, meinen Schrecken zu verdauen.

„Was meinst du damit?", hakte ich nach. „Hast du noch mehr Seelenfresser gesehen, die auf meiner Ebene waren?"

Blake schwieg kurz. Das tat er immer, wenn er darüber nachdachte, wie er etwas in Worte fassen sollte.

„Als ich neulich einem Toten geholfen habe, war mir, als hätte der Seelenfresser bei seiner Flucht eine Mülltonne umgeworfen", ließ er mich wissen. „Ich dachte, ich hätte mich geirrt, aber jetzt ..."

Ich schluckte. Einerseits, weil ich mir Sorgen um meine lebenden Freunde und meinen Vater machte. Andererseits, weil Blake *Flucht* sagte. Es erinnerte mich daran, wie verängstigt der Seelenfresser von heute versucht hatte, vor ihm davon zu kriechen. Wenn Blake sein freundliches Gemüt ablegte, war er nicht weniger furchteinflößend als der Wendigo. Das akzeptieren zu müssen, quälte mich. Kein Wunder, dass ihm niemand ein menschliches Herz zutraute.

„Was heißt das? Wieso kommen sie her?", fragte ich.

Er zögerte.

„Ich weiß es nicht, aber es passt ins Bild. Immer weniger Seelen können ins Licht. Immer mehr Seelenfresser tauchen auf – und jetzt das."

Etwas an der Art, wie Blake es formulierte, ließ mir mulmig werden. Es fühlte sich an, als braute sich etwas über uns zusammen. Wie ein Unwetter, dessen erste Sturmböen die Bäume schüttelten und den Himmel mit finsteren Wolken bedeckten.

„Meinst du, die Grenze zwischen den Welten wird dünner?“, fragte ich vorsichtig. Es war nur so eine Ahnung. Die Tatsache, dass der Seelenfresser von heute in der Bibliothek erschienen war, sprach zumindest dafür.

Blake nickte vorsichtig. „Es könnte sein. Ich wüsste nur nicht, wieso. Vielleicht ist es ein Naturereignis, das wieder vergeht.“

Ich atmete aus. „Oder am Wendigo.“

Blake schenkte mir ein mattes Lächeln. Dabei griff er nach meiner Hüfte, um mich vorsichtig in seinen Schoß zu ziehen. Er trug seine Maske nicht, also sah ich den sanften Ausdruck in seinen Augen. Er war nachsichtig, liebevoll und entspannt, obwohl wir über ein so schweres Thema sprachen. Ein völliger Kontrast zu dem Blick, den er vorhin auf den Seelenfresser gerichtet hatte.

„Ich bin nicht sicher, ob der Wendigo so große Kräfte hat“, warf er ein. Jedes Wort auf seinen Lippen klang wohlüberlegt. „Aber ich werde versuchen, etwas herauszufinden. Mach dir keine Sorgen.“

Ich ahnte, worüber er nachdachte. Er fragte sich wahrscheinlich, woher er Informationen bekommen sollte, wenn niemand mit ihm sprach. Victors Reaktion auf Blake war ein Paradebeispiel für seine Situation gewesen. Kein Geist erklärte sich bereit, ihm zu trauen. Nicht einmal die, denen Blake das Leben rettete. Er war dazu verdammt, sich jedes bisschen Wissen selbst anzueignen. Der Gedanke brachte mich auf eine Idee, die ich nicht genau definieren konnte. Ich hatte das Gefühl, etwas tun zu können – ich wusste nur noch nicht was.

„Glaubst du, deine Chefin kommt zurecht?“, wollte Blake wissen. Der Themenwechsel machte offensichtlich, dass ich mich nicht sorgen sollte. „Ich habe die Schäden an der Bibliothek gesehen.“

Ich senkte den Blick. Er wanderte über Blakes Jeans und schließlich zu meiner Hand, die an seiner Brust lag. Wenn ich mich darauf konzentrierte, spürte ich seinen Herzschlag.

„Ich denke schon“, erwiderte ich. Nachdem Blake den Seelenfresser losgeworden war, hatte ich sofort Suzanne angerufen. Der offizielle Bericht der Polizei lautete Vandalismus, was in einer Kleinstadt eine ziemlich große Sache war. Man hatte das Gebäude vorerst abgesperrt, um nach Beweisen zu suchen. Natürlich vergebens. Alles, was man gefunden hatte, waren kaputte Möbel und jede Menge zerstörter Bücher. Das einzig Gute war, dass sich der Seelenfresser offenbar nicht die ganze Zeit auf meiner Ebene befunden hatte. Er hatte die Bibliothek verlassen, ohne eine Wand oder das Fenster einzureißen. Glück im Unglück, da die Bibliothek auf diese Weise bald wieder öffnen durfte, wenn auch mit bedeutend geringerem Bestand als zuvor. Suzanne war völlig aufgelöst, hatte aber bereits einen Plan. Ihre Versicherung deckte einen Teil des Schadens ab. Was den Rest betraf, würde die örtliche Zeitung einen Aufruf starten und um Bücherspenden bitten. In Littlewood verbreiteten sich solche Neuigkeiten schnell.

„Ich habe ein schlechtes Gewissen", murmelte ich. „Wäre ich nicht nochmal in der Bibliothek vorbeigekommen, hätte ich den Seelenfresser nicht hineingelockt."

Blakes Gesicht verfinsterte sich. „Bücher lassen sich ersetzen, dein Leben nicht. Du weißt nicht, wie die Sache ausgegangen wäre, hättest du einen anderen Weg genommen."

Er wollte es nicht sagen, aber er sprach von Victor. Der Seelenfresser musste mir gefolgt sein. Hätte er mich in einer stillen Gasse attackiert anstatt in der Bibliothek, wäre ich Victor vielleicht gar nicht aufgefallen. Der Gedanke machte mich schrecklich unruhig. Musste ich von nun an Angst haben, mit Phoebe oder Dad wegzugehen? Gab es das Risiko, dass eines der Monster auf einmal vor uns stand? Ich konnte immer noch nicht fassen, wie knapp ich diesem Seelenfresser entkommen war – zwei Mal.

Meine Finger gruben sich in Blakes Shirt.

„Warst du deswegen so wütend?", fragte ich leise. Ich wusste, der Satz war aus dem Kontext gerissen. Blake verstand ihn trotzdem, denn er nahm noch einmal meine Hand und verschränkte unsere Finger. Er beobachtete sie so konzentriert, als könnte er in ihnen die richtige Antwort finden.

„Und wenn es so wäre?", erwiderte er. Alles an ihm war vorsichtig. Seine Berührung, sein Gesichtsausdruck, sein Ton. Es bewies, dass er sich über sein Verhalten im Klaren war. Mehr noch, er schien ein Urteil zu erwarten. Eines, das nicht gut für ihn aussehen würde.

Ich entschied, auszuweichen. Mir lag nichts ferner, als sich Blake noch schlechter fühlen zu lassen. Ich wusste nicht einmal selbst, was ich denken sollte.

„Es würde nichts ändern." Nun war ich diejenige, die jedes Wort sorgfältig überdachte. „Bleib, wer du bist, Blake."

Ich streckte mich, um ihn zu küssen. In diesem Moment verdrängte ich, dass er vorhin mit diesen Lippen einen Seelenfresser verschlungen hatte, und Blake nahm meinen Kuss so hungrig auf, als hätte er eine Ewigkeit darauf gewartet. Seine Hand glitt in meinen Nacken, während er die Augen schloss und mich unerschütterlich festhielt.

Ich hoffte, er würde verstehen. Ich bat ihn nicht, sich zu ändern und auch nicht, einen Teil seiner Seele zu verleugnen. Alles, was ich mir wünschte war, dass er derselbe blieb. Solange er seine Menschlichkeit behielt und der Blake war, in den ich mich verliebt hatte, würde sich alles fügen. Ich glaubte fest daran, obwohl das ungute Gefühl in mir nicht verschwand. Es flüsterte mir zu, dass ich vielleicht in den Armen eines Monsters lag – einer verfluchten Seele, für die jede Hilfe zu spät kam. Nur mein Herz sprach dagegen und schürte meinen Entschluss, Blake nicht aufzugeben. Wenn seine Verwandlung wirklich fortschritt, würde ich alles dafür tun, um ihm zu helfen.

Absolut alles.

Ende

Fortsetzung folgt in „Black Dawn – Herz des Wendigos".

Nachwort

Danke, dass du „Black Dawn – Schatten des Wendigos" gelesen hast!

Eigentlich war das Buch als Einteiler geplant, doch während des Schreibens hat die Geschichte mein Vorhaben ganz schön über den Haufen geworfen. Nicht nur Blake und Dawn, sondern auch die Nebencharaktere des Buches haben noch viel zu sagen. Aus diesem Grund findet die Geschichte erst mit dem zweiten Band ihr Ende. Freu dich auf geisterhafte Begegnungen, ganz viel Romantik und einen übermächtigen Wendigo, der schier unsterblich erscheint!

Ist Blake wirklich mit dem Fluch des Wendigos belegt? Hat Dawns Liebe zu ihm eine Chance? Was geht in Littlewood vor sich? Das alles erfährst du in der Fortsetzung!

Hat dir das Buch gefallen? Dann würde mir eine Rezension bei Amazon sehr helfen!

Ich möchte die Gelegenheit nutzen, mich all den tollen Lesern, Buchbloggern und Unterstützern zu bedanken. Meine Leidenschaft für romantische, unheimliche Geschichten hat sich nicht verändert, aber eure lieben Worte, eure Anteilnahme und der Kontakt mit euch haben mein Feuer ganz neu entfacht. Ich hoffe, euch noch mit vielen Büchern mitreißen zu können.

Danke, dass ihr da seid! Wenn ihr Kontakt mit mir aufnehmen möchtet, besucht gern einen meiner Kanäle – dort findet ihr alle News über meine zukünftigen Bücher, tolle Gewinnspiele und spannende Hintergrundinformationen.

Facebook: **EllenHunterBooks**

Instagram: **ellen_hunter_author**

Website: www.ellen-hunter.de

Ich freue mich auf euch!

Eure

Weitere Bücher

„Wolf" - Trilogie

In der Dunkelheit lauert mehr, als du geglaubt hast …

Rubys erste Begegnung mit Josh ist reiner Zufall. Sie eilt ihm in einer prekären Situation zur Hilfe und ist fasziniert von den tiefblauen Augen des fremden Mannes. Weil auch die Chemie zwischen ihnen zu stimmen scheint, dauert es nur wenige Treffen, bis Ruby sich allmählich in ihn verliebt. Sie weiß nicht, dass Joshs blaue Augen ein Geheimnis bergen.

Unter seiner Haut lauert ein Werwolf - ein Ungeheuer, das sie in eine Welt führt, die sie niemals für möglich gehalten hätte. Als Josh dann auch noch in die Streitigkeiten eines fremden Rudels gezogen wird, beginnt für Ruby ein verzweifelter Kampf.

Ein Kampf um ihr Leben und darum, Josh nicht in den finsteren Wogen seiner inneren Bestie zu verlieren.

Du kannst keinen Werwolf lieben ... Oder doch?

Leseprobe:

„Josh, bitte“, flehte ich. Meine Verzweiflung raubte mir jegliche Überzeugungskraft. „Du brauchst Hilfe! Ich bringe dich ...“

„Ruby.“

Er fiel mir ins Wort, und mein Name auf seinen Lippen verwandelte sich in ein dunkles Grollen. Es kam aus seiner Kehle und erfüllte seinen Brustkorb wie das Knurren eines Bären.

Mir stockte der Atem. Nun erkannte ich plötzlich die Finsternis, die Josh umgab. Sie schlug in Wogen um seinen Körper – wie die Wellen eines düsteren Meeres, die sich über seinem Kopf brachen – und ohne einen weiteren Gedanken stolperte ich auf Abstand. Meine Beine taten es von allein. Joshs gesamte Umgebung flammte vor Hitze und brannte in meinen Lungen.

„Lauf!“

Während Josh das letzte Wort an diesem Abend über seine Lippen brachte, hob er den Arm. Gleich darauf platzten seine Schultern und bedeckten ihn mit Fell.

Noch während Joshs Kleidung zerriss, schmetterte etwas auf mich nieder und traf den Baum neben mir. Die krallenbesetzte Pranke der Kreatur schlug mit solcher Wucht, dass sie das Holz einfach spaltete. Ohrenbetäubender Lärm und Holzsplitter erfüllten jeden Funken meiner Wahrnehmung. Ich stand nur da, starrte in leuchtende Augen und verwandelte mich für einen Herzschlag zurück in das Mädchen von vor fünf Jahren. Ich sah den düsteren Wald vor mir, den Vollmond und den dunklen Schemen, der mich aus dem Gebüsch heraus beobachtet hatte. Dann machte ich aus purem Reflex kehrt und rannte um mein Leben.

Meine Schuhe flogen über den Waldboden.

Plötzlich gab es kein Hindernis und keinen Baumstamm, den ich nicht überwinden konnte. Zeitgleich donnerten hinter mir die muskulösen Beine des Monsters, in welches Josh sich direkt vor meinen Augen verwandelt hatte, durch das Gras. Sie gruben sich wie Schlagbohrer in die weiche Erde und rissen die Pflanzen in ihrem Weg einfach entzwei, um mir mit jedem machtvollen Sprung ein kleines bisschen näher zu kommen. Ich spürte die Erschütterung seiner Schritte wie Erdbeben unter meinen Sohlen. Sie drohten mich aus dem Gleichgewicht zu bringen und mein Schicksal zu besiegeln.

Ich rannte, was meine Lungen hergaben, und wusste doch, dass ich sterben würde. Ich konnte ihm nicht entkommen. Das Monster war zu schnell, zu stark und zu schrecklich. Die Tränen der Panik in meinen Augen verloren sich im Wind, als ich einen Haken schlug und ins Dickicht tauchte. Das Monster rauschte an ihm vorbei und schien einen Moment lang verschwunden zu sein, bis es plötzlich das Gestrüpp durchbrach und sich wieder brüllend an meine Fersen heftete.

Das war's, schoss es mir durch den Kopf.

„First Sin“ - Dilogie

Wenn dein Schutzengel zum Sünder wird, um dich zu retten ...

Als die zweijährige Lauren mit ihren Eltern verunglückt, bricht ihr Schutzengel das oberste Gesetz und rettet Lauren das Leben. 19 Jahre lang ahnt die junge Frau nichts davon, bis sie eines Tages von einem schrecklichen Ungeheuer attackiert wird. Der mysteriöse Engel eilt ihr erneut zur Hilfe und bittet sie, ihre Begegnung zu vergessen, doch das Schicksal hat anderes im Sinn. Es kreuzt Laurens Weg noch einmal mit den finsteren Kreaturen, die man gefallene Engel nennt. Damit gerät Lauren zwischen die Fronten eines uralten Kampfes. Plötzlich ist sie diejenige, die zur letzten Hoffnung aller Engel werden kann – oder zu ihrem Untergang ...

Wie sollst du eine ganze Welt verändern, wenn du nicht einmal dich selbst erlösen kannst?

Leseprobe:

Das Echo des Ungeheuers hallte noch immer in meinen Ohren, während ich nach Luft rang. Die Todesangst schnürte mir die Kehle zu. Jeder Atemzug ließ mich ein wenig mehr realisieren, dass ich eben beinahe gestorben war. Es nahm mich so sehr gefangen, dass ich die Person vor mir gar nicht bemerkte. Erst, als sie sich plötzlich zu mir umdrehte, schreckte ich auf und spähte ihr ins Gesicht. Es handelte sich um einen Mann mit hellbraunem Haar. Ich wusste nicht, wie er zwischen mich und das Monster gekommen war, bevor ich das Schwert in seiner Hand erkannte. Von seiner Klinge tropfte dickflüssiges Blut. Dieser Mann musste derjenige sein, der das Ungeheuer getötet hatte.

Er war derjenige, dem ich mein Leben verdankte.

Er steckte das Schwert zurück an seinen Gürtel, ehe er zu mir eilte. Ich erkannte seinen besorgten Gesichtsausdruck, aber ich brachte kein Wort über meine Lippen. Mir war gerade aufgefallen, warum er einen so breiten Schatten warf – der Mann war ein Engel. An seinem Rücken saßen zwei prächtige, weiße Schwingen, die aus hunderten von Federn bestanden. Sie schienen das genaue Gegenteil von dem Monster zu sein. Sein düsteres Fell hatte jeden Sonnenstrahl einfach verschluckt. Im Gegensatz dazu war das Weiß vor meinen Augen so hell, dass es mich beinahe blendete.

Ich traute meinen Augen kaum. Der Engel trug etwas, das mich an eine Uniform erinnerte. Sie bestand aus einer marineblauen Hose mit Gürtel und einem gleichfarbigen Oberteil, auf denen ein weißes Rankenmuster saß. Es begann an den Waden und kletterte bis zur Brust des Engels, wo es sich in einer geschwungenen Linie verlor. Ich musste den Mann für eine Ewigkeit nur schweigend anstarren, denn er ging irgendwann neben mir in die Knie. Es war, als suchte er etwas in meinem Blick, aber er schien es nicht zu finden. Mir kam nur der Gedanke, woran mich seine Augenfarbe erinnerte – an flüssiges Quecksilber. Ich hatte noch nie zuvor jemanden mit grauen Augen gesehen.

„Kannst du gehen?", fragte der Engel. Seine Stimme beschleunigte meinen Puls, weil ich sie kannte. Es war die von vorhin. Ich *wusste* es. Dafür hätte ich meine Hand ins Feuer gelegt.

„Bin ich tot?", entfuhr es mir. Ich konnte nur an das Monster denken, an den Pfeil und an diese Flügel. War er hier, um mich ins Jenseits zu bringen? Hatte das Ungeheuer mich getötet?

Die Miene des Engels entgleiste kurz, bevor er sich wieder im Griff hatte. Meine Frage machte ihn seltsam beklommen. „Wie kommst du darauf?", wollte er wissen. Sein Ton klang unzufrieden.

„Tun das Engel nicht?", wisperte ich. Meine Kehle war wie zugeschnürt. „Menschen in den Himmel bringen?"

Das schien ihn zu erweichen. Der Schatten auf seinen Zügen verschwand, als er achtsam den Kopf schüttelte. Alles an ihm wirkte offen, wenn auch in großer Eile.

„Nein", erwiderte er sanft. „Heute hast du Glück gehabt."

Er schaute rasch über seine Schulter.

„Aber du musst hier weg", sagte er und fixierte mich. „Sofort."

Impressum

Black Dawn – Schatten des Wendigos
1. Auflage (2022)

Ellen Hunter
(Virginia Rott)
Amselweg 1
66629 Eitzweiler

Cover & Kapitelschmuck:
Dream Design – Cover and Art
www.cover-and-art.de

Buchillustration:
Morlin Lorenz
www.moonysky.de

Printed in Poland
by Amazon Fulfillment
Poland Sp. z o.o., Wrocław

93967887R00188